# LA CONS[illegible] DES FANTÔMES

DU MÊME AUTEUR
CHEZ LE MÊME ÉDITEUR

Dis-moi qui tu hantes
Présages

J a m e s   H e r b e r t

# LA CONSPIRATION DES FANTÔMES

Traduction de Thierry Arson

*Roman*

PRESSES DE LA CITÉ

Titre original : *The Ghosts of Sleath*


ISBN 2-258-04877-X

*Pour Eileen, sans qui…*

*Il est difficile de danser*
*avec le diable sur le dos.*

Sydney Carter

# 1

L'immobilité régnait sur les prés.

Les insectes butinaient les fleurs dans les haies, mais leur bourdonnement était comme assourdi, leur vol paresseux. Regroupées dans les endroits ombrés en dépit d'un soleil matinal encore très supportable, les vaches broutaient paisiblement, tandis que leur queue chassait sans répit les mouches. Des chenilles jaune et noir harcelaient les jacobées et, ici et là, des phalènes cinabres étendaient paresseusement leurs ailes couleur cerise. Ses racines entrelacées avec celles des arbres, là où la terre était sombre et humide, le chèvrefeuille s'étirait entre les fûts jusque dans le soleil, et le chant discret de la fauvette s'élevait au cœur des sous-bois.

Au loin, le bleu intense du ciel semblait peser sur les Chiltern Hills.

Des araignées tissaient leur toile dans les buissons bordant un chemin qu'une corneille survola soudain en rase-mottes. L'oiseau remonta en flèche par-dessus la cime des arbres et replongea pour se percher sur une pierre tombale fichée de guingois dans le cimetière voisin. Il pencha la tête d'un air étonné, comme s'il s'interrogeait sur la présence des personnes rassemblées ici dans une tenue aussi noire que son plumage.

Dominant la réunion, une vieille église dressait sa masse de pierres tannées par des siècles d'intempéries dans l'air ensoleillé ; les arcs-boutants raboteux flanquaient la tour carrée, et ses fenêtres en ogive paraissaient surveiller l'assemblée.

La tombe fraîchement creusée, de petite taille, attendait un cercueil d'enfant, et on lisait sur le visage des gens présents ce chagrin particulier qui accompagne la disparition d'un être jeune. Une femme se tenait un peu à l'écart, plus près de la fosse, tête baissée, épaules voûtées, comme si la douleur constituait un trop lourd fardeau. Sans doute était-ce le cas car Ellen Preddle semblait affaiblie, écrasée par la souffrance. Elle pleurait en silence une peine qui n'était pas nouvelle, seulement plus aiguë.

Le pasteur, un homme de haute stature quoiqu'un peu courbé par les ans, lui jetait de fréquents coups d'œil par-dessus son livre de prières ; cette femme était visiblement à bout de nerfs et il craignait que la cérémonie ne soit interrompue par une crise d'hystérie. Un an plus tôt à peine, la disparition de son mari ne l'avait pas autant affectée – un vaurien, à la vérité –, mais son fils avait toujours été le centre de son existence. Ils s'adoraient et, très vite, avaient oublié la méchanceté du père, jusqu'à n'en plus parler ni y penser. La mort de George Preddle était pourtant advenue dans des circonstances horribles, et le pasteur se demandait comment sa veuve et son fils – à présent décédé lui aussi – avaient pu s'y faire, surtout l'enfant, qui en avait été témoin. L'homme de foi n'éprouvait aucune pitié pour feu George Preddle car l'ouvrier agricole s'était montré beaucoup trop méprisable pour éveiller la moindre commisération, même chez un pasteur. Mais il ressentait une certaine culpabilité, d'une tout autre sorte. Il reporta son attention sur le livre de prières que ses mains tordues tenaient en tremblant.

Le cercueil fut descendu dans la tombe avec la lenteur

adéquate et pendant un instant le pasteur crut que la mère allait se jeter dessus. Elle oscillait dangereusement au bord de la petite fosse et paraissait sur le point de défaillir. Par chance, un homme – un parent ou un ami, mais étranger au village – avança et la prit par le coude pour la tirer doucement en arrière. Elle obéit sans résistance, comme si toute volonté l'avait désertée.

Bientôt les funérailles prirent fin et Ellen Preddle fut menée par le petit chemin serpentant entre les sépultures jusqu'au porche du cimetière devant lequel attendaient plusieurs véhicules. Le pasteur s'étonna de la voir monter seule dans le premier, après avoir dit quelque chose à l'homme qui l'avait soutenue. La voiture noire s'éloigna à vitesse réduite, laissant derrière elle les autres personnes, également surprises. L'inconnu à qui Ellen avait parlé eut un haussement d'épaules, tandis que les autres secouaient la tête d'un air apitoyé, et chacun regagna son automobile.

*Il faut que je sois seule*, songeait Ellen pendant que la Volvo noire parcourait la courte distance jusqu'à son cottage. *Les autres ne comprennent pas.* Ils ne pouvaient comprendre ce que c'était que de perdre son seul enfant, l'unique être capable de vous aimer aussi aveuglément que vous l'aimiez, qui ne discutait jamais vos décisions, se montrait toujours agréable, obéissant. Après cet accident idiot qui avait emporté George, Simon était tout ce qui lui restait. Simon et elle, simplement. Ils n'avaient pas besoin de plus. *Oh, Simon. Simon… Pourquoi toi ? Pourquoi le Tout-Puissant t'a-t-Il enlevé à moi ?* En châtiment de ces choses faites avec – et pour – George, ces choses répugnantes dont jamais elle ne pourrait parler à quiconque, des choses dont on ne pouvait qu'avoir honte jusqu'au jour de sa mort ? Etait-ce là sa punition ? *Oh, Seigneur, c'est lui qui m'a forcée à les faire. Jamais je n'y ai pris plaisir. Mais j'ai agi ainsi pour Vous, ne le voyez-Vous pas ? Vous qui êtes un Dieu de Miséricorde, rendez-moi mon fils, ne me prenez pas mon enfant chéri. Je ferai n'importe quoi, Seigneur, mais rendez-moi mon Simon. Je Vous en prie. Je Vous en supplie...*

Le gémissement qu'elle avait refoulé toute la matinée franchit enfin ses lèvres. Elle ne pouvait plus contenir sa peine. Ellen se mit à sangloter, et bientôt ses pleurs se muèrent en un hurlement torturé.

Le chauffeur du corbillard l'observait dans le rétroviseur, et ses yeux qui avaient vu vingt années de chagrins s'embuèrent. Pauvre femme, se dit-il. Pas de veillée mortuaire après la cérémonie, personne avec qui partager sa peine. Elle retournait directement chez elle, pour souffrir dans la solitude. Ce n'était pas dans l'ordre des choses, non, vraiment pas. Il lui aurait fallu de la compagnie pour parler, pour un peu de réconfort – et quelques verres de whisky, par exemple. Une dose modérée d'alcool n'était pas mauvaise après une telle tragédie, même si le défunt n'était qu'un enfant. En fait, *surtout* parce que le mort était un enfant. Pour anesthésier un peu les sentiments, les rendre plus tolérables, au moins pendant quelques heures.

Par cette matinée ensoleillée, les villageois qui vaquaient à leurs occupations s'arrêtèrent au passage du véhicule noir. Les plus âgés ôtaient leur chapeau en marque de respect, et nombre de femmes se signèrent en compatissant à la douleur d'Ellen Preddle. Mais une fois le corbillard passé, chacun reprenait le cours de sa vie et reléguait sa tristesse dans un coin de son esprit. Pauvre Mrs Preddle. Une femme bien, longtemps maltraitée par son mari, et maintenant écrasée par une malchance pathétique. La mort n'est une amie pour personne, la vie non plus, pour certaines gens.

La Volvo roulait à vitesse réduite, en accord avec la gravité du moment.

Pourquoi est-ce arrivé ? ne cessait de se demander Ellen. Elle n'était sortie que cinq minutes – d'accord, disons dix – pour acheter un timbre et poster une lettre. Simon prenait tranquillement son bain en jouant avec l'eau, comme il l'avait fait tant de fois déjà. Et la baignoire n'était qu'à moitié pleine. Une petite parcelle de la journée, quelques minutes pour porter une lettre et oui, c'est vrai, un moment pour bavarder avec Mrs Smedley, la receveuse, moins de trois minutes – trois terribles minutes pendant lesquelles Simon se noyait –, puis elle était retournée directement à la maison. Elle avait pressenti un malheur dès qu'elle avait posé le pied sur la courte allée menant à la porte d'entrée. Quelque chose s'était éveillé en elle, un froid étrange qui lui avait serré le cœur. Mais pour l'amour du Ciel, Simon avait onze ans, un âge auquel n'importe quel enfant était capable de prendre son bain seul ! Tout le monde était d'accord sur ce point. Même lors de l'enquête judiciaire, le coroner avait déclaré qu'on ne pouvait rien reprocher à Ellen (bien qu'il l'ait fait en termes assez secs, sans aucune douceur), et tout le monde avait approuvé. C'était un accident, un terrible accident. Le corps de l'enfant ne portait aucune marque, rien qui indiquât qu'il eût pu glisser ou qu'on l'aurait maintenu sous l'eau. Le coroner avança l'hypothèse que la tiédeur du bain avait endormi l'enfant, ou qu'il avait joué à rester en apnée sous la surface trop longtemps, et qu'il avait fini par avaler trop d'eau quand il avait voulu respirer. Ce qui expliquait son expression horrifiée et sa bouche grande ouverte.

Telle avait été la version officielle : décès par cause accidentelle. Pourquoi alors ne pouvait-elle y croire ?

Le corbillard ralentit devant trois cottages aux toits d'ardoise identiques, mais c'est seulement en entendant le grincement du frein à main qu'Ellen vit qu'elle était arrivée.

— Voulez-vous que je vous accompagne, Mrs Preddle ? proposa le chauffeur.

— Non, répondit-elle.

Rien d'autre, seulement un « non » sans énergie.

Il n'insista pas. Curieux toutefois qu'elle ait voulu rentrer seule chez elle, songea-t-il, sans inviter parents ou amis pour un peu de réconfort. Pas de sandwichs au pâté, pas de petits gâteaux, de thé ou de café, pas la moindre goutte de xérès ou d'un alcool plus fort, rien de tout ce rituel qui aide la personne endeuillée à accepter la réalité. Sans aucun doute les autres personnes présentes à l'enterrement iraient à la Black Boar Inn pour se changer un peu les idées. C'était bien naturel. Les gens avaient besoin de cela. Mais apparemment pas cette femme. Elle ne désirait qu'être seule. Le chauffeur jugeait cette attitude bizarre, pour ne pas dire malsaine. Dans de tels moments, il fallait s'entourer de gens. Mais après tout, si tel était son choix, libre à elle. Il descendit de voiture et la contourna pour ouvrir la portière à sa passagère.

Tête baissée, elle sortit sur la route sans trottoir. Un rideau bougea à une fenêtre du dernier cottage. Une voisine, sans doute plus apitoyée que curieuse. Ellen Preddle ne le vit pas.

Elle poussa la petite grille et curieusement se fit la remarque que les gonds devraient être huilés car ils grinçaient. Elle s'arrêta à mi-chemin, sur la petite allée pavée. De chaque côté, pivoines, lilas et primevères s'épanouissaient en bouquets joyeusement colorés. Avec Simon, ils avaient entretenu ces fleurs chaque jour, faisant de ce jardin le plus joli du voisinage. Derrière elle, le long véhicule noir redémarra et s'éloigna.

Ellen leva les yeux vers la petite fenêtre au-dessus de la porte d'entrée, celle de la salle de bains où Simon… Elle voulut refouler cette pensée qui s'imposait à son esprit et elle dut fournir un réel effort pour l'en chasser. Cependant, elle continuait de contempler la fenêtre.

Une sensation très particulière l'envahit soudain, à sa grande surprise. C'était comme si une coulée de sueur glacée avait glissé le long de son épine dorsale.

Elle avança d'un pas raide, et ne baissa les yeux que pour chercher ses clés dans son sac à main. Le froid étrange s'était maintenant répandu dans tout son corps et ses muscles étaient tendus, douloureux. Elle dut faire appel à toute sa concentration pour introduire la clé dans la serrure.

Elle déverrouilla la porte mais ne l'ouvrit pas immédiatement. Elle prit le temps d'inspirer à fond pour se calmer. Le trouble qui avait supplanté sa peine la déconcertait. Un autre sentiment l'emplissait, qu'elle ne pouvait comprendre. Une sorte d'espoir qui n'avait pas de sens. Ellen savait qu'il n'y avait plus d'espoir, que tout ce qu'elle avait aimé lui avait été enlevé. Il n'y avait plus rien, plus de joie, plus d'avenir. Rien...

Elle essuya ses larmes à l'aide d'un mouchoir brodé et poussa la porte.

Le cottage ne comportait pas de vestibule et on entrait directement dans le salon encombré, avec son plafond bas et ses poutres solides encastrées dans les murs blancs à la surface inégale. Un escalier bancal en chêne menait aux chambres et à la salle de bains.

Des traces humides marquaient les marches.

Mais c'est la petite silhouette nue assise dans le vieux fauteuil défoncé, devant la cheminée, qui attira son attention. Les cheveux de l'enfant étaient encore mouillés et luisaient, collés à son crâne et sur son front. Des gouttes d'eau constellaient son corps pâle et tremblant.

Une grande tristesse habitait les yeux de Simon tandis qu'il regardait sa mère, de l'autre côté de la pièce.

# 2

David Ash laissa échapper un grognement sourd en changeant de position. La chaise à dossier droit craqua et il s'immobilisa aussitôt.

Bon sang, il devait quand même exister des façons moins désagréables de gagner sa vie, se dit-il en détendant doucement ses épaules. A près de trois heures du matin il se retrouvait à épier la semi-obscurité entre des étagères de serviettes et de draps, en s'efforçant de respirer sans bruit et en rêvant d'une cigarette... et d'un verre. Il se leva et passa les mains sur son visage pour chasser la fatigue. Même le grattement des paumes sur sa barbe de deux jours semblait trop bruyant à cette heure indue.

Par la porte entrouverte de la blanchisserie, les veilleuses fichées dans le mur du couloir dispensaient une faible clarté. Sur la pointe des pieds il marcha jusqu'à la porte et regarda par l'entrebâillement. Un silence total régnait au-dehors. Une vague odeur de nourriture planait sur les lieux, comme si elle avait imprégné le papier peint défraîchi, et il se demanda si, en le grattant de l'ongle, il réveillerait ces senteurs de cuisine, un peu comme ces échantillons de parfum qu'on trouve dans les magazines. Il repoussa cette idée et se concentra de nouveau. Non, pas le moindre son. Tous les pensionnaires dormaient paisiblement.

Il fit demi-tour et examina l'Olympus posé sur une pile de serviettes. L'œil rouge du témoin de la batterie s'alluma. Pas de problème avec les piles, mais ne les avait-il pas déjà vérifiées deux heures plus tôt ? Il se massa les tempes du bout des doigts en priant pour que son début de migraine disparaisse. Fatigue, ennui, tension ?

Il aurait pourtant dû être habitué à ces heures interminables d'inactivité, quand il attendait dans le noir si longtemps que même son imagination finissait par crier grâce.

Il se permit un sourire, et si quelqu'un avait pu le voir dans ces ténèbres presque complètes, il aurait qualifié ce sourire d'ironique.

Ash prit la Thermos de café posée près de la chaise et s'en servit une dose dans le bouchon-gobelet. Un peu de cognac aurait relevé la boisson, mais non, il avait promis à Kate. Il promettait toujours à Kate. Pas d'alcool durant le boulot. Mais c'était une règle qu'il ne respectait pas toujours.

*Oui, Kate, je sais, j'ai un problème, et, oui, Kate, je sais que ça ne s'améliore pas.* Ash prononça ces paroles en pensée, et s'imagina la jeune femme devant lui, dans la pénombre de la blanchisserie. *Mais rappelle-toi, Kate, il y a trois ans.* Pouvait-elle lui en vouloir ? Et surtout, pouvait-elle le croire ?

Souvent il s'était posé la question. Elle avait été la seule à qui il avait parlé de ces trois nuits passées à Edbrook, l'unique personne qui n'ait pas douté de sa santé mentale. Et cependant il avait lu comme du scepticisme dans ses yeux. Non, ce n'était pas aussi fort que cela, guère plus qu'une lueur d'incrédulité. Comment l'en blâmer ? Lui-même se sentait envahi d'un malaise diffus quand il y repensait, et il lui arrivait de se dire que ce n'était qu'un rêve terrible, un cauchemar grotesque qui le hantait toujours. Des doigts il effleura la légère cicatrice sur sa joue, un trait de chair durcie qui n'était visible que sous un certain éclairage, et il se demanda...

*Non !*

Il avala une gorgée de café froid et se rassit. Concentre-toi sur l'instant présent, se dit-il, et oublie donc ce qui s'est passé il y a si longtemps, et qui n'a aucun sens. (Mais ce souvenir a un sens, n'est-ce pas, David ? Tout ce qui s'est produit dans cette vieille maison il y a trois ans procède d'une logique parfaite, quoique très singulière. A condition de croire aux esprits malfaisants, bien sûr.)

Il avait l'impression que ces paroles entendues en esprit étaient prononcées par quelqu'un d'autre, de manière insidieuse, presque sournoise, tel un murmure qui l'obligeait à se souvenir ; et pourtant la voix était la sienne, c'étaient ses propres mots, si souvent répétés.

Ash frissonna, bien que la température dans la pièce fût agréable, en partie à cause des tuyaux de chauffage brûlants et du linge propre. Peut-être devrait-il laisser ces nuits de veille à d'autres, des enquêteurs ou des chercheurs moins émotifs. Comme lui naguère. L'Institut disposait d'assez de membres pour assurer ce genre de tâches, et rien ne l'avait obligé à l'accepter. C'était pourtant son choix de se proposer comme guetteur solitaire à la maison de repos Bonadventure, après un mois d'investigations infructueuses. Il n'avait découvert aucune activité paranormale, aucun signe de possession. Et pas la moindre trace de l'Ange du Grand Sommeil.

L'Ange du Grand Sommeil. Messager de la Mort, présage funeste. Du moins était-ce ce que croyaient les locataires de cet établissement.

Une silhouette portant une robe flottante d'un vert phosphorescent était apparue à trois des plus anciens résidents et les avait informés qu'il était temps pour eux de se préparer au grand voyage. Et ils avaient suivi ces instructions, deux au bout de quelques jours, le troisième dans l'instant, apparemment. (Alors qu'elle revenait des toilettes où elle avait soulagé une vessie particulièrement capricieuse, une autre pensionnaire avait aperçu le prétendu « ange » qui pénétrait dans la chambre du défunt. Elle s'était empressée de réintégrer son lit et de se cacher sous les couvertures, au cas où le visiteur spectral l'aurait remarquée et aurait voulu lui rendre visite.) Avant d'obéir à son invite, les deux premières victimes avaient rapporté les paroles de l'Ange du Grand Sommeil aux membres de l'Institut.

Claire et Trevor Penlock, propriétaires de Bonadventure, s'étaient appliqués à minimiser cette histoire et à rassurer leurs clients, mais les autres résidents, qui n'avaient pas grand-chose à faire de leur temps sinon bavarder et exagérer, leur avaient fait craindre qu'elle ne se propage très vite. Bien que les décès n'aient rien d'inhabituel dans de tels endroits, de par l'âge avancé des personnes concernées, la rumeur selon laquelle des forces surnaturelles encourageaient le passage de l'autre côté risquait de ruiner définitivement la réputation de Bonadventure. A contrecœur, ils avaient donc contacté l'Institut de recherches métapsychiques pour une enquête discrète mais approfondie.

Dans un premier temps, Ash s'était demandé si ces apparitions séraphiques n'étaient pas le fait d'une sorte d'hallucination contagieuse née dans l'esprit d'un pensionnaire sentant la mort proche (quelqu'un dont les croyances religieuses auraient très bien pu lui inspirer des visions d'un guide angélique vers l'autre monde), et il avait passé plusieurs heures à parler avec les résidents. Il les avait questionnés en douceur mais n'avait pas trouvé d'indice d'une hystérie collective, ni même d'un intérêt particulier pour le surnaturel. D'ailleurs, il n'avait pas noté de sénilité marquée chez eux. Ensuite, il avait interrogé le personnel, de la directrice au plus jeune des aides-soignants et au cuisinier, en accordant une attention spéciale aux deux surveillantes qui travaillaient en alternance. Il avait vérifié que l'établissement était sûr la nuit venue et avait eu la satisfaction de constater que portes et fenêtres étaient systématiquement verrouillées dès le crépuscule. Chaque soir, il installait sur leurs trépieds des appareils photo couplés à des détecteurs à déclenchement automatique au bout des couloirs et dans le grand hall, et il plaçait des thermomètres à certains endroits stratégiques afin d'enregistrer toute saute de température inexplicable. Devant la chambre des pensionnaires les plus âgés ou de ceux dont la santé était la plus fragile, il saupoudrait le sol de talc, de sorte que toute trace de pas, éthéré ou physique, serait visible le lendemain matin. Il avait étudié en détail les plans du bâtiment, ainsi que les rénovations plus récentes, et s'était plongé dans son historique, à la recherche de tout phénomène paranormal antérieur. Tout cela en pure perte. Hormis les décédés et la vieille dame, personne n'avait été témoin d'une quelconque manifestation ; rien n'avait troublé ses nuits de guet et les appareils photographiques n'avaient pris que des clichés des surveillantes effectuant leur ronde nocturne ou de quelques pensionnaires se rendant aux toilettes.

Pourtant Ash n'était pas satisfait, raison pour laquelle il avait suggéré de revenir en secret pour effectuer quelques surveillances supplémentaires. Et lors de certaines nuits seulement.

Par deux fois la directrice l'avait fait entrer dans l'établissement pendant que la surveillante de garde était occupée à la distribution des médicaments du soir, mais Ash commençait à penser qu'il perdait son temps.

Cette nuit-là, néanmoins, sa patience allait être récompensée.

Il perçut un bruit proche. Puis le silence.

Il patienta encore quelques secondes avant de se lever lentement pour ne pas faire craquer la chaise ou ses propres articulations. Sur la pointe des pieds, il alla jusqu'à la porte et jeta un coup d'œil par l'embrasure.

Juste en face se trouvaient l'ascenseur qui desservait les trois niveaux de l'établissement et, à la droite des portes coulissantes, une courte rampe pour fauteuils roulants menant à un autre couloir où aboutissait l'escalier principal. Il ouvrit un peu plus la porte et risqua un regard à l'extérieur. Le couloir à sa gauche était désert et toutes les portes des chambres semblaient closes. Seule celle de la salle de bains ne l'était pas.

Il repoussa la porte de la laverie derrière lui, ne laissant qu'un entrebâillement minime, puis se glissa dans la pénombre.

Un autre son. Ce pouvait être la structure du bâtiment qui se tassait, ou bien quelqu'un dans l'escalier, derrière le coude après la rampe.

Ash s'éloigna de quelques pas afin que la lumière du dehors, aussi faible soit-elle, ne le révèle pas. Il prit conscience de sa propre respiration.

Il remarqua également que le halo orange des lampes de veille du couloir changeait peu à peu. Une légère couleur verdâtre s'y mêlait.

Il retint son souffle en voyant la forme flotter devant la porte.

Jessie Dimple s'éveilla en sursaut. Dans son rêve ses membres étaient souples, sa peau douce, et son cœur brûlait de passion. Elle courait dans un champ de boutons-d'or dont le jaune se détachait sur l'herbe vert vif, et chacun de ses pas était un bond gracieux un peu plus ample que le précédent. Bientôt elle flottait sans peine et s'élevait vers le ciel saphir, pour redescendre et remonter, redescendre et remonter, en courbes d'arc-en-ciel de plus en plus longues, de plus en plus hautes, jusqu'à ce qu'elle ne touche plus le sol et qu'elle vole, qu'elle vole vers...

Elle poussa un gémissement. Ce réveil l'attristait, comme l'attristait la constatation immédiate de son état physique. De nouveau elle n'était qu'une vieille femme aux os trop fragiles, à la peau trop ridée, dont le cœur comme l'esprit étaient épuisés par l'effort de vivre.

Elle gisait assise, adossée à un gros oreiller, la seule position dans laquelle elle pouvait maintenant dormir sans crainte de s'étouffer avec les humeurs qui s'accumulaient dans sa gorge. Elle tenta de se souvenir. Ah, le rêve... Quel rêve merveilleux, où la gravité et l'âge n'avaient aucun pouvoir, et où le corps était le serviteur de l'esprit. La paix que lui avait apportée ce songe, la liberté...

Mais pourquoi s'était-elle réveillée ? De l'autre côté de la fenêtre, l'obscurité régnait toujours.

Elle changea de position dans le lit mais ses yeux troublés ne purent lire l'heure au réveil posé sur la table de chevet. Elle se laissa aller contre l'oreiller et son regard erra dans la chambre tandis qu'elle essayait de se souvenir si elle avait pris tous ses médicaments aujourd'hui, la vérapamil pour son angine, le Sinemet contre la maladie de Parkinson, la thioridazine pour la confusion mentale et la lactulose pour les reins. Oui, oui, la directrice ou la surveillante y avait veillé. En fait, elles l'auraient gentiment raillée en lui disant qu'elle le savait fort bien et qu'elle demandait son traitement comme si elles ne connaissaient pas leur métier. Eh bien, mais Jessie avait été infirmière pendant les deux guerres, quand elle était jeune... Quand elle était jeune... Il y avait si longtemps, toute une vie en arrière... Quand Howard était encore vivant et que les enfants... Quand les enfants l'aimaient encore, qu'ils se souciaient de son bien-être comme elle s'était tant souciée du leur. Mais ils avaient leur propre vie à vivre, maintenant, et ils ne pouvaient pas gaspiller leurs loisirs si durement gagnés avec une mère qui avait déjà quatre-vingt-deux ans d'existence derrière elle. Ils ne pouvaient lui rendre visite tous les jours, ni même toutes les semaines ou tous les mois avec tout ce travail – ce travail très important – à accomplir, avec leur gentille famille dont ils devaient s'occuper… qu'ils devaient chérir… comme elle les avait chéris.

Une humidité soudaine embua ses yeux, et la forme sombre du crucifix accroché sur le mur en face du lit devint encore plus indistincte. D'une main tremblante, Jessie saisit le drap et l'éleva vers son visage pour essuyer ses larmes.

Allons, vieille sotte. Tu deviens de plus en plus sentimentale à mesure que tu vieillis. Ils viendront sûrement demain, ou alors après-demain. Ils menaient des vies trépidantes, mais ils l'aimaient toujours. Beaucoup. Des endroits comme cet établissement coûtaient très cher, pourtant ils ne s'étaient jamais plaints de la dépense. Ses garçons étaient bons avec elle. Quand les avait-elle vus pour la dernière fois ? Etait-ce hier ? Non, non, avant-hier… Oh, tu es vraiment stupide. Cela faisait longtemps, oui, beaucoup plus longtemps. Ils venaient dès qu'ils le pouvaient, pourtant, et leurs femmes et les petits-enfants les accompagnaient. Pas à chaque visite, non, mais souvent. A l'occasion. Parfois. Il fallait les comprendre : quel intérêt pour des gamins – ou étaient-ils déjà adolescents ? difficile de se le rappeler, difficile de se remémorer leur visage –, quel intérêt pour eux de venir dans des lieux aussi horribles qu'ici ? Ces établissements étaient faits pour les vieux, pas pour les jeunes. Les jeunes n'aimaient pas ces odeurs de désinfectants, et la vue de la maladie, et le baragouin, et les pertes de mémoire, et le rappel de ce que serait leur vie, un jour. Cela n'avait rien de surprenant. Si elle pouvait décider, si elle n'était pas aussi désemparée, elle serait ailleurs, elle aussi !

Les coins de sa bouche sèche et sans lèvres se relevèrent sur une ébauche de sourire. Ailleurs. Oh, Jessie, il n'y a plus qu'un autre endroit pour toi, ma fille. S'Il veut bien de toi, évidemment. Ses paupières se fermèrent et elle pria pour qu'Il l'accepte, et ses pensées du paradis n'étaient pas très éloignées de son rêve.

Elle rouvrit les yeux et sentit – sans l'entendre – un mouvement près de la porte.

L'Ange du Grand Sommeil se tenait là, sur le seuil, et un halo verdâtre masquait les plis flottants de sa robe. Son visage restait dans l'ombre, mais Jessie savait que son expression n'était que douceur.

L'ange vint vers elle gracieusement, lentement, et Jessie imagina qu'il lui souriait.

Il parla, d'une voix si douce que Jessie eut du mal à comprendre. Il lui annonçait que le temps du départ était venu, qu'un endroit meilleur l'attendait, où il n'y avait ni douleur ni chagrin, et qu'il lui suffisait de rendre son esprit, d'abandonner la vie...

Alors qu'il se penchait sur elle comme pour baiser cette bouche édentée, Jessie se demanda si le sourire n'était pas une grimace, la grimace un rictus, le rictus une expression de dégoût. Soudain, la peur la submergea et quelque chose se durcit dans sa poitrine osseuse, se recroquevilla tout en paraissant se dilater, provoquant une souffrance pire que tout ce qu'elle avait connu auparavant, une douleur cruelle, née de la révolte, qui n'avait aucun rapport avec la paix du renoncement ultime.

Alors qu'elle crispait ses mains sur son cœur affolé, elle se rendit compte qu'une lumière violente inondait la chambre au-dessus d'elle et qu'il y avait une autre présence dans la pièce. L'Ange du Grand Sommeil était brutalement écarté d'elle et il hurlait... hurlait... Il hurlait comme elle hurlait...

# 3

— Tu as la tête de quelqu'un qui vient de passer une mauvaise nuit.

Kate McCarrick rassembla en une pile les papiers épars pendant que David Ash s'asseyait en face d'elle. Il déposa un gobelet en plastique sur le bord du bureau, puis chercha ses cigarettes dans sa poche.

— Une mauvaise matinée, plutôt, fit-il.

— Des résultats ?

— Pas selon les termes de l'Institut. Bonadventure n'est pas hantée.

Kate repoussa son fauteuil en arrière, se leva et marcha jusqu'à l'un des classeurs métalliques coincés entre les rayonnages bien remplis. Elle ouvrit le tiroir B.

— Je ne m'attendais pas à ce que ce soit un cas de hantise. Si les observations avaient été faites par des membres du personnel, j'aurais pu leur accorder un peu plus de crédit. Malheureusement, les personnes âgées font des témoins peu fiables en matière de paranormal. Soit leur vue est mauvaise, soit leur imagination est trop vive...

Elle feuilleta les dossiers et prit celui marqué *Maison de repos Bonadventure*. Elle retourna s'asseoir derrière le bureau tout en l'ouvrant.

— Tu m'as fait un rapport ? s'enquit-elle en lui jetant un coup d'œil.

Il eut un sourire las.

— Désolé, Kate, je ne m'y suis pas encore attelé.

Elle ôta ses lunettes et le considéra un moment : ses cheveux noirs emmêlés, son visage pâle, non rasé, ses vêtements froissés attestaient un état de fatigue évident.

— Excuse-moi de cette question stupide.

Il retira la cigarette toujours intacte de sa bouche et but une petite gorgée de café avant de dire :

— Une nuit chargée, une matinée chargée. Je t'apporterai un rapport écrit plus tard dans la journée.

— Non, tu m'as tout l'air d'avoir du sommeil en retard. Raconte-moi maintenant, la paperasse peut attendre.

Il avala encore un peu de café tout en se demandant, une fois de plus, si Kate avait un amant en ce moment. Elle était toujours séduisante. Même si sa silhouette n'avait plus la minceur de naguère, elle restait très sensuelle, et sa chevelure possédait toujours cet éclat particulier qui donnait envie de la toucher. Peut-être la ligne de la mâchoire avait-elle perdu un peu de sa netteté, et quelques ridules avaient-elles fait leur apparition au coin des yeux, toutefois Kate conservait une allure dont rêvaient la plupart des femmes ayant dépassé la quarantaine. Il se rappelait la première fois qu'ils avaient fait l'amour, la douceur infinie qu'elle avait alors déployée, la manière dont elle lui avait mordillé la peau, et comment ses lèvres avaient parcouru tout son corps...

— David ?

— Hein ?

Il secoua la tête pour chasser les souvenirs et, quand il croisa son regard, il sut qu'elle avait deviné ses pensées. Elle avait parlé d'un ton sec et le froncement de sourcils dessinait de nouvelles rides sur son front.

— Si je comprends bien, tu n'as pas enregistré de phénomène paranormal ?

— J'ai bien peur que non.

Il reposa le gobelet sur le bord du bureau et chercha des allumettes dans ses poches. Il en craqua une et l'approcha de la cigarette coincée de nouveau entre ses lèvres. Mais la flamme s'arrêta à un centimètre du but et il la contempla fixement. Prenant conscience que Kate l'observait, il termina son geste et aspira une bouffée de fumée, en espérant qu'elle n'avait pas remarqué le léger tremblement de sa main.

— Non, pas de fantôme, bien que j'aie eu un doute pendant quelque temps… (Elle se pencha en avant, les yeux brillant d'un intérêt soudain.) Les pensionnaires avaient en partie raison, poursuivit-il. Il y avait bien un Ange du Grand Sommeil qui hantait les couloirs de l'établissement, mais pas de la nature qu'ils imaginaient.

— Il a pourtant réussi à en terroriser certains au point qu'ils meurent de peur.

— Bah, c'est vrai, ils sont morts – deux quelques jours plus tard, le troisième la nuit même de la « visite ». La dernière victime a succombé à une crise cardiaque, bien qu'on ait diagnostiqué un cancer du rein peu de temps auparavant. C'était un homme qui approchait les quatre-vingt-dix ans, et il était très malade. Il n'en fallait pas beaucoup pour le faire basculer… (Il exhala lentement la fumée.) Un cynique dirait sans doute que son visiteur lui a rendu service…

Elle préféra ne pas relever.

— Et les deux autres ? Que leur est-il arrivé ?

— Tous deux avaient plus de quatre-vingts ans, et étaient en mauvaise santé aussi. De ce qu'ils ont dit à la directrice ensuite, il semble que l'apparition les ait convaincus que le moment du « grand voyage » était venu.

— Elle leur aurait dit de mourir ? fit Kate, stupéfaite.

— Mouais. C'est pourquoi ils l'ont surnommée l'Ange du Grand Sommeil. Je suppose qu'on pourrait appeler ça de l'euthanasie verbale…

— Incroyable…

— Attends d'être racornie par l'âge et lasse de tout au point d'avoir l'impression que ta vie ne rime plus à rien…

— Merci, j'ai le temps. Alors, qui était cet agent de la vie après la vie ? L'as-tu vu la nuit dernière ?

Du regard il chercha sur le bureau un cendrier. Kate prit la poubelle métallique près de sa chaise et la lui donna. Il y fit tomber la cendre avant de placer l'objet près de son siège.

— Oui, fit-il avec un soupir de lassitude. Il s'est manifesté cette nuit. Tard après minuit, en pleine obscurité, et je faisais le guet à partir de la blanchisserie de l'établissement. Il paraît que les personnes âgées ou très malades décèdent souvent vers ces heures, quand le corps est dans un état d'inconscience profond, aussi me suis-je dit que logiquement quelque chose pourrait se produire sur le coup des deux-trois heures du matin. Je me suis donc posté à l'étage où se trouvent les plus vieux pensionnaires. Bref, juste après trois heures quelque chose est passé devant la porte de la blanchisserie, quelque chose qui irradiait une sorte de halo vert. (Il gratta le chaume de barbe sous son menton.) Ça m'a foutu une sacrée trouille quand j'ai jeté un œil dans le couloir.

— Quelqu'un portant une tenue destinée à faire peur, dit Kate, plus sur le ton de la constatation que comme une question.

— Exact. Une robe blanche flottante, avec des manches longues et amples. Et sous son costume elle avait fixé avec du ruban adhésif de petits serpentins phosphorescents, tu sais, du genre que les gamins portent pour Halloween ou dans les foires ? De simples tubes de plastique transparent emplis d'un produit chimique qui devient luminescent dans l'obscurité…

— Je vois de quoi tu parles.

— Elle s'en est servie pour assurer son petit effet, pour donner un aspect irréel à sa silhouette.

— Elle ?

— Eh oui, une des surveillantes. Une infirmière qui travaillait dans le centre depuis des années.

— Ce doit être un spécimen exceptionnel de salope cruelle...

— Je n'en suis pas si sûr. La police et ses employeurs essaient encore de déterminer si elle a voulu terrifier ses pensionnaires par méchanceté, parce qu'elle ne pouvait plus les supporter, ou si elle cherchait sincèrement à les soulager de leurs souffrances en les aidant à franchir le pas vers un monde meilleur.

Kate se renversa dans son siège et réfléchit aux propos de David.

— C'est horrible, conclut-elle.

— Elle a terrorisé une autre candidate sélectionnée pour le paradis hier soir, mais je suis intervenu avant qu'elle ne fasse trop de dégâts. J'espère seulement que la vieille dame se remettra du choc...

Il rebut un peu de café, tira sur sa cigarette et lui sourit.

— Voilà l'histoire, en gros. Je crains qu'elle ne fasse pas beaucoup progresser les recherches de l'Institut.

— Nous survivrons. Notre tâche est d'enregistrer les événements paranormaux ou surnaturels, mais il est presque aussi utile de dévoiler les subterfuges. En fait, cette dernière action nous confère une crédibilité bienvenue ; les gens finiront peut-être par comprendre que nous ne sommes pas là pour légitimer les charlatans et les excentriques. Mon seul regret est que tu aies dû passer autant de temps sur cette enquête. Dis-moi, as-tu soupçonné dès le début une mise en scène ?

Elle regretta instantanément sa question en voyant l'éclat désemparé, presque désespéré, qui passa dans les yeux sombres de David. Très vite, elle enchaîna :

— Avais-tu soupçonné l'implication de la surveillante dans cette affaire ?

Il regarda derrière elle, vers la fenêtre. Au-dehors il

faisait très clair, et les bruits de la rue montaient jusqu'au bureau, assourdis. Une forme noire passa devant la vitre, un oiseau si imposant qu'il pensa aussitôt à un corbeau. Pour une raison inconnue, un frisson fugace le parcourut.

— Je me doutais que quelqu'un était derrière tout ça, dit-il, et il n'était pas très difficile de découvrir qui pouvait agir tranquillement durant la nuit, quand les apparitions faisaient leur petit numéro. J'ai proposé à la direction de l'établissement les services de l'Institut pour quelques nuits de plus à la condition expresse qu'elle dise au personnel que mon enquête était terminée. Personne ne devait savoir que je revenais. De fait, la surveillante a cru qu'elle m'avait dupé, et qu'elle pouvait continuer comme auparavant.

— Elle a vraiment pensé qu'elle pourrait poursuivre cette horreur sans se faire pincer ?

— Elle est complètement timbrée, Kate. Et donc capable d'imaginer n'importe quoi.

Kate referma le dossier *Bonadventure* et le mit de côté.

— Eh bien, contente que cette affaire soit résolue. Elle ne me paraissait pas très sérieuse.

— Combien le paraissent, au début ?

C'était une remarque qu'il n'aurait jamais formulée quelques années plus tôt, et Kate en fut momentanément déstabilisée. D'une certaine façon il semblait déçu par le résultat de cette enquête, presque désenchanté, et cela la déconcertait encore plus. Jadis pourfendeur cynique des pseudo-phénomènes psychiques et des objectifs de l'Institut de recherches métapsychiques, David Ash était passé par une modification progressive mais appréciable de ses positions. Il ne repoussait plus avec nonchalance tout événement paranormal même si, impliqué dans l'étude de l'un d'entre eux, il faisait de son mieux pour réfuter l'existence des fantômes ou la communication avec les morts. La majorité des cas étudiés par l'Institut se révélaient des canulars ou le résultat d'une conjonction exceptionnelle d'événements physiques spontanés, et personne n'était aussi doué que David pour démasquer les fraudes ou mettre au jour les circonstances étonnantes mais naturelles qui expliquaient des phénomènes apparemment incompréhensibles. En fait, c'est ce scepticisme affiché qui avait avant tout poussé Kate à lui proposer de travailler pour l'Institut. Leurs recherches nécessitaient un point de vue critique, et qui mieux qu'un sceptique endurci pouvait le leur offrir ? Il avait prouvé avec brio son aptitude à remplir cette tâche, en démolissant les théories de possession, de poltergeists et de spiritualisme à maintes reprises, avec des arguments logiques étayés par des preuves solides et un raisonnement imparable. A l'Institut, certains estimaient qu'il mettait un peu trop de cœur à l'ouvrage et qu'il faisait du tort à l'organisation avec sa réfutation constante de tout ce qu'implicitement ils avalisaient. Mais Kate avait toujours rétorqué aux autres collaborateurs que, par son opposition cartésienne à de telles croyances, Ash leur donnait une crédibilité énorme quand les circonstances incluant un phénomène paranormal ne pouvaient être niées.

Oui, David Ash avait été un bienfait pour l'Institut, et il avait savouré ses succès personnels, même si c'était avec ce recul railleur dont il se départissait rarement. Enfin, jusqu'à trois années en arrière, quand avait eu lieu l'affaire Mariel. A elle seule cette enquête avait ébréché sa confiance de matérialiste, jusqu'à le jeter dans une dépression des plus sévères.

Quelle était la vérité derrière tout cela, David ? Est-ce ton enquête qui a provoqué cette dépression, ou te guettait-elle de toute façon ? Et quelle part de tout ce qui s'est passé là-bas est sortie de ta seule imagination ?

Ash se leva de son siège en avalant ce qui restait de café dans le gobelet qu'il laissa tomber dans la poubelle.

— J'ai besoin d'une bonne sieste, dit-il. Je rédige le rapport ce soir et je te l'apporte demain matin à la première heure. A propos, tu pourrais passer un coup de fil aux Penlock. Je crois que quelques mots de réconfort ne leur feront pas de mal...

— J'ai une autre mission pour toi.

— Il me faut une petite pause, Kate.

— Très bien. Prends-toi la journée de demain. Tu peux dormir tout ton soûl... après m'avoir apporté ton rapport sur l'affaire Bonadventure.

— Ta générosité me laisse sans voix. Quelqu'un d'autre ne pourrait pas s'occuper de ce nouveau dossier ?

— J'ai pensé qu'il t'intéresserait tout particulièrement.

*Et puis, je sais que tu détestes rester inactif*, ajouta-t-elle en pensée. *Le temps libre te fait peur, n'est-ce pas, David ? Parce qu'alors tu commences à penser un peu trop, ou à rêver...*

— Connais-tu un village nommé Sleath ? demanda-t-elle d'un ton neutre.

Il secoua la tête.

— C'est dans les Chiltern. Un petit voyage.

— Quel est le problème là-bas ? Une hantise ?

— Non, David. Plusieurs...

# 4

Quitter la ville constituait une sorte de bénédiction, même si le temps clément s'était dissipé au profit d'une pluie fine qui refroidissait l'atmosphère. De temps à autre le soleil perçait et le paysage étincelait, le vert des champs prenant un lustre nouveau tandis qu'une luminosité douce faisait miroiter les collines au loin ; les bois de hêtres formaient des taches sombres, les fleurs sauvages ajoutaient une touche de couleur.

Sur ces routes secondaires, la circulation était plus fluide, toutefois Ash maintenait la Ford à une allure modérée pour profiter de la sérénité de l'arrière-pays des comtés proches de Londres. A intervalles réguliers il se référait à l'atlas routier ouvert sur le siège passager. Une fois sorti des axes principaux, le trajet était devenu plus compliqué à suivre et il comprenait mieux pourquoi il n'avait jamais entendu parler du village de Sleath ; c'était l'un de ces endroits dont l'isolement avait été paradoxalement accentué par la proximité des autoroutes et des nationales que les voyageurs ne quittaient plus. Il franchit de petites vallées et des collines peu élevées couvertes de hêtres. Ici et là des panneaux mettaient en garde contre la traversée inopinée de cerfs. Alors qu'il s'était arrêté pour consulter sa carte, il entendit un pivert au cœur des bois.

Il baissa la vitre, emplit avec délice ses poumons d'air pur et tenta d'identifier les différentes senteurs réveillées par le crachin. Les chants des oiseaux sonnaient clair dans le calme ambiant, et s'accordaient en une harmonie naturelle. Ash reprit la route. Il n'en était pas certain, mais il pensait aller dans la direction générale du village.

*Sleath.* Curieux nom. Mais la campagne regorgeait de villages aux noms étranges, la plupart amusants, certains sinistres. Celui-ci appartenait à la deuxième catégorie, songea-t-il.

Il jeta un coup d'œil à sa montre. Il devrait bientôt arriver à destination, mais il lui fallait prendre garde à ne pas s'égarer dans le labyrinthe des petites routes qui se croisaient et dont certaines étaient à peine assez larges pour un seul véhicule. Kate lui avait dit que Sleath le sortirait des sentiers battus, et elle ne s'était pas trompée. Jusqu'alors, il n'avait vu le nom du village sur aucun panneau indicateur. Une minute... Justement, il en apercevait un.

Il arrêta la voiture au croisement et scruta la pancarte délavée par les intempéries. Sur le gris du bois fendillé, les noms se détachaient à peine en brun. Ash poussa un soupir de frustration. Les trois branches du panneau lui détaillaient ce qui se trouvait à gauche, à droite et même derrière lui, mais rien pour ce qu'il y avait devant. Il se replongea dans l'étude de sa carte routière.

A moins qu'il n'ait complètement perdu le sens de l'orientation, Sleath était quelque part droit devant. Il nota les villages inscrits sur le panneau et les repéra sur la carte.

— C'est bien ça, murmura-t-il. Droit devant.

Il passa la première et jeta un coup d'œil à droite, puis à gauche.

Sa voiture n'avait avancé que de quelques centimètres quand il écrasa la pédale de frein. Un tracteur venait d'apparaître à sa droite, et son grondement précédait de peu la machine qui négociait le virage de la route.

Le conducteur, un homme au visage rubicond en parfait accord avec le rouge de son engin, lui fit un vague signe de la main en engageant le tracteur sur la route que David allait emprunter. Il portait un anorak vert olive à la capuche remontée sur la tête pour se protéger de la pluie, et son sourire révéla des dents jaunies et mal plantées.

Ash baissa vivement la vitre et héla le paysan :

— C'est bien la route vers Sleath ?

Le tracteur poursuivit son bonhomme de chemin entre les hauts talus bordant la route étroite sans que le conducteur daigne accorder la moindre attention supplémentaire au citadin et Ash vit, impuissant, la machine disparaître au premier tournant. Ses énormes pneus avaient laissé des paquets de terre boueuse sur l'asphalte, et le grondement de son diesel décrut peu à peu. Ash remit la voiture au point mort et détacha la ceinture de sécurité afin de pouvoir se saisir de son paquet de cigarettes. Il en alluma une et d'une pichenette jeta l'allumette par la vitre baissée. Elle s'éteignit avant de toucher le sol, et le filet de fumée qui s'en éleva se dissipa aussitôt dans la pluie. Il considéra un instant le bâtonnet de bois à demi consumé, puis se renversa contre son siège et ferma les yeux. Il tira longuement sur sa cigarette et se remémora un autre moment, dans une autre voiture, et la personne assise à côté de lui qui avait raillé la petite flamme qu'il tenait avant de se tourner vers lui, qu'il découvre dans la clarté lunaire ce visage…

Il rouvrit les yeux.

*Ça suffit. Oublie le passé. Evoquer ce genre de souvenirs finira par te rendre dingue.*

Mais il lui semblait que cela avait eu lieu hier.

Il boucla sa ceinture de sécurité, enclencha une vitesse et appuya sur l'accélérateur. Les roues arrière crissèrent sur l'asphalte mouillé avant de propulser le véhicule de l'autre côté du croisement. Le vent et la pluie le giflaient par la vitre baissée, dissipant la fumée mais pas son trouble. La Ford prit un peu trop de vitesse et Ash dut ralentir. Il atteignit la courbe où avait disparu le tracteur et braqua violemment. Cette action ramena ses pensées au présent. Pour l'instant, les mauvais souvenirs étaient bannis, ces images qui auraient pu être issues d'un rêve, d'un cauchemar, plutôt que de la réalité. Il fut presque reconnaissant à la voiture de le distraire quand l'aile avant droite frôla le talus opposé.

Il contrebraqua et freina un peu plus en espérant que l'auto ne déraperait pas dans la boue laissée sur la route par le tracteur. La végétation sur le flanc des talus ondulait au passage du véhicule.

Ash replaça la voiture au centre de la petite route et freina encore en apercevant le tracteur devant lui. Il se rapprocha de l'engin. De dos, avec la capuche de l'anorak sur la tête, son conducteur ressemblait à quelque moine sorti du Moyen Age. Il paraissait complètement inconscient de la présence d'un véhicule derrière lui. La place manquait pour doubler et Ash ralentit encore pour éviter la collision. Irrité, il refoula l'envie de klaxonner et suivit le tracteur à faible allure. Le grondement du diesel était encore plus sonore entre les talus, à peine moins bruyant qu'un marteau-piqueur. Tant pis pour la campagne bucolique, songea Ash en remontant la vitre de sa portière. Et les bouffées de fumée noire qui jaillissaient par intermittence sous l'engin n'amélioraient pas la douceur de l'air.

Ash se rendit compte qu'il serrait le volant si fort que les articulations de ses doigts en étaient blanchies. Il s'obligea à la décontraction, cala son coude contre la vitre et ôta la cigarette de ses lèvres. Il souffla lentement la fumée, résigné à prendre son mal en patience. Mais bientôt il pianotait des doigts sur le volant.

Une minute s'écoula et il décida qu'un léger coup d'avertisseur ne pourrait qu'améliorer la situation. Le conducteur devant lui ne se retourna pas ni ne déporta sa machine sur le côté. Ash commençait à se demander si l'agriculteur était sourd ou s'il s'amusait un peu à ses dépens. De toute façon, il ne pouvait pas faire grand-chose : un chat aurait eu du mal à doubler le tracteur.

— Allez ! grommela-t-il alors qu'ils approchaient d'une aire de croisement creusée dans le talus.

Le tracteur continua tout droit.

Ils passèrent devant une barrière dont l'entrée boueuse aurait permis au paysan de déporter son engin pour le laisser passer, mais une fois de plus l'homme n'en fit rien. Gagné par l'irritation, Ash klaxonna une seconde fois, plus longtemps. Aucune réaction. Il redescendit la vitre de sa portière et passa la tête à l'extérieur, prêt à héler le conducteur quand il vit que le talus s'abaissait un peu plus loin, jusqu'à n'être qu'une pente douce sur plusieurs mètres.

Il jeta la cigarette dehors et se prépara à accélérer. En mordant sur la surface herbue, il aurait tout juste la place et le temps d'un dépassement.

Au moment voulu, Ash écrasa l'accélérateur et tourna le volant sur la droite. Les roues de ce côté mordirent la pente légère. Le pare-chocs n'évita que de très peu l'énorme roue du tracteur. La Ford fonça en cahotant, mais il tenait fermement le volant.

Il était au niveau du pneu boueux et y jeta un coup d'œil angoissé. Il s'en tenait aussi éloigné que possible, mais un fossé sur la pente limitait sa marge de manœuvre. De façon incroyable, l'agriculteur encapuchonné ne l'avait toujours pas remarqué, ou l'ignorait volontairement. Ash klaxonna rageusement.

Mais le tracteur avait accéléré lui aussi, et se maintenait à sa hauteur. Il semblait même se rapprocher délibérément du flanc de la voiture.

Effaré, Ash comprit qu'il allait manquer de place. La pente douce remontait en talus à une trentaine de mètres devant eux.

Il freina brusquement et les roues commencèrent à glisser sur l'herbe humide, emportant l'auto vers le tracteur.

Ash poussa un juron. La Ford avançait en cahotant vers l'obstacle du talus. Il allait le percuter, la voiture verserait contre le tracteur et serait écrasée. Il se raidit...

... et le tracteur s'écarta soudainement pour tourner dans un chemin de terre conduisant à une barrière, sur la gauche.

Ash accéléra et revint sur l'asphalte.

Décidé à profiter de la vitesse, il ôta son pied de la pédale de frein. En lui le soulagement avait supplanté la peur, mais non la tension. C'est alors qu'il aperçut le petit pont arqué sur lequel il fonçait. Il n'avait plus la possibilité de s'arrêter et ne pouvait que prier pour qu'aucun véhicule ne vînt dans l'autre sens.

La Ford attaqua la pente du pont trop vite et le cahot envoya le crâne de David cogner contre le toit de l'auto. Il réussit néanmoins à contrôler la voiture.

Il franchit la crête du pont et redescendit de l'autre côté, où les accotements étaient plus larges. La route s'incurvait pour suivre la petite rivière qu'il venait de franchir.

Une silhouette se tenait au milieu du ruban d'asphalte.

Ash poussa un cri en braquant de nouveau.

*Oh, mon Dieu, je vais le renverser !*

La pensée hurla dans son esprit en même temps que les pneus sur la chaussée. La voiture partit en un tête-à-queue et le monde extérieur – arbres, buissons, la silhouette elle-même – vira sur la gauche quand la Ford dérapa sur l'herbe avec un cahot si brusque qu'il en lâcha le volant.

Ballotté dans l'habitacle de la voiture, il écrasait toujours la pédale de frein, au mépris de toutes les techniques de conduite classiques pour maîtriser un dérapage. Il appuya son dos contre le siège et ses mains se plaquèrent sur le volant.

Le temps parut ralentir tandis que les troncs devant ses yeux se rapprochaient dangereusement. Le véhicule s'arrêta enfin, d'un coup, et Ash fut projeté en avant puis rejeté en arrière par la ceinture de sécurité.

Il resta immobile un long moment, s'efforçant seulement de calmer ses nerfs à vif et les battements affolés de son cœur. Mais l'image de la silhouette immobile en plein milieu de la route – elle n'avait pas fait mine de fuir, comme un lapin fasciné sous le regard du renard – s'imposa à lui. Avec une rapidité qui avait beaucoup à voir avec son taux d'adrénaline actuel, il défit la ceinture de sécurité, ouvrit la portière et se rua au-dehors, si vite qu'il faillit s'étaler de tout son long. Il se redressa en titubant et scruta la route à la recherche du corps. La pluie tambourinait sur son crâne et ses épaules, et un de ses pieds glissa. Il ne conserva son équilibre que de justesse, et au prix de mouvements désordonnés des bras. Il était certain que la voiture l'avait heurté – il ne pouvait en être autrement, puisque l'inconnu se tenait en plein milieu de la route – et pourtant il ne se souvenait pas d'avoir ressenti ou entendu le moindre choc. Il s'arrêta au bord de l'asphalte et pivota lentement sur ses talons en cherchant le corps du regard. Il courut de l'autre côté de la route, et recommença la manœuvre.

Personne, nulle part.

Il fouilla frénétiquement les bas-côtés, mais personne ne gisait dans l'herbe, n'était debout ou agenouillé près des arbres. Peut-être sa victime s'était-elle éloignée en vacillant. Traumatisée par l'accident, touchée ou non. Et si elle avait rampé vers la rivière ?

Ash courut jusqu'au pont et regarda l'eau par-dessus le parapet. La rivière était en fait un torrent au cours vigoureux, aux eaux si claires et peu profondes qu'il discernait les rocs et le sable au fond. Une mousse épaisse adhérait aux plus gros rochers, et des myosotis avaient poussé à l'ombre des parties émergées ; aucun corps ne flottait là. Soulagé mais perplexe, il passa de l'autre côté du pont à tout hasard. Il était peu probable que le courant ait entraîné sa victime, tant le torrent était superficiel, mais il fallait bien que la personne qu'il avait heurtée ou failli heurter soit quelque part dans les parages. Le souffle court, il observa les berges. Des branches feuillues les frangeaient, créant un tunnel ombreux, et ici et là la végétation rampante caressait le bord de l'eau. Le torrent coulait assez droit, ce qui lui offrait une vue relativement dégagée sur une bonne distance. Malgré tout, il n'apercevait rien qui ressemblât de près ou de loin à un corps humain.

Une fois de plus il regarda autour de lui, en s'obligeant à prendre son temps et à scruter les alentours avec soin, méthodiquement, le pied des arbres, les buissons, guettant une ombre, un mouvement, n'importe quoi qui signalerait la présence d'un blessé. Toujours rien.

Il était déconcerté et ses craintes se renforçaient plutôt qu'elles ne se dissipaient. Il courut jusqu'au sommet du pont et contempla la route vide qu'il avait empruntée. Au loin s'élevait encore le ronronnement assourdi du tracteur qu'il avait eu tant de mal à dépasser.

Sa respiration s'était quelque peu apaisée maintenant, mais une idée lui vint si soudainement à l'esprit que pendant quelques secondes il suspendit son souffle sans s'en rendre compte. Il fonça vers la voiture.

Arrivé à un mètre d'elle, il tomba à genoux puis s'allongea sur l'herbe humide. Son regard balaya l'espace sombre sous la voiture.

Un soupir qui tenait du grognement lui échappa en constatant qu'il n'y avait aucun corps là non plus. Il s'assit et s'adossa à la portière avant de la Ford, une jambe étendue devant lui, l'autre repliée, son bras gauche reposant sur le genou relevé. Il offrit son visage à la pluie légère et les gouttes mouillèrent ses paupières closes.

— Dieu merci, fit-il.

Il n'y avait eu personne au milieu de la route.

C'était la seule explication possible. Il avait imaginé cette silhouette.

Avec une lassitude aussi soudaine qu'extrême, Ash se

remit debout en prenant appui sur la carrosserie glissante de la Ford. Une fois sur ses pieds, il se laissa aller contre la masse rassurante du véhicule, posa un coude sur le toit, l'autre main sur le capot. Ses épaules se voûtèrent et il inspira et expira lentement, à fond, pour se donner le temps d'évacuer la tension accumulée.

Il avait bien vu quelqu'un sur la route au moment où la voiture franchissait le dos du pont. Et il avait eu la certitude que le pare-chocs heurtait le gamin tandis qu'il tournait désespérément le volant.

Le gamin.

Un petit garçon étrange, vêtu d'un manteau à trois boutons et d'un pantalon court dont l'ourlet tombait au-dessous du genou. Comment pouvait-il accuser son imagination s'il avait enregistré des détails aussi précis ?

Et pourtant il n'y avait personne dans les parages. Même le bruit du tracteur avait disparu.

Un cri aigu perça le crépitement discret de l'averse, et il fit volte-face. Il chercha l'oiseau – il avait cru reconnaître le croassement guttural d'un corbeau – mais n'en vit aucun. Sans doute était-il perché en haut d'un arbre.

Ash ouvrit la portière avant de la Ford et se pencha sur le siège pour atteindre la banquette arrière. Il saisit le vieux sac fourre-tout, l'ouvrit et fouilla dedans jusqu'à ce que ses doigts rencontrent la froideur du métal. Il prit la flasque en argent plaqué et s'assit sur le siège passager, jambes à l'extérieur, sans se soucier de la pluie. Il dévissa le bouchon et s'accorda une belle rasade de vodka. L'alcool embrasa sa gorge.

La chaleur se diffusa dans sa poitrine, puis diminua jusqu'à n'être plus qu'une douce tiédeur.

Cela lui fit du bien. Un peu.

# 5

Il aperçut le village à travers les arbres qui défilaient alors que la Ford descendait la colline. La route épousait un virage en épingle à cheveux et il eut recours à toute sa concentration pour le négocier au mieux. Il ne put avoir une vue claire de Sleath qu'ensuite, face à lui au bout d'une longue ligne droite. Il aperçut le clocher de l'église qui dominait d'autres bâtisses massées autour, puis les bois lui cachèrent le village.

En lançant d'une pichenette le mégot de sa cigarette par la vitre baissée, Ash remarqua que sa main tremblait encore. L'incident n'était vieux que de quelques minutes, mais déjà la raison imposait le simplisme rassurant de sa logique : il s'était figuré un garçonnet immobile au milieu de la route. L'accident évité de peu avec le tracteur avait probablement déclenché quelque chose en lui, un souvenir peut-être, ou bien il avait provoqué une hallucination quelconque. En tout cas, il avait fait un écart pour éviter quelque chose qui n'était pas là. Bon sang, il avait enquêté sur suffisamment de cas de prétendus fantômes et autres apparitions pour savoir que la plupart étaient causés par une imagination trop active ou un traumatisme. Il était très bien placé pour savoir que l'esprit humain joue souvent des tours ; il venait simplement d'en avoir un nouvel exemple. Et pourtant le malaise persistait – pourquoi sa main tremblait-elle toujours ? – et certains souvenirs menaçaient de le submerger, comme s'ils se liguaient avec cette brève illusion. Non, il se trompait, songea-t-il. Ses souvenirs étaient les plus forts, ils forgeaient le stimulus qui avait déclenché son imagination. Cette logique n'avait rien de simple, mais elle renforçait la rationalité de l'analyse et au bout du compte se révélait beaucoup plus convaincante. Et c'était une théorie à laquelle Ash était très désireux de se raccrocher, quoique sans plaisir aucun, car toute autre explication aurait impliqué encore plus de questions et de doutes.

La route aborda le plat et la Ford approcha d'un petit pont de pierre. Non loin, sur la rive opposée, il vit un vieux moulin à eau, sa roue inutile verdie par la mousse. Les berges herbues étaient abruptes, bordées d'arbres dont le feuillage retombait sur le cours d'eau pour former un tunnel de verdure. Ash ralentit et passa le pont à vitesse réduite. Les roues franchirent la courte surface de pierre avec un bruit différent, puis la Ford entra dans le village de Sleath.

La pluie avait cessé et à travers les nuages un soleil timide dardait des rayons qui par endroits baignaient d'or la route humide.

Ash roulait lentement, en regardant à gauche et à droite, étudiant les vieilles maisons, la plupart de brique rouge et de bois, certaines rendues plus pittoresques par leur clayonnage enduit de torchis entre les poutres sombres, et leurs toits de chaume d'où dégouttait encore la pluie. La hauteur de quelques cheminées lui sembla tout à fait injustifiée, en particulier celles d'une bâtisse à pignons multiples sur sa gauche, qui par sa taille devait être quelque centre municipal, la salle paroissiale peut-être. Les cheminées qui s'élevaient de ses différents toits de tuiles brunes étaient surmontées de chapeaux de terre cuite en forme d'étoile. La double porte d'entrée en chêne massif était close et plusieurs affiches étaient punaisées sur le bois. La grande majorité des habitations étaient construites très près de la route, et seules quelques-unes possédaient un petit jardin délimité par des palissades basses.

Ash était impressionné. Surpris, aussi, car le village entier avait des allures de carte postale en trois dimensions. Très peu de gens étaient visibles dans l'artère principale. S'il avait été situé dans les Cotswolds, à Lake District ou dans certaines zones du Sud-Ouest, l'endroit aurait été envahi par des touristes bardés d'appareils photo, surtout à cette période de l'année. Sleath paraissait un secret bien gardé.

Il arriva devant une place gazonnée au centre de laquelle s'étendait un bassin oblong ; sur sa surface trouble, calme, un canard en plastique jaune flottait près du bord frangé de roseaux, en une vision incongrue.

La route encerclait la pelouse et Ash prit sur la gauche. Il passa devant un petit parking volé à l'herbe et goudronné, ses places nettement délimitées par des lignes blanches. Beaucoup étaient libres, mais il les ignora.

Au-delà des toits, les collines couvertes de hêtres enserraient Sleath. Les nuages roulaient lentement vers le lointain et le ciel se dégageait peu à peu. Le soleil, qui reprenait possession du paysage, réchauffa l'air avec la promesse d'un bel après-midi d'été. Une vapeur légère s'élevait de la route.

Il passa devant deux commerces, une boulangerie et un marchand de journaux. Tous deux s'étaient installés dans d'anciennes maisons d'habitation et leurs devantures ne rompaient en rien l'harmonie générale. Il aperçut quelques clients à l'intérieur, mais la route qu'il suivait continuait d'être déserte. Un coup d'œil à sa montre lui apprit qu'il n'était que onze heures moins cinq. A cette heure de la matinée, les villages tels que Sleath étaient très calmes, c'est du moins ce qu'il se dit. Une camionnette arrivait face à lui et contourna la pelouse par l'autre côté. Elle était suivie d'un bus vert qui stoppa devant trois commerces accolés. Un seul passager descendit du véhicule.

Assises sur un banc à l'ombre d'un orme vénérable, deux vieilles dames observaient Ash tandis qu'il faisait le tour de la pelouse et repartait dans la direction opposée. L'une dit quelque chose à l'autre quand il roula devant elles et leurs têtes suivirent la progression de la Ford. Non loin d'elles se trouvait un ensemble constitué d'un pilori et d'un poteau où l'on attachait les gens pour les fouetter, tous deux aussi vieux et solides que l'orme lui-même et qui comme lui donnaient l'impression d'avoir poussé de terre. Ash se demanda avec une ironie désabusée si ces instruments de châtiment et d'humiliation publique étaient encore utilisés. Peut-être les conservait-on pour satisfaire la curiosité morbide des étrangers, se dit-il, et il sourit presque à cette idée.

Il restait une partie de Sleath à découvrir, plus au nord, mais il avait déjà repéré ce qu'il cherchait, et il aurait tout le temps pour visiter le village plus tard. Il passa devant d'autres maisons vieillottes et les trois boutiques – en fait un bureau de poste, une quincaillerie et une boucherie – en face desquelles s'était arrêté le bus, et gara la Ford devant la Black Boar Inn.

Au-dessus de la porte de l'auberge était accrochée une enseigne délavée représentant un sanglier aux défenses recourbées dont les petits yeux brillants semblaient regarder l'arrivant. Des bancs bordaient la façade, sans doute pour les clients qui aimaient à contempler la place tout en sirotant leur verre ; personne n'y était assis pour l'instant, mais à cette heure le spectacle n'était pas très passionnant.

Ash étudia la façade de l'auberge pendant un moment avant de sortir de voiture. Elle était de poutres et de briques disposées en épi. Toutes les fenêtres étaient à petits carreaux et des glycines accrochaient leurs grappes de fleurs mauves autour des encadrements tout en laissant de larges sections de mur visibles. De nouveau, il se demanda comment les guides touristiques pouvaient omettre un endroit pareil. Il espéra que l'intérieur de l'établissement tiendrait les promesses de l'extérieur.

Ash ferma la portière à clé. Une légère brise soufflait et l'enseigne surmontant la porte grinça au bout de ses courtes chaînes. Il regarda le dessin avec plus d'attention. Le sanglier était représenté dans toute sa férocité, mais les intempéries et les années avaient amoindri son éclat.

Il franchit le seuil de la Black Boar Inn et fut soulagé de ne plus être soumis au poids du soleil. L'intérieur était frais et ombreux, bien que des rais de lumière aient commencé à filtrer par les fenêtres pour révéler une moquette à carreaux rouges défraîchie. Il y avait deux salles, une salle de café et un bar, chacune accueillante à sa manière, la dernière enténébrée par des lambris sombres, la première éclairée par des murs couleur crème, des poutres solides et le soleil qui se déversait par les fenêtres. Dans celle-ci, la salle de café, des banquettes à haut dossier protégeaient les consommateurs des courants d'air. A une extrémité de la pièce trônait une grande cheminée à l'ancienne flanquée de bancs en brique tendus de cuir et surmontée d'étagères où jadis on devait tenir les plats au chaud. Bien entendu, aucun feu ne crépitait dans l'âtre, mais des bûches étaient empilées dans un coin. Déserté à cette heure, le comptoir de chêne poli, avec ses pompes en cuivre bien astiqué, s'étirait à travers les deux salles, de chaque côté d'une séparation basse. Un couple âgé était assis dans un box près d'une fenêtre et buvait paisiblement du café, et un homme d'une cinquantaine d'années, vêtu d'un blouson de sport à carreaux et d'un pantalon en velours côtelé vert, lisait un journal à l'une des petites tables rondes, dans la salle du café. Dans un coin étaient attablés deux autres consommateurs qui interrompirent leur conversation à l'entrée de David. Le plus âgé, qui devait friser la soixantaine, portait des lunettes, tandis que son interlocuteur, un peu plus jeune, les tempes grisonnantes, laissait voir une stature impressionnante engoncée dans un costume noir. Il avait ouvert le col de sa chemise. Ses yeux étaient pâles et, l'espace d'une seconde, Ash se sentit mal à l'aise sous ce regard. Dans la salle de bar deux hommes dans la force de l'âge et vêtus identiquement, leurs visages rougeauds trahissant une vie de plein air, jouaient aux dominos, et au comptoir en L un jeune homme en chemise et pantalon de jean buvait un demi à petites gorgées. Une cible de jeu de fléchettes était accrochée au mur dans le fond de la salle, juste à côté d'une porte marquée MESSIEURS. Ash ne s'était immobilisé qu'un instant pour enregistrer tous ces détails. Il se dirigea vers le comptoir dans la salle de café.

Derrière le bar en chêne une jeune fille dont la chevelure blonde coupée court n'arrivait pas à rendre sévère un visage avenant leva le nez du verre qu'elle essuyait et le suivit du regard.

— Bonjour, dit-elle avec un sourire qui n'atteignait pas ses yeux.

Ash remarqua les cernes suggérant une mauvaise nuit. Il la salua d'un hochement de tête et regarda le nom des bières qui surmontait les pompes. Il désigna celle qui semblait être la production locale.

— Un demi, s'il vous plaît.

La serveuse prit une chope, la plaça sous la pompe correspondante dont elle baissa la manette.

— Belle journée, aujourd'hui, dit-elle du ton de quelqu'un qui cherche à engager la conversation.

Ash se soumit de bonne grâce au rituel :

— Il va faire chaud, je crois.

Il balaya la salle du regard et vit que l'homme au journal avait abandonné sa lecture et l'observait par-dessus ses lunettes. Il releva brusquement son quotidien. Les deux compères à la table ne prirent pas la peine de se dissimuler. Ils le surveillaient sans vergogne.

Ash eut un sourire tranquille et se retourna vers le comptoir.

— Ça fera… commença la serveuse en plaçant le demi devant lui, sur un sous-verre en carton.

— Et une vodka, coupa-t-il. Sans glace.

Elle le considéra avec étonnement avant de se tourner vers la desserte.

— Pas de Schweppes ? insista-t-elle en pressant un verre sous le doseur.

— Non, merci.

Il prit une longue gorgée de bière. Elle était froide, forte. Un bon brassage. Il plongea la main dans sa poche pour y prendre son portefeuille.

— Vous avez des chambres, ici ?

— A louer, vous voulez dire ? fit-elle en posant la vodka devant lui.

Elle eut un petit rire gêné en comprenant l'inanité de sa réflexion, et enchaîna :

— Oui, bien sûr, mais il faudrait voir Mr Ginty, le propriétaire. Je peux l'appeler, si vous voulez.

Il lui tendit un billet de cinq livres pour les consommations.

— Ce serait très aimable de votre part.

Elle lui rendit la monnaie, lui assura qu'elle n'en aurait que pour un moment et disparut par une porte à l'extrémité du bar.

Ash but encore un peu de bière. Autant ne pas finir trop vite ses verres, cela n'arrangerait pas l'image de l'Institut s'il arrivait éméché pour sa première entrevue avec le client. Toutefois, l'incident avec le gamin-qui-n'était-pas-là méritait un autre alcool fort. La bière ne comptait pas.

Il sentait toujours les regards fixés sur lui, et un coup d'œil sur sa gauche lui révéla que le jeune homme en jean derrière l'autre section du comptoir l'étudiait toujours.

Mentalement, Ash secoua la tête ; il se sentait comme le proverbial « étranger-dans-la-ville ». Tous les visiteurs recevaient-ils ce genre d'accueil, ou bien la nouvelle s'était-elle répandue qu'un chasseur de fantômes viendrait au village aujourd'hui ? Pourtant, la personne qui avait contacté l'Institut de recherches métapsychiques avait insisté pour que toute l'affaire demeure entourée de la plus grande confidentialité, de sorte qu'il semblait très improbable que leur client en ait parlé autour de lui. Si des faits étranges se produisaient à Sleath, néanmoins, ses habitants pouvaient avoir une certaine tendance au soupçon envers tout inconnu. En particulier si la personne cherchait une chambre pour la nuit.

— Mr Ginty va descendre dans un instant, annonça la serveuse en réapparaissant derrière le comptoir.

Elle sourit et il remarqua la blancheur éclatante de ses dents bien rangées. Sa longue jupe bleu pâle et son chemisier à demi-manches mauve passé dans sa ceinture mettaient en valeur la minceur de sa silhouette. Elle portait un maquillage discret et sa voix, avec cet accent doux à peine traînant de la région, n'était pas déplaisante. Elle ressemblait plus à une institutrice stagiaire qu'à une serveuse, mais peut-être représentait-elle la jeune fille typique de la région.

— Vous êtes en vacances ? s'enquit-elle en reprenant son torchon pour essuyer des verres.

Avant qu'il puisse répondre, un groupe d'hommes entra dans l'auberge et leurs voix fortes attirèrent tous les regards dans les deux salles. Ils passèrent dans l'autre et s'arrêtèrent devant le jeune consommateur solitaire. L'un des arrivants lui donna une claque sur l'épaule, puis ébouriffa sa chevelure rousse bouclée.

— Tu soupes un peu tôt aujourd'hui, non, Danno ?

L'autre se renfrogna.

— Y en a qui ont déjà fait la moitié d'une journée de boulot, à cette heure...

— Ecoutez-le ! railla l'homme avec un regard de connivence à l'adresse de ses compagnons.

Ceux-ci s'esclaffèrent et le premier s'appuya lourdement sur l'épaule du jeune homme pour lui murmurer à l'oreille d'un ton ironique :

— Parfois le meilleur boulot se fait de nuit, mon gars.

Les trois arrivants étaient grossièrement vêtus, l'un d'un faux ciré encore luisant de pluie, les deux autres de vestes de velours qui avaient connu des jours bien meilleurs. Ash nota la boue sur leurs bottes et en déduisit qu'il devait s'agir d'ouvriers agricoles. Le plus petit des trois était coiffé d'une casquette de base-ball marron décorée d'un portrait stylisé de chef indien ; il n'était pas rasé et une chevelure raide et crasseuse tombait sur sa nuque et encadrait son visage.

— Hé, Ruthy, lança-t-il à la serveuse, y a des gars qui meurent de soif, par ici !

Elle avança vers eux derrière le comptoir. Son sourire était encore moins naturel qu'auparavant.

— Et je ne veux pas savoir d'où vous revenez, fit-elle en prenant trois pintes sur une étagère.

— Oh, mais on te l'aurait pas dit, répliqua le plus proche du jeune homme avec un rictus mauvais.

Ash reprit un peu de vodka et adoucit la brûlure de l'alcool par une rasade de bière. Un homme au ventre imposant apparut par la porte au bout du bar. Il portait cravate mais les manches de sa chemise étaient retroussées au-dessus des coudes. Son visage large n'était pas particulièrement affable, et des pores dilatés piquetaient son nez et ses joues. Une chevelure clairsemée était plaquée en arrière sur son crâne, et Ash devina qu'il utilisait de la brillantine plutôt que du gel. Le propriétaire adressa un regard autoritaire aux trois derniers venus qui aussitôt baissèrent le ton, sans pour autant cesser de bavarder et de rire.

Il s'arrêta devant Ash.

— Vous désirez une chambre ?

Si elles ne débordaient pas d'amabilité, ses manières n'étaient pas brusques non plus. Pour l'instant, il semblait surtout jauger son client potentiel.

— Vous en auriez une de libre ? répondit Ash.

— Oh, nous en avons plus qu'une, ça oui. Combien de nuits comptez-vous passer parmi nous, monsieur ?

Alors que le patron se penchait sur le comptoir pour parler à Ash, des rires bruyants éclatèrent dans l'autre salle. Le propriétaire tourna vivement la tête dans cette direction, avec une moue mécontente, et le vacarme cessa dans l'instant.

— Des bracos, fit-il à son visiteur sur le ton de la confidence.

Ash haussa les sourcils, étonné.

— Des « bracos » ?

La voix du propriétaire se fit encore plus basse :

— Des braconniers. A mi-temps. Sinon ils commettent quelques petits vols, et ils touchent les indemnités de chômage. Leur journée de travail est terminée. Aucun doute que ce qu'ils ont grappillé cette nuit ou tôt ce matin est déjà caché dans leur abri de jardin. (Il eut une grimace attristée.) C'est un boulot qui ne convient qu'à ceux qui acceptent le risque de prendre du gros sel dans le derrière s'ils croisent le chemin du garde-chasse.

A la dérobée, Ash observa le trio avec plus d'intérêt. De l'index, celui à la casquette faisait signe d'approcher à la serveuse, mais elle n'en avait visiblement aucune envie. Le jeune homme roux paraissait mal à l'aise, comme s'il ne partageait pas du tout la gaieté des autres.

— Alors, monsieur, combien de nuits comptez-vous rester ?

Ash se retourna vers l'aubergiste.

— Je ne suis pas encore sûr. Deux nuits, peut-être une semaine entière. Mais je pense pouvoir vous le dire d'ici demain.

— Très bien, fit le patron en se redressant. Je vais vous faire préparer une chambre pendant que vous finissez votre consommation. Ruth, lança-t-il à la serveuse qui vint immédiatement vers eux, demande à Mrs Ginty de préparer la plus grande chambre, tu veux ?

Elle eut un sourire distrait pour Ash et s'éclipsa à la recherche de la femme du propriétaire.

— Si vous êtes venu en voiture, dit ce dernier, ce que je suppose, vous pouvez la garer de l'autre côté de la rue, près de la pelouse. Il n'y a de place que pour ma voiture, derrière l'établissement, mais la vôtre ne craindra rien à rester stationnée là. Je m'appelle Tom Ginty, au fait, ou Thomas, comme c'est écrit sur la porte. Propriétaire de la Black Boar Inn, comme l'étaient mon père avant moi et son père avant lui.

Il tendit une large main que David Ash serra sans hésiter. Sa poigne était ferme mais le contact ne dura qu'une demi-seconde.

— Vous pouvez apporter vos bagages ici quand vous serez prêt, et je les ferai monter. Nous proposons des déjeuners complets au bar, et il y a aussi un petit restaurant par là (il désigna une porte près de l'escalier que David Ash n'avait pas encore remarquée) qui est également ouvert aux non-pensionnaires.

— Parfait. Je peux vous offrir un verre ?

— Il est encore un peu tôt pour moi, Sir, répondit le patron sans la moindre trace de désapprobation. Merci tout de même. Alors, on se promène, n'est-ce pas ?

— Hem, pas exactement, éluda David. Vous voyez souvent des touristes, par ici ?

Ginty prit un chiffon et essuya une tache sur le chêne patiné.

— Ah, nous sommes un peu trop à l'écart des circuits habituels pour avoir beaucoup de visiteurs, et nous ne nous en plaignons pas, à vrai dire.

C'était la première fois que David Ash entendait un hôtelier admettre un manque de clientèle, et l'aubergiste dut saisir la lueur étonnée dans son regard car il cessa d'essuyer le comptoir et eut un petit rire amusé.

— Mais nous avons assez d'habitués ici pour travailler correctement, sans être envahis dès le printemps par des hordes en shorts bardées d'appareils photo. Oh, il y a bien quelques excursionnistes qui passent par ici, bien sûr, mais ils savent que c'est leur propre intérêt de ne pas parler du coin s'ils veulent qu'il reste tel qu'il est. Je garde quelques chambres au cas où, mais heureusement elles ne sont occupées que de loin en loin.

Ash était un peu déconcerté ; toutefois il décida que l'attitude était plutôt sympathique, et très compréhensible. Des endroits comme Sleath, où l'on préférait la tranquillité à la manne commerciale, devenaient rares dans le pays.

— Vous êtes ici pour affaires, alors ?

Ash soupçonnait la question d'être moins légère que le ton de Ginty ne cherchait à le faire croire. Le patron examinait une vieille marque sur le bois du comptoir avec un peu trop d'attention.

— En fait, je suis venu voir le révérend Lockwood.

L'aubergiste releva la tête, mais son regard se fixa au-delà de l'épaule droite de David, sans doute sur quelqu'un dans la salle.

— Je vais m'assurer que ma femme s'occupe de votre chambre, monsieur, fit-il avec brusquerie.

Peut-être qu'il n'apprécie guère le pasteur local, songea Ash en buvant un peu de bière. Ou bien il n'aime pas qu'on parle des hantises hors du village ; cela risquerait d'attirer trop de curieux.

— Vous pourriez m'indiquer comment me rendre au presbytère ? demanda Ash très vite car le patron s'éloignait déjà.

Ginty s'arrêta devant la porte menant hors du bar.

— Vous remontez la Grand-Rue jusqu'à la fourche. Ensuite vous prenez à droite, jusqu'au sommet de la colline où se trouve St Giles. Vous trouverez la maison du pasteur un peu après l'église. Une grande bâtisse.

— C'est loin d'ici ?

— Deux minutes en voiture, une bonne dizaine à pied. Votre chambre sera prête quand vous reviendrez.

Ash crut déceler une note de regret dans ces derniers mots.

— Merci, fit-il.

Ginty avait déjà passé la porte. Ash termina sa vodka, puis la bière. Alors qu'il quittait la salle, il se rendit compte que tous les clients l'observaient sans se dissimuler aucunement. Même les trois « bracos » dans l'autre salle s'étaient tus.

# 6

Il sortit dans le soleil et tourna la tête à droite, puis à gauche, englobant le village du regard. Il inspira l'air, tous les sens aux aguets. C'était quelque chose qu'il avait appris à faire récemment. Après l'avoir nié pendant très longtemps – pendant toute sa vie, pour être franc –, il avait fini par accepter que ses perceptions puissent être différentes de celles d'autrui, jusqu'au fait d'avoir une sensibilité dépassant les capacités humaines normales. Cette faculté, il l'avait toujours eue, mais c'est seulement trois ans plus tôt qu'il avait été forcé d'en reconnaître la réalité. Auparavant, son scepticisme l'avait voilée à sa propre conscience. Non, pourquoi continuait-il à se mentir ? C'est la peur qui avait constitué la véritable barrière, qui l'avait empêché de profiter de cette faculté spéciale. Jusqu'à ce qu'il soit mêlé à certains événements autour d'une hantise si réelle et personnelle que toute négation avait été balayée. Alors il avait bien dû faire face à une vérité aussi incontournable que terrifiante.

Malgré la douceur de l'air, Ash frissonna. Il chassa ces souvenirs de son esprit et se concentra sur le moment présent.

Sleath était un village parfaitement normal,

simplement un peu plus pittoresque que la plupart, et certainement plus paisible que beaucoup. Pourtant il percevait une tension, un trouble indéfini sous le calme de la surface.

Il se réprimanda en marchant vers la voiture. Ne venait-il pas d'imaginer avoir renversé un gamin en arrivant au village, et n'était-il pas encore un peu ébranlé ? S'il ajoutait à cela la soudaine hostilité du patron de l'auberge, sans aucun doute déclenchée par du ressentiment pour les étrangers qui venaient fourrer leur nez dans des affaires qui ne les regardaient pas, le malaise diffus de David s'expliquait fort bien.

Il monta dans la Ford et alla la garer près de la pelouse. Il avait décidé de se rendre à pied au presbytère. Avec les quelques gorgées prises à sa flasque un peu plus tôt, la vodka et la bière à la Black Boar Inn, il atteignait la limite d'alcool autorisée pour conduire et, même s'il semblait peu probable que le village possédât sa propre patrouille de police, il n'avait aucune envie de risquer encore un retrait de permis. Les désagréments en étaient trop importants. Par ailleurs, une petite marche lui ferait le plus grand bien. Cela lui éclaircirait les idées et lui permettrait de mieux étudier les lieux. Et le soleil invitait à la promenade.

Vers le sud il aperçut les traces d'un arc-en-ciel. Les couleurs se dissipèrent sous ses yeux, comme une fausse intuition vaincue par la logique.

Ash verrouilla la voiture et partit d'un bon pas dans la direction du presbytère.

Il traversa la route, passa devant l'auberge puis l'alignement de petites boutiques et de maisons, ces dernières de styles variés, certaines en poutres et plâtre, d'autres en briques et tuiles. Les deux vieilles dames étaient toujours assises sur le banc, près du pilori et du poteau au fouet, et elles l'observaient avec une curiosité évidente. Il leur adressa un hochement de tête aimable accompagné de son meilleur sourire, mais elles ne répondirent pas et continuèrent de le surveiller. Elles suivirent sa progression dans la Grand-Rue jusqu'à ce qu'il soit très loin, et il sentit longtemps encore leur regard dans son dos.

Il continuait de sourire, car les deux verres à l'auberge et la paix qui régnait dans le village avaient enfin eu raison de sa nervosité. Il en vint à se demander s'il n'apprécierait pas cette mission. Trop de fois il s'était retrouvé cloîtré à l'intérieur de maisons lugubres, à attendre, des nuits durant, qu'un fait inhabituel se produise, quelque chose d'assez peu naturel pour qu'il puisse enfin bouger et cesser de fumer cigarette sur cigarette en se gelant les fesses et en pensant beaucoup trop au passé.

Il accéléra l'allure. Il se refusait à laisser ce découragement insidieux assombrir ses pensées. Après l'affaire d'Edbrook, sa dépression nerveuse l'avait précipité au bord de la démence – et certains proches, il en était sûr, avaient cru qu'il avait franchi la limite – et sa lente convalescence n'avait été rendue possible que par son acceptation nébuleuse et tardive de ce qui s'était passé dans cette demeure malfaisante. Son cynisme envers le surnaturel s'en était trouvé profondément ébranlé, même s'il ne s'était pas avoué entièrement convaincu, car il croyait toujours que fraudeurs et simulateurs infestaient ce domaine commercial (puisque c'en était devenu un) : des charlatans, des escrocs qui extorquaient de l'argent à des gens crédules, des illuminés qui s'auto-illusionnaient autant qu'ils trompaient leurs disciples, et des égocentriques maladifs qui inventaient et mettaient en place des circonstances paranormales afin de se grandir aux yeux d'autrui. Que découvrirait-il à Sleath ? Même le fait qu'il ait été appelé par un homme d'Eglise, le révérend Edmund Lockwood, ne signifiait pas que la hantise fût réelle. Par le passé, Ash avait déjà eu affaire à des pasteurs névrosés ou abusés, et leur sacerdoce n'était pas un rempart infaillible contre leurs erreurs de jugement ou leur propre folie. Ce qui expliquait pourquoi l'Eglise préférait en général régler elle-même ces problèmes plutôt que de faire appel à des étrangers au sérail et ainsi risquer d'être la risée du public. Ash se demandait pourquoi le pasteur ou son représentant avait contacté l'Institut et non leurs supérieurs. L'évêque diocésain était-il au courant de l'initiative prise par un de ses subordonnés ? Si oui, approuverait-il une telle enquête ? Et n'aurait-il pas désiré y être directement associé ? Ce n'étaient là que quelques-unes des questions auxquelles le révérend Lockwood devrait répondre.

Toutes les maisons devant lesquelles passait Ash n'étaient pas aussi pittoresques que celles du centre du village, toutefois elles conservaient un charme campagnard certain, avec leurs toits d'ardoise et leurs façades en brique. L'énorme manteau de cheminée de l'une s'élevait du sol au toit et rendait minuscule la porte d'entrée ; la suivante était tellement étroite qu'elle paraissait difficilement habitable.

Il atteignit la fourche de la route. Le clocher de l'église se dressait au sommet d'une petite colline sur sa droite, et il prit dans cette direction.

Sans raison précise, il fit halte devant un alignement de trois cottages aux portes peintes d'un jaune éclatant, devancés par des jardinets bien entretenus. Son attention fut attirée par celui du milieu, et il resta immobile quelques secondes, mais rien ne se produisit. Pourtant, il avait la sensation qu'on l'épiait.

Il leva les yeux vers la petite fenêtre située au-dessus de la porte d'entrée, comme s'il espérait y voir un visage.

Personne. Mais un observateur n'aurait-il pu reculer hors de vue quand Ash s'était tourné vers les façades ?

Il éprouvait un froid familier, un frisson intérieur qui démentait la douceur de la journée.

Il perçut des voix, celles d'enfants chantant, et chercha du regard leur provenance. Plus loin sur la route s'élevait une bâtisse qui ne pouvait être qu'une école car une barrière métallique isolait le trottoir. Les voix assourdies des enfants planaient jusqu'à lui en une mélodie aigrelette, assez peu juste mais pure, un hymne ou une comptine qu'il crut vaguement reconnaître.

Distrait, il avança sur la route. Soudain, il prit conscience que les oiseaux s'étaient tus.

Il approcha du bâtiment, qui était de plain-pied et construit en pierre grise. Les fenêtres hautes laissaient entrer beaucoup de lumière et atteignaient le bout du toit en tuiles d'un rouge terne. La porte était arquée, comme celle d'une église, et sa peinture verte s'écaillait par endroits. Une pancarte, elle aussi abîmée par le temps, annonçait : ÉCOLE PRIMAIRE MIXTE DE SLEATH. Il écouta les voix tout en marchant. Le chant était approximatif ici et là, mais d'une douceur lancinante à l'oreille :

*Dansez, alors, tant que vous pourrez*
*Car je suis le Seigneur de la Danse, disait-il,*
*Et je vous entraînerai tous là-bas.*
*Où que vous soyez,*
*Je vous entraînerai tous là-bas,*
*Là-bas dans la danse, disait-il.*

Son pas se fit plus lourd comme l'inclinaison de la route s'accentuait et bientôt il se maudit de son manque de forme physique. Il se consola en se disant que les effets de l'alcool auraient été dissipés par l'effort physique avant qu'il arrive au presbytère. Derrière lui, le chant s'estompa rapidement. Là-haut, le clocher carré de l'église dominait la cime des arbres. Des arcs-boutants l'encadraient et une unique fenêtre en ogive s'ouvrait près du sommet, tel un œil sombre et méfiant. De son mouchoir Ash tamponna la transpiration à son front. Un long alignement de conifères derrière un muret de pierre masquait les alentours de l'église, et il aperçut des tombes entre les branchages. Une forme blanche se mouvait dans le cimetière, mais quand il s'arrêta pour regarder à travers les feuillages elle avait disparu. Il reprit son chemin, et le chant d'une grive vint égayer l'atmosphère, bientôt rejoint par celui, plus grave et plus puissant, d'un merle. Le soleil inondait la route et se réfléchissait ici et là dans des flaques sombres.

Quand il atteignit le porche du cimetière, il céda à une impulsion subite et décida d'y faire un tour avant de se rendre au presbytère. Avec un peu de chance, il y trouverait le pasteur. La voûte marquant l'entrée dispensait une fraîcheur agréable et il s'y attarda quelques secondes pour contempler St Giles. Au cours de son travail pendant les années passées, Ash avait eu l'occasion d'étudier l'histoire des édifices religieux, et il devina que celui-ci, avec ses murs de silex et ses arcs-boutants effilés, ses lourdes portes de chêne fermant un porche en surplomb, datait du treizième ou du quatorzième siècle. Les vitraux étaient mats à l'extérieur et leur opacité donnait à l'ensemble des airs de mausolée, comme si le presbytère cherchait à se retrancher du monde extérieur. Une bâtisse impressionnante, mais peu attirante, se dit Ash. Elle ne déparait pas vraiment avec le village.

La grille était raidie par le manque d'usage. Il la repoussa avec effort et se retrouva bientôt à transpirer sous le soleil qui frappait sa tête nue. Il ôta sa veste et desserra sa cravate tout en remontant l'allée de galets menant à l'église à travers le cimetière. Nombre de monuments et de pierres tombales étaient surchargés de décorations. Un ou deux présentaient même des tableaux d'anges sinistres en guise de sentinelles, mais la plupart étaient d'une facture plus traditionnelle et sans grande imagination. De vastes zones étaient laissées à l'abandon, où l'on apercevait à peine l'angle de stèles moussues sous les herbes folles, et à l'extrémité du cimetière la végétation envahissait tout. Des chênes vénérables et des épicéas s'élevaient au hasard, certains si proches des sépultures que leurs racines avaient sans aucun doute brisé la dernière demeure des disparus.

Un des battants de la double porte du porche était ouvert, et Ash entra. Tel un prédateur à l'affût, l'air froid et sombre l'enveloppa aussitôt et s'insinua sous ses vêtements. Il ne put réprimer un frisson. A cet instant précis il eut l'impression qu'une entité invisible tentait de le dépouiller de sa chaleur et de glacer ses sens. Une idée absurde qu'il chassa immédiatement. Néanmoins, il resta immobile un moment encore, surpris par sa propre réaction. Quelque chose n'allait pas ici. Non seulement dans cette église, mais dans tout Sleath. Il y avait quelque chose ici – quelque chose de caché – qui générait un trouble étrange. Rien de visible, rien de tangible, car le charme rural du village était indéniable. Indéniable et pourtant superficiel. Ash en était aussi sûr qu'il l'avait été de la chaleur du soleil le réchauffant dans le cimetière, aussi sûr qu'il l'était d'avoir entendu le chant des enfants en passant devant l'école, ou celui des oiseaux. Cette sensation était pour lui aussi réelle que la pierre des murs autour de lui.

Il jeta un œil aux affichettes punaisées sur la porte comme pour y trouver l'assurance que tout était normal ici, malgré son malaise. Elles annonçaient une vente de charité prochaine, une bourse aux échanges, une réunion de la Société féminine locale, une représentation du *Roi et moi* à la paroisse voisine, la réunion du conseil municipal, l'horaire des offices. Rien que de très banal. Où étaient les horaires de la prochaine messe noire, ou des rites sataniques nocturnes ? Ou, plus mondains mais tout aussi sinistres, ceux du Dîner dansant des pédophiles de Sleath, la réunion mensuelle du chapitre local du Ku Klux Klan, ou bien la fête de la Société pour la promotion de la bestialité ? Non, il n'y avait là rien qui fût hors de propos, rien d'extraordinaire, propre à éveiller la suspicion. Alors pourquoi ces doutes, pourquoi ce sombre pressentiment ? Une ambiance menaçante planait-elle sur ce petit village paisible, ou Ash était-il encore perturbé par des événements de son passé récent ? La réponse lui échappait.

Presque avec colère il saisit l'anneau de la porte intérieure et le tourna. Il réagit mais le battant ne s'ouvrit pas. Il fit un nouvel essai avant de comprendre qu'il était verrouillé.

L'enquêteur n'en fut pas vraiment surpris. De nos jours, même les endroits consacrés ne sont plus à l'abri des vandales ou des voleurs. Il frappa le panneau du poing en espérant que quelqu'un l'entendrait. N'obtenant aucune réponse, il résolut de quitter le porche. Il mit une main en visière sur ses yeux pour les protéger du soleil en refermant la porte de chêne derrière lui et aperçut à cet instant précis une forme qui évoluait rapidement entre les tombes du cimetière.

Saisi d'une faiblesse soudaine, il dut s'adosser au battant de chêne derrière lui.

Le choc avait été à la fois brutal et subtil, rien qu'un frisson mental, une agression psychique qui l'avait laissé pantelant. Il cligna vivement des yeux, mais la silhouette s'était évanouie de nouveau, et il se demanda si ce n'était pas une hallucination, une fois encore.

Ash se massa les tempes du bout des doigts, lentement, pour supprimer l'élancement qui naissait dans son crâne. Mais c'était sa propre agitation intérieure qu'il cherchait à chasser. Avec un soupir il baissa les mains et scruta le chemin du regard.

Il y avait bien eu quelqu'un là-bas, il en était certain. Et cette personne devait l'avoir vu. Alors pourquoi s'être dissimulée ?

Ash revint sur ses pas et s'engagea dans le cimetière. Il tourna sur une petite sente qui louvoyait entre les tombes en direction de l'arrière de l'église. Des gargouilles saillaient sous l'angle du toit, et leurs rictus semblaient le narguer. Optant pour la prudence sans trop savoir pourquoi, il ralentit en approchant du coin de l'édifice.

Il faillit s'arrêter car il sentait une présence très proche, juste hors de sa vue.

Avec un peu d'irritation contre lui-même, il accéléra le pas comme s'il était impatient de se retrouver face à face avec l'individu qui avait traversé le cimetière. Il savait qu'il se conduisait de façon irrationnelle, que cette personne avait tout autant que lui le droit d'être ici ; mais il ne s'expliquait pas cette volonté de l'esquiver et de se cacher ainsi de lui.

Ash atteignit le coin de l'église, le contourna... et s'arrêta net.

# 7

Elle portait un chemisier blanc non boutonné sur un T-shirt et une jupe bleu pâle. Ses yeux, d'un bleu un ton plus clair que la jupe, étaient emplis d'une peur tellement abjecte que David Ash leva une main face à elle pour montrer ses intentions pacifiques.

Ils se dévisagèrent en silence un long moment, sans bouger.

Ash était stupéfait. Et perplexe. C'était comme si une énergie irrésistible avait submergé ses pensées, le laissant mentalement pétrifié. Consciemment il combattit cette influence inexplicable, y mit toute sa volonté, et en un instant son esprit fut libéré.

— Je suis désolé, réussit-il à dire.

— Pardon ? fit-elle en secouant la tête en signe d'incompréhension.

— J'ai dû vous effrayer.

*A moins que ce ne soit tout le contraire*, songea-t-il.

La femme se redressa de toute sa taille et releva un peu le menton, comme pour en imposer. Elle était mince, son ossature fine, et ses cheveux brun clair ramenés en une queue-de-cheval qui revenait sur son épaule. Dans une main elle tenait un bouquet de fleurs.

— Non, vous ne m'avez pas effrayée.

Mais il y avait dans sa voix une note de nervosité qui trahissait sa confusion.

Ash était tout aussi décontenancé. D'un ton mal assuré, il dit :

— Je cherche le pasteur. Le révérend Lockwood.

— Oh, souffla-t-elle (et elle parut se décontracter un peu, même si l'incertitude hantait toujours ses yeux). Vous ne le trouverez pas ici à cette heure de la journée.

Elle regarda derrière lui et Ash se rendit compte qu'il l'avait sans le vouloir coincée, car de ce côté l'église formait un L. Directement dans le dos de la jeune femme se trouvait une porte qui menait peut-être à la sacristie de St Giles. L'air nonchalant, il s'écarta un peu, pour lui laisser psychologiquement une issue, et ne fut pas étonné qu'elle avance de deux mètres pour s'arrêter dans l'espace libre. C'était un rituel intéressant et Ash se demanda si la femme était aussi consciente que lui de leur pas de deux comportemental. Le sourire circonspect qu'elle arborait le suggérait.

— Le révérend Lockwood fait la tournée de ses paroissiens les plus âgés, expliqua-t-elle. Mais l'heure du déjeuner approche et il sera bientôt de retour.

— Ah... fit-il sans trop savoir que dire, toujours sous le choc de l'étrange sensation éprouvée un moment plus tôt.

La femme décela peut-être son embarras car elle ajouta :

— Le révérend Lockwood attend-il votre visite ? (Elle le surprit en souriant franchement et en se décontractant d'un coup.) Mais oui, bien sûr, enchaîna-t-elle. Vous êtes David Ash, n'est-ce pas ? De l'Institut de recherches métapsychiques ?

— En effet, mais comment... ?

— C'est moi qui ai contacté Kate McCarrick à l'Institut de la part de mon père. Je suis Grace Lockwood, la fille du révérend.

Elle fit passer les fleurs dans sa main gauche et lui

tendit la droite qu'il serra. Brusquement, il eut l'impression de la connaître.

Mais ce fut elle qui demanda :

— Ne nous sommes-nous pas déjà rencontrés ?

D'une manière inexplicable il savait qu'il n'en était rien, malgré l'étrange sensation au contact de sa main. Néanmoins, il prit le temps de fouiller sa mémoire. Il lui donnait une petite trentaine d'années, et c'était une femme séduisante, à la voix aussi douce que le visage. Sa peau était légèrement hâlée, ce qui faisait ressortir le bleu de ses yeux. Elle portait un maquillage très discret. Sans être fascinante, c'était le genre de femme dont le charme devenait plus évident à chaque instant, et plus il étudiait son visage plus il la trouvait belle. Il sut que s'il l'avait rencontrée auparavant il ne l'aurait pas oubliée.

Il s'éclaircit la voix et répondit :

— Non, je ne le pense pas.

Elle eut une mimique incertaine, puis haussa les épaules.

— Vous avez certainement raison. Vous m'avez semblé familier, tout à coup. C'est tout.

Etait-ce la vérité ? Ou avait-elle été la proie de la même réaction à sa vue ? Le trouble s'estompait déjà de l'esprit de David, et sa réaction initiale lui paraissait déjà moins significative. Il savait que bientôt il se demanderait si tout cela n'était pas le jeu de son imagination. Selon toute probabilité, son apparition au coin de l'église avait simplement surpris la fille du pasteur, et ils n'avaient en rien partagé une expérience psychique. *Reprends-toi, Ash*, se morigéna-t-il, *et arrête de croire que tout le monde est aussi cinglé que toi.*

— Vous dites que votre père rentrera bientôt ? fit-il pour meubler le court silence qui déjà lui pesait.

— Oui, pour déjeuner. Je vais moi-même retourner à la maison d'ici quelques minutes. Nous pouvons y aller ensemble, si vous voulez.

— Avec plaisir. Est-ce loin ? dit-il pour alimenter la conversation.

— Pas tellement. Attendez, je vais déposer ces fleurs et nous pourrons partir.

Il la regarda couper entre les tombes avec des mouvements appropriés à son prénom, sa chemise blanche et sa robe bleue formant une silhouette lumineuse parmi le gris des pierres. A quelque distance elle fit halte et se baissa pour poser son bouquet. Puis elle se redressa et resta immobile un moment, tête baissée, comme en prière.

Alors qu'elle revenait vers lui, elle dérangea un papillon posé sur une tombe et l'insecte se mit à voltiger autour d'elle. Ash vit le sourire de la jeune femme et ses lèvres qui bougeaient. On eût dit qu'elle parlait au papillon. Celui-ci voleta deux fois autour d'elle avant de s'éloigner.

Sourire aux lèvres, Grace Lockwood le rejoignit en l'étudiant d'un regard à l'acuité presque gênante.

— Je n'avais encore jamais rencontré un chasseur de fantômes, dit-elle. Vous n'êtes pas du tout tel que je vous imaginais.

— Vous pensiez que je porterais une grande cape noire, et peut-être un chapeau à larges bords ?

— Une barbe, au moins. Oh, et une bible sous le bras, bien sûr.

— Désolé de vous décevoir.

— Vous ne m'avez pas déçue, répondit-elle avant de tourner la tête vers le village. Avez-vous eu l'occasion de visiter un peu Sleath ?

— Un peu, en venant. C'est très pittoresque. Je suis étonné que vous n'ayez pas plus de touristes.

— Il arrive que certains nous trouvent, mais nous faisons de notre mieux pour ne pas être cités dans les guides.

— Je peux comprendre pourquoi. Sleath deviendrait à coup sûr une attraction, en particulier pour les

Américains et les Japonais. Ils adoreraient ce coin préservé de la vieille Angleterre.

— Nous préférons rester isolés, dit-elle en regardant par-dessus son épaule. Nous sommes bien cachés et les villageois font leur possible pour garder le secret.

— Le secret ?

— Je veux parler du charme de l'endroit. Nous sommes une petite communauté, Mr Ash, et il est rare qu'on accueille les étrangers à bras ouverts...

David eut un sourire désabusé.

— Je peux en témoigner. Même le patron de la Black Boar Inn ne semblait pas enchanté que je lui loue une chambre.

— Vous êtes descendu chez lui ? (Ash acquiesça.) Tom Ginty est quelqu'un de bien. Un peu bourru au premier abord, mais assez plaisant quand il vous connaît.

Ash se retint de lui dire que la brusquerie de l'aubergiste ne lui était apparue qu'à la mention du révérend Lockwood. Il préféra changer de sujet :

— Les fleurs, elles étaient pour un parent, pour un ami ?

La question la prit par surprise.

— Oh... pour ma mère. Elle est décédée l'année dernière. Nous y allons ?

Elle se mit en marche vers le porche du cimetière et Ash la rattrapa en deux enjambées.

— Je suis désolé, dit-il en se détestant pour cette banalité.

— Désolé d'avoir posé la question, ou que ma mère soit morte ?

A l'évidence, elle n'aimait pas beaucoup sa propre réponse non plus. Elle tourna la tête vers lui et son sourire adoucit le reproche.

— A l'époque, j'étais loin d'ici. J'ai travaillé à Paris pendant deux ans, au musée de Cluny. Je suis arrivée une heure après sa mort. Père ne s'était pas rendu compte de la gravité de son état, sinon il m'aurait rappelée plus tôt, bien sûr.

Il résista à la tentation de lui présenter d'autres condoléances.

— Et que faisiez-vous dans ce musée ?

— Vous ne connaissez pas le musée de Cluny ?

— Non, je l'avoue à ma grande honte.

— Au Moyen Age, c'était un monastère. A présent, il abrite une des plus importantes collections d'artisanat d'art médiéval. Des éperons, des ceintures de chasteté, des sculptures, des ivoires, des bronzes, des bijoux – toutes sortes d'objets fascinants. Malheureusement, la plupart n'avaient pas été catalogués ou documentés, et mon travail a consisté à retrouver leur histoire et à la situer dans un contexte historique plus large. Durant l'hiver, le musée n'est pas très fréquenté par les visiteurs, et il m'était facile de travailler parmi tous ces trésors sans être dérangée.

— Vous êtes donc une experte de ce genre de choses ?

— Je me suis spécialisée dans l'étude du Moyen Age. Une époque très intéressante.

— Je vous crois sur parole. Mais pourquoi en France ? J'aurais cru que le Moyen Age anglais aurait de quoi vous occuper à plein temps...

— Il y a trop d'historiens pour trop peu d'emplois dans ce pays, Mr Ash.

— David, Miss Lockwood.

— Alors, appelez-moi Grace. J'avais visité les musées et les galeries de Paris pendant des années – mes parents m'ont toujours encouragée à voyager –, mais quand j'ai découvert une série de tapisseries qu'on appelle *La Dame à la Licorne*, au musée de Cluny, j'ai été fascinée. Elles sont tellement attirantes, elles vous hantent... Vous les connaissez ?

Ash eut un petit rire et sans aucun embarras confessa n'en avoir jamais entendu parler.

— Mais je veux bien croire qu'elles sont très spéciales, ajouta-t-il.

Ils atteignaient le porche du cimetière et il ouvrit la grille pour laisser passer Grace.

— Oh, elles sont même extraordinairement spéciales, répondit-elle. Mais au cours de mes visites je me suis rendu compte des retards du musée dans les domaines documentaire et chronologique, et je leur ai proposé mes services. C'était assez hardi, mais mon français n'était pas trop mauvais et mes diplômes convenaient. De plus, j'étais prête à travailler pour un salaire restreint, de sorte qu'après un échange de courriers et l'envoi de diverses références la direction du musée m'a offert un contrat d'un an.

— Vous avez dû être ravie.

— C'est peu dire : j'étais tout simplement extatique. Cette première année s'est très bien déroulée et j'ai beaucoup amélioré mon français. Il y avait tant à faire et, bien sûr, on découvrait d'autres objets d'art tout le temps. Beaucoup nous étaient directement envoyés, alors que le musée devait se porter acquéreur pour d'autres. Mon contrat a été étendu à deux années supplémentaires mais, comme je vous l'ai dit, ma mère est tombée gravement malade l'année dernière et j'ai dû rentrer.

— Mais vous auriez pu retourner à Paris ensuite, non ?

Le visage de Grace était dans l'ombre du porche, mais il nota le changement dans sa voix :

— Mon père avait besoin de moi ici.

Elle repassa dans le soleil, et sa tristesse parut se dissiper avec la lumière.

— Avez-vous faim, Mr Ash… David ?

— Un peu.

Il aurait préféré une autre vodka.

— La maison n'est plus très loin, fit-elle en indiquant la direction opposée au village et en se remettant à marcher. Peut-être accepterez-vous de partager notre déjeuner ?

— Avec plaisir. Je pensais que le presbytère serait plus proche de St Giles.

— Il est plus proche qu'il ne l'était jadis. A l'origine, mes ancêtres étaient les seigneurs de la région, ainsi que les guides spirituels de la communauté. En fait, la famille Lockwood fait partie intégrante de l'histoire de Sleath depuis bien des générations. Longtemps les Lockwood ont été à la fois châtelains et pasteurs.

— Une puissante combinaison, sans aucun doute.

— En effet. Trop, peut-être...

Son regard se perdit au loin et elle resta silencieuse un long moment avant de reprendre :

— A présent, nous sommes la génération pauvre des Lockwood, et mon père n'a d'autre influence sur sa paroisse que celle d'un pasteur très ordinaire. Ce qui, de nos jours, ne représente pas grand-chose, ajouta-t-elle avec un sourire. Je travaille à mi-temps à la salle paroissiale, ce qui apporte un peu d'argent. Et cela me tient occupée.

— Vous avez dit que le presbytère était plus près de l'église que naguère, lui rappela Ash, intrigué.

— Excusez-moi, je suis la reine des digressions. Lockwood Hall se trouvait au cœur de ses propres terres, mais le manoir a brûlé il y a deux siècles environ. Mon père et moi habitons dans ce qui à l'origine était le pavillon du gardien, à l'entrée du domaine.

— Un changement plutôt brutal...

— Pas du tout. Les Lockwood avaient perdu presque toute leur fortune bien avant la naissance de mon père. Je n'ai jamais connu d'autre vie.

A son expression, il comprit qu'elle ne nourrissait aucun regret.

— Je suis certain que votre père est tout autant respecté de ses paroissiens que ses aïeux, dit-il.

*Même si le patron de l'auberge ne semblait pas beaucoup aimer son pasteur*, pensa-t-il.

— Oh, je ne crois pas que les anciens Lockwood aient

été aussi populaires que cela. Vous savez, ils devaient maintenir l'ordre sur le territoire de la paroisse et y prêcher la parole divine.

— Oui, j'ai remarqué le pilori et le poteau de supplice dans le village.

— Il y a eu des châtiments bien pires, par le passé.

— J'ai pourtant du mal à imaginer que la région ait pullulé de bandits.

— Peut-être pas de nos jours, mais Sleath a connu de durs moments dans son histoire.

— On m'a montré quelques-uns de vos bracos ce matin, au Black Boar.

— « Bracos » ? Ma parole, vous apprenez vite !

— Le patron m'a expliqué.

— Eh bien, nous avons notre lot de braconniers et de petits voleurs, comme partout dans les campagnes.

— Pas de réunions de sorcières, de groupes satanistes, ou ce genre de choses ?

Elle éclata d'un rire clair.

— Qu'est-ce qui vous fait penser à cela ?

— Simplement les principes généraux qui régissent ce genre d'enquête. L'endroit est assez isolé...

— Pas tant que cela. C'est vrai, les villageois ne sont pas très liants, mais même cette attitude commence à évoluer.

Ils avaient depuis longtemps dépassé les limites de l'église et le petit chemin courait maintenant sur le plat. Des bois et des collines se dressaient devant eux, avec seulement quelques maisons éparses.

— De quelle façon cela évolue-t-il ? s'enquit-il en jetant sa veste sur son épaule et en enfonçant son autre main dans la poche de son pantalon.

— Les jeunes s'en vont pour chercher du travail dans les agglomérations plus importantes de la région, ou à Londres. Même les enfants sont emmenés en bus à l'école de la ville voisine, à présent.

Il s'arrêta net.

— Pourtant, je suis passé devant l'école du village en venant ici, et j'ai entendu des enfants qui chantaient.

Elle fit halte à son tour.

— Vous les avez entendus ? Non, ce devait être le son d'une radio dans un des cottages proches.

— Le chant venait de l'école, insista-t-il. Les enfants chantaient une comptine quand je suis passé devant l'établissement.

— Vous avez fait erreur, dit-elle. (Et il y avait plus que de l'étonnement dans le bleu pâle de ses yeux : il y décela une lueur d'inquiétude.) L'école primaire de Sleath est déserte. Elle a fermé il y a deux ans.

# 8

*Une maille à l'endroit, une maille à l'envers, une maille à l'endroit, une maille à l'envers...*

Ellen Preddle était assise auprès de la fenêtre et le seul son dans la petite pièce était le cliquetis des aiguilles à tricoter. Ses doigts travaillaient avec une adresse toute mécanique, et le début du pull de garçonnet qu'elle tricotait s'étalait sur ses cuisses. La pelote de laine rouge était posée sur un tabouret, près de sa chaise.

*Une maille à l'endroit, une maille à l'envers, une maille à l'endroit, une maille à l'envers...*

C'était une litanie muette – même si ses lèvres formaient les mots toujours répétés –, une manière de se concentrer, de repousser les pensées dangereuses. Mais de temps à autre son regard quittait la pointe brillante des aiguilles et se perdait dans le vide, sans rien voir, et alors son esprit flottait vers de sombres rêveries qu'elle aurait préféré oublier.

— Oh, Simon... murmura-t-elle.

Le cliquetis cessa et elle posa les mains sur ses genoux. Le soleil dardait de féroces rayons à travers la fenêtre fermée, à tel point que sa chevelure noire paraissait étinceler. Le corps velu d'une abeille venait cogner avec insistance contre une vitre en émettant un bourdonnement coléreux. Enfin vaincue, elle disparut en direction du nectar des fleurs du jardin, dans une danse élaborée.

Ellen soupira. Simon était un si gentil petit garçon, et tellement innocent. Pourquoi n'était-il pas venu la voir depuis maintenant trois jours ? Avait-elle commis une faute ? Lui en voulait-il ? Elle se mordit la lèvre inférieure et sa poitrine se serra pour réprimer le sanglot qui y naissait. Ne pas pleurer. Cela déplaisait à Simon. En dépit de tous ses efforts une buée envahit ses yeux et elle cligna des paupières pour faire tomber la larme, qui coula sur sa joue. Elle l'essuya fébrilement du revers de la main.

Elle contempla la laine rouge sur ses cuisses. Simon aimait cette couleur. Elle le rendait joyeux, disait-il toujours. Heureux ? Quel bonheur son pauvre petit avait-il jamais connu ? Seulement quand ils étaient seuls tous les deux, et qu'ils jouaient ensemble, ou entretenaient leur petit jardin, ou même quand ils allaient faire des courses. Il y avait aussi ces plaisanteries d'enfants, ces fous rires, la télévision qu'ils regardaient ensemble, *ensemble*... Le bruit de la clé de la porte d'entrée gâchait irrémédiablement ces instants privilégiés. Le visage de Simon changeait du tout au tout, son expression devenait celle de la peur, presque de la terreur, dès qu'il entendait *son* pas sur le seuil. Il fixait ses yeux sur la porte pendant que la clé tournait dans la serrure, et se recroquevillait contre sa mère quand le battant commençait à s'ouvrir.

Combien tous deux ils détestaient ces moments où *il* pénétrait dans la pièce, apportant avec lui l'odeur répugnante du whisky et du tabac, mêlée à celle d'un corps sale ! Comme ils auraient voulu fuir ses attitudes malveillantes, et *sales* ! Comme...

D'un geste sec elle releva les aiguilles et força ces terribles souvenirs à quitter son esprit.

*Une maille à l'endroit, une maille à l'envers, une maille à l'endroit, une maille à l'envers...*

Même après la mort de son père, le petit Simon était resté possédé par la peur. Il continuait de surveiller la porte avec angoisse dès qu'il entendait un bruit à l'extérieur, quand bien même elle lui répétait que son père était parti pour toujours, que plus jamais il ne les tourmenterait, qu'à présent ils n'étaient vraiment plus que tous les deux. Ensemble... Mais il restait les cauchemars, ces rêves de pas montant l'escalier alors qu'il n'y avait personne, personne pour se glisser dans sa chambre et le tourmenter, lui faire ces choses répugnantes...

*Une maille à l'endroit, une maille à l'envers, une maille à l'endroit, une maille à l'envers...*

*Cesse de penser à cela, Ellen ! Oublie ces horreurs. Il est parti.* Il ne restait plus que Simon et elle, à présent. En dépit de ce que tout le monde disait, de ce que tous les autres pensaient. Mais que savaient-ils ? Ils croyaient que Simon l'avait abandonnée, mais non, son petit n'aurait pas fait cela, pas son Simon. Il aimait trop sa maman. Elle l'avait expliqué au pasteur, mais il l'avait réprimandée, lui avait dit que ce n'était pas la réalité, que Simon était... Que Simon était...

*Une maille à l'endroit, une maille à l'envers, une maille à l'endroit, une maille...*

Ses doigts engourdis travaillaient vite, de plus en plus vite, et elle avait du mal à suivre leurs mouvements des yeux. Des mailles étaient sautées, et le tricot commençait à ne plus ressembler à rien.

Mais où était Simon, maintenant ? Aujourd'hui ? Et hier ? Avant-hier ? Pourquoi n'était-il pas revenu ? En voulait-il... En voulait-il à...

Sa mère ?

Le cliquetis cessa. Une fois de plus, le silence écrasa la pièce.

Pouvait-il accuser... sa mère ? *Oh, Simon, ce n'était pas ma faute, je ne savais pas... Je n'avais pas compris ce que... ton père... t'infligeait...*

Elle se remit à tricoter, mais avec effort.

*Une maille… à l'endroit… Une maille… à l'envers… Une…*

Un bruit, dans l'escalier.

Elle tourna la tête, tendit l'oreille.

Le même son. Mais il provenait de l'étage et non de l'escalier. Un bruit anodin, ordinaire, un bruit de tous les jours.

Ellen se leva lentement de sa chaise.

La pelote de laine rouge tomba du tabouret et roula sur le sol en se dévidant. Ellen regarda le plafond bas. Ce bruit – si réel… si normal. Il se fit entendre de nouveau. Le clapotis tranquille de l'eau.

Simon aimait jouer avec l'eau.

Simon adorait prendre des bains.

Jusqu'à ce dernier…

Elle lâcha son tricot. Les aiguilles cliquetèrent une dernière fois en heurtant le sol.

— Simon ?

Sa voix était douce, incertaine.

De nouveau, un léger clapotis.

Ellen fit un pas vers l'escalier.

— Tu es revenu, Simon ?

Sur ses lèvres jouait un sourire aussi incertain que sa voix.

Elle approcha du pied de l'escalier et regarda vers l'étage, comme si elle s'attendait à voir son fils décédé sur le palier. Mais non, bien sûr, il n'était pas là. Le bruit venait de la salle de bains. Simon se trouverait dans la baignoire, à jouer avec l'eau, comme à son habitude.

Elle gravit la première marche. Puis la suivante.

— Simon ? fit-elle d'une voix un peu plus forte en montant d'autres degrés.

Elle trébucha et sa main se plaqua sur une marche supérieure pour éviter la chute. Il ne lui fallut pas longtemps pour atteindre le petit palier qui desservait les deux chambres et la salle de bains.

La porte de cette dernière était entrebâillée.

Et les sons étaient encore plus nets.

Quelqu'un était dans son bain. Simon prenait son bain. Comme il l'avait fait quand il... Ellen était incapable de formuler le mot, même en esprit. Quand il...

— *Simon !*

Le clapotis cessa.

— Simon, répéta-t-elle dans un murmure cette fois, son sourire revenu. Je viens te voir.

Ellen leva la main pour repousser la porte, et elle contint son impatience pour ne pas l'effrayer, de peur qu'il ne parte encore, qu'il ne s'évanouisse dans l'air comme il l'avait déjà fait.

Doucement elle fit pivoter le battant.

Et hurla en voyant la chose horrible et noircie penchée sur la baignoire, qui masquait en partie la petite silhouette pâle qu'elle maintenait sous l'eau de ses bras calcinés.

# 9

La stature du révérend Edmund Lockwood était quelque peu diminuée par ses épaules voûtées et la maigreur de son visage qui assombrissait ses yeux et ses joues. Dans sa jeunesse, se dit Ash en observant l'homme qui se tenait devant la fenêtre du salon et regardait vers les bois, Lockwood avait dû être impressionnant, avec son mètre quatre-vingt-dix et cette assurance révélant des convictions profondes. Sa chevelure poivre et sel ramenée derrière les oreilles accentuait l'effet produit par son front haut et la courbe du nez, sans doute cassé dans le passé car il était légèrement de travers. Il y avait peu de ressemblance entre le père et la fille, à l'exception des yeux, un peu plus clairs chez lui, mais tout aussi perçants, au point que l'enquêteur s'était senti mal à l'aise sous leur feu quand Grace avait fait les présentations un peu plus tôt. Ash avait détourné le regard, peut-être pour éviter que le pasteur ne détecte le cynisme qui l'habitait.

En revanche, il avait été surpris par le manque de vigueur de la poigne du révérend quand ils s'étaient serré la main. Ce n'est qu'ensuite qu'il avait remarqué les articulations tordues du vieil homme, et les jointures rougies par l'arthrite. Toute pression devait lui infliger une douleur considérable.

Ash était assis sur un canapé confortable, devant une belle cheminée en brique dont l'âtre spacieux était empli de vieilles bûches bien sèches. La pièce était fraîche et sentait les vieux livres et le cuir patiné, cette dernière odeur provenant de deux fauteuils écorchés et griffés un peu partout, sans doute par des générations de chats. Des poutres couraient au plafond et un poteau solide campé au centre de la pièce aidait à supporter le plancher de l'étage.

— Cela ne vous dérange pas, si je fume ? s'enquit-il en plongeant machinalement la main dans la poche de sa veste.

Le révérend fit volte-face d'un bloc, comme s'il avait oublié sa présence pendant quelques secondes.

— Je préférerais que vous vous en absteniez, répliqua-t-il avec brusquerie.

Ash interrompit son geste et contempla l'homme froidement. Grace Lockwood réapparut à cet instant précis. Elle portait un plateau chargé d'une cafetière, de pots et de tasses. Le déjeuner s'était résumé à un repas plutôt frugal – une salade au jambon avec un choix de fromages restreint pour conclure –, et la conversation avait été aussi maigre que le menu. Ash avait l'impression que la nourriture était un inconvénient nécessaire pour le pasteur, toutefois il s'abstint de toute allusion à la hantise de Sleath tandis qu'ils mangeaient. Même quand ils furent passés au salon, le révérend avait paru très réticent à aborder ce sujet. C'est Ash qui avait dû faire le premier pas en mentionnant la comptine qu'il avait cru entendre en passant devant l'école désaffectée. Lockwood avait alors marché jusqu'à l'une des fenêtres, s'était planté là et avait fixé le paysage sans répondre.

Grace remarqua le geste de David qui remettait le paquet de cigarettes dans sa poche.

— Vous voulez fumer, David ? fit-elle en décochant à

son père un regard éloquent. Je vais voir si je peux vous trouver un cendrier. Nous en gardons quelque part, pour les visiteurs.

Elle posa le plateau sur la table basse et quitta de nouveau la pièce. Le pasteur lui lança une œillade sévère, mais non dépourvue d'humour.

— Cela vous dérange vraiment ? demanda Ash en appuyant sur le dernier mot.

— Je suppose que non, fit Lockwood, ses traits s'adoucissant quelque peu. Veuillez excuser mes mauvaises manières. Je crains que vos propos ne m'aient affecté plus que je ne veux bien l'admettre.

Il se détourna de la fenêtre et alla s'asseoir dans un des vieux fauteuils dont le cuir gémit sous son poids.

— Voudriez-vous servir le café ? Mes mains ne sont plus très sûres...

Ash se pencha vers la table basse entre eux et emplit deux tasses.

— Noir pour moi, merci, dit le pasteur quand son invité fit un geste vers le petit pot de crème.

La main déformée trembla quand il prit la tasse que lui tendait Ash et il saisit curieusement la soucoupe entre le pouce et l'index. L'autre main stabilisa l'ensemble.

— La comptine que vous dites avoir entendue en passant devant l'école... l'avez-vous reconnue ? demanda-t-il en se renversant contre le dos du fauteuil.

— Je ne suis pas un spécialiste des comptines, répondit Ash en prenant lui aussi son café noir. Pourtant, elle m'a paru familière. Je l'ai sans doute déjà entendue auparavant, quelque part.

— Vous souvenez-vous des paroles ?

Ash fouilla sa mémoire un moment, et finit par secouer la tête.

— Elles m'échappent. Je ne suis même plus certain de l'air, à présent, même si je sais qu'il ne m'était pas inconnu. Pourquoi cette question ?

— Je me demandais à quelle époque elle pouvait remonter.

— Ecoutez, j'y ai bien réfléchi. Grace a peut-être raison, il n'est pas impossible que j'aie seulement perçu le son d'une radio. La journée est belle, quelqu'un a pu laisser une fenêtre ouverte.

Le révérend sourit, mais ses yeux demeuraient baissés sur sa tasse.

— Un esprit sain cherche toujours une cause rationnelle. C'est une bonne méthode pour éviter les angoisses métaphysiques.

Ash ne comprenait que trop bien la vérité de cette assertion, mais il se garda de répondre. Grace revint avec un cendrier en verre épais qu'elle posa sur la table basse à côté du plateau.

— Je vous en prie, ne vous gênez pas, dit-elle à Ash avant de se diriger vers les fenêtres. Je vais simplement ouvrir un peu avant que Père ne commence à se plaindre. Dieu sait pourquoi elles restent fermées par une aussi belle journée, de toute façon.

Elle ouvrit les fenêtres et l'odeur sucrée des chèvrefeuilles envahit la pièce, balayant très vite celle de renfermé. Ash observait le profil de la jeune femme. Sa poitrine tendait le tissu du T-shirt et un demi-sourire planait sur ses lèvres tandis qu'elle inspirait l'air pur, les yeux clos.

Il fit jaillir une cigarette du paquet et l'alluma sans se sentir le moins du monde coupable de polluer l'atmosphère renouvelée.

— Mr Ash est quasiment convaincu qu'il s'agissait en fait d'une radio et non de voix fantômes venues de la vieille école primaire, dit le révérend Lockwood à sa fille quand elle se retourna vers eux.

La réponse de Grace s'adressait à Ash :

— Je me demande...

— C'était aussi votre première réaction, lui rappela-t-il.

— Je sais, mais ensuite je me suis remémoré d'autres incidents qui se sont produits récemment à Sleath. Si vous étiez au courant, vous ne jugeriez pas des chœurs célestes aussi improbables.

— Alors racontez-moi, dit Ash en sortant d'une poche un magnétophone miniature et en le montrant à Grace et à son père. Si vous n'y voyez pas d'inconvénient, j'aimerais enregistrer notre conversation. Cela évite de prendre des notes pendant que nous parlons.

La jeune femme acquiesça, mais le pasteur semblait hésiter.

— Je ne peux pas dire que j'aime beaucoup ces procédés, Mr Ash, finit-il par dire.

— Tout cela restera strictement confidentiel. Tout ce qui se dira dans cette pièce demeurera entre vous, moi et l'Institut de recherches métapsychiques.

— Mais peut-on vous faire confiance ?

— L'Institut a collaboré avec l'Eglise en de nombreuses occasions, Père, intervint Grace que la franchise abrupte du révérend mettait visiblement dans l'embarras. Sa réputation dépend de sa discrétion tout autant que de son impartialité. Nous en avons discuté avant de contacter Miss McCarrick.

D'une voix bourrue et encore mécontente, le vieil homme répondit :

— Soit. Mais je ne suis toujours pas persuadé que ce soit la meilleure chose à faire.

— Il n'y a pas d'alternative, répliqua-t-elle avec fermeté, le visage sévère.

Ash jugea bon de reprendre la situation en main. Il mit en marche l'appareil.

— Puis-je commencer par vous demander pourquoi vous n'avez pas contacté l'Institut par l'intermédiaire des autorités ecclésiastiques ?

Le révérend ne marqua aucune hésitation.

— A ce stade, je ne voulais pas d'un troisième parti impliqué. L'archevêque sera pleinement informé selon les résultats de votre investigation. Même les paroissiens ignorent la raison de votre présence ici.

— Ils devineront très vite, dès que je commencerai à enquêter et à mettre en place mon équipement. Il se pourrait même que je doive demander du renfort à l'Institut une fois l'enquête lancée...

— Nous considérerons ce problème quand il se présentera, si vous le voulez bien. Et même dans cette éventualité, la raison de votre venue à Sleath ne doit pas être connue hors des limites du village.

— Hélas, cela je ne peux vous le garantir. Les gens bavardent, et les rumeurs vont vite et loin.

— Rarement au-delà de cette paroisse.

— Alors Sleath est un endroit très particulier.

Ni Grace ni son père ne réagirent, et Ash les dévisagea tour à tour avec curiosité.

— Très bien. Je vous crois donc sur parole. En ce qui nous concerne, moi et l'Institut, il s'agit d'une enquête strictement privée. Toutefois, nous ne pouvons parler pour le reste de la communauté.

— Nous le comprenons bien.

David tira sur sa cigarette, en tapota le bout sur le bord du cendrier et posa le magnétophone sur la table basse. Ensuite il annonça l'heure, la date et le lieu de l'entretien, ainsi que les noms des intervenants.

— Racontez-moi la première vision, dit-il au pasteur.

— Je suppose que vous voulez parler de la première apparition d'un fantôme... répondit le révérend. (Devant l'acquiescement de David, il poursuivit :) Tout a commencé peu après qu'une de mes paroissiennes, une gentille dame qui a beaucoup souffert dans sa vie, eut perdu son fils unique.

— Pourriez-vous être un peu plus précis ? insista poliment Ash. Quand exactement est mort son enfant ?

Lockwood lança un regard interrogateur à sa fille.

— Simon a été enterré il y a trois semaines exactement aujourd'hui, répondit Grace. Il est mort il y a un mois.

(L'expression de David le dispensa de poser la question qui lui brûlait les lèvres.) Il n'a pas pu être enseveli avant, une autopsie était nécessaire, expliqua Grace. Il s'était noyé dans son bain, voyez-vous. Les autorités ont voulu trouver une cause plausible.

Ash s'enquit de l'âge du garçon, puis calcula rapidement la date de la mort et celle de l'enterrement. Il les enregistra avant de poursuivre :

— Le décès s'est donc produit dans des circonstances troubles ?

— Non, il n'y avait personne d'autre. Le médecin légiste a conclu que l'enfant jouait dans son bain, peut-être qu'il s'amusait à retenir sa respiration sous l'eau – vous savez comment sont les enfants, surtout quand ils sont laissés à eux-mêmes. Il est probablement resté trop longtemps en apnée et aura perdu connaissance...

Les yeux de David s'étrécirent.

— Cela semble assez peu probable.

— Le médecin légiste a pourtant rédigé un rapport de mort accidentelle. Il n'y avait pas le moindre indice d'autre chose.

— La mère... ?

C'est le révérend Lockwood qui répondit, avec dans la voix une irritation mal contenue, comme s'il n'admettait pas le scepticisme de l'enquêteur :

— Ellen Preddle adorait son fils. Elle l'aimait plus que tout ou n'importe qui.

— Vous dites que cette femme avait beaucoup souffert. Trop, peut-être ? Le gamin aurait pu mal se conduire et la mettre en colère à un moment particulièrement difficile pour elle. Les nerfs de la pauvre femme auraient pu lâcher. D'un autre côté, des hommes ont massacré leur famille et des mères ont étouffé leur bébé en croyant qu'ils protégeaient les êtres aimés des horreurs de la vie.

La colère n'avait pas quitté Lockwood :

— Je suis au courant de telles tragédies, Mr Ash, mais la mort de cet enfant n'entre dans aucune de ces catégories. Ellen Preddle et son fils Simon étaient très heureux durant la dernière année, plus heureux en fait qu'ils ne l'avaient jamais été auparavant... (La voix du pasteur se calma un peu.) Voyez-vous, le père du gamin était un homme cruel, grossier, qui traitait sa femme et son fils de manière abominable. Je prie Dieu qu'Il me pardonne ce que je vais dire, mais quand George Preddle est décédé, l'année dernière, son seul legs à sa famille a été la paix et le bonheur.

— Et comment est-il mort ?

— Un accident aux champs. Une mort des plus horribles.

Le pasteur reposa sa tasse à moitié vide sur la table basse et resta penché en avant, ses mains jointes devant lui ; il baissa la tête et soupira avant de la relever.

— Je suppose que vous voulez des détails ?

Sa répugnance à les donner était plus qu'évidente.

— Je vous ferai savoir quand vous m'en direz trop, répliqua Ash.

En voyant la surprise sur le visage de Grace et la mauvaise humeur sur celui de son père, il se hâta de préciser :

— Lorsqu'on enquête sur des événements paranormaux ou surnaturels, trop de détails peuvent parfois constituer un obstacle plus qu'une aide. Cela peut anticiper sur certains faits que l'enquêteur doit découvrir par lui-même, ou le conditionner. Cela dit et si ma collègue Miss McCarrick m'a bien renseigné, cette hantise comprend plus d'un lieu. En conséquence, il me faudra plus d'informations que de coutume.

— Je vois, fit Grace. Votre café refroidit.

Il sourit et prit sa tasse.

Le révérend Lockwood était toujours troublé.

— Je ferai de mon mieux pour vous aider, Mr Ash, mais je dois vous informer que le fait de contacter l'Institut de recherches métapsychiques est entièrement une idée de ma fille. Je n'étais absolument pas d'accord.

— Quelle alternative envisagiez-vous, en ce cas ?

— Je ne suis pas sûr de comprendre votre question.

— Je pense que vous ne vouliez pas non plus avertir votre évêque. Alors, qu'espériez-vous ? Avez-vous cru que ces phénomènes finiraient par disparaître d'eux-mêmes, avec de la chance, avant que trop de gens n'y soient mêlés ?

Lockwood préféra éluder la question :

— Ainsi donc, vous pensez ces hantises réelles ?

— Je n'ai pas dit cela. Je me dois d'ailleurs de préciser que dans neuf cas sur dix étudiés par l'Institut l'explication se cantonne à une conjugaison de circonstances exceptionnelles ou à une mise en scène frauduleuse, sans aucun rapport avec le paranormal.

— Et le cas restant ?

— Souvent il n'est pas concluant non plus. La cause peut nous rester difficile à définir, voire inconnue, cela ne signifie nullement que nous soyons en présence du surnaturel.

— Nous voyons ce que vous voulez dire, David, assura Grace en venant prendre la tasse de son père. Un peu de café chaud, Père ?

Sans attendre de réponse, elle ajouta du liquide fumant dans la tasse. Le pasteur la lui prit des mains et se renfonça dans son siège. Il parut distrait par sa fille qui avançait une chaise à dossier droit pour être plus proche du magnétophone.

Ash revint à la charge :

— Vous alliez me dire dans quelles circonstances le mari d'Ellen Preddle est mort…

Le révérend but une gorgée de café avant de répondre :

— Avez-vous jamais été témoin d'un feu de meule, Mr Ash ?

— Je croyais que les meules de foin appartenaient au passé. Les fermiers ne roulent-ils pas le foin en balles, de nos jours ?

— Nous sommes à Sleath. Quelques fermiers du coin en sont restés aux vieilles méthodes. Parfois une meule prend feu de l'intérieur. On voit de petites flammes à l'extérieur, puis de la fumée, beaucoup de fumée ; mais le véritable brasier est dedans, qui dévore le cœur de la meule. La chaleur y est incroyablement élevée, incroyablement, oui, et soudain toute la meule explose en flammes…

Il marqua une pause comme s'il imaginait cet incendie digne de l'Enfer.

— George Preddle était ouvrier agricole – quand il y avait du travail. La plupart du temps, il ne faisait rien sinon boire, et maltraiter sa femme et son fils…

Ash fut quelque peu étonné d'entendre un homme de Dieu parler aussi sévèrement d'un mort. A l'évidence, ce pasteur n'était guère tolérant pour celles de ses ouailles qui s'écartaient du droit chemin.

— Il a eu la chance que le cottage où il vivait avec sa femme ait été hérité par Ellen de ses parents, sinon la famille Preddle aurait été dans la misère… (La tasse cliqueta dans la soucoupe quand il la reposa.) Il avait été embauché à la ferme des Gunstone, à un peu plus d'un kilomètre du village, et ce jour-là – une journée très semblable à celle-ci, ensoleillée, très chaude – son fils l'aidait. Le gamin gagnait quelques shillings pendant les vacances scolaires en faisant des bricoles dans le village ou en donnant un coup de main à son père aux champs. Personne ne peut dire avec certitude comment la meule a pris feu, mais tout le monde sait que Preddle fumait beaucoup et qu'au déjeuner il avait bu. Apparemment, c'est lui qui travaillait le plus près de la meule, et peut-être a-t-il fait tomber un mégot ou une allumette sur le foin. Quoi qu'il en soit, de la fumée s'est élevée de la meule et aussitôt les autres ouvriers agricoles ont formé une chaîne à partir du point d'eau le plus proche, qui n'était pas très éloigné. Fou qu'il était, Preddle a posé une échelle contre la meule et a insisté pour grimper en haut afin d'éteindre le feu à la verticale.

Ash grimaça.

— Et tout l'intérieur était déjà transformé en brasier.

Lockwood redressa les épaules comme pour soulager une douleur persistante et contempla les bûches éteintes dans l'âtre.

— Il n'y avait que quelques flammes visibles de l'extérieur, et un peu de fumée. Quel que soit ce qui avait allumé le foin, cela avait progressé vers le centre de la meule. Un accident absurde, un coup du sort : nos destinées basculent en de pareils moments. Preddle s'est contenté de rire des avertissements lancés par ses camarades. On m'a dit que même son fils lui a crié de descendre de l'échelle. L'arrogance, l'effet de l'alcool, qui sait ce qui dirigeait cet homme alors. Il est tombé au cœur de la meule.

A la dérobée, Ash jeta un coup d'œil à Grace qui semblait très émue bien qu'elle connût déjà toute l'histoire. Il comprit bientôt pourquoi, car le pire n'avait pas encore été relaté.

— Il aurait mieux valu que Preddle tombe jusqu'en bas, poursuivit le pasteur. En fait, il a été bloqué par les bras et les épaules tandis que le bas de son corps pendait au-dessus du brasier. Il est resté ainsi, accroché au sommet de l'échelle et hurlant comme un damné tandis que ses jambes étaient dévorées par les flammes. Les autres ne pouvaient rien faire, et aucun n'a osé grimper au sommet de la meule pour le tirer de là, car le poids aurait fait s'effondrer le tout et ils auraient tous deux été précipités dans l'incendie...

Ash blêmit en se souvenant d'un autre incendie, en un autre endroit. Il tira sur sa cigarette et observa la fumée qu'il soufflait d'un regard vague.

— Ils ont dit que son dernier cri, quand il a disparu, a

été le plus horrible de tous. On n'a pas retrouvé grand-chose de George Preddle. Le feu l'avait virtuellement incinéré.

— Ça va, David ?

Grace Lockwood avait remarqué l'immobilité de David Ash, la soudaine pâleur de son visage, et elle pensait que c'était en réaction au récit de son père.

Il se tourna vers elle.

— Quoi ? Oui, oui, ça va. C'était une façon très déplaisante de mourir, fit-il d'un ton absent.

— Déplaisante ? s'exclama le pasteur. Quels que soient ses péchés, aucun homme ne mérite un tel châtiment.

*C'est pourtant votre Dieu qui l'a choisi*, faillit répondre Ash, mais il décida qu'il serait très malhabile d'éveiller l'hostilité de son interlocuteur, lequel lui semblait déjà assez versatile.

— Et l'enfant a tout vu ? dit-il simplement.

— J'en ai bien peur, répondit Grace.

— Comment a-t-il réagi ? fit Ash en se maudissant aussitôt. Désolé, c'était une question tout à fait stupide. Il a dû en être sévèrement traumatisé.

Le révérend Lockwood prit son temps avant de répondre. Ses yeux étaient fixés sur Ash sans le voir.

— Assez étrangement, l'enfant n'a pas paru traumatisé du tout. Oh, je suis sûr que cela l'a affecté d'une certaine façon, au plus profond de son être, mais il n'en a rien montré. Peut-être Simon a-t-il été plus calme dans les semaines qui ont suivi, mais il avait toujours été d'un naturel assez réservé, et de ce point de vue rien n'a changé. Sinon, et je suppose que c'est assez naturel dans de telles circonstances, que la mère et le fils se sont encore rapprochés.

— Comme vous dites, c'est assez naturel. Ellen Preddle avait perdu son mari, l'enfant son père : il est logique qu'ils se soient mutuellement consolés.

— Vous ne me comprenez pas. Ils sont devenus

*heureux*. Voyez-vous, tous les deux détestaient George Preddle quand celui-ci était vivant, et personne dans ce village n'aurait pu le leur reprocher. George était un spécimen ignoble d'être humain.

De nouveau, Ash fut surpris par ce manque de compassion. Ce George Preddle avait dû être un individu vraiment peu recommandable si même le pasteur de la paroisse le condamnait après une mort aussi atroce.

— Le chagrin aurait-il pu finalement envahir l'enfant ? songea-t-il à voix haute.

— Vous suggérez qu'en ce cas Simon se serait délibérément noyé dans son bain ? fit Grace, incrédule.

— Ce n'était qu'une idée, erronée bien sûr. Vous m'avez convaincu qu'il n'aurait jamais été bouleversé à ce point. (Il écrasa son mégot dans le cendrier.) Donc, où tout cela nous mène-t-il ? Quel est le fantôme qu'Ellen Preddle prétend avoir vu ? Celui de son mari ou celui de son fils ? (Et avant qu'ils puissent répondre, il ajouta :) Vous vous rendez sans doute compte que tous les paramètres sont réunis pour la création d'hallucinations. Deux tragédies, toutes deux terribles, la perte d'un être très cher qui a laissé la pauvre femme complètement seule. Son chagrin pourrait la rendre sensible à toutes sortes de choses.

— Une vision cynique de la situation, Mr Ash, commenta Lockwood avec une pointe d'aigreur.

— Cela fait partie de mon travail, révérend, répondit l'enquêteur sans se vexer. Même si je préfère y voir un scepticisme des plus sains, c'est une exigence primordiale dans mon domaine d'investigations. Si je vous racontais certaines histoires derrière quelques-unes de mes enquêtes, je suis certain que vous comprendriez ma position. Mais je vous en prie, dites-moi quel fantôme la femme affirme avoir vu ?

— Celui de son fils, répondit gravement le pasteur. Après les funérailles de l'enfant, Ellen est immédiatement retournée s'enfermer chez elle, sans parler à quiconque.

Je suis venu frapper à sa porte quelque temps plus tard, pour lui formuler mes condoléances et lui offrir mon aide. La pauvre femme a refusé de m'ouvrir.

— Mais vous lui avez parlé, n'est-ce pas ?

— Je l'ai appelée, et elle m'a dit de m'en aller. Sa voix m'a paru… comment dire ? Etrange.

— De quelle façon ?

— Distante, et pas parce qu'il y avait la porte entre nous, non… Ma première pensée a été qu'elle avait bu.

— Peut-être bien.

— Le problème est que je n'ai jamais entendu dire qu'elle ait touché une goutte d'alcool de sa vie.

— La tristesse, le choc. Qui pourrait l'en blâmer ?

Mais le pasteur secoua la tête.

— Pas elle, pas Ellen. J'ai certainement mal décrit la qualité de sa voix. Elle paraissait… heureuse, Mr Ash, mais en même temps préoccupée, comme si elle avait quelque chose d'autre à l'esprit. Et elle m'a aussi donné l'impression d'être évasive, presque comme si elle dissimulait un secret.

— Elle est restée ainsi pendant les deux semaines suivantes, enchaîna Grace. Ellen quittait rarement son cottage, et quand les voisins passaient devant ils l'entendaient parfois chanter. Moi aussi, je l'ai entendue, quand je suis venue la voir bien après les funérailles, mais elle s'est tue quand j'ai frappé à la porte.

— L'avez-vous vue ? demanda Ash.

— Non. Elle ne m'a même pas répondu. Elle a fait comme si elle n'était pas là.

Son père l'interrompit :

— Grace, voudrais-tu aller me chercher une aspirine, s'il te plaît ?

Elle le couva d'un regard anxieux.

— Les maux de tête, encore ?

Il acquiesça.

Grace se leva et quitta la pièce. Le révérend se massa le front de la pointe des doigts.

— Vous préférez que nous remettions cette conversation à plus tard ? proposa Ash en tendant la main pour éteindre le magnétophone.

— Non, non. Continuons. Je ne veux pas vous faire perdre votre temps.

— Perdre mon temps ? Pourquoi dites-vous cela ?

— N'est-ce pas ce que nous faisons depuis le début ? Toute cette histoire n'a aucun sens, et nous perdons notre temps, non ?

— Pas si nous parvenons à un résultat, d'une manière ou d'une autre.

Lockwood se rembrunit.

— Vous croyez sincèrement que vous pouvez prouver l'existence de fantômes ?

— Ou leur non-existence.

Le pasteur eut une moue de perplexité et émit un son qui aurait pu être un rire sourd ou une toux soudaine.

— Alors, continuons. Nous nous inquiétions pour Ellen, nous nous inquiétions beaucoup. Pourtant, chaque fois que j'allais la voir, ou elle simulait l'absence ou elle m'éconduisait. Et puis, dimanche dernier, elle est venue à la communion comme elle le faisait régulièrement depuis toutes les années que je la connais. J'en ai été à la fois surpris et ravi, vous vous en doutez.

Grace revint avec des cachets et un verre d'eau.

— Tu m'en as apporté trois, chérie ? lui demanda son père.

— Oui, répondit-elle d'un ton désapprobateur. Père, vous savez bien que vous devriez consulter un médecin à propos de ces migraines.

— Le Dr Stapley a assez de travail comme ça sans que je l'importune avec un petit inconvénient qui se dissipera avec le temps, comme toutes ces choses.

— C'est à cause des hantises, n'est-ce pas ? dit-elle en se rasseyant. Tout cela vous soumet à une trop grande tension nerveuse.

— Si c'est ainsi, alors notre enquêteur psychique

résoudra peut-être tout, y compris mes maux de tête, fit le pasteur avec un sourire.

— Vous dites que Mrs Preddle s'est présentée à la communion, dit David en vérifiant que le magnétophone fonctionnait toujours.

— Oui. Et elle a voulu me voir, après l'office. Elle avait très bonne mine, ce qui m'a surpris. Un peu pâle, sans doute, mais ses yeux n'étaient pas rougis d'avoir trop pleuré, et elle n'avait plus les épaules voûtées comme si son fardeau était trop lourd. Elle paraissait presque sereine, oui, c'est le mot...

Il avala les trois cachets et la moitié du verre d'eau, puis tamponna ses lèvres minces d'un index noueux.

— Elle m'a choqué en me demandant si c'était un péché que de haïr quelqu'un après sa mort.

— Elle parlait de son mari ?

— Bien évidemment. Elle aimait son fils, cela n'a jamais fait le moindre doute, fit le révérend avec un regard de reproche pour son invité. Je lui ai dit qu'elle devait chercher le pardon dans son cœur et qu'avec le temps, quand les souvenirs se seraient un peu estompés, cela lui serait plus facile. En attendant et à cause de tout ce que cet homme lui avait fait endurer, je lui ai affirmé que la haine pour un mort n'était pas un péché. (Il but une autre gorgée d'eau avant de continuer :) Elle a simplement secoué la tête et a paru attristée par ma réponse. Je n'avais pas compris, m'a-t-elle dit. Elle ne posait pas la question pour elle, mais pour son fils Simon.

Ash resta sans expression. Il termina son café et attendit la suite.

— Elle m'a dit que Simon était anxieux, reprit le pasteur, et qu'il culpabilisait. Il s'en voulait beaucoup de détester autant son père, même après leur mort à tous deux. C'est ce qu'il a révélé à sa mère.

Lockwood éleva une main comme pour écarter la protestation qu'il attendait de l'enquêteur, mais Ash conserva un silence placide.

— Je ne vous en voudrais pas si vous suggériez que tout cela n'était qu'un effet hystérique engendré par le chagrin, et sur le moment c'est exactement ce que j'ai pensé. Oh, j'y ai cru avec ferveur. J'ai fait de mon mieux pour la rassurer, et je lui ai dit que je viendrais la voir chez elle pour discuter. Bien qu'elle ait été réticente au début, quand j'ai indiqué que je pourrais peut-être aider son fils et le convaincre qu'il n'était pas en état de péché, elle a accepté. Naturellement, je le disais sur un plan spirituel, pour lui faire comprendre que mes paroles et mes prières parviendraient à atteindre Simon où qu'il soit maintenant, mais Ellen a pris mon offre littéralement... (Lockwood était gagné par une agitation subite et une de ses mains s'élevait et s'abattait continuellement sur le bras du fauteuil.) Quand je suis passé la voir cet après-midi-là, Ellen a essayé de me dire que son fils lui avait rendu visite plus d'une fois depuis les funérailles et, lorsque je me suis opposé à cette affirmation, lorsque je lui ai dit que Simon était décédé et que son âme reposait à présent en paix, elle s'est mise en colère. Elle a insisté et répété que Simon était toujours là, dans la maison, et qu'il ne l'abandonnerait jamais réellement...

Grace s'approcha de son père que des tremblements incoercibles agitaient maintenant. Il agrippait les bras du fauteuil de ses deux mains et les jointures difformes de ses doigts étaient presque blanches. La douleur arthritique devait être intense. Elle lui entoura les épaules d'un bras et lui enjoignit de se calmer d'une voix douce, mais il l'ignora. Ses yeux pâles se firent soudain perçants tandis qu'il regardait Ash.

— Et là, d'un seul coup, j'ai su qu'elle disait la vérité.

L'enquêteur se raidit sur le canapé.

— Mais vous m'avez affirmé tout à l'heure que vous ne croyiez pas aux fantômes...

— Non, je vous ai demandé si vous vous pensiez en mesure de prouver leur existence.

— Alors expliquez-moi pourquoi vous avez soudain décidé qu'elle disait vrai.

— Parce que j'ai vu son garçon, Mr Ash. De mes yeux.

## 10

— Je suis vraiment désolée.

— De quoi ? s'étonna Ash.

— Je crains que mon père ne soit à bout, répondit Grace Lockwood. Ces migraines...

Elle laissa sa phrase en suspens.

Ils déambulaient dans l'allée du jardin qui flanquait le pavillon de gardien et que des massifs d'arbustes luxuriants alignés derrière une vieille barrière en bois séparaient du reste de la propriété. Devant eux s'élevait un belvédère de bois blanc, et avant même de l'atteindre Ash s'aperçut que sa peinture était craquelée, les planches fendues ici et là. Néanmoins, la petite construction conservait un charme indéniable sur son arrière-fond de rhododendrons, avec les fleurs et diverses plantes qui frangeaient le chemin jusqu'à son seuil. Le soleil avait un peu perdu de son intensité mais l'air restait très chaud et Ash tenait maintenant sa veste sur son avant-bras, l'autre main toujours dans la poche de son pantalon. D'autres senteurs se mêlaient à celle du chèvrefeuille : lilas, rose, pivoine, et il inspira profondément pour se revigorer.

— A-t-il vu un médecin ? s'enquit-il, la question étant moins anodine que son ton ne le laissait supposer.

— Il s'y refuse. Père a cette idée vieillotte que tous les

maux finissent par disparaître d'eux-mêmes, un jour ou l'autre.

Elle s'arrêta un moment, se baissa pour examiner une rose d'un jaune saisissant au bord de l'allée, et son commentaire suivant révéla qu'elle n'était pas dupe :

— Vous ne croyez pas impossible qu'il souffre d'une névrose, n'est-ce pas ?

Ash n'avait aucune envie de l'offenser, mais la franchise était de loin préférable à la politesse.

— Eh bien, hem... Il a l'air plutôt bouleversé...

Grace se redressa de toute sa taille et le regarda bien en face.

— Bouleversé, oui. Il se passe ici des choses qui échappent à son entendement. Je suis un peu bouleversée moi-même. Mais pas pour autant névrosée, Mr Ash.

— David.

— David. Et il n'y a pas que mon père et Ellen Preddle qui aient été ainsi troublés.

— D'autres personnes ont vu le garçon ?

Elle se remit à marcher, d'un pas moins détendu qu'un moment auparavant.

— Pas Simon. Mais d'autres – comment les appelleriez-vous ? –, d'autres apparitions ? D'autres apparitions ont été vues. Nous vous en aurions parlé si la migraine de Père n'avait empiré à ce point... (Elle jeta un regard rapide en direction de la maison, comme si elle pouvait s'assurer que son père allait bien.) Sa santé s'est beaucoup détériorée depuis environ un an. C'est pourquoi je ne suis pas repartie pour Paris après le décès de ma mère ; il a besoin de moi à ses côtés. Il a toujours été si fort...

— A quel stade en est son arthrite ?

Elle rejoignit le belvédère en silence, s'assit sur le banc de fer à l'intérieur et répondit enfin :

— Il fait de son mieux pour ne pas me laisser voir combien il souffre, mais souvent je vois une crispation sur son visage, une lueur dans ses yeux. Bien qu'il travaille toujours pour la paroisse, et trop dur, je garde vraiment espoir que l'Eglise le persuade de prendre sa retraite avant longtemps. Par chance, nous possédons un peu d'argent de côté, d'un héritage, assez en tout cas pour lui permettre de vivre confortablement.

Ash s'assit à l'autre bout du banc, en se tournant vers elle, et posa un bras sur le dossier arrondi.

— Assez pour diriger la propriété Lockwood ? demanda-t-il.

Elle sourit de son franc-parler et il apprécia cette réaction.

— Il n'y a plus grand-chose à diriger, dans la propriété Lockwood. La majeure partie des terres a été revendue, bien que nous conservions encore les terrains qui s'étendent jusqu'au vieux manoir. C'est à cela que nous dépensons notre argent : à garder ces quelques hectares en bon état. Mais nous nous écartons de nouveau du sujet, non ?

— Les renseignements périphériques peuvent avoir leur utilité, lui assura-t-il.

— Je ne vois pas comment ils pourraient vous aider à capturer des fantômes.

Ce fut au tour de David de sourire.

— Nous ne les capturons pas. Nous déterminons simplement si nous sommes confrontés à une présence réelle ou non.

— Etes-vous bon dans votre partie, David ?

La question était sérieuse, et posée sans détour.

— En règle générale, j'obtiens des résultats, dans un sens ou dans l'autre.

— Mais vous croyez à ce... monde des esprits ? Vous pensez possible que nous soyons sujets à une hantise ?

Elle se demanda pourquoi il détournait aussi vivement la tête et crut que quelque chose avait attiré son attention vers le pavillon. Pourtant il n'observait pas la maison, et ses pensées étaient ailleurs.

— Qu'y a-t-il, David ? Qu'ai-je dit ?

Elle vit son cou se raidir et ses épaules se redresser imperceptiblement, comme s'il rassemblait ses forces pour maîtriser ce qui l'avait perturbé.

— Ce que je crois n'est pas important, dit-il d'un ton détaché.

— Mais...

— Non, Grace, coupa-t-il. Nous nous intéressons à ce qui se passe à Sleath, d'accord ?

— Pour quelle raison êtes-vous troublé à ce point, David ?

Une fois encore, la simplicité de la question toucha en lui des émotions qu'il refrénait depuis longtemps. Pourtant, il réussit à se contenir, non sans s'interroger sur l'acuité de l'intuition de la jeune femme.

— Vous ne voulez pas me le dire ? insista-t-elle doucement.

— Il est trop tôt, Grace, répondit-il après un silence.

— Le pensez-vous vraiment ? rétorqua-t-elle instantanément. N'avez-vous pas senti quelque chose d'étrange se produire entre nous près de l'église ? J'ai éprouvé votre présence avant même de vous voir, et je sais qu'il en a été de même pour vous. Quelque chose s'est passé entre nous avant même que nous nous rencontrions.

— Possible, fit-il d'un ton abrupt. Mais cela n'a aucun rapport avec mon enquête. Et je préférerais que nous nous concentrions sur elle.

Ce soudain revirement d'attitude surprit la jeune femme. Que cachait David ? Et pourquoi refusait-il de discuter avec elle de cette impression singulière qu'ils avaient partagée, elle en était sûre, à St Giles ? Pourquoi préférait-il nier l'évidence ?

— Grace, parlez-moi donc de ces autres incidents.

Il avait délibérément interrompu le train de ses pensées, mais son regard ne trahissait aucun défi. Peut-être y discernait-elle une sorte de prière muette.

— Très bien, David, fit-elle. Mais comment

savez-vous que cela ne fait pas partie de tout ce qui se passe ici ? Vous dites avoir entendu des enfants chanter une comptine dans l'école désaffectée peu de temps avant notre rencontre. Comment expliquez-vous cela ? Ne pensez-vous pas qu'il puisse exister une corrélation ?

Il prit un temps de réflexion avant de répondre :

— C'est possible. Toutefois, j'aurais besoin de beaucoup plus d'éléments pour être en mesure d'échafauder la moindre théorie. Si vous voulez que je vous aide, il faudra m'aider, Grace.

— Alors peut-être devrais-je m'excuser encore.

— Inutile. Relatez-moi simplement ces autres phénomènes.

Elle le regarda sortir de sa poche le magnétophone miniature et l'allumer. Il plaça l'appareil sur le banc, entre eux.

— Allez-y.

Grace inspira lentement avant de commencer :

— Une jeune fille qui travaille comme serveuse à la Black Boar Inn est venue voir mon père il y a de cela quelque temps. Elle était très agitée et semblait ne pas avoir dormi depuis plusieurs nuits. Ce qu'elle a d'ailleurs confirmé.

— Elle ne se prénommerait pas Ruth, par hasard ?

— Vous l'avez rencontrée ?

— Quand j'ai loué la chambre à l'auberge. Je me suis effectivement fait la remarque qu'elle avait dû passer quelques mauvaises nuits récemment...

— Oui, c'est elle. Ruth Cauldwell. Son père est charpentier-menuisier.

— Quel problème a-t-elle eu ?

— Elle affirme souffrir de cauchemars horribles, à la seule différence qu'ils n'arrivent pas quand elle dort.

— Il n'est pas inhabituel de rêver qu'on est éveillé. Elle aurait pu faire cette expérience dans un état de semi-conscience...

— C'est ce que Père lui a expliqué, mais elle a insisté

sur le fait qu'elle ne dormait pas du tout. Elle était assise dans son lit et une fois elle a même allumé la lampe de chevet. L'homme qui l'avait réveillée se tenait toujours au pied de son lit.

— C'était donc un homme.

— Il en avait l'apparence.

— Quelqu'un qu'elle connaissait ?

— Quelqu'un qu'elle savait être mort. Enfant, Ruth a subi un attentat à la pudeur. Son agresseur s'appelait Joseph Munce et il travaillait de temps à autre pour son père. Il a été condamné et emprisonné, et il est mort en prison. Il s'est suicidé.

— Comme je vous l'ai dit, elle peut avoir mélangé rêve et réalité. Certains cauchemars possèdent une intensité incroyable.

— Mais elle a allumé la veilleuse et il était toujours là.

— Et ensuite il a disparu.

Grace acquiesça.

— C'est ce qu'elle a dit à Père, en effet.

— Ce genre de phénomène se produit parfois en état de somnolence. Des gens ont été retrouvés hors de chez eux, à errer dans les rues, et ils dormaient toujours. D'autres descendent dans la cuisine et se servent un verre de lait. La vision se sera dissipée lorsque la fille est sortie de son rêve...

Grace se mordilla nerveusement la lèvre inférieure.

— C'est trop facile, David. Je ne crois pas que Ruth prétendrait avoir été éveillée si elle dormait réellement. Je la connais depuis des années et elle a toujours été quelqu'un de très équilibré...

— Elle a vécu une expérience terrible alors qu'elle n'était encore qu'une gamine, rappela-t-il. Qui sait quels sentiments elle a refoulés au plus profond d'elle-même durant toutes ces années ? Peut-être se sent-elle en partie responsable de ce qui s'est passé, peut-être même s'accuse-t-elle. Le suicide de son agresseur en prison pourrait avoir renforcé ce sentiment de culpabilité si tel était le cas...

— Je ne discuterai pas sur ce plan avec vous, David, j'en sais trop peu. Laissez-moi plutôt vous parler d'un autre incident...

Brusquement, il eut envie de lui prendre la main pour la rassurer. Pour une raison inexplicable elle semblait soudain si vulnérable, assise là... et si proche. Il voulait lui expliquer qu'il était venu à Sleath pour aider et que, si son pragmatisme, son scepticisme étaient des atouts dans son travail, il ne doutait pas pour autant de ce qu'elle ou d'autres disaient. Il désirait lui révéler pourquoi une si grande part de sa vie avait été consacrée à prouver la non-existence des fantômes, à démasquer les supercheries et à rationaliser les phénomènes inconnus. Et il aurait aimé pouvoir lui avouer à quel point il s'était trompé tout ce temps.

Mais ce n'était pas le moment. Il la laissa continuer.

— Mon père vous a raconté comment est mort le mari d'Ellen Preddle.

— Dans l'incendie d'une meule.

— Oui. Il s'était rendu à la ferme des Gunstone quelques jours plus tôt. Mrs Gunstone, qui aide Père à St Giles, était malade depuis plusieurs semaines déjà. Son mari était inquiet et attendait que Père sorte de leur maison pour en parler avec lui. Il ne voulait pas que sa femme entende, vous comprenez, et qu'elle en soit encore plus inquiétée. Sam Gunstone a toujours été quelqu'un de pragmatique, de solide, certainement pas du genre à céder à des mirages. C'est pourquoi ce qu'il a raconté à mon père était des plus surprenants. Et très convaincant...

Ash entendit le déclic de la bande du magnétophone arrivant en bout de course.

— Une seconde... dit-il en retournant rapidement la cassette.

— Il était encore très tôt, mais il y avait déjà de la

brume sur les champs, reprit-elle à son signal. Sam était parti avec son chien, armé d'un fusil dans l'espoir de tirer quelques lapins, quand il a vu une lueur orange très curieuse au sein de la brume, pas très loin de sa ferme. Il s'en est approché et a alors remarqué qu'elle semblait habitée de vacillements ; quand il a été assez près, il a compris ce que c'était...

Tout en parlant, Grace avait baissé la tête. Elle la releva et son regard se perdit dans le vide, comme si elle pouvait voir cette lueur mystérieuse.

— Sam s'est rendu compte que son chien s'était arrêté derrière lui. Il a tout essayé mais la brave bête a refusé de bouger. Il restait là, tétanisé, à regarder la lueur, en geignant doucement. Sam a continué d'avancer sans son chien et très vite il s'est rendu compte de ce qui créait cette lumière, bien qu'il n'y ait eu ni son ni fumée.

— Un feu ?

— Une meule qui brûlait. Mais il était encore trop tôt dans la saison pour qu'on ait rassemblé le foin en meules. Il n'y en avait pas une seule dans le champ.

Ash avait déjà saisi l'implication.

— Et c'est là que plus tard George Preddle a trouvé la mort, brûlé vif.

— Oui. Et bien qu'il n'y ait eu aucun crépitement de flamme ni aucune fumée, Sam a juré à mon père avoir senti la chaleur du brasier et l'odeur du foin brûlé. Impossible, je sais, mais comme je vous l'ai dit, le fermier a juré que c'était la stricte vérité.

*Impossible ?* songea Ash. Non, cela n'avait rien d'impossible. La chaleur, l'odeur âcre. *Les flammes.* Mais pas de feu. Pas de feu réel.

Grace remarqua le trouble dans son regard.

— David ?

Il se reprit dans la seconde.

— Je me remémorais quelque chose qui s'est produit il y a longtemps. Le récit de ce fermier me l'a rappelé.

— Vous voulez m'en parler ?

— Ce n'est pas très important. Ce qui se passe actuellement à Sleath l'est beaucoup plus.

— Croyez-vous ce que je viens de vous dire ?

— Là n'est pas la question. Ces gens, votre père y compris, croient ce qu'ils ont vu, et vous l'acceptez. Mon boulot consiste à récolter les témoignages et à mettre en place certaines expériences. Ensuite, je pourrai donner une opinion raisonnablement fondée sur l'ensemble.

— Et serez-vous capable de nous dire pourquoi tous ces phénomènes se produisent ?

— Si Sleath est réellement hanté, alors il y a certainement une raison à cela. Nous la découvrirons peut-être.

— Et vous pourrez y mettre un terme ?

Il ne répondit pas, mais le sourire qui étira ses lèvres était amer.

# 11

Ruth Cauldwell salua Tom Ginty qui veillait derrière le comptoir et sortit dans le soleil de l'après-midi. Ses bras nus se réchauffèrent en quelques secondes après la fraîcheur qui régnait à l'intérieur de la Black Boar Inn, et elle se mit à remonter la Grand-Rue d'un pas vif. Il fallait compter un bon quart d'heure de marche pour rejoindre la maison de ses parents, chez qui elle habitait toujours, et, si l'on avait été en hiver, elle aurait effectué le trajet dans sa Mini ; toutefois, au printemps et en été, elle préférait aller à pied, non seulement parce que l'exercice et le soleil lui étaient bénéfiques, mais aussi parce que c'était là un test pour sa volonté, une façon de repousser les ténèbres qui assombrissaient son existence.

Ruth était une jolie fille, et aujourd'hui elle aurait été encore plus jolie sans l'effet accumulé des dernières nuits. A dix-huit ans, elle s'habillait simplement mais avec goût et était appréciée autant par les autres employés que par la clientèle de l'auberge. Bien que son ambition fût de devenir un jour puéricultrice – une profession qui nécessitait une formation, laquelle impliquait un investissement financier –, elle travaillait consciencieusement et d'habitude avec entrain derrière le bar, certaine que ce n'était qu'une question de temps avant qu'elle puisse atteindre son objectif. Dès qu'elle aurait économisé suffisamment, elle quitterait le havre isolé qu'était Sleath et irait découvrir le monde réel. Non pas qu'elle en fût impatiente, loin s'en fallait : Ruth préparait simplement son évasion. Rien de dramatique, pas un bouleversement qui affolerait parents et amis, non ; elle avait en tête un départ discret, une cassure progressive et douce d'avec tout ce à quoi elle tenait mais qui à la longue aurait fini par l'étouffer. Papa ne comprendrait jamais si elle essayait de lui expliquer ce qu'elle ressentait – il répéterait seulement qu'il ne pensait qu'à son bien. Ils étaient tous comme ça. Et là résidait le problème.

Si *l'incident* devait être oublié, alors son existence ne pouvait pas être gouvernée par son souvenir.

Même aujourd'hui, après tant d'années, elle savait que si son trajet prenait plus de vingt-cinq minutes Papa ferait le chemin vers le village dans son pick-up à sa recherche. C'était lui qui ne pouvait oublier, et par sa faute elle non plus. De même que l'esprit de Munce, elle en était persuadée.

Elle quitta la Grand-Rue pour emprunter un chemin qui passait entre deux maisons et coupait par un champ à l'arrière du village. Il lui fallait contourner les flaques créées par la pluie matinale et sauter par-dessus les ornières que laissaient les roues des tracteurs. Très vite, elle se retrouva en terrain découvert.

Il fut un temps où Ruth aimait cette route pittoresque entre le foyer familial et le village. Elle adorait les campanules disséminées à l'orée des bois, la vision furtive d'un cerf au loin. Toute petite, elle s'en souvenait, Papa prenait sur son temps de travail pour l'emmener par ce chemin jusqu'à l'école maternelle. Il la soulevait pour franchir les endroits les plus difficiles ; elle sentait l'odeur du bois sur ses mains, cette poussière très fine qui imprégnait sa chemise la faisait éternuer, et Papa riait. Elle s'était sentie tellement en sécurité alors, si bien dans ses bras. Elle était persuadée qu'il en serait toujours ainsi, qu'il serait toujours là pour l'aimer et la protéger, la tenir à l'écart des mauvaises choses et la guider en toute occasion. Mais il n'avait pas été présent quand... *Stop !* Ce n'était en rien la faute de Papa. Ce n'était la faute de personne. Sauf de Munce. Et la sienne...

Elle chassa ces pensées insidieuses de son esprit. Cela faisait très longtemps, et ses souvenirs étaient devenus nébuleux. Ils n'avaient jamais été très clairs, en vérité... *Le visage de Munce...* Elle avait du mal à se le remémorer, à présent. Une face larmoyante indistincte, sans traits précis. Pourtant, quand elle était enfant, elle le connaissait si bien. Elle le regardait aider Papa dans l'atelier, et parfois il levait la tête et lui faisait un clin d'œil. Cela la faisait rire, parce que, alors, il n'y avait aucun mal dans cette attitude. Elle se rappelait avoir vu Papa et Munce tirer sur les longues cordes des cloches, et ce son profond et assourdissant qui lui avait fait se plaquer les mains sur les oreilles en grimaçant. Cette réaction avait déclenché l'hilarité des deux hommes et ils avaient tiré encore plus fort sur les cordes, et Munce lui avait décoché ce sourire qui n'appartenait qu'à lui, une sorte de rictus idiot qu'elle n'avait pas compris alors parce qu'elle était trop petite, et que Papa n'avait pas compris non plus parce que les hommes semblaient toujours inconscients de ces choses, qu'ils ne voyaient pas les signes, qu'ils ne sentaient pas l'intention. Mais même si elle n'était qu'une gamine et qu'elle ne comprenait pas... qu'elle ne comprenait pas complètement... une petite voix dans sa tête lui disait qu'il y avait quelque chose de drôle dans l'expression de Munce, dans ses yeux globuleux et son sourire humide...

*Stop !* se dit-elle une fois encore. Mais elle ne pouvait arrêter le flot des pensées.

Pour autant qu'elle s'en souvienne, Munce avait toujours été là. Il travaillait avec Papa, mangeait avec eux dans la cuisine et, parfois, quand Papa allait prendre ou livrer une commande et que Maman n'était pas libre, c'était lui qui l'emmenait à l'école… C'était presque un membre de la famille, un peu comme un oncle, et personne n'imaginait ce qui se passait dans son esprit dérangé, derrière ce sourire bancal aux lèvres molles et ces yeux de batracien, pas même Maman et certainement pas Papa. Elle était petite, oui, pourtant Ruth avait soupçonné que quelque chose n'allait pas, sans savoir quoi, bien sûr. Comment aurait-elle pu détecter les perversions qui hantaient l'esprit d'un adulte, cette obscénité qui croissait et n'attendait que l'occasion pour jaillir et souiller ? Comment aurait-elle pu savoir ?

Et puis, c'est vrai, elle aimait bien les jeux auxquels ils jouaient ensemble.

Seulement quand il n'y avait personne d'autre alentour, quand ils marchaient le long des bois en direction de l'école, ou en l'absence de Papa, dans l'atelier. Elle n'avait que sept ans quand ils avaient commencé, mais elle avait bien aimé cette drôle de sensation au fond de son ventre, tout au fond, parce que cela la rendait toute chatouilleuse et qu'elle éprouvait une impression plaisante, bizarre. Elle avait bien aimé cela, oui – *non, pas du tout ; c'était horrible et sale et elle était simplement trop jeune pour comprendre* –, même si ensuite elle se trouvait méchante et qu'elle avait peur d'en parler à Maman, parce que Maman en aurait parlé à Papa et que, après tout, elle était la petite fille adorée de son Papa et qu'elle l'aimait plus que tous les bonbons et les poupées et les mamans et les sœurs du monde, et que Papa n'aurait pas apprécié de savoir qu'elle jouait avec Munce à des jeux secrets, et sales…

Ruth trébucha dans une ornière et dut faire plusieurs pas très rapides pour retrouver son équilibre. Ses genoux fléchirent et elle faillit toucher le sol de la main avant de se redresser. D'un geste nerveux elle replaça la lanière de son sac en osier sur son épaule, puis elle prit le temps de calmer sa respiration. Cette secousse inattendue avait chassé de son esprit toutes ces divagations ridicules. Elle n'était qu'une enfant innocente, une fillette de huit ans quand Munce avait… quand Munce avait… *Dis-le, Ruth, fais comme cette gentille dame dans la grande maison à Londres t'a dit de faire toutes ces années auparavant, celle qui t'a prêté la jolie poupée sans vêtements et qui t'a demandé de montrer où le méchant monsieur t'avait touchée ; dis-le et ne le garde pas enfoui dans ta jolie petite tête, dis-le autant de fois que tu voudras, parce que ce n'était pas ta faute, c'était la faute de cet homme, cet homme horrible qui ne pourrait plus jamais te faire de mal parce qu'ils l'avaient enfermé très loin, dans un endroit où plus jamais il ne pourrait faire ces choses affreuses à des petites filles…*

Tandis qu'elle vérifiait que rien n'était tombé de son sac, ses yeux s'embuèrent.

Oh non, Munce ne pourrait plus lui faire de mal, ni à personne, car là où ils l'avaient envoyé les gens n'aimaient pas du tout ceux qui étaient méchants avec les petites filles ou les petits garçons, et la rumeur s'était vite propagée que Munce était un violeur d'enfants…

Elle prit un mouchoir dans son sac et se tamponna les yeux pour absorber un début de larmes.

C'est bien des années plus tard qu'elle avait appris ce qui était arrivé à Munce en prison. Papa le lui avait raconté parce qu'il pensait que cela l'aiderait à guérir de son traumatisme, de savoir que le méchant Munce avait vraiment été puni et ne pourrait jamais plus poser ses sales pattes sur une autre enfant innocente. Les prisonniers l'avaient torturé sans merci – ainsi que les gardiens, disait-on –, il avait été battu, injurié, avili, brisé. A un tel point, en fait, qu'il avait fini par s'infliger quelque chose d'horrible pour « échapper à cet enfer », comme l'avait déclaré Papa avec un rire dur. Munce était mort d'une mort atroce, avait ajouté Papa, sans vouloir expliquer laquelle. *L'essentiel, Ruthy, c'est qu'il n'embêtera plus d'enfants innocents comme toi.* Et en entendant ces paroles elle avait souri à son papa, parce qu'elle était innocente et que cette créature répugnante avait corrompu son innocence, l'avait rendue consciente de choses dégoûtantes et méprisables et l'avait laissée avec un esprit tourmenté des années plus tard, pas seulement parce qu'elle avait été violée, mais aussi – ou surtout – parce que, quand Papa les avait découverts tous les deux dans les bois, elle... elle profitait... de ces... choses... affreuses... et... secrètes... qu'ils... faisaient...

*Non !* Comment une fillette pourrait-elle aimer des actes pareils ? Elle était trop jeune pour comprendre, trop pure...

Ruth se remit en marche, d'un pas nerveux, le dos droit.

Tout cela appartenait au passé, un passé vieux de maintes années, et maintenant elle était adulte, une femme dans tous les sens du terme. Pour l'amour du Ciel, elle ne pouvait même pas se remémorer le visage de cette brute...

*Mais si elle ne pouvait pas se souvenir de ses traits, comment était-elle si sûre que c'était Munce qui s'était tenu au bout de son lit, en pleine nuit ?*

Ce n'était pas lui ! Ce ne pouvait pas être lui ! Munce était mort et enterré, et aucun mort ne pouvait revenir de la tombe ! Le révérend Lockwood le lui avait encore répété la dernière fois qu'elle était passée le voir. Elle lui avait décrit cette abomination – le retour de Munce qui voulait continuer ces horribles choses qu'il avait faites avec... qu'il *lui* avait faites, quand elle était enfant –, et le révérend Lockwood l'avait réconfortée. Il lui avait dit que c'était absurde, qu'il ne s'agissait que de rêves et de souvenirs qui revenaient la hanter. Munce avait quitté cette terre à jamais.

Un bruissement de feuilles dans les broussailles proches du chemin fit sursauter Ruth. Elle s'écarta brusquement comme si elle s'attendait à ce que quelqu'un bondisse sur elle. Son cœur battait la chamade bien qu'elle se soit immédiatement rendu compte qu'il n'y avait là rien d'inquiétant – rien qu'un oiseau effrayé ou un petit animal. Il n'y avait pas de fantôme en plein jour, se dit-elle. D'ailleurs il n'y avait pas de fantôme, quelle que soit l'heure. Le révérend Lockwood le lui avait répété, encore et encore. Mais comment le croire quand elle voyait que lui-même n'y croyait pas ? Il cherchait à la rassurer, mais ses yeux démentaient ses affirmations. Et il y avait ces murmures, dans le village. Personne n'en parlait à voix haute, personne ne clamait en pleine auberge avoir vu un fantôme – personne n'aurait été assez fou pour se comporter de la sorte –, mais il se propageait des rumeurs insistantes. Des événements étranges se produisaient à Sleath, et personne ne voulait l'admettre.

Elle aperçut un mouvement entre les troncs, un peu plus loin, et ralentit l'allure.

Elle commençait à regretter de n'avoir pas pris sa Mini... Elle se réprimanda intérieurement. La journée était radieuse et elle rentrait toujours à pied au printemps et en été, sauf quand il pleuvait. Même dans ce cas il lui arrivait d'endosser son ciré, d'en relever la capuche et de profiter de la fraîcheur de l'air après ces heures enfermée dans l'auberge. Elle avait fait ce trajet toute sa vie, accompagnée ou seule, et bien peu de choses pouvaient la décourager de l'accomplir. Il y avait eu une période, peu après l'arrestation et l'emprisonnement de Munce, pendant laquelle ce chemin lui avait fait peur, même avec Maman ou Papa, mais les mois avaient passé et ses craintes s'étaient estompées, jusqu'à ce que cette marche n'ait plus rien d'effrayant. Et elle était quand même plus âgée, de quelques années maintenant, et parfaitement heureuse de marcher seule dans la campagne. Toutefois, elle ne s'aventurait jamais dans les bois voisins, ou dans ces endroits ombreux où Munce avait aimé l'attirer. Elle préférait rester en plein air, malgré les raccourcis possibles à travers la forêt.

Elle continua de progresser en observant les arbres

devant elle, là où il lui avait semblé discerner un mouvement. Elle avait fait erreur, certainement. Il n'y avait rien. Depuis des jours elle était nerveuse, depuis le premier… rêve ? Oui, appelons cela un rêve, c'est bien mieux. Non, personne ne la guettait derrière les fûts sombres. La brise avait agité les branches au moment où un nuage passait devant le soleil et jetait une ombre sur la futaie.

Mais il n'y avait pas le moindre souffle de vent, et le ciel était dégagé…

D'accord. Quelqu'un se promenait dans les bois, et alors ? Ce n'était pas une propriété privée. Une personne était passée non loin d'elle et son imagination exacerbée avait fait le reste, voilà tout. Aucun individu malveillant ne se dissimulait aux alentours pour…

Elle poussa un petit cri quand la silhouette apparut devant elle.

— Danny !

C'était un son étranglé, un hoquet plus qu'un mot d'accueil. Ruth leva les mains vers son visage en essayant de reprendre son souffle.

— Je ne voulais pas t'effrayer, Ruthy, fit le jeune homme avec un sourire un peu niais.

Il se dandinait d'un pied sur l'autre et Ruth se demanda ce qu'il avait pu boire à l'auberge. C'est elle qui l'avait servi, mais elle avait d'autres préoccupations en tête et ne s'était pas souciée du nombre de pintes de cidre qu'il avait ingurgitées.

— Que fais-tu ici ? dit-elle, sa panique momentanée rapidement supplantée par une irritation croissante. Tu as quitté l'auberge il y a des heures.

— Je t'attendais.

— Tu pourrais trouver mieux à faire pour passer le temps pendant ton jour de congé.

Danny Marsh avança vers elle, une main coincée dans la poche arrière de son jean, l'autre repoussant de son front la broussaille rousse de sa chevelure. C'était un garçon dégingandé aux grands yeux marron et à la dentition chaotique. Il tenait la caisse d'un garage à deux kilomètres en dehors du village. Avec sa mère divorcée et un grand-père à moitié gâteux, il vivait dans une des petites maisons en série bâties derrière la Grand-Rue.

— Je ne pouvais pas te parler au bar, fit-il en guise d'excuse.

— Je ne vois pas pourquoi. Je n'ai pas été tellement occupée, aujourd'hui.

— C'est difficile, là-bas. Tout le monde écoute.

— A d'autres, Danny. Ce que tu avais à me dire était donc tellement important ?

Ruth était toujours ébranlée, mais elle se refusait à lui montrer sa nervosité.

— Nous n'avons pas pu bavarder depuis la semaine dernière. On s'est bien amusés, l'autre fois, hein ? Je me disais... Je me disais qu'on s'entendait bien, quoi.

Elle voulut le contourner mais il se campa face à elle. Son attitude déplut fortement à la jeune fille.

— Qu'est-ce qui s'est passé depuis, Ruth ? dit-il en la fixant solennellement de son regard sombre.

— Il ne s'est rien passé depuis. Maintenant, laisse-moi tranquille.

Il lui saisit le bras.

— Dis-moi. Je croyais qu'on était amis.

— On l'était... On l'est. Il faut que je rentre à la maison, Danny. Maman m'attend.

Sa mère était partie avec sa sœur en ville : chez le dentiste, puis l'opticien, avant d'aller acheter des chaussures. Quand sa jeune sœur manquait des heures d'école, sa mère voulait que ce soit rentable ; chez les Cauldwell, les rendez-vous uniques étaient impossibles s'ils impliquaient un déplacement jusqu'à la ville.

— Accorde-moi juste deux minutes...

— Non ! siffla-t-elle, incapable de contenir plus longtemps sa colère.

Elle se dégagea d'une secousse, le repoussa de côté et s'éloigna à grands pas sur le chemin.

Danny la suivit puis piqua un sprint et la dépassa pour se retourner aussitôt.

— Pourquoi tu ne veux pas me parler ? Qu'est-ce que je t'ai fait ? Est-ce que c'est à cause de...

— Ça n'a aucun rapport ! lança-t-elle.

Elle détourna la tête, écœurée par son haleine qui sentait le cidre. Munce aimait aussi cette boisson, elle s'en souvenait.

— Je ne pensais pas à mal. Je croyais que tu étais d'accord...

Il l'agrippa de nouveau, cette fois des deux mains, et lui saisit les bras. Elle se contorsionna violemment en essayant de lui faire lâcher prise, mais il tint bon et l'attira à lui. Il l'embrassa, d'abord sur la joue, et quand elle se figea de terreur il fit glisser ses lèvres – ses lèvres humides – sur sa bouche.

Il était conscient qu'ils se trouvaient sur un chemin isolé, avec des champs d'un côté et les bois de l'autre, dans un endroit où quasiment personne ne venait à cette heure. Il se pressa contre elle et elle sentit le sexe du garçon contre son estomac, son torse qui lui écrasait les seins. Il força sa langue entre ses lèvres et sa salive coula sur le menton de Ruth.

La paralysie qui avait submergé la jeune fille la terrorisait autant que les intentions du garçon, car si ses membres étaient tétanisés un tourbillon frénétique s'était emparé de son esprit. Elle ne pouvait pas bouger. Aussi fort qu'elle le voulût, malgré son cœur serré, le cri silencieux qui lui transperçait le crâne, la répulsion qu'elle éprouvait, elle était incapable du moindre geste de défense contre cette... chose répugnante qu'il voulait lui faire...

Une des mains de Danny la lâcha, se glissa entre leurs corps, remonta le long des boutons du chemisier. Ses doigts effleurèrent les seins de Ruth.

Ce geste libéra le cri. Elle hurla avec une sauvagerie qui abasourdit son agresseur. Il s'écarta d'elle d'un sursaut et dans le mouvement sa main glissée dans le chemisier arracha deux boutons.

Ruth baissa les yeux sur son vêtement déchiré, vit sa poitrine exposée et la dentelle blanche frangeant le haut de son soutien-gorge, et elle hurla encore, et encore, et encore.

Quand Danny refit un pas vers elle, le regard implorant et les mains levées, inoffensives, elle griffa l'air entre eux. Il s'immobilisa une seconde puis, sottement, avança encore d'un pas.

Ruth s'élança loin de lui, sans se soucier de la direction qu'elle prenait. Les larmes l'aveuglaient et elle ne désirait qu'une chose : être hors de portée de ces mains obscènes, de ces lèvres avides et tremblantes. Les broussailles accrochaient sa jupe et de fines branches fouettaient ses bras nus et son visage tandis qu'elle fuyait toujours plus loin dans les bois. Elle l'entendit qui criait son prénom, lui disait de revenir, qu'il n'avait pas pensé à mal, et dans l'esprit de la jeune fille il avait la voix de Munce suppliant son père tant d'années auparavant, avec les mêmes mots, ce même ton pleurnicheur, ces mêmes dénégations.

Ruth avançait en titubant entre les arbres, elle trébuchait sur les racines et se faisait égratigner par les feuillages qui s'ingéniaient à lui obstruer le passage. Mais elle ne s'arrêtait pas, elle continuait à fuir sans regarder derrière elle si elle était suivie. Elle fonçait dans les bois en cherchant un endroit où se cacher… comme elle avait fui quand Papa l'avait trouvée avec Munce, en train de… Elle s'était dissimulée quelque part, elle ne se rappelait plus où maintenant, mais elle gardait le souvenir d'un lieu sombre et sûr. Pourtant, Papa avait fini par la découvrir. Il l'avait entendue pleurer et il lui avait dit que tout allait bien, que ce n'était pas de sa faute et que Munce ne lui ferait plus jamais de mal, qu'il ne le pourrait plus parce qu'il serait enfermé très loin dans une maison où tous les hommes dégoûtants étaient emprisonnés pour les punir et les empêcher de recommencer à embêter des enfants innocentes, mais d'abord il fallait qu'elle dise exactement à Papa ce que Munce lui avait fait, où il avait posé ses mains et quelle autre partie de son corps répugnant il avait utilisée...

Les mots et les images cascadaient dans son esprit et elle courait toujours. Complètement désorientée, elle allait au hasard, foulant de ses pieds nus – car elle avait perdu ses chaussures – l'humus de la forêt, soulevant les feuilles mortes et brisant les brindilles. Ses bras et ses mains saignaient, une estafilade marquait son menton là où l'avait frappée une branche vicieuse et ses jambes étaient zébrées de petites coupures. Ses pieds également étaient en sang.

Ruth frôlait l'épuisement quand elle s'écroula. Elle tomba lourdement, et son front heurta le bas d'un gros tronc. Son cri de douleur fut si ténu que certainement elle seule l'entendit. Elle resta là, étourdie, à contempler le kaléidoscope des verts, des marrons et des bleus qui formaient autour d'elle une sarabande folle.

Peu à peu, le maelström de couleurs ralentit, et les formes se dissocièrent. Elle tremblait violemment mais elle put ôter les débris végétaux de ses cils.

Elle se redressa à demi et s'adossa à l'arbre d'une seule épaule. Son front lui paraissait insensible là où elle avait percuté l'écorce rugueuse et elle était encore étourdie. Au moins le choc avait-il chassé son hystérie. A présent elle pouvait demeurer ici, tranquillement, créature blessée, encore possédée par la peur mais trop harassée et trop hébétée pour fuir plus avant. Elle remarqua que son chemisier s'était ouvert un peu plus et qu'un des pans flottait sur sa jupe. Ses seins portaient un entrelacs d'égratignures rouges. A gestes lents, Ruth resserra les pans de son vêtement. Elle avait à peine conscience de ce qu'elle faisait mais son instinct lui disait qu'elle ne devait pas rester ainsi dénudée. Elle agrippait le tissu nerveusement, comme si sa volonté pouvait coudre ensemble les deux pans, et elle replia les jambes devant elle jusqu'à ce que les genoux touchent ses coudes.

— Oh, mon Dieu, murmura-t-elle. Mon Dieu...

Elle demeura accroupie contre le fût jusqu'à ce que son tremblement se soit un peu calmé et que la panique ait décru.

Il fallait qu'elle rentre à la maison. Là où elle serait en sécurité. Là où personne ne pourrait... ne pourrait... la... toucher. Elle ne dirait rien à Papa. Non, ce serait une erreur de lui parler. Il risquerait de la regarder bizarrement, comme l'autre fois, avec dans les yeux ce même éclat étrange qu'il avait eu quand il l'avait découverte en compagnie de Munce. Elle ne voulait pas qu'il la regarde comme ça. Plus jamais. Elle détestait cela. C'était comme si... comme si... il l'accusait.

Ruth s'efforça de maîtriser le sanglot mais il brûla sa poitrine et un hoquet douloureux lui échappa. Il fallait qu'elle rentre. A la maison, elle n'aurait rien à craindre.

Le son fut d'abord si bas qu'au début elle ne le remarqua pas. Puis, comme il se transformait en une sorte de bruissement, il attira son attention.

Non loin d'elle un jeune arbre au tronc fin mais aux branches chargées de petites feuilles semblait agité d'un frémissement inexplicable. Tout d'abord, Ruth crut à une illusion d'optique causée par ses propres frissons, mais quand elle se rendit compte que le son était produit par le contact des feuilles entre elles, la jeune fille comprit que l'arbre était réellement agité par une force inconnue. Aucun des arbres alentour ne bougeait, car aussi loin à l'intérieur des bois il n'y avait pas de vent, pas même une brise légère. On eût dit qu'une main puissante et invisible secouait le fût gracile pour en faire trembler le feuillage. Et pourtant le tronc était parfaitement immobile.

Les feuilles commencèrent à se détacher et à tomber.

On était au début de l'été et les petites feuilles se mirent à chuter en tourbillonnant et en passant d'un vert frais au marron sec, tout en se racornissant. Elles paraissaient flotter d'elles-mêmes dans l'air.

La vision de Ruth s'était éclaircie et elle observait le phénomène intensément, comme hypnotisée par ce spectacle incompréhensible. De plus en plus de feuilles se décrochaient des branchages et elle eut bientôt l'impression de regarder une mini-tornade rousse où les taches vertes viraient au brun en un instant. Alors que les premières atteignaient le sol, la spirale surnaturelle les souleva de nouveau et elles remontèrent pour se mêler aux autres. Au lieu de les disperser, la brise sans source regroupait les feuilles en les faisant tournoyer de plus en plus vite.

Ruth se colla contre le tronc derrière elle, talons plantés dans le sol, bouche ouverte, yeux écarquillés. La tornade végétale paraissait se solidifier, mais les feuilles continuaient d'être arrachées des branchages alentour et leur bruissement emplissait les oreilles de la jeune fille. Elle aurait voulu détourner les yeux mais en était incapable.

La forme commença à changer, à prendre de nouveaux contours. Elle perdit de sa hauteur, s'affina au sommet, s'élargit au milieu et s'amincit dans la moitié inférieure.

Le son devint un sifflement. Et le sifflement se métamorphosa en une multitude de murmures, une légion de voix assourdies.

Soudain, l'ensemble se désintégra.

Pour révéler une silhouette. Une silhouette humaine.

Une silhouette masculine.

Et Ruth savait qui était cet homme.

La forme se mouvait derrière le tourbillon et il sembla à Ruth qu'une tête penchée se relevait lentement. Un hoquet interrompit les frissons de la jeune fille car elle venait de reconnaître ce visage informe avant même que le premier trait apparaisse : un nez busqué dont la pointe touchait presque la lèvre supérieure. Des pieds elle patina dans l'humus glissant, en une pantomime étrange de course, et sa joue s'écrasa contre l'écorce tandis qu'elle contemplait la scène de côté. C'était comme si elle fuyait réellement et regardait par-dessus son épaule la chose qui s'était façonnée au milieu de la tornade de feuilles. Un son bas, semblable à un miaulement, lui échappa quand elle vit béer un trou sombre sous le nez, un trou qui possédait des lèvres ; des lèvres épaisses, molles, humides.

La chose parla, mais ses mots comme son corps n'étaient pas encore complètement formés, et elle ne put les comprendre. Avait-elle prononcé son nom, ou exprimé sa propre souffrance ?

Ruth voulait fermer les yeux pour ne plus voir cette monstruosité en gestation – peut-être que si elle ne la voyait plus elle cesserait d'exister ? –, mais l'attraction était trop forte, la fascination trop profondément perverse, et elle ne put s'empêcher de la regarder du coin de l'œil.

La silhouette imprécise s'étirait, comme pour juger de sa mobilité. Le mouvement était lent, laborieux, quand soudain le tourbillon de feuilles explosa. La forme fut enfin dévoilée et elle vit que Munce était nu.

— Oh, non... souffla-t-elle.

Les chairs de Munce s'étaient putréfiées – *Pour l'amour du Ciel*, cria une voix dans la tête de Ruth, *bien sûr qu'il est en pleine putréfaction, il est mort depuis neuf années !* – et des petits vers blanchâtres grouillaient dans ses plaies. Il la contemplait de ses yeux morts et noirs.

Les coupures les plus profondes étaient situées autour de son ventre, qui était petit, car Munce avait toujours été mince, mais gonflé bien que les lacérations aux bras et aux cuisses fussent beaucoup plus nombreuses. Elle fut attirée de nouveau vers son regard, comme s'il pouvait commander sa volonté, et elle se rendit compte avec horreur que le trou où luisaient les dents lui souriait.

Sa tête retomba en avant et il approcha les mains de son entrejambe, en une parodie macabre de cette époque lointaine, quand Ruth n'était qu'une fillette et qu'ils jouaient à leurs jeux secrets, quand il guidait ses mouvements vers son propre sexe.

Elle comprit soudain l'étendue des mutilations que s'était infligées Munce et comment il avait fini par mettre fin à son existence. Une grosse masse de sang à demi coagulé coulait d'un trou déchiqueté, là où ses parties génitales s'étaient trouvées.

# 12

Grace frappa une troisième fois à la porte peinte en jaune du petit cottage. Resté en retrait à quelques pas, au milieu de la courte allée, Ash contemplait l'alignement des jardins. Tous étaient nets et les plus proches paraissaient particulièrement bien entretenus, alors que celui où il se trouvait montrait quelques signes de négligence récente : les mauvaises herbes revenaient à l'assaut et certaines des fleurs auraient eu besoin d'un bon coup de sécateur. Il leva les yeux vers la petite fenêtre surplombant la porte d'entrée, stupéfait de l'intérêt provoqué en lui plus tôt dans la journée.

La porte s'entrouvrit de quelques centimètres et un visage rond apparut dans l'embrasure.

— Bonjour, Ellen, entendit-il Grace dire. C'est moi, Grace Lockwood. Nous ne nous sommes pas beaucoup vues, ces derniers temps.

Pendant un moment Ash crut qu'Ellen Preddle allait refermer la porte car l'entrebâillement se réduisit de moitié. Derrière, la femme s'approcha pour mieux voir dehors.

— J'ai rencontré le pasteur il y a quelques jours.

La phrase avait été lancée comme une défense.

— Je le sais, Ellen, fit Grace d'un ton apaisant. C'est lui qui nous envoie.

Il y eut un moment d'hésitation à l'intérieur.

— Vous êtes sa fille, c'est ça ?

— Bien sûr, Ellen. Vous me connaissez, nous avons déjà bavardé en plusieurs occasions.

— Je vous ai connue toute petite. Et j'ai connu votre mère. Une dame très gentille.

— Pourrions-nous entrer, Ellen ?

— Non.

La sécheresse de la réponse surprit Grace. Elle jeta un regard indécis à Ash avant de revenir à la charge :

— Nous sommes ici pour vous aider, Ellen. Vous ne voulez pas changer d'avis ?

— Comment pourriez-vous m'aider ? rétorqua Ellen Preddle avec brusquerie. Aucun de vous ne comprend ce qui se passe. Vous ne pouvez pas comprendre.

Grace fit un pas de côté pour permettre à la femme de voir Ash.

— Ellen, voici David Ash. Je vous le jure, c'est un spécialiste de ces choses.

— Un spécialiste ? Et que sait-il ?

Ash nota que la voix était passée de la brusquerie à la nervosité. Il approcha, et sa main effleura la porte.

— Mrs Preddle, je suis membre de l'Institut de recherches métapsychiques. Le révérend Lockwood nous a contactés pour voir si nous pouvions découvrir ce qui vous arrivait.

Il lui parut inutile de préciser que c'était en fait la fille du pasteur qui avait appelé l'Institut, et il aurait sans doute été du plus mauvais effet d'avouer qu'en réalité le révérend était opposé à leur intervention.

— Il m'avait promis de n'en parler à personne, et que cela resterait entre lui et moi, fit Ellen Preddle sans colère, mais avec une pointe de désespoir. Il avait promis...

— Oui, je sais, mais d'autres événements se sont

produits à Sleath, depuis peu. Toutefois, je puis vous assurer qu'il n'a parlé de vous à personne d'autre en dehors de moi. Il respecte votre volonté, Mrs Preddle.

— Pourtant, Miss Lockwood a l'air au courant...

— J'ai insisté pour qu'il me raconte tout après sa dernière visite chez vous, répondit la jeune femme. Il était complètement désemparé, et très inquiet pour vous. Ecoutez, pouvons-nous entrer pour vous parler, s'il vous plaît ? Simplement parler, rien de plus. Ensuite, si vous voulez que nous partions, nous le ferons. Mr Ash est... une sorte de scientifique qui étudie ce genre de phénomènes, et il fera tout son possible pour comprendre ce qui vous arrive. Peut-être saura-t-il nous donner les raisons de tout cela.

La porte s'ouvrit enfin franchement et la femme apparut à la lumière du jour. Ash remarqua le sursaut mal maîtrisé de Grace.

Le regard d'Ellen Preddle avait une qualité particulière, une sorte de voile, une distance, comme si son esprit était ailleurs et qu'elle n'était qu'en partie consciente du moment présent. Ses yeux étaient cernés, avec ces mêmes marques de fatigue qui avaient décoloré la peau fraîche de la jeune serveuse, à la Black Boar Inn. Les paupières étaient gonflées, autant par la fatigue que par les larmes, et une veine battait de façon visible à sa tempe. Des mèches de ses cheveux noirs striés de gris retombaient en désordre sur son front et elle semblait incapable de garder ses mains immobiles plus d'une seconde. Les doigts se crispaient sur ses vêtements, remontaient effleurer son visage, s'entrecroisaient. Ellen Preddle avait l'air hantée, se dit Ash.

Elle le regarda droit dans les yeux.

— Pouvez-vous aider Simon ? implora-t-elle.

L'angoisse dans sa voix était aussi frappante que son apparence physique.

— Vous voulez parler de votre fils ? dit-il en gardant un ton apaisant, comme si la question n'avait rien d'étrange. Je pense que je serai en mesure de vous aider tous les deux, si vous me le permettez.

Afficher une telle assurance le mettait mal à l'aise, car il avait plutôt l'habitude d'expliquer les situations, de prouver ou de réfuter leur validité. Mais dans les circonstances actuelles, cela ne pouvait que lui gagner la coopération d'Ellen Preddle.

L'incertitude amena au moins un semblant d'expression dans le regard vide de la pauvre femme, et Grace profita du moment :

— Mon père et moi sommes certains que Mr Ash peut découvrir la cause de tout ceci, Ellen, et s'il y parvient nous serons sans aucun doute capables d'y mettre un terme.

Ash jeta un regard stupéfait à la jeune femme, qui lui répondit d'un bref sourire d'excuse.

Ellen Preddle ne remarqua rien car elle avait enfoui son visage dans ses mains.

— Y mettre un terme ? fit-elle dans un geignement bas. Vous le pouvez vraiment ? Vous pouvez faire retrouver la paix à mon petit Simon ?

— Entrons, dit Grace gentiment en avançant.

La femme baissa les bras et se retourna pour s'enfoncer dans la maison, sans les inviter ni les repousser.

Ash suivit Grace et balaya d'un regard aigu l'intérieur du petit cottage. La pièce où ils venaient de pénétrer était de dimensions modestes, encombrée mais confortable, avec un mobilier rustique et des rideaux clairs. Sur sa droite, une porte ouverte révélait une petite cuisine, et en face de l'entrée un escalier montait à l'étage. Un fauteuil tendu de tissu à fleurs était tourné vers la cheminée, tandis qu'une table blanche et des chaises occupaient l'autre partie de la pièce. Une collection de bibelots divers ornait la tablette de la cheminée, mais il n'y vit qu'une seule photographie encadrée, celle d'un jeune garçon aux grands yeux sombres et à la chevelure indisciplinée qui lui cachait le front. L'enfant souriait, mais Ash crut lire de la tristesse dans son regard.

Ellen Preddle s'était immobilisée en plein milieu de la pièce et attendait, épaules voûtées, mains toujours papillonnantes. Grace la dirigea avec douceur vers le fauteuil.

— Asseyez-vous, Ellen, et laissez Mr Ash vous poser quelques questions, d'accord ? fit-elle quand la femme leva vers elle un regard perdu.

Ash apporta une chaise prise à la table et la plaça face à Ellen. Elle le considéra d'un air si triste que pendant une poignée de secondes il ne trouva rien à dire.

Devant son air mal à l'aise, Grace entoura les épaules d'Ellen d'un bras.

— N'ayez aucune crainte, murmura-t-elle d'un ton apaisant. Souvenez-vous, David est ici pour vous aider. Il vous suffit de répondre de votre mieux à ses questions. Que diriez-vous si je nous faisais un bon thé à tous ? Cela vous ferait-il plaisir ?

La femme hocha lentement la tête. Une main tiraillait le pan de son gilet de laine et le remontait sur sa poitrine, comme si elle était glacée malgré la chaleur ambiante. Alors que Grace passait dans la cuisine, Ash se rendit soudain compte qu'il régnait dans cette pièce une fraîcheur réellement curieuse. Jusqu'alors, il n'avait pas prêté attention au gilet qu'Ellen Preddle portait sur un chemisier en coton épais, alors que la journée était particulièrement douce. Il sentit sa propre peau se couvrir de chair de poule au changement de température.

— Cela ne vous dérange pas que je branche ce magnétophone ? dit-il en sortant de sa poche l'appareil miniature et en le lui montrant.

Elle ne répondit pas. Elle ne regarda même pas sa main.

Ash alluma le magnétophone et le déposa sur le sol entre eux.

— J'aimerais que vous me relatiez avec exactitude les

événements qui sont survenus depuis le décès de votre fils, Mrs Preddle.

Il parlait à voix basse, pour qu'elle ne se sente pas intimidée.

— Mrs Preddle ? répéta-t-il comme elle ne répondait pas.

— J'ai tout raconté au révérend Lockwood, fit-elle enfin.

— Oui, je sais. Mais à présent j'aimerais que vous me le disiez, à moi. Vous comprenez, il faut que je l'entende avec vos propres mots. Simon a été enterré il y a trois semaines, c'est bien cela ?

De nouveau, un long silence. Puis :

— Trois semaines ? Cela fait si longtemps ? Oui, ce doit être ça, quand ils ont mis en terre mon pauvre petit.

— Et vous l'avez vu par la suite ?

— Quand je suis revenue de ses funérailles, Simon m'attendait ici. Dans ce fauteuil, précisa-t-elle en tapotant les bras du siège.

— Vous l'avez réellement vu ?

La répétition était nécessaire, car très souvent les gens concernés ne percevaient qu'une présence et seules leurs émotions établissaient une relation entre cette expérience et la personne disparue.

Elle acquiesça lentement, comme auparavant.

— Etait-ce une vision claire ? Pouviez-vous le voir en entier ?

Cette fois, la réponse fut nette :

— Simon était ici. Assis dans ce fauteuil.

— Bien. Et vous a-t-il dit quelque chose ?

Il dut encore patienter.

— Il n'a pas besoin de me parler. Il est heureux rien que de se trouver ici.

De la cuisine leur parvint le son d'un robinet qu'on ouvrait, puis un cliquetis de tasses et de soucoupes. Du pied, Ash rapprocha le magnétophone d'Ellen Preddle.

— Combien de fois Simon vous a-t-il rendu visite ?

Pour la première fois, l'ombre d'un sourire passa sur ses lèvres.

— Oh, Simon a été présent ici presque tout le temps. C'était comme... avant... quand...

— Quand il était encore vivant ? termina-t-il pour elle.

Elle tressaillit, et Ash commença à soupçonner que cette femme souffrait de graves problèmes psychologiques qui n'étaient pas dus uniquement au deuil. Son chagrin s'expliquait fort bien, et son refus d'accepter la disparition de son fils n'avait rien de bien extraordinaire ; cependant, le mal qu'elle s'était donné pour se persuader de la survie de l'enfant lui semblait loin d'être naturel. Grace lui avait déjà résumé ce qu'avait appris son père : après l'enterrement, Ellen Preddle avait continué à vivre comme si le petit Simon était toujours là, la suivait partout, bavardait avec elle et l'aidait aux travaux ménagers. Le soir, elle montait le border dans son lit, lui lisait une histoire pour l'endormir et allait jusqu'à lui préparer ses repas (et sans aucun doute elle poursuivait le simulacre en jetant sa part à la poubelle et en se répétant qu'il avait tout mangé). Toutefois, son subconscient lui avait dit que rien de tout cela n'était possible, que Simon s'était vraiment noyé dans son bain et qu'il était maintenant enseveli dans le cimetière. C'était pourquoi elle quittait si rarement cette maison depuis trois semaines, car la réalité régnait à l'extérieur, où il ne pouvait y avoir de Simon, où les gens compatiraient à sa douleur, verseraient peut-être quelques larmes ou essayeraient de la convaincre qu'il était parti à jamais. Et surtout, les gens de l'extérieur ne verraient pas le gamin, ce qui signifierait qu'il n'existait pas. Ellen s'était claquemurée dans un songe pour que son fils continue à vivre.

En son for intérieur, Ash soupira. Le conflit qui animait cette femme le déprimait. Le fait que quelques instants auparavant elle n'ait pas bronché quand il avait utilisé le terme de « vision » prouvait qu'elle commençait à se rendre compte de son aveuglement. En fin de compte, mais cela pouvait prendre des années, elle comprendrait que le fantôme de Simon n'était rien de plus que le produit de son imagination débridée. Quant à la vision du garçon par le révérend dans cette même maison, on pouvait la mettre sur le compte d'un phénomène d'hystérie collective, les impressions très fortes de la mère s'étant transmises au pasteur, ce qui, pour Ash, ne constituait quand même pas une explication très solide. Les autres apparitions survenues à Sleath pouvaient faire partie du même syndrome général, car l'hystérie collective n'est pas aussi rare qu'on le croit et, comme son nom l'indique, elle se propage aisément, surtout dans une communauté fermée. Les observations multiples d'ovnis, des groupes entiers de gens – en particulier des jeunes filles pubères – s'évanouissant sans raison apparente, les émeutes spontanées dans les stades ou certains quartiers, toutes ces manifestations relevaient du même phénomène.

La voix d'Ellen Preddle vint interrompre ses réflexions :

— Pouvez-vous aider mon fils ? dit-elle en posant sur lui un regard d'une surprenante intensité.

— Pourquoi aurait-il besoin d'aide, Ellen ? Si vous me demandez d'amener son âme à la paix éternelle, alors je crains de n'en être pas capable.

Il essayait de la réconforter, mais sans méchanceté. Si elle croyait vraiment que son fils était revenu du tombeau, alors elle devait penser qu'il pouvait aussi retrouver la paix.

— Mais le révérend Lockwood le pourrait certainement. Les prêtres pratiquent de telles cérémonies.

Elle eut un mouvement de tête impatient.

— Vous ne comprenez pas. Je veux qu'on laisse Simon tranquille. Je veux qu'*il* nous laisse tranquilles !

La violence de sa réaction déconcerta Ash. Il se pencha en avant et interrogea, d'une voix égale :

— De qui parlez-vous, Mrs Preddle ?

Un fracas subit dans la cuisine le fit se retourner sur son siège. Grace apparut sur le seuil du salon. Elle s'appuya d'une main au chambranle de la porte, l'autre était pressée sur son front. Du sang se mit à couler entre ses doigts et sur son poignet.

Il se levait pour aller vers elle, mais Ellen Preddle bondit de son fauteuil avec une agilité stupéfiante et lui agrippa la manche.

— *Lui !* siffla-t-elle, son visage pâle déformé par un mélange de peur et de dégoût. *Le père de Simon ! Vous ne comprenez donc pas ? Il est revenu d'entre les morts pour nous persécuter !*

# 13

Danny Marsh était affalé sur le vieux banc de bois face à la pelouse et à l'étang, un bras mollement posé sur le dossier bas, une jambe allongée sur le siège. A quelques mètres de lui s'élevaient le pilori et le poteau aux châtiments, inutilisés mais toujours admirés par certains membres de la communauté qui pensaient que l'ordre et la loi avaient été irrémédiablement bafoués le jour où on avait cessé de fouetter et d'exécuter sur la place du village. Le jeune homme était de méchante humeur et ne prêtait guère attention aux rares véhicules qui passaient. En cette fin d'après-midi, il y avait peu de gens dehors ; il faisait encore trop chaud pour se promener, et seule la vieille camionnette de livraison qui approvisionnait les boutiques mettait un peu d'animation dans le paysage. Bientôt arriverait le bus scolaire qui ramenait les enfants de la ville voisine, mais personne ne dressait de calicots pour l'occasion.

Il tendit une main paresseuse vers son blouson en jean et ses doigts fourragèrent dans une poche. Il réussit enfin à extraire une tablette de chewing-gum. La dernière. Il ôta le papier aluminium, en fit une boule qu'il jeta dans l'herbe et mit la friandise dans sa bouche. Il mâcha avec application, et la douceur du chewing-gum eut tôt fait de neutraliser le goût amer laissé sur ses papilles par les pintes de cidre consommées plus tôt dans la journée. Pourquoi une boisson aussi appréciable au moment où l'on en profitait devenait-elle aussi désagréable pour le palais et l'estomac plus tard ? Et pourquoi quelque chose qui vous faisait du bien sur le moment vous rendait si foutrement mal à l'aise par la suite ? C'étaient là des questions d'importance qui méritaient réflexion, et il la leur accorda. Mais après quelques minutes il n'avait trouvé aucune réponse et, comme toujours, ses pensées revinrent à Ruth.

Merde, il n'avait pas voulu l'effrayer. Elle n'avait aucun besoin de se sauver comme elle l'avait fait. Il désirait simplement lui montrer combien elle lui plaisait, combien il était amoureux d'elle, quoi. Oui, il était vraiment amoureux d'elle. Bon sang, il avait quand même passé la moitié de sa journée de repos – *la moitié de cette putain de journée !* – à la Black Boar Inn rien que pour se trouver auprès d'elle. Et la demoiselle n'avait pas apprécié cela ? Il travaillait toute la semaine, y compris le samedi et le dimanche matin, et il avait passé sa seule journée de congé à tuer le temps dans un vieux pub triste, simplement pour elle ! Il voulait juste lui parler après son service. C'est pourquoi il l'avait attendue sur le chemin : il savait qu'elle l'emprunterait tôt ou tard. Cette Ruthy était devenue bizarre, vraiment bizarre. Comme quelques autres dans le coin, d'ailleurs. Cinglée, en fait. Il ne lui voulait aucun mal, pourtant. Un petit baiser, bavarder un peu, rien de plus. Bon, il avait mal interprété sa réaction, sûrement. Quand elle ne l'avait plus repoussé, il avait pensé qu'elle acceptait qu'il la pelote. Pourquoi ne lui avait-elle pas dit qu'elle n'était pas intéressée, pourquoi avait-il fallu qu'elle s'enfuie dans les bois ? Il l'aurait bien suivie, mais pas dans l'état où elle était. Pas si elle avait peur de lui ! Bah, la mesure avait été dépassée, de toute façon. Tant pis pour elle. Qu'un autre gars lui coure après. Lui en avait fini avec elle et ses manières de bêcheuse. Elle n'était pas la seule fille attirante au monde. Mais peut-être qu'elle changerait d'avis... Il était certain qu'elle avait le béguin pour lui. Peut-être, s'il laissait passer une semaine ou deux... Ou juste quelques jours. Oui, il pourrait lui téléphoner demain, et s'expliquer. Il lui offrirait des fleurs. Il se mettrait même à genoux pour implorer son pardon... Voilà ce qu'il ferait. « Allons, Ruth, laisse-nous encore une chance... »

L'esprit préoccupé par ces considérations, Danny ne prêta pas attention au pick-up gris rouillé qui contournait lentement la pelouse. C'est en entendant le crissement soudain des pneus qu'il releva la tête. A sa stupéfaction, il vit la camionnette passer en marche arrière et reculer à une vitesse digne d'un feuilleton télévisé. Le véhicule s'arrêta brusquement de l'autre côté de la place, juste en face du banc.

La porte du pick-up s'ouvrit et Ralph Cauldwell, le père de Ruth, descendit sur la pelouse. Il tenait quelque chose dans une main, contre sa cuisse, que Danny ne put identifier au premier regard ; quand l'homme s'approcha, il vit que c'était un de ses outils de menuisier. Manches roulées au-dessus des coudes, chemise ouverte presque jusqu'au nombril, le père de Ruth avançait vers le jeune homme sans le quitter des yeux. Il brandit le lourd maillet qu'il serrait dans sa main droite et le laissa retomber avec un bruit sourd dans sa paume gauche.

— Mr Cauldwell... commença Danny nerveusement.

Il se leva à demi, alerté par l'expression qu'affichait le menuisier.

— Sale... petit... fumier... (Les mots sifflaient entre les mâchoires serrées de l'homme.) Sale... fumier...

— Mr Cauldwell ?

Le jeune homme était pétrifié. Il hésitait entre rester là et prendre ses jambes à son cou, mais c'était inutile : son corps ne lui obéirait pas.

— Tu as touché ma fille, pas vrai ?

Danny avait du mal à comprendre les paroles de l'homme. S'il avait touché à sa... fille ? A Ruth ?

Cauldwell l'avait presque rejoint, et le maillet s'éleva lentement au-dessus de la tête du menuisier.

— Espèce... de petite... ordure...

Danny remarqua les traînées luisantes sur les joues de l'homme.

Ralph Cauldwell cligna des yeux pour chasser les pleurs de rage et de douleur afin de mieux voir sa victime. Ce minable... cet animal... *ce fumier !...* avait posé ses mains crasseuses sur Ruth, et il avait essayé de... il avait essayé de... Cauldwell ne pouvait même pas former l'image dans son esprit. Lui, le père de Ruth, avait déjà trahi la confiance de sa fille par le passé, il avait permis à Munce d'avilir son enfant chérie, sans rien voir de ce qui se préparait sous son nez, sans comprendre, sans être là pour empêcher cette créature obscène de la souiller, d'enfoncer son horrible... sa *chose...* dans le pauvre corps innocent de sa Ruth...

Avec un hurlement où s'extériorisaient douleur, colère et désespoir il abattit le lourd maillet sur le crâne du jeune homme.

Danny leva les bras en un geste réflexe pour parer le coup, et l'outil brisa un de ses poignets avant d'atteindre sa cible. Le bruit du bois sur l'os fut très semblable à celui d'une batte de cricket heurtant la balle, de sorte qu'il n'était pas incongru dans ce paysage typiquement anglais. Il résonna dans le terrain communal, un son net et presque plaisant dans cet après-midi estival si tranquille.

Danny ne cria pas en s'écroulant sur le banc. Il en était incapable car sa boîte crânienne enfoncée pressait sur tous ses centres nerveux. C'est son agresseur qui le fit pour lui :

— Espèce d'ordure ! Fumier de vicieux !

Cauldwell abattit le maillet encore et encore sur le

corps du jeune homme, sur ses bras, ses épaules, sa colonne vertébrale, ses jambes agitées de spasmes. Puis il remonta méthodiquement vers la tête, et le maillet faisait voler des lambeaux de matière sanguinolente mêlée à une substance écœurante sur l'herbe alentour. Une bave épaisse avait jailli de la bouche tordue de sa victime et coulait sur le bois du banc ; elle commença à se teinter de rose, puis se transforma en un flot rouge brillant.

Alertés par les cris du menuisier, les commerçants de la place apparurent sur le seuil de leur boutique. Des visages s'encadrèrent dans les fenêtres ouvertes.

— Fumier ! Tu as touché ma fille... Tu...

Cauldwell appliquait son châtiment sans relâche. Pauvre Ruth, elle était revenue à la maison dans un état de choc pitoyable, à peine capable de parler, ses vêtements déchirés, arrachés, son corsage ouvert, son front marqué d'un hématome, bras et jambes lacérés de coupures. Il se trouvait dans l'atelier quand elle y était entrée et qu'elle s'était effondrée dans ses bras en marmonnant des propos incohérents au sujet de Munce et de Danny, mais son père avait aussitôt compris. Jamais il n'avait oublié ce dégénéré de Munce, jamais il ne lui avait pardonné, pas plus qu'il n'avait oublié ses propres fautes ni ne se les était pardonnées. Par ignorance il avait laissé l'horreur se produire une fois, et il s'était juré que plus jamais on ne ferait de mal à sa fille. Mais il avait encore failli à son serment.

Et à présent cette petite ordure – ce petit fumier qui se dorait tranquillement au soleil, sur le pré communal, comme si de rien n'était ! –, cette saloperie d'obsédé payait le prix. Oh, il comprenait maintenant, tandis qu'il gisait sur le banc et vomissait son sang, que son corps se trémoussait comme celui d'un insecte répugnant. Oh oui, il comprenait l'erreur qu'il avait commise. C'était un malade, un vicieux qui n'aurait plus jamais l'occasion de recommencer son petit jeu. Plus jamais.

Cauldwell essayait de maîtriser ses propres tremblements. Quelqu'un le héla d'une des échoppes voisines, mais le menuisier enregistra à peine le son. Il n'en avait pas encore fini. Il en était même loin.

Il se redressa et contempla une seconde le corps martyrisé de Danny qui tressautait toujours sur le banc rougi de sang. Puis il fit demi-tour et d'un pas raide retraversa la pelouse jusqu'au pick-up dont le moteur tournait toujours au ralenti. Il jeta sur le siège passager le maillet teinté d'écarlate jusqu'au manche et fouilla dans la boîte à outils qu'il emportait toujours avec lui dans le véhicule. Quand enfin ses doigts frémissants trouvèrent la solide poignée, il saisit ce qu'il cherchait et retourna aussitôt vers le banc, du même pas d'automate. De façon étonnante, Danny était encore conscient et des bulles de sang s'échappaient sans cesse de sa bouche. Les sons qui en sortaient n'avaient aucun sens. Peut-être suppliait-il qu'on veuille bien l'épargner.

Plusieurs villageois se rapprochaient d'un pas hésitant, certains à contrecœur, conscients toutefois qu'il fallait faire quelque chose, intervenir avant que le gamin ne soit tué – s'il n'était pas mort déjà. Mais tous avaient reconnu Ralph Cauldwell, et tous redoutaient sa force physique décuplée par la colère. Le menuisier n'avait-il pas failli tuer ce pervers de Munce, une dizaine d'années plus tôt ?

— Ralph, fit prudemment le patron de la quincaillerie où le menuisier achetait la plupart de ses outils, allons, calme-toi, Ralph...

Mais Cauldwell avait un travail à terminer.

Il tira le corps sur la pelouse et s'accroupit à côté.

Allongé sur le dos, Danny Marsh regardait le bleu merveilleux du ciel. Qu'il appréciât ou non cette pureté, c'était impossible de le savoir, mais un de ses yeux allait de droite à gauche et de gauche à droite, comme s'il désirait en voir le plus possible. Ses lèvres aussi remuaient, bien que les sons soient de plus en plus inaudibles.

Le père de Ruth brandit le lourd outil qu'il avait pris dans son pick-up. Il l'avait choisi sur une impulsion soudaine, car il l'avait utilisé maintes fois sur Munce, du moins en imagination. En fait, il s'était vu le faire sur ce dégénéré chaque fois qu'il devait profiler une pièce de bois. Il avait continué de s'imaginer en train d'appliquer ce traitement sur Munce bien après que celui-ci se fut émasculé une nuit dans sa cellule et y fut trouvé mort d'hémorragie.

Il arrêta la lame métallique à dix centimètres du visage défoncé du jeune homme.

— Je vais faire en sorte que tu n'aies plus jamais envie de harceler une pauvre fille innocente, mon gars.

Il abaissa l'outil jusqu'à ce que l'acier repose sur la joue de Danny.

— Je vais t'apprendre, mon gars.

Il sanglotait en parlant, mais il n'y avait aucune pitié dans sa voix.

— Je... vais... t'apprendre...

Le bus de ramassage scolaire s'arrêta de l'autre côté de la route, et des petits visages intéressés se plaquèrent contre les vitres tandis que le menuisier entreprenait de raboter la peau et les os du visage de Danny Marsh.

## 14

— Kate ? C'est David.

Il prit une gorgée de vodka au goulot de sa flasque pendant qu'elle lui parlait.

— Il est encore trop tôt pour le dire, fit-il en réponse à sa question. En apparence, ce n'est qu'un de ces petits villages idylliques dont rêvent les agences de tourisme. Ce qu'il y a de marrant, c'est justement l'absence de touristes. C'est une communauté plutôt fermée.

— As-tu réussi à trouver où te loger ? demanda Kate.

— A la Black Boar Inn.

— Une *auberge* ?

Il sourit au reproche implicite.

— Ils font hôtel aussi. Et c'est le seul du bled.

— Alors pas d'excès, d'accord ?

— Jamais d'alcool en service, chef.

— Pourquoi je n'arrive pas à te croire ? Sérieusement, David...

— Ça va, Kate, coupa-t-il un peu sèchement. Je ne t'ai encore jamais laissée en plan sur une enquête, non ?

Il y eut un silence à l'autre bout du fil. Puis :

— Désolée, je n'aurais pas dû dire ça. Tu as choisi une belle période ensoleillée pour aller à la campagne.

— Oui, magnifique. Ecoute, des événements se sont produits ici qui suggèrent – qui suggèrent lourdement – une activité paranormale. Le pasteur de Sleath en personne a été témoin d'une de ces manifestations.

Allongé en travers du lit, dans sa chambre de la Black Boar Inn, David tendit la main pour prendre son paquet de cigarettes sur la table de chevet. Sa valise était ouverte à côté de lui.

— Les membres du clergé font généralement des témoins fiables, dit Kate McCarrick pendant qu'il fichait une cigarette entre ses lèvres. A-t-il expliqué pourquoi sa fille a contacté directement l'Institut au lieu de passer par les canaux habituels de la hiérarchie ecclésiastique ?

— L'embarras, je crois. Ils désiraient l'avis d'un expert avant d'aller plus loin. Entre parenthèses, il règne ici une atmosphère singulière, et je dois admettre que cela me met un peu mal à l'aise.

Il coinça le combiné entre l'épaule et le menton le temps de craquer une allumette.

— Que veux-tu dire exactement, David ?

Dans son bureau de l'Institut de recherches métapsychiques, Kate McCarrick s'était rembrunie. Elle fit pivoter son siège, se détournant de la fenêtre. Elle plaqua sa main libre sur son autre oreille afin d'étouffer le bruit de la circulation londonienne qui montait de la rue.

— Euh, je ne sais pas au juste... L'ambiance est étrange. Presque comme si quelque chose attendait de se produire.

— C'est ton intuition qui parle, là ? fit-elle (et c'était plus qu'une remarque désinvolte). David ? ajouta-t-elle pour briser le silence qui suivit.

— Oui, excuse-moi. Je réfléchissais.

*Moi aussi*, songea Kate.

— Non, rien à voir avec l'intuition, dit-il. Ici, l'atmosphère est à couper au couteau.

*Tout le monde ressent la même chose, ou seulement toi, David ?*

Une pensée de plus qu'elle ne formula pas.

— En fait, il est arrivé quelque chose d'assez grave cet après-midi, sur la place juste en face de ma chambre, dit Ash en tirant sur sa cigarette.

— Raconte.

— Eh bien, il semble qu'un jeune homme de dix-neuf ou vingt ans ait été battu à mort par le menuisier du village. Il s'est servi d'un maillet, et il a terminé... au rabot.

— Quoi ?

— Au rabot. Un outil avec une lame biseautée disposée presque à l'horizontale sous son socle, pour enlever l'épaisseur de bois par couches.

— Il a frappé sa victime avec ?

— Non, il a voulu lui ôter la chair du visage. Et il a bien failli réussir, d'après ce que j'ai entendu. Enfin, le gamin était déjà inconscient à cause des coups de maillet qui lui avaient fracassé le crâne.

— Mon Dieu...

— Oui. Je n'ai pas encore tous les détails, mais c'était le gros sujet de conversation quand je suis revenu à l'auberge tout à l'heure.

— Je n'en suis pas étonnée. Je croyais que Sleath était un de ces endroits pittoresques dont rêvent les agences de tourisme ?

— J'ai dit aussi qu'il règne ici une atmosphère singulière. Bref, j'ai interrogé trois personnes jusqu'alors – le révérend Lockwood, Ellen Preddle, une veuve qui a récemment perdu son fils unique, et un fermier qui vit juste en dehors du village. Demain, je trouverai un peu de temps pour dactylographier un rapport et je te le posterai.

— Ils n'ont pas de fax à ton auberge ?

— Je vais me renseigner. Sinon, j'essayerai à la salle paroissiale. La fille de notre client y travaille à mi-temps.

— Ah oui, Grace Lockwood.

— Elle se révèle un auxiliaire très efficace.
— Hem. Du genre névrosé ?
— Pas le moins du monde. Elle est aussi saine d'esprit que toi ou... Enfin, elle est saine d'esprit, quoi.
Kate eut un petit rire.
— Séduisante ? Mariée ?
— Oui, et non, mais ça n'a aucun rapport avec ce qui nous occupe.
— Peut-être devrais-je venir pour te donner un coup de main...
Ash réprima un soupir. Le ton employé par Kate était léger, mais il y avait dans sa suggestion un sérieux évident.
— Kate...
— Oui, David ?
— Pas d'entrave, d'accord ?
Après un instant, elle répondit :
— Si tu le dis... (Elle avait repris une attitude pragmatique, mais Ash n'était pas dupe.) Qu'as-tu l'intention de faire, David ? Tu seras en mesure d'installer ton matériel ?
— Le meilleur endroit où commencer serait le cottage d'Ellen Preddle. Elle est la première personne à avoir vu le fantôme.
— Elle a pu l'identifier ?
— C'était son fils. Le gamin s'est noyé il y a quatre semaines. Elle avait déjà perdu son mari quelque temps auparavant.
— La pauvre...
— Tu n'as pas entendu le meilleur. Enfin, le pire. A présent, elle affirme que son mari est revenu d'entre les morts.
— Elle est hantée par *deux* fantômes ?
Ash exhala la fumée en un long filet évanescent.
— Pas exactement. Il semblerait qu'un fantôme hante l'autre.

— Je ne te suis pas, là.

Ash eut un sourire amer.

— Ellen Preddle est persuadée que le fantôme du père terrorise celui du fils.

# 15

La salle de restaurant de la Black Boar Inn n'était pas très fréquentée ce soir. En fait, à part David Ash qui attendait l'arrivée de Grace Lockwood, une seule autre table était occupée. Le couple âgé d'une soixantaine d'années célébrait son anniversaire de mariage. L'homme avait commandé le meilleur champagne de l'établissement et invité l'épouse du patron, qui faisait également office de maître d'hôtel, à les accompagner pour porter un toast à leur longue union. Rosemary Ginty s'était pliée à cette demande de bonne grâce, mais Ash avait bien vu qu'elle le surveillait du coin de l'œil tout en trinquant.

Avec ses murs clairs, son plafond à poutres apparentes et la grande cheminée à l'ancienne, la pièce dégageait une atmosphère intime et confortable. Les tables, rondes, étaient petites, et des bougies plantées sur des lits de fleurs minuscules brillaient au centre de chacune. La plupart des fenêtres à vitraux donnaient sur le jardin et la cour de l'auberge, et avec l'arrivée du crépuscule des lumières apparaissaient de loin en loin. Les étourneaux nichant dans les arbres proches et les avant-toits de l'auberge virevoltaient en une ronde effrénée à basse altitude.

Concentré sur cet éclairage particulier à ce moment de la journée, Ash ne prit pas tout de suite conscience de la présence près de sa table. Il se détourna de la fenêtre et leva les yeux vers le visage joufflu et aimable de la patronne, dont le regard insistant devint poliment intéressé en une fraction de seconde.

— Je ne voulais pas vous faire peur, Mr Ash, fit-elle avec un sourire affable qui ne dissimulait pas totalement le malaise tapi dans ses prunelles. Je me demandais si la maison pourrait vous offrir un autre apéritif pendant que vous attendez...

Elle avait crispé ses deux mains sur son estomac comprimé par le corset qu'elle portait sous sa robe vert foncé. A la lueur des bougies, le double rang de fausses perles à son cou luisait un peu trop et son rouge à lèvres paraissait écarlate.

— Une autre vodka, ce serait parfait.

— Juste avec de la glace, c'est bien ça ?

— Non, sec, s'il vous plaît.

— Oh, oui, bien sûr. A propos, Mr Ginty aimerait savoir si vous avez décidé combien de temps vous resterez parmi nous...

Ash devina que le propriétaire de l'auberge ne s'était pas posé la question, et que sa femme essayait simplement d'engager la conversation. Peut-être était-elle curieuse parce qu'il était étranger au village ; à moins que les habitants n'aient déjà soupçonné la raison de sa présence à Sleath. Il avait rendu visite à trois d'entre eux depuis son arrivée, et la nouvelle avait dû se répandre.

— Mr Ash ?...

— Hem, désolé, j'avais la tête ailleurs. Non, Mrs Ginty, je n'ai encore rien arrêté. Comme je l'ai dit à votre mari, il se peut que ce soit deux jours, ou une semaine.

— Je vois. Notre région vous intéresse, n'est-ce pas ?

Son sourire était un peu trop rigide. Elle tapota d'une

main légère sa chevelure permanentée, d'un geste affecté, pour se donner une contenance.

— C'est un joli village.

Elle attendit, mais il se contenta de lui retourner son sourire.

— Oui, fit-elle en comprenant qu'elle n'obtiendrait pas de réponse directe à sa question. Oui, Sleath est un village charmant. Et très tranquille, Mr Ash. Eh bien, je vais vous chercher votre consommation...

— Merci, dit-il en regardant de nouveau par la fenêtre pendant qu'elle s'éloignait.

Les étourneaux avaient cessé leurs évolutions, sans doute jusqu'au lendemain, et pelouses et massifs de fleurs baignaient dans la lumière dorée de l'éclairage extérieur. Au-delà, les ombres s'étaient accumulées.

Pour occuper le temps, Ash passa mentalement en revue l'entretien qu'il avait eu dans la journée avec le fermier. Les terres de Sam Gunstone s'étendaient derrière le village, mais il lui avait fallu cinq bonnes minutes le long d'un chemin sinueux dans la voiture de Grace avant d'atteindre la ferme. Gunstone, un homme grisonnant et replet d'une soixantaine d'années dont le visage rouge et couperosé attestait une existence passée en plein air, avait montré peu de patience avec l'enquêteur, même quand Grace avait expliqué les raisons de leur visite. « Foutaises, avait répondu le fermier. Tout ça, c'est foutaises et bouses de vache. Qui a jamais entendu parler de meules hantées, hein ? C'est n'importe quoi. » Ash lui avait alors rappelé que c'est lui, Sam Gunstone, qui avait été témoin du phénomène. « C'est vrai, avait grommelé l'agriculteur avec mauvaise humeur, j'ai vu quelque chose, mais rien qui ressemble à un de vos satanés fantômes. Un tour de ma cervelle, voilà ce que c'était. Comment que vous appelez ça, vous, en ville ? Une impression de déjà-vu. Voyez ce que je veux dire ? »

Ash voyait très bien. Gunstone était un homme de la terre, pragmatique, qui à la rigueur pouvait accepter les anciens mythes et les légendes mais qui ne croirait jamais à un phénomène inexpliqué dont il serait témoin. Quelle était cette phrase du pasteur ? « Un esprit sain cherchera toujours une réponse rationnelle… » Il semblait bien que la réflexion avait modifié l'opinion du fermier, en dépit du récit frappant qu'il avait fait plus tôt au révérend Lockwood.

Ash croisa les bras sur la table, et se plongea dans l'examen attristant de son verre vide. Pourquoi cette soudaine multiplication de visions dans les environs ?

Quelque chose lui fit lever la tête et regarder vers la porte qui menait à la salle du café, la seule entrée du restaurant. Trois secondes plus tard, Grace Lockwood la franchissait.

Il se leva de son siège pour l'accueillir. Elle venait vers lui sans sourire, vêtue d'une robe légère en soie imprimée, à manches longues, où prédominaient les teintes marron, et ce soir elle avait défait ses cheveux qui retombaient en lourdes boucles sur ses épaules. La plaie à son front était à peine visible sous le maquillage, mais sa vue lui remémora l'incident dans la cuisine d'Ellen Preddle. D'après la jeune femme, une soucoupe s'était littéralement envolée d'une étagère haute sans raison physique apparente et avait traversé la petite pièce pour la frapper. A cause de l'état proche de l'hystérie que manifestait la maîtresse de maison, il n'avait pu enquêter sérieusement, mais à présent il se demandait si des phénomènes de poltergeist ne pouvaient également découler de ces hantises.

— David, je viens d'avoir une impression des plus étranges…

Il tira une chaise pour elle. L'expression de Grace demeura sérieuse tandis qu'elle s'attablait. Elle le regarda s'asseoir à son tour.

— Exactement comme ce matin, à l'église, dit-elle. Vous savez, quelques secondes avant que nous ne nous rencontrions…

— Je sais, fit-il en posant une main sur la sienne, comme pour lui affirmer la totale normalité de la situation. Je viens d'éprouver la même chose.

Elle le dévisagea d'un air perplexe.

— Comme une décharge électrique minime, sans douleur, n'est-ce pas ? ajouta-t-il. J'ai eu la même sensation. J'ai su que vous arriviez juste avant que vous passiez cette porte.

— Oui, c'est exactement cela.

Il ôta sa main et elle se pencha vers lui en secouant doucement la tête.

— Je ne comprends rien à ce qui arrive.

— Grace, avez-vous jamais eu des expériences d'ordre paranormal auparavant ?

Elle se redressa d'un coup, surprise par la question.

— Je ne le pense pas. Peut-être des choses anodines, comme deviner qui est à l'autre bout du fil avant de décrocher pour répondre. Mais n'est-ce pas très commun ?

— Pas autant qu'on le pense, mais cela arrive. Souvent, il ne s'agit que d'une déduction instantanée qui s'explique par la logique pure. Vous attendiez un appel de quelqu'un en particulier, ou bien personne d'autre ne vous aurait téléphoné à cette heure précise. Mais parfois c'est une sensation parfaitement inexplicable. Rien d'autre, pas d'autre exemple ?

Elle réfléchit un moment.

— Je ne crois pas... Attendez : quand j'étais enfant, mes parents m'ont emmenée à la cathédrale de Canterbury, un jour. Ensuite nous avons fait un tour en ville et pour une raison dont je ne me souviens pas, nous avons été séparés. Après plusieurs heures de recherches infructueuses, ma mère et mon père étaient paniqués, mais moi pas. Et c'est moi qui les ai retrouvés. Je n'avais que sept ans et je ne connaissais absolument pas Canterbury, pourtant je me rappelle n'avoir eu aucune crainte quand je me promenais seule. En fait, je me suis beaucoup amusée à regarder les vitrines des boutiques et c'est quand je m'en suis lassée que je me suis dirigée vers le carrefour où je *savais* – j'en avais la conviction, je m'en souviens – que se trouvaient mes parents. Ils étaient bien là, à parler avec un agent de police. Je les ai simplement rejoints et j'ai mis ma main dans celle de ma mère, comme si de rien n'était.

— Vous êtes certaine que vous ne les avez pas retrouvés par hasard ? Cela s'est passé il y a longtemps…

— C'est bizarre, mais je me rappelle encore très bien que je savais précisément où étaient mes parents au moment où j'ai décidé que j'en avais assez de faire du lèche-vitrines. Je suppose que pendant toutes ces années je n'ai jamais vraiment considéré cet épisode comme révélateur d'une quelconque aptitude psychique. Et rien de comparable ne m'est arrivé depuis.

— Il a pu ne s'agir que d'un instinct naturel. Tous les enfants le possèdent à un degré variable. Mais dans ce cas nous devons nous interroger sur ce que nous entendons par le mot « instinct ».

— Bonsoir, Grace.

Ils relevèrent la tête de concert pour découvrir Mrs Ginty plantée devant leur table, un verre d'alcool dans une main.

— Votre vodka, Mr Ash, dit-elle en remplaçant le verre vide par l'autre. Désirez-vous également un apéritif, Grace ? Oh, mais vous vous êtes blessée ?

La main de la jeune femme effleura brièvement la plaie à son front.

— Rien de sérieux. Chute de vaisselle, rien de plus.

Rosemary Ginty roula des yeux avec une grimace de résignation feinte.

— Nous avons toutes nos jours sans, ma chérie. J'ai été interdite plus d'une fois de cuisine par Tom. Il prétend que par ma maladresse le bénéfice ne sert qu'à racheter des assiettes…

Grace se fit un devoir de lui sourire, mais sans chaleur.

— Je crois que je prendrai un de vos vins maison. Du blanc sec, c'est ça ?

— Pas *trop* sec, mais juste comme il faut, répondit la patronne en les regardant à tour de rôle comme si elle espérait qu'ils lui proposent d'entrer dans leur conversation. Très bien, fit-elle devant leur manque de réaction. Pourquoi ne pas choisir votre menu pendant que je vais vous chercher votre apéritif ?

Elle s'éloigna, fit halte à la table des sexagénaires pour leur demander si tout allait bien avant de disparaître par la porte.

— Il se pourrait que vous soyez sensible à certaines énergies mentales, reprit Ash quand la patronne fut assez loin.

— Que voulez-vous dire ?

Une ombre de sourire planait sur le visage de Grace.

— Que vous êtes accordée psychiquement avec certains autres esprits.

— Le vôtre, par exemple ?

— C'est possible. Vous pourriez être ce qu'on appelle un médium latent.

Elle eut un rire bref.

— J'ai déjà entendu parler d'homosexualité latente, mais jamais de médiumnité latente. Excusez-moi, mais je n'y crois pas beaucoup.

— Les gens ont tendance à résister à de tels concepts.

La conviction qu'il mettait dans ses propos parut l'interloquer.

— Pourquoi le feraient-ils ?

— Ils ont leurs raisons, même s'ils n'en sont pas conscients eux-mêmes.

— Vous avez déjà rencontré de telles personnes ?

Il eut un sourire dénué d'humour.

— On peut présenter les choses de la sorte, oui. Comment va le révérend ce soir, au fait ?

Elle se rendit compte de sa volonté de digression mais ne fit aucun commentaire. Il y avait chez cet homme quelque chose d'énigmatique, et elle commençait à penser que les questions directes entraînaient des réponses évasives dès qu'elles touchaient à des sujets qu'il jugeait trop personnels. Peut-être était-ce un effet de son professionnalisme – il était ici pour mener une enquête déclenchée par les dires de son père, non pour raconter sa vie. Curieuse quand même cette impression d'être aussi proche de lui, alors qu'elle venait juste de faire sa connaissance. Pouvait-il s'agir d'un des phénomènes psychiques qu'il avait mentionnés ? Leurs esprits pouvaient-ils être « en accord », comme il le suggérait ? Elle décida de laisser ce mystère de côté pour l'instant.

— Mon père ne va pas très bien depuis déjà quelque temps, dit-elle. Sa santé semble s'être dégradée rapidement au cours de l'année dernière – tout a commencé un peu avant le décès de Mère, en fait. Dans les derniers temps, elle m'écrivait souvent pour me dire combien elle se faisait du souci pour lui. Quelle ironie que ce soit elle qui soit... (Elle s'interrompit et secoua tristement la tête.) Naturellement, sa mort n'a rien arrangé. Et maintenant il y a ces... ces hantises. Il est très désemparé face à ces phénomènes. (De nouveau elle se pencha sur la table, mains crispées devant elle.) David, que se passe-t-il à Sleath ?

Avant qu'il ait eu le temps de répondre, la patronne arriva et déposa un verre de vin devant Grace.

— C'est ce que nous aimerions tous savoir, intervint-elle sans prendre la peine de baisser la voix, et le couple dans la salle les regarda avec intérêt. Il y a toutes ces histoires idiotes de fantômes et de choses bizarres, tout le monde fait une mine d'enterrement et ces temps-ci on a bien du mal à avoir une simple conversation avec quelqu'un... (De la main, elle engloba la pièce.) Vous pouvez constater vous-mêmes à quel point les affaires souffrent de l'ambiance générale. Par une soirée aussi agréable, en temps normal, le restaurant serait à moitié plein. Et puis il y a eu cette horreur, cet après-midi...

Son cou se raidit et elle eut une grimace éloquente.

— Vous imaginez, Grace ? Ralph Cauldwell a bien failli matraquer à mort ce pauvre gamin.

— Mon père est auprès de la mère de Danny en ce moment, bien que je ne voie pas trop quel réconfort il pourra lui apporter. La police sait-elle pourquoi Cauldwell a commis une chose aussi terrible ?

Cette fois, Rosemary Ginty baissa le ton et se courba en avant pour continuer, d'un ton de conspirateur :

— On dit que le jeune Danny aurait fait quelque chose à la fille de Cauldwell. C'est pourquoi Ruth ne travaille pas ce soir.

— Que voulez-vous dire, Rosemary ? interrogea Grace. Que lui a-t-il fait, au juste ?

— Vous savez bien, Grace, inutile de vous faire un dessin. J'avais pourtant toujours pensé que ce gosse était du genre inoffensif. Un peu limité, peut-être, mais pas vraiment méchant. Jamais je n'aurais cru qu'il agirait ainsi.

— Il a essayé de la violenter ? insista Grace.

Rosemary Ginty lui décocha un regard sévère.

— A ce qu'on raconte, c'est ce dont il sera inculpé. S'il se remet, bien sûr.

— Son état est donc si grave ?

— Comme pour quelqu'un à qui on a défoncé le crâne, fit la patronne avec un frisson théâtral. Et ce n'est pas tout. Ensuite, Cauldwell lui a arraché la peau du visage avec un de ses outils pour le bois, ce qui n'a rien arrangé. Seigneur, ce serait peut-être un bienfait pour lui que Danny ne se réveille pas, maintenant qu'il n'a plus de visage et une cervelle certainement réduite en bouillie. Bon, eh bien, avez-vous fait votre choix ?

Tout en sirotant son armagnac, Ash songeait à l'erreur qu'il avait commise. Grace Lockwood était une très belle femme. Peut-être à cause de la lueur des bougies, de l'effet conjugué du vin et de l'alcool, les réticences qu'il éprouvait vis-à-vis de son invitée – et elles étaient bien minces – avaient disparu. Complicité ? Il la connaissait depuis moins de vingt-quatre heures. Que se passe-t-il ici, Ash ? Que diantre se passe-t-il ? Les yeux de la jeune femme fixés sur lui étaient encore adoucis par le halo mordoré de la bougie, et pourtant ils semblaient pénétrer les siens comme pour tirer de lui plus qu'il n'était prêt à dévoiler. Elle tenait sa tasse de café du bout de ses doigts fins et lui souriait.

— Vous êtes perdu dans vos pensées, dit-elle avant d'ajouter avec une bonne humeur pleine de sens : Une fois de plus.

Il bafouilla une excuse en souriant à son tour.

— Ce cas présente tant de facettes qu'il est difficile de déterminer sur laquelle on doit se concentrer.

— Oh, c'est à cela que vous pensiez...

— Pas vraiment, admit-il en souriant plus franchement. Je me demandais comment il se faisait que vous n'étiez pas mariée.

Si ce demi-mensonge la déconcerta, elle n'en montra rien.

— Qu'est-ce qui vous le fait croire ?

— Pas d'alliance. En fait, pas de bijou du tout, pas même un bracelet. Les époux ou les compagnons offrent souvent ce genre de chose, à un moment ou un autre.

— Je n'ai jamais apprécié « ce genre de chose ».

— Les maris ou les compagnons ?

Elle partit d'un rire aisé qui lui fit plaisir.

— Les bijoux, imbécile, dit-elle gentiment. A moins qu'ils soient vieux de sept siècles, évidemment. Quant aux deux autres catégories, eh bien, j'ai connu beaucoup d'exemplaires de l'une et aucun de l'autre. Je vous laisse deviner la répartition.

— Je suppose que le divorce serait très mal vu dans une famille de pasteur.

— Mal vu, mais pas sans précédent. Toutefois, la

décision aurait incombé entièrement à moi et à mon époux, si j'en avais jamais eu un. Le sacerdoce de mon père ne serait aucunement entré en ligne de compte.

— Vous n'êtes pas croyante ?

— Pas dans le sens où vous l'entendez. J'ai mes croyances, mais je ne suis pas sûre qu'elles soient religieuses. Et vous ? Laissez-moi deviner... Je dirais que vous êtes un athée convaincu.

— Qu'est-ce qui vous le fait penser ?

— Oh, votre cynisme, surtout.

— Il est si visible que cela ?

— Vous le portez sur vous, David. Est-ce une attitude utile pour votre travail ?

— Ce peut être un avantage.

— Mais vous n'avez jamais enquêté sur des cas où des esprits, des fantômes, des poltergeists – quel que soit le nom que vous leur donnez – sont indubitablement impliqués ? Je suis sûre que durant toutes ces années en tant qu'enquêteur dans le domaine paranormal vous avez été mis en présence d'exemples indiscutables de forces surnaturelles au travail, non ? Cela ne vous prouve-t-il pas qu'il existe une vie après la mort, sous une forme ou une autre ?

Il évitait de croiser son regard, gardant le sien braqué sur son armagnac. Grace nota le léger affaissement de ses épaules, comme s'il s'était littéralement replié sur lui-même.

Inquiète, elle demanda :

— J'ai dit quelque chose d'inconvenant ?

Il leva son verre et but lentement une gorgée d'alcool.

— Cela ne vous dérange pas si je fume ? fit-il après un temps.

— Non, bien sûr. David, vous ne voulez pas me dire ce qu'il y a ?

Elle refusa d'un geste quand il lui présenta le paquet de cigarettes, puis attendit qu'il allume la sienne avant de reprendre :

— Il y a quelque chose, n'est-ce pas ? Je l'ai senti à l'instant où nous nous sommes rencontrés.

— Votre aptitude psychique, commenta-t-il platement.

— La bonne vieille intuition féminine, plutôt.

— Ah.

— Vous savez, David, même votre regard est troublé.

— Moi qui le croyais d'un magnétisme irrésistible, soupira-t-il en approchant le cendrier sur la table et en tapotant inutilement la cigarette sur son rebord. Nous parlions de vous, Grace.

— D'accord. Non, je n'ai jamais été mariée, bien que j'aie failli l'être il y a longtemps.

— Un prétendant local ?

— Aucune importance. J'ai aussi eu une relation suivie à Paris, mais nous avons rompu quelques mois avant mon retour en Angleterre. C'était inévitable, il était marié. A présent, parlez-moi un peu de vous.

Il souffla la fumée sans hâte, pour se donner le temps de mettre un peu d'ordre dans ses idées. Pour la première fois, il s'en rendait compte, il désirait tout raconter de lui à quelqu'un. Parler de la demeure d'Edbrook, de la famille qui y avait vécu. Des deux frères et de la sœur. La belle… l'insane Christina. Bon sang, même à Kate McCarrick il n'avait pas tout dit ; il lui avait tu ce moment d'intimité dans la chambre, et maintenant il était prêt à narrer cet épisode crucial de sa vie à cette femme qu'il ne connaissait que depuis le matin. Non, il n'était pas prêt à le faire : il brûlait d'envie de le faire.

— Grace, fit-il d'une voix hésitante, vous-même, croyez-vous aux fantômes ?

— Vous êtes ici à ma demande, David.

— Ce qui ne signifie pas que vous croyiez en ces phénomènes qu'à Sleath la rumeur appelle fantômes. Vous pourriez penser qu'il ne s'agit que d'images mentales.

— Mais mon père, Ellen Preddle…

— Oubliez ce qu'ils affirment avoir vu. Vous, croyez-vous aux fantômes ?

L'intensité qu'il avait mise dans la question dérouta la jeune femme.

— Je... je n'en suis pas sûre.

Elle s'accorda un temps de réflexion pendant lequel Ash la considéra comme si sa réponse revêtait une extrême importance.

— Oui, dit-elle finalement. Oui, j'y crois. Je ne suis pas spécialement croyante, du moins pas dans le sens de la doctrine de l'Eglise, comme je l'ai dit, mais je pense qu'il y a autre chose que cette simple vie terrestre. Ce que nous faisons ici-bas doit avoir un sens, une importance, et il me semble que cette importance ne vient qu'ensuite, après notre mort... Cela répond-il à votre question ?

— Pas complètement.

Elle chercha les mots pour exprimer au mieux sa pensée :

— A mon avis, une partie de nous survit après la mort, d'une certaine façon. Notre esprit, peut-être, ou notre conscience, je suppose que vous diriez : notre psyché. Quoi que ce soit, cela perdure sous sa forme propre et, qui sait, peut-être que cela peut revenir dans ce monde sous l'image de la personne décédée si les circonstances le permettent, ou si la volonté est là. Il se pourrait que ce soit nous qui donnions à cette chose une image, une forme que nos esprits peuvent comprendre.

Ash parut se détendre un peu.

— C'est une hypothèse raisonnable, dit-il. Simple, mais aussi valable que toutes celles que j'ai pu entendre.

— Et vous en avez entendu beaucoup, à n'en pas douter.

Il acquiesça.

— Toutefois, aucune n'explique pourquoi ils reviendraient.

— Non. Non, sans doute. Car il faut une raison,

n'est-ce pas ? Il ne peut pas s'agir à chaque fois d'une sorte d'incident métapsychique ?

— Je ne le crois pas. Je suis même certain qu'il y a *toujours* une raison.

Il laissa errer son regard vers la fenêtre, comme si la vue du jardin présentait soudainement un intérêt extrême. Au-dehors les lumières paraissaient plus vives, et le ciel plus sombre.

Grace observa son profil, et ce n'était pas la première fois aujourd'hui. Elle avait raison au sujet de ses yeux – ils semblaient contenir tous les tourments du monde. Son nez était bien dessiné, comme sa mâchoire inférieure, et malgré la cravate qu'il portait ce soir il donnait toujours une impression de débraillé. Même sa chevelure noire était en désordre, comme si un peigne ne l'avait qu'en partie disciplinée. Au moins il avait pris la peine de se raser avant le dîner. Elle s'interrogea sur la provenance de cette petite cicatrice sur sa pommette.

Sans se retourner vers elle, il déclara à mi-voix :

— J'ai moi-même été le sujet d'une hantise, il y a quelques années.

Elle ne savait trop comment réagir, car elle sentait que l'aveu lui avait été difficile. Mais elle voulait qu'il lui explique ce qui le troublait tant, elle désirait partager ses pensées.

— Dites-moi, David. S'il vous plaît, dites-moi.

Il pivota sur sa chaise et lui fit face de nouveau.

— Je ne suis pas sûr...

— Vous n'êtes pas sûr de moi ?

— Non, de moi. Vous risquez de penser que je suis fou.

Elle balaya la remarque d'un geste de la main.

— Après tout ce que nous vous avons raconté sur ce qui se passe à Sleath ? C'est moi qui craignais que vous nous jugiez déséquilibrés...

— C'est... c'est compliqué.

— Je n'ai aucun rendez-vous urgent.

Une fois de plus il temporisa, d'abord en allumant une autre cigarette, puis en buvant lentement un peu d'armagnac. Mais c'était plus pour se préparer à ce qu'il allait dire que pour éluder la question, comprit Grace.

— Il y a trois ans, commença-t-il, l'Institut m'a envoyé dans une maison appelée Edbrook. Une grande bâtisse laissée à l'abandon au milieu de ses terres, et habitée par quatre personnes, deux frères, leur jeune sœur et leur tante, qui prenait soin d'eux et s'occupait de la maison. Ils prétendaient être hantés par le fantôme d'une fillette.

Il fit rouler le verre vide dans sa main, le pencha vers lui et chercha du regard l'alcool disparu.

— Et c'était vrai ? demanda Grace.

Le rictus de David lui déplut énormément.

— Oh, pour ça oui, Edbrook était hantée. Mais il y avait une blague derrière tout cela.

— Une blague ? Ils essayaient de vous piéger ?

— En quelque sorte. J'avais la réputation de prouver que les hantises n'étaient dues qu'à des perturbations géologiques, des courants d'air, la rétraction du bois de charpente, bref toutes les causes naturelles imaginables. Mon palmarès était si élogieux qu'en règle générale j'étais redouté et pour tout dire plutôt détesté par tous ceux qui vivent de l'industrie paranormale.

— Mais pas par l'Institut de recherches métapsychiques, à l'évidence.

— Oh, il y a pas mal d'« initiés » qui ne me portent pas dans leur cœur. Mais ce sont les autres – les médiums, les clairvoyants et même certains guérisseurs – qui m'en veulent le plus. Ils ont l'impression que je sabote leur crédibilité. Ce à quoi je m'emploie, je le reconnais.

— Et ces gens, à Edbrook... Ils ont essayé de vous humilier ?

Elle n'aima pas plus le rire qu'il émit.

— Oui, c'est à peu près cela. Ils ont essayé de m'humilier.

— Ils y sont parvenus ?

Il acquiesça très lentement, et ses épaules se voûtèrent de nouveau.

— Ils ont fait mieux. Au cours des trois jours et trois nuits que j'ai passés là-bas, ils m'ont montré la vérité.

— Vous voulez dire qu'ils ont réussi à vous convaincre qu'il y avait bien une hantise, et qu'ensuite ils vous ont montré comment ils vous avaient piégé ?

La salle de restaurant était très calme. Le couple de sexagénaires était parti et la patronne demeurait invisible.

Quand il reprit la parole ce fut dans un murmure, et Grace dut se pencher vers lui pour saisir ce qu'il disait :

— Ils m'ont effrayé, Grace. Non : ils m'ont terrifié. Et le meilleur de l'histoire, leur meilleure blague, c'est que je suis tombé amoureux de leur sœur.

— En seulement trois jours ? dit-elle doucement.

— Dès que j'ai posé les yeux sur elle, je crois.

— Et elle vous a laissé tomber ?

— Elle m'a ridiculisé, Grace.

La jeune femme fronça les sourcils. Ash ne lui semblait pas du style qu'on pouvait ridiculiser aisément, ni impunément.

— Tous se sont moqués de moi. Christina, ses frères, Robert et Simon. Même la vieille tante qui savait ce qui se passait vraiment à Edbrook. J'ai passé trois jours et trois nuits dans cette demeure sans même soupçonner la vérité, ni pourquoi ils m'avaient attiré là.

— Vous êtes certain que c'est vous qu'ils voulaient duper ? Je veux dire, il n'est pas possible que ce soit l'Institut lui-même qu'ils aient espéré tromper par votre intermédiaire ?

— Non, c'est à moi qu'ils en voulaient. J'étais leur victime élue.

— Mais pourquoi ? Ça n'a pas de sens de se donner tout ce mal simplement pour vous duper.

— Je vous ai dit que c'était compliqué. En fin de compte, voyez-vous, ils m'ont convaincu de l'existence des fantômes.

— Vous en avez réellement vu ? Vous avez enregistré leur présence ?

— Non, je n'ai gardé aucune preuve matérielle. C'est pourquoi je n'ai même pas pu raconter l'histoire dans son intégralité à l'Institut. Ils m'auraient fait enfermer.

Il posa sur elle un regard calme dont la profondeur la troubla. Elle avait l'impression d'entrapercevoir les tréfonds de son âme.

Il reprit la parole avec une diction mesurée, tendue par une colère terrible :

— C'étaient eux les fantômes, voyez-vous. A l'exception de la vieille tante, tous les habitants de cette demeure abandonnée de Dieu étaient des fantômes.

*Quel homme étrange*, se dit Grace tandis qu'ils traversaient la route pour rejoindre la voiture. Quel crédit pouvait-elle apporter à cette histoire de jeux de fantômes dans des maisons mystérieuses ? Tout cela semblait ridicule. Et pourtant... Pourtant il y avait quelque chose chez David Ash qui lui donnait envie de le croire. Il était sombre, certes, et son cynisme lui servait de rempart ; cependant il ne manquait pas d'humour, bien que d'un genre désabusé. Peut-être cette combinaison, ce paradoxe dans les humeurs le rendait-il... intéressant à ses yeux. Son apparence quelque peu négligée lui donnait des airs désinvoltes, mais son regard noir révélait parfois une intensité déconcertante. Et il y avait cette étrange sensation entre eux, cette connaissance partagée. Si elle ne pouvait lire dans ses pensées, ils avaient une sensibilité mutuelle à l'autre qui n'aurait dû venir que d'une connaissance née d'une longue fréquentation. Et cependant elle ne comprenait pas du tout cet homme. Il la déroutait, et l'impression singulière qui par deux fois aujourd'hui l'avait frappée, comme un éclair très doux qui se serait déchargé dans son corps et son esprit juste avant de le voir, n'arrangeait rien. Une expérience psychique, avait commencé à suggérer Ash avant que Rosemary Ginty les interrompe. Etait-ce possible ? Etait-ce cela, le lien qui les unissait ? Elle repoussa l'hypothèse sans pouvoir chasser le trouble qu'elle avait provoqué en elle.

Ils atteignirent le véhicule et elle chercha les clés dans son sac.

— Il faudra que, hem, que je vous revoie demain, déclara-t-il.

— Pardon, qu'est-ce que vous avez dit ?

Elle venait de trouver son trousseau qu'elle exhiba.

— Il faudrait que vous me parliez plus longuement de Sleath. Le passé du village, les événements marquants de son histoire, ce genre de choses…

— Cela pourrait aider ?

— On ne sait jamais. C'est toujours une piste à explorer.

— Il faut d'abord que je me rende à la salle paroissiale, mais je peux être revenue au presbytère pour dix heures et demie.

— Impeccable.

Il la regarda introduire la clé dans la serrure de la portière.

— Grace, dit-il lentement. Votre père… Comment qualifieriez-vous son état mental ?

Choquée, elle se redressa et le dévisagea. Les lumières filtrant par les fenêtres de la Black Boar Inn éclairaient un côté de son visage et laissaient l'autre dans l'obscurité. Quelque part dans la nuit, peut-être à l'église St Giles, une chouette-effraie hulula.

— Pourquoi cette question ?

— Quand je lui ai parlé cet après-midi, il m'a semblé plus que simplement atteint sur le plan physique. Ecoutez, je ne veux en aucun cas vous offenser, mais il était à bout de nerfs. Ou pas loin.

Grace avait du mal à réprimer sa colère.

— Son village est hanté. Il a peur.

— Ah.

C'était à peine un souffle et la jeune femme douta de sa signification.

— Je vous l'ai dit, David, nous avons tous peur. On dirait que nous attendons que quelque chose se produise, quelque chose de terrible.

Il se rapprocha d'elle et lui prit le bras avec douceur.

— Il pourrait s'agir d'une forme d'hystérie collective, Grace. J'en ai déjà vu des exemples.

— De l'hystérie ? Vous pensez que c'est aussi simple ?

— Non, il n'y a rien de simple dans l'hystérie collective. Mais quand une personne fait l'expérience ou croit faire l'expérience d'un phénomène surnaturel, l'impression peut être si forte qu'elle la communique à quelqu'un d'autre, et ainsi de suite.

— Comme une sorte de virus psychique ?

Il ne lui en voulut pas de son intonation sardonique.

— Personne ne sait précisément comment cela se déclenche, bien qu'il y ait eu de nombreuses études menées sur ce phénomène. Des groupes entiers de filles qui s'évanouissent dans une même école, des foules qui jurent avoir été témoin d'un miracle – des statues qui pleurent ou qui saignent, qui lévitent – dans un lieu saint, et même des émeutes spontanées. Il semble que l'esprit humain soit capable de transmettre une impulsion, parfois instantanément, à une autre personne, laquelle réagit de même, de sorte que tout un groupe peut être affecté en un instant.

— Et vous pensez que c'est ce qui se passe à Sleath ? fit-elle, incrédule.

— C'est une possibilité, bien qu'ici la forme soit différente. D'abord parce que le phénomène, quel qu'il soit, se diffuse beaucoup plus lentement. Et jusqu'ici ceux qui ont vu ces prétendus fantômes ont souffert de traumatismes divers, ce qui peut expliquer que leur esprit soit plus sensible. Ellen Preddle a perdu son fils et son mari, Sam Gunstone a vu George Preddle brûler vif. Ruth

Cauldwell affirme avoir vu le fantôme de l'homme qui l'a violée quand elle était enfant...

— Mais mon père...

— Je pense qu'il souffre toujours de la disparition de votre mère. Et il était seul avec Ellen Preddle quand il a vu son fils décédé. Les pensées de cette femme peuvent avoir été si puissantes que l'esprit de votre père les a captées.

Grace toucha d'un doigt la petite cicatrice à son front.

— Et cela, c'était dans mon esprit aussi ? rétorqua-t-elle.

La colère ne l'avait pas quittée, mais elle la maîtrisait.

— Ellen Preddle était dans un grand état d'agitation. Elle était apeurée, en colère, et chez certaines personnes il arrive que ces émotions focalisent la puissance de leur esprit. L'Institut a étudié quelques centaines de cas de poltergeists indiscutables, et la plupart ont révélé qu'ils étaient dus à la décharge énergétique d'une jeune fille pubère.

— On peut difficilement ranger Ellen Preddle dans cette catégorie.

— Non, bien sûr, mais le principe demeure. L'esprit a des pouvoirs immenses, Grace, des pouvoirs que nous ne comprenons toujours pas.

— Vous ne croyez pas que Sleath est hanté.

C'était une constatation froide, presque mécanique.

— Je n'ai pas dit cela. Il est encore trop tôt pour que je me risque à formuler une opinion.

— Alors, que va-t-il se passer maintenant ?

— Je vais continuer mon enquête. Et nous allons attendre.

Grace n'eut pas besoin de parler. Son regard posait clairement la question qui la taraudait.

— Nous allons attendre qu'il se passe autre chose, répondit-il.

# 16

Le garde-chasse repoussa le rideau à fleurs d'une main et scruta la nuit du regard.

— Les bracos vont recommencer cette nuit, grommela-t-il.

Sa femme leva les yeux de son ouvrage.

— Sûrement pas, Jack. Pas deux nuits d'affilée, dit-elle avec plus d'espoir que de conviction.

Il laissa retomber le rideau et se détourna de la fenêtre.

— Oh, ils sont assez stupides pour le faire, Maddy. Ils ont fait bonne chasse hier, alors ils pensent que la chance est avec eux. Tu peux m'en croire, ils vont remettre ça cette nuit.

— Lenny Grover et ses petits copains ?

— Tu peux parier là-dessus.

Jack Buckler passa dans le vestibule et descendit d'une étagère une paire de bottes de marche fatiguées mais encore solides. Il les rapporta dans le petit salon. L'airedale qui jusqu'alors somnolait devant la cheminée leva brusquement la tête. Dès qu'il vit les souliers à la main de son maître il bondit sur ses pattes et des gémissements excités montèrent dans sa gorge.

— Du calme, Gaffer. Ne te mets pas dans tous tes états, mon garçon, dit le garde-chasse.

Il sourit quand le chien trotta jusqu'à lui et s'arrêta net, ses yeux sombres brillant, le bout rose de sa langue saillant entre ses crocs jaunis.

— D'accord, mon garçon, on va aller voir ce qu'on peut dénicher.

L'animal fonça dans le vestibule pour attendre devant la porte d'entrée. Déjà il haletait. Jack Buckler s'assit sur le bord d'un fauteuil et envoya valser ses chaussons. Puis il se baissa avec un grognement et entreprit d'enfiler les lourdes bottes.

— Ne mets pas de boue sur mon tapis, l'avertit sa femme, bien qu'elle fût beaucoup plus anxieuse pour son mari que pour le tapis en question.

— Je les ai nettoyées ce soir, et tu le sais bien, répondit-il avec bonne humeur.

— Oui, eh bien, ça t'arrive d'oublier de le faire, Jack Buckler, fit-elle avant d'ajouter, d'un ton radouci : Pourquoi sortir ce soir, Jack ? Beardsmore ne te paiera pas plus parce que tu es dehors une partie de la nuit.

— Allons, Maddy, tu sais que c'est mon boulot de tenir à l'écart ces satanés bracos. Ils ont fait de bonnes prises hier et ils vont vouloir recommencer ce soir. C'est déjà arrivé par le passé avec cette bande, et ça se reproduira dans l'avenir si je n'y mets pas le holà. Alors je ne veux prendre aucun risque, surtout après le savon que m'a passé le patron aujourd'hui. Ces salopards font trop de ravages. Et puis, Beardsmore n'aime pas que des intrus se baladent sur ses terres. Tu sais combien il tient à sa chère propriété privée.

Maddy posa son ouvrage, se leva et vint auprès de lui. Elle s'agenouilla et étudia le visage de son mari. Avec une tristesse résignée, elle lut ses soixante-trois ans dans les yeux fatigués, dans les rides qui les entouraient, des rides creusées par toute une vie de joies et de peines dans le respect des préceptes de l'Eglise. Cet homme doux, aimant, quoique durci par les règles cruelles mais pragmatiques de la nature, se souciait trop des oiseaux et des animaux dont il avait la garde, et parfois elle devait déployer des trésors de cajoleries pour qu'il accepte de se détourner d'un devoir qui ne tenait compte ni de son âge ni d'un corps usé par le labeur.

— Tu peux toujours dire que je ne suis qu'une vieille femme idiote, Jack, mais je n'aime pas l'idée que tu sortes ce soir. Il y a comme un drôle de froid dans mes os...

— Ne raconte donc pas de bêtises, Maddy. Cette nuit n'est pas différente de la nuit dernière et de la nuit d'avant, et tu peux être sûre que ces vauriens seront là pour faire leur sale besogne. Un drôle de froid dans tes os, vraiment ? (Il lui pinça affectueusement la joue entre le pouce et l'index.) Allons, tu ne t'attends tout de même pas à ce que je me prélasse dans mon lit, bien au chaud, alors que ces bandits de bracos sont en chasse, hein ? C'est un peu plus que pour mon boulot, et tu le sais bien.

— Je sais surtout que tu es une vieille tête de mule.

Il s'esclaffa et elle se rembrunit un peu, mais elle laça ses chaussures pour lui.

— Promets-moi d'être prudent, c'est tout ce que je te demande.

Son rire s'éteignit et il contempla le haut du crâne de sa femme. Ainsi elle avait la même sensation que lui. Oui, depuis quelque temps il y avait une atmosphère étrange alentour, et c'était quelque chose que les jours ensoleillés et les nuits agréables ne pouvaient effacer. Même les oiseaux et les animaux étaient nerveux. Comme... comme toutes ces années en arrière, quand il n'était encore qu'un gringalet qui apprenait auprès de son père comment procédaient les braconniers. Dieu du Ciel, il n'avait pas repensé à cette époque depuis bien longtemps, et il ne voulait pas y repenser maintenant. A Sleath, chaque génération avait connu sa propre tragédie, l'une pire que l'autre. Le temps était-il revenu ? Il frissonna et Maddy leva vers lui un visage inquiet.

— J'ai attrapé le froid de tes os, plaisanta-t-il. Je crois que la température est retombée. Je vais mettre une laine.

Sa femme se redressa et souffla dans l'effort. Du plat des deux mains elle lissa les plis de sa robe.

— Je vais te chercher ta veste doublée, dit-elle en disparaissant dans le vestibule. Et ta casquette, aussi. Plus tard, il risque de pleuvoir encore, comme ce matin.

Gaffer tournait en rond sur lui-même pendant que le garde-chasse rejoignait sa femme. Le regard du chien allait de son maître à la porte.

— Du calme, mon garçon, fit Buckler d'une voix bourrue. Je ne veux pas que tu fonces dans les fourrés et que tu effraies les méchants, compris ?

Le chien se rassit immédiatement. Au ton de l'homme, il avait compris qu'ils allaient travailler et non se promener.

Maddy aida son mari à enfiler l'épaisse veste de chasse. Elle prit la longue torche électrique Mag-lite sur l'étagère et la glissa dans une des poches du vêtement. Il prit un objet qui ressemblait à un télescope mince et compliqué et le fourra dans son autre poche. Maddy lui tendit sa casquette qu'il enfonça sur sa chevelure gris-blanc d'un geste résolu.

— Toi, tu vas te coucher, lui dit-il. Inutile que tu restes debout à m'attendre la moitié de la nuit.

— Parce que tu crois que je serais assez sotte pour rester assise là à t'attendre pendant que tu es en train de jouer aux cow-boys et aux Indiens ? Oh non, je serai bien au chaud au fond de notre lit douillet, mon bon seigneur. Je te demande juste de ne pas faire de bruit en rentrant pour ne pas me réveiller, c'est bien compris ?

Elle pouvait bien se coucher, elle resterait allongée dans le noir, les yeux grands ouverts, à tendre l'oreille pour détecter le crissement de son pas dans l'allée. Et ses paupières ne se fermeraient pas avant que la clé tourne dans la serrure et qu'il murmure au chien de se coucher pour la nuit, à sa place habituelle, devant la cheminée. Elle le savait, et il le savait aussi.

Ils étaient trop proches pour échanger un baiser d'au revoir, et s'il s'était courbé pour lui effleurer la joue de ses vieilles lèvres sèches elle aurait senti que lui aussi éprouvait un malaise diffus. Il se contenta donc de toucher le bord de sa casquette d'un doigt, en un salut moqueur, puis il souleva le loquet de la porte.

Alors qu'il l'ouvrait elle lui dit :

— Veux-tu que j'appelle quelqu'un ? Le sergent Pimlett pourrait envoyer un de ses hommes pour te prêter main-forte.

Le poste de police le plus proche se trouvait à deux villages de distance, mais parfois l'officier de garde était prêt à dépêcher une voiture de patrouille en soutien, quand une arrestation était à peu près certaine. Ces derniers temps, les braconniers n'étaient plus une priorité pour la police régionale, qui était débordée par des délits bien plus graves.

— Je ne veux pas risquer de leur faire perdre leur temps, chérie. Ce serait différent si j'avais la certitude que les bracos seront de sortie cette nuit, mais là je préfère ne pas gaspiller la bonne volonté de nos amis en uniforme en les faisant courir partout pour rien.

Sur ces mots il se glissa dans la nuit derrière l'airedale qui gambadait déjà dans l'allée du jardin. Maddy attendit qu'il ait refermé la porte pour faire un rapide signe de croix sur sa poitrine. *Mon Dieu, protégez-le*, pria-t-elle en pensée. *Faites qu'il n'arrive rien à mon Jack*. Elle retourna dans le salon et se remit à son ouvrage. Mais l'aiguille s'arrêta bientôt dans sa main, et ses yeux restèrent clos pendant très longtemps.

Gaffer faisait des bonds devant la Land-Rover garée à l'extérieur du jardin, impatient que son maître le rattrape. Jack Buckler arriva d'un pas nonchalant, mais une expression rébarbative marquait à présent son visage. Maddy s'inquiétait vraiment pour lui : jamais encore elle n'avait suggéré qu'il appelle la police pour un coup de main. Certes, la patrouille de nuit aurait apprécié l'offre – c'était une alternative plaisante aux rondes dans les lotissements où ils appréhendaient ivrognes et petits caïds. Certains policiers aimaient même jouer aux rabatteurs lors des parties de chasse de jour, quand ils n'étaient pas de service. Les émoluments étaient plutôt maigres, cependant l'air pur, un peu d'action rafraîchissante et un bon grog après l'effort constituaient une récompense largement suffisante. De plus, cela leur donnait l'opportunité de se familiariser avec les zones rurales les plus reculées de la région sous leur autorité. Mais non, Maddy lui laissait toujours prendre ce genre de décision ; il connaissait son travail et elle savait rester à sa place. Alors, qu'est-ce qui lui avait pris ? Et lui, qu'avait-il donc ? Il se sentait nerveux depuis le début de la soirée.

Il passa la limite du jardin et ouvrit la portière de la Land-Rover. Aussitôt Gaffer bondit à l'intérieur pour s'asseoir sur le siège passager, comme toujours. Au passage, son pelage rêche frôla la main de son maître. Buckler s'installa derrière le volant.

— Alors, mon beau, voyons voir ce que nous pouvons débusquer par cette triste nuit, d'accord ?

La queue du chien frappa une fois le cuir du siège en réponse, et le garde-chasse mit le moteur en marche et alluma les phares.

La voiture s'engagea en cahotant doucement sur le chemin creusé d'ornières. Elle traversa les bois en direction d'une zone de fourrés réputée attirer les braconniers. Pour l'instant, il restait en codes. La lourde Mag-lite dans la poche de sa veste était une présence rassurante, même s'il connaissait des collègues qui préféraient emporter un manche de pioche pour se protéger ; pire, certains ne sortaient de nuit qu'avec un fusil de chasse calibre 440. Ce n'était pas sa façon de faire, et puis il n'avait à s'occuper que de semi-professionnels, pas d'un gang organisé. Lenny Grover était un sale type, ça oui, mais pas un dur, pas vraiment. Un bon « Hou ! » dans l'obscurité et il courrait se cacher, tout comme son compagnon de beuverie et de braconnage, Dennis Crick. Tous les deux seraient tellement terrifiés qu'ils détaleraient comme des lapins dès qu'ils comprendraient qu'un garde-chasse arrivait. Toutefois, et même s'ils n'avaient pas beaucoup d'estomac, ces gars-là se baladaient avec des armes pour gamins – un Flobert 9 mm, un 360 pour être précis –, avec silencieux fait maison. Buckler connaissait tous ces détails car, le matin même, il avait ramassé les douilles laissées après leur escapade nocturne de la veille, et il devina qu'ils avaient eux-mêmes bricolé des silencieux parce que jamais Grover ou Crick n'auraient dépensé du bon argent pour un accessoire qu'ils pouvaient tranquillement bricoler dans leur garage ou leur appentis. Assez bizarrement, c'est le troisième membre de ce sale petit groupe – et il était affirmatif, ils étaient trois – qui le mettait le plus en colère. Lui se servait d'une arme assez inefficace et particulièrement vicieuse.

A l'évidence, c'était un amateur tombé sous la coupe des deux autres pour son utilité de porteur plus que pour son art du braconnage. Le jeune Mickey Dunn ne tirait qu'avec une arbalète. Une des pires situations répertoriées dans le guide du parfait garde-chasse était de retrouver un animal mortellement blessé par un carreau et qui avait réussi à échapper au chasseur en se traînant dans les broussailles où il agoniserait longuement et pitoyablement. C'est en de tels moments que Jack Buckley aurait retourné avec plaisir cette arme de sadique contre son propriétaire. Ou qu'il lui aurait explosé les genoux d'une bonne décharge de chevrotine. Ou bien écrasé son sale crâne à coups de manche de pioche. Tout cela expliquait pourquoi il ne portait jamais d'armes dans des occasions pareilles. Non, la Mag-lite était longue et solide, suffisamment pour la menace ou la défense ; inutile de sortir avec quelque chose qui risquait de créer des dommages corporels irréversibles.

De fins branchages fouettaient le pare-brise de la Land-Rover tandis que le véhicule progressait sur la piste de plus en plus étroite. Gaffer était ballotté de côté et d'autre, et il paraissait apprécier le mouvement et l'excitation de cette excursion nocturne. Le garde-chasse conservait une vitesse réduite. Le moteur ronronnait doucement, et les yeux du conducteur scrutaient sans cesse les alentours. Les deux vitres étaient baissées afin qu'il puisse détecter tout son étranger à la nature. Un assistant n'aurait pas été de trop par une nuit telle que celle-ci, quelqu'un qui aurait pu approcher d'une direction opposée pour prendre les bracos en tenaille, mais le patron, ce magnat de la presse qui possédait maintenant la majorité de l'ancienne propriété des Lockwood, avait renvoyé l'aide-garde-chasse dès son arrivée ici, vingt ans plus tôt. Beardsmore avait décrété qu'un homme suffisait pour surveiller ses terres, puis il avait congédié la moitié de la domesticité pour faire bonne mesure. Eh bien, soit. S'il était d'accord pour abandonner une partie de son gibier aux braconniers, c'était son problème. Sauf que Buckler s'était retrouvé accusé d'incompétence, comme de bien entendu.

Il ralentit jusqu'à rouler au pas. Il faisait confiance à sa connaissance du chemin et à l'acuité de sa vue pour atteindre sa destination et ne garda allumés que les feux de position. Un peu plus loin, il les éteignit aussi.

A présent le véhicule suivait une sente à peine visible. Au bout d'une cinquantaine de mètres, il s'arrêta. Buckler coupa le contact et ouvrit sans bruit la portière. Gaffer passa sur le siège conducteur dès que son maître fut descendu et attendit les ordres.

Buckler regarda autour de lui et renifla l'air à la recherche de toute odeur suspecte. Il écoutait les moindres bruits, guettait le plus petit mouvement, sentait la brise qui pouvait apporter des relents de cordite. Par certaines nuits, quand le vent était doux et venait de la bonne direction, il parvenait à détecter le parfum cuivré du sang animal. Ce soir, rien ne semblait anormal : pas de léger craquement d'une brindille sous le poids d'un corps rampant dans les fourrés, pas de cri aigu d'un faisan dérangé de son perchoir, aucun murmure humain trahissant la présence de braconniers négligents. Même ainsi, il décelait quelque chose d'étrange dans l'atmosphère, la qualité de la nuit elle-même qui n'était pas comme à l'ordinaire, et son instinct affûté par des années de pratique lui confirmait cette impression. Le geignement bas qui roulait dans la gorge du chien lui indiqua que Gaffer réagissait à l'unisson.

— Très bien, mon garçon, reste discret, chuchota-t-il. On ne voudrait pas les avertir de notre arrivée, pas vrai ? Oh non, et cette fois on va mettre la main au collet de ces vauriens, tu vas voir ça. On ne va pas les laisser massacrer nos copains, hein, mon garçon ?

Il parlait doucement pour apaiser le chien, le rassurer. Toujours dans un murmure, il ordonna à l'airedale de quitter le véhicule. L'animal sauta au sol et attendit d'autres instructions de son maître.

Buckler glissa les clés de la Land-Rover dans sa poche en prenant garde qu'elles ne s'entrechoquent pas, car dans le calme de la nuit les moindres sons portaient loin. C'était peu probable, mais les braconniers avaient peut-être été assez stupides pour stopper leur véhicule plus avant sur la sente, auquel cas la Land-Rover leur bloquerait la route. Plus vraisemblablement ils avaient laissé leur voiture sur un des nombreux chemins qui sillonnaient la propriété pour rejoindre à pied la zone de chasse qu'ils avaient à l'esprit.

Le garde-chasse alluma la Mag-lite pour trouver un chemin convenable dans les bois, en prenant toujours soin de braquer le faisceau lumineux très bas sur le sol.

La piste qu'il choisit aurait échappé à tout autre, mais pour Jack Buckler elle était très claire.

— Allons-y, Gaffer. Allons les surprendre avant qu'ils ne fassent trop de dégâts.

Le chien bien dressé prit la tête en trottant et eut tôt fait de disparaître entre les broussailles où serpentait la sente, mais il restait à portée de murmure, prêt à obéir à la moindre injonction. Il reniflait le sol et l'air en avançant.

Buckler suivait sans faire plus de bruit que l'animal. Maints gardes-chasse préféraient les bergers allemands, les dobermans ou même les rottweilers – naguère, ceux-là auraient eu des mastiffs –, mais lui plaçait l'airedale bien au-dessus des autres races. Gaffer était à la fois puissant et intelligent, et surtout on pouvait compter sur lui. Il possédait également un très bon flair et pouvait localiser une proie blessée sans déranger un poil ou une plume. Et Gaffer n'était pas peureux : plus d'une fois un braco avait menacé Buckler avec une arme ou un bâton, mais jamais le chien n'avait battu en retraite ; au contraire, il avait avancé sur le vaurien en montrant les crocs jusqu'à ce que l'autre prenne ses jambes à son cou ou donne son arme au garde-chasse. Un compagnon aussi parfait serait bien difficile à remplacer et Buckler redoutait le jour où Gaffer deviendrait trop vieux pour ce boulot. Oh, on pouvait dresser un jeune chien et développer en lui ces qualités, bien sûr, mais cela nécessitait du temps et beaucoup de patience, et d'une certaine façon le nouveau paraissait toujours un peu moins doué que l'ancien. Toutefois, quand viendrait le moment, Gaffer pourrait vivre le reste de son existence à fureter autour de la maison et à s'offrir les courtes promenades qui ne fatigueraient pas trop sa vieille carcasse. Mais cela n'arriverait pas avant un bon nombre d'années. L'airedale avait encore plein d'énergie à dépenser.

Comme s'il sentait les pensées de son maître, Gaffer regarda derrière lui et attendit l'homme.

Buckler s'agenouilla à son côté et posa une main sur son cou épais.

— Tu les sens déjà, mon garçon ? chuchota-t-il. On est dans le bon secteur ? Il y a un ou deux petits bois qu'on visitera plus tard si on s'est trompés, mais je parierais qu'on est sur leur piste. Qu'en dis-tu, mon garçon ?

Le chien répondit d'un grognement sourd. Buckler sentit Gaffer se raidir sous sa main et vit la tête de l'animal s'immobiliser tandis qu'il écoutait un son lointain.

— D'accord, Gaffer, continuons. Je crois que, ce soir, la chance a tourné pour eux.

Le chien s'élança sur la sente et Buckler se releva seulement à demi, pour avancer courbé. Le pinceau lumineux de la torche découvrait le sol à deux pas devant lui à peine. Au moindre bruit il éteindrait la Mag-lite.

Il s'enfonça dans les bois enténébrés, le chien à quelques mètres devant lui. Les deux chasseurs montraient dans leur manière de se déplacer la même aisance silencieuse.

D'un revers de main, Lenny Grover frappa rudement l'épaule de Mickey Dunn, assez fort pour que le jeune homme laisse échapper un petit cri.

— Braque pas ton foutu truc sur moi, nom de nom ! siffla Grover.

— J'étais même pas devant toi, protesta Mickey.

Il faillit trébucher sur une racine dans ses efforts pour se mettre hors de portée de la main de Grover. Il tenait l'arbalète derrière lui, comme s'il avait peur qu'on la lui confisque.

— Du calme, tous les deux, gronda le troisième

homme devant eux. Si Buckler est dans le coin, on est cuits.

Plusieurs fois Grover releva et rabaissa la visière de sa casquette de base-ball, ce qui chez lui était un signe de nervosité.

— Nan, ce vieux dingue ne peut pas deviner. Il sera de l'autre côté de la propriété, à nous chercher.

— Qu'est-ce que tu veux dire ? fit Dennis Crick. Il a bien vu qu'on était venus ici la nuit dernière.

— Justement, approuva Grover en souriant dans l'obscurité. Il va penser que nous ne reviendrons pas au même endroit deux fois de suite. (Sa voix se fit acerbe pour ajouter :) Il ignore que grâce à cette andouille derrière nous il reste encore plein de gibier par ici.

Mickey ouvrit la bouche pour protester de nouveau, mais se ravisa quand les deux autres reprirent leur progression. Ce n'était pas de sa faute s'il ne pouvait s'offrir un fusil comme les leurs, d'ailleurs il était passé maître dans le maniement de l'arbalète. Enfin, en plein jour. Et il obtenait de meilleurs résultats si la cible ne bougeait pas. Mais mieux valait ne pas répondre – lors des raids nocturnes, la susceptibilité de Grover était exacerbée, et il avait tendance à se servir facilement de ses poings.

Mickey se rendit soudain compte qu'il était seul. Courbé en deux, son arbalète devant lui comme s'il se trouvait en opération commando derrière les lignes ennemies, il se hâta de rejoindre ses compagnons.

Bien que novice dans l'art du braconnage comparé aux deux autres, la nuit dernière il avait réussi à toucher un nombre appréciable de faisans nichés que le rayon de la lampe torche de Crick pétrifiait. Seul problème, la plupart de ces maudits volatiles avaient filé dans les broussailles en criaillant à réveiller les morts. Les trois hommes s'étaient lancés à leur poursuite, en oubliant momentanément les proies qu'ils auraient pu tirer. Mickey Dunn avait bien failli vomir en voyant Grover saisir un oiseau blessé et l'achever en lui écrasant le crâne entre ses dents. Un peu plus tard, il avait effectivement rendu quand ce même Grover l'avait forcé à faire la même chose à un autre faisan. Ensuite, ses ennuis s'étaient accentués lorsque les deux autres avaient découvert qu'il avait apporté des sacs en toile de jute pour transporter leurs prises au lieu de simples cordelettes. Ils avaient pesté que les sacs étaient trop encombrants à traîner dans les bois et que, le temps qu'ils rentrent, les oiseaux seraient pleins de sang et donc moins facilement vendables à leurs clients – les bouchers et les restaurateurs –, lesquels préféraient une marchandise propre et appétissante.

Quelque chose heurta le pan de sa veste de cuir bon marché si soudainement qu'il faillit perdre l'équilibre et chuter en arrière. Tout d'abord, il fut saisi d'une frayeur énorme en croyant que le garde-chasse était sorti de derrière un arbre pour l'arrêter, mais il se rendit compte juste avant de hurler que Grover avait replié une branche souple avant de la laisser se détendre, dans le but évident qu'elle frappe l'homme derrière lui. Il entendit son rire bas et moqueur et l'injuria copieusement en pensée. Il alla même jusqu'à menacer du poing le dos de son compagnon, non sans s'être assuré qu'il ne risquait pas de le toucher. *Ça se paiera un jour, Lenny*, songea-t-il, *et ce jour-là je serai là pour te cracher à la gueule...*

— On doit plus être très loin du petit bois d'hier, fit Crick après quelques minutes.

Il avait fait halte et attendait que Grover le rejoigne.

— Nan, répondit celui-ci, on est encore loin.

— T'es sûr ? Ça fait un bail qu'on crapahute, depuis la bagnole.

Grover releva la visière de sa casquette et repoussa une mèche de cheveux de son front.

— On n'a pas encore passé la petite descente. Après ça remonte un peu. Ensuite il faut contourner une mare, et là on sera bons... Arrête de me coller, Mickey, merde !

Ce dernier venait une fois de plus de se cogner dans Grover qu'il n'avait pas vu dans le noir. Il recula en hâte pour éviter un coup de poing vicieux. Une racine bloqua son talon et lui fit perdre l'équilibre ; il s'écroula lourdement sur le dos, dans un buisson, entraînant avec lui les sacs de jute et l'arbalète. Dans le silence nocturne, sa chute parut faire un vacarme de tous les diables.

Les deux autres grimacèrent avec une irritation mal contenue.

— Laissons-le ici, Len, proposa Crick dans un grognement. C'est une vraie nuisance, ce mec.

— Pour qu'il se perde et qu'il fasse deux fois plus de raffut ? rétorqua Grover sur le même ton.

Il saisit Mickey par les pans de sa veste, le redressa d'un effort et approcha son visage à un centimètre du sien.

— La ferme, foutu connard ! gronda-t-il. Compris ?

Mickey était paralysé.

— Lenny, je...

— J'ai dit : la ferme !

— D'accord, d'accord. (Au moins, son gémissement n'était pas trop sonore.) Mais tu n'aurais pas dû...

— LA FERME !

Cette fois Grover avait presque crié.

— Lenny, geignit Crick, désemparé, nom de nom, tu ne vas pas t'y mettre toi aussi, non ? Si Buckler est dans le coin il va nous tomber dessus comme la vérole sur le bas clergé !

Grover repoussa Mickey.

— Je te l'ai déjà expliqué, si Buckler est dehors ce soir il se trimbale pour rien à des kilomètres. Bon, on continue sans s'arrêter jusqu'à ce qu'on soit arrivés au petit bois. Pigé, Mickey ?

L'as de l'arbalète grommela son assentiment et ils reprirent leur lent cheminement entre les arbres. Grover avait laissé passer Dunn devant lui afin que celui-ci soit entre lui et Crick. Pour se venger d'avoir senti l'arbalète dans son dos durant la première partie de leur excursion, il s'amusa à caresser de temps à autre les reins de Mickey avec le canon de son fusil. Les protestations étouffées du jeune idiot l'emplissaient de joie.

Après quelques minutes, le plaisir de cette petite torture s'affadit notablement. Plus ils s'enfonçaient dans les bois et plus il se sentait mal à l'aise. Quelque chose n'allait pas, qu'il n'arrivait pas à définir. Tout semblait calme, on n'apercevait aucune lumière au loin, entre les troncs, ce qui aurait signalé une présence humaine. Ce n'est qu'après avoir couvert encore une centaine de mètres qu'il comprit ce qui le troublait. Il murmura aux autres de s'arrêter.

Crick et Mickey obéirent dans la seconde.

— Ecoutez, leur ordonna Grover.

Ils tendirent l'oreille. Pas un bruit.

— Qu'est-ce que t'as, Lenny ? ronchonna Crick. J'entends rien, moi.

— Justement, répondit Grover. Il n'y a rien à entendre.

Ils restèrent immobiles un long moment, tous les sens aux aguets. Même en pleine nuit la forêt bruissait de sons ténus – de petits animaux se glissant sous les broussailles, un oiseau qui bougeait dans son nid, le couinement d'un mulot surpris par un hibou. Or, cette nuit, on ne percevait aucun de ces petits bruits familiers. Aucun.

Ce n'était pourtant pas ce calme étrange qui inquiétait le plus les trois hommes. Il régnait alentour une immobilité étrange, presque palpable dans l'atmosphère.

— J'aime pas ça, Len, chuchota Crick. Tu crois que le vieux Buckler nous a tendu un piège ?

— Sais pas. Mais y se passe un truc bizarre dans le coin…

— Vous êtes dingues, tous les deux, railla Mickey. Vous attendez quoi, en pleine nuit ? Un concert ?

Les deux autres l'ignorèrent.

— Qu'est-ce que tu en penses ? On se tire pendant qu'il en est encore temps ? fit Crick.

— Ce serait peut-être la meilleure chose à faire, concéda Grover avec une soudaine gravité.

— Oh, arrêtez votre numéro, les gars, insista Mickey. On est tout près du petit bois, maintenant.

Ils l'entendirent glisser un carreau dans la rainure centrale de l'arbalète.

— Qu'est-ce que tu fous ? lui demanda Grover avec plus de patience qu'il n'en ressentait.

— Je me prépare avant que vous deux vous ne fassiez décamper tout ce qui bouge avec vos pétoires.

— Je viens de te dire qu'on laissait tomber.

— Pas question. Le patron m'a dit qu'il m'achèterait tous les faisans que je pourrais lui apporter pour le week-end.

Son employeur était le boucher-volailler du village, pour lequel il travaillait le samedi.

Une fois de plus Grover agrippa le revers de la veste du jeune homme.

— Je te le répéterai pas deux…

Il se figea, sans lâcher Mickey.

Un son bas *avançait* droit vers eux, entre les arbres.

Lentement, tous trois tournèrent la tête vers la source du bruit.

Gaffer était aussi rigide qu'une statue. Puis, graduellement, il se mit à trembler. Bientôt tout son corps frissonnait, de son long museau à la pointe de sa queue. Un geignement très inhabituel lui échappait malgré ses mâchoires crispées.

Jack Buckler braqua la Mag-lite sur son chien.

— Qu'y a-t-il, mon garçon ? dit-il doucement. Qu'est-ce que tu as entendu ?

L'airedale continuait de regarder devant lui, les petites

billes noires de ses yeux fixées sur un point indistinct, là-bas, dans la nuit.

— Ils sont tout près, c'est ça ?

Le garde-chasse se releva. Son visage avait pris une expression sévère.

— Eh bien, cette fois ils sont à nous.

Gaffer poussa un grondement étouffé, pressant.

— Du calme, mon garçon.

Buckler était perplexe. Jamais le chien ne s'était conduit de la sorte. En temps normal, Gaffer ne montrait aucune peur et était toujours prêt à se jeter dans la mêlée, quel que soit l'adversaire, braconnier, renard acculé ou même blaireau (et ces bêtes-là pouvaient être très agressives). Mais pendant toutes les années où ils avaient fait équipe, l'homme n'avait jamais vu l'animal adopter ce comportement. Qu'est-ce qui pouvait bien l'effrayer ainsi ?

C'est alors qu'il perçut le bruit, un bruit qui semblait venir de l'air lui-même. C'était une sorte de geignement, une lamentation inquiétante qui vous donnait la chair de poule. Buckler eut soudain conscience du froid singulier qui l'enveloppait rapidement. On eût dit que la température avait brusquement chuté jusqu'au gel, et maintenant ce n'était pas seulement les poils de ses bras qui se hérissaient, mais aussi ceux de sa nuque.

A travers les fûts s'élevait un hululement lugubre qui évoquait un désespoir terrible, abyssal. Ses yeux s'étrécirent pour sonder les ténèbres à la recherche de la source d'une telle plainte, d'une telle douleur. Il ne distingua rien.

Il plongea la main dans sa poche, en ressortit l'objet semblable à une longue-vue et appuya sur un interrupteur. La lunette infrarouge ne pesait pas plus de six cents grammes et fonctionnait sur une seule pile ; c'était un instrument souvent utilisé par les gardes-chasse quand ils ne voulaient pas trahir leur position dans l'obscurité avec une torche électrique. Il balaya lentement l'espace devant lui, de droite à gauche, et retint sa respiration en voyant les petites taches qui flottaient sur l'écran phosphorescent. Il avait l'impression d'observer une épave verdâtre dans des eaux troublées.

Il abaissa la lunette et essaya de distinguer la chose à l'œil nu. A présent, il distinguait un faible reflet vert dans la nuit.

— Allons-y, mon garçon, dit-il tout bas mais d'un ton résolu. On va voir ce que c'est...

Le chien n'était plus à son côté. Il entendit le froissement des buissons derrière lui, au passage de l'animal qui fuyait. Abasourdi, Buckler faillit le rappeler et se reprit juste à temps : inutile d'alerter ce qui se trouvait entre les arbres. Plus dérouté par la réaction de Gaffer qu'en colère, il entreprit d'avancer prudemment vers la lueur verte, à croupetons. Tous les dix mètres environ, il s'arrêtait pour regarder avec la lunette ces formes dansantes. C'était bizarre, satanément étrange, même, mais chaque fois qu'il l'observait à l'œil nu il ne discernait qu'une nébulosité vague, presque une brume compacte, sans aucune forme à l'intérieur.

Son instinct lui disait de filer d'ici au plus vite, d'imiter Gaffer et de rebrousser chemin jusqu'à la Land-Rover ; mais une autre petite voix intérieure – le côté terre à terre du garde-chasse en lui, sans doute, l'homme qui protégeait les animaux et la nature à sa charge autant par amour que par sens du devoir – lui affirmait qu'il y avait là *quelque chose* de singulier et qu'il lui appartenait de découvrir ce que c'était. Il poursuivit son approche.

Il avait parcouru la moitié de la distance le séparant de la brume lorsqu'il stoppa pour faire le point de la situation. Les sons irréels lui parvenaient plus nettement que tout à l'heure. Braquant la lunette dans cette direction, il s'aperçut que les formes verdâtres étaient plus précises, sans pour autant qu'il pût identifier leur nature. Elles différaient en taille et en contours, tourbillonnaient et ondulaient sans ordre ou direction définis.

Buckler baissa l'instrument et nota que la brume était maintenant plus épaisse en son centre. Avec un surcroît de prudence, il reprit sa progression. La curiosité et le sens du devoir supplantaient son inquiétude. Il respirait à peine, non parce qu'il craignait que son souffle ne trahisse sa présence – les brindilles écrasées par ses bottes l'auraient déjà fait – mais tout simplement parce qu'il oubliait presque de le faire. Bien que partiellement masquée par les buissons et les arbres, la brume semblait posséder une structure plus dense à présent, comme s'il s'agissait d'une gaze très fine au lieu de vapeur. Et il y avait des mouvements à l'intérieur.

Curieusement, les bruits ne devenaient pas plus forts mais plus nets et il se rendit compte que c'étaient des voix humaines qu'il percevait. Soudain il eut la certitude qu'elles émanaient de cette… de quoi ? Qu'était-ce ? Oui, « brume » était le terme qui correspondait le mieux au phénomène.

Il était près, tout près, séparé de cette énigme luminescente par quelques buissons et deux ou trois arbres. A travers la lunette, les objets flottants prirent une définition plus grande et le garde-chasse étouffa une exclamation.

L'un avait trois sortes de pointes, deux longues, une plus courte et plus épaisse, et Buckler aurait juré qu'il observait une partie de main humaine – deux doigts et un pouce raccordés à un lambeau de paume.

Une autre forme plus petite, sphérique, possédait une partie plus sombre en son centre. Un long filament flottait derrière elle, comme une vrille ou la queue très fine d'un de ces poissons des grandes profondeurs marines. Eberlué, Buckler pensa à un œil.

Un morceau plus dense lui apparut, poursuivi lui sembla-t-il par une autre chose compacte. La seconde rattrapa la première et elles s'imbriquèrent comme le feraient deux pièces d'un puzzle tridimensionnel.

Horrifié, Buckler baissa la lunette. Il commençait à

comprendre ce dont il était témoin. Les sons étaient des gémissements, parfois des hurlements, et les formes dansantes dans la brume les segments d'un corps humain en train de s'assembler.

Sans la lunette, elles demeuraient imprécises, mais maintenant qu'il connaissait leur nature il discernait un schéma dans leurs mouvements. Toutes cherchaient à s'unir pour devenir une seule entité.

Fasciné, peut-être même hypnotisé par l'incroyable phénomène, le garde-chasse avançait lentement, sans s'en rendre compte, la lunette pendant à sa main devenue inutile maintenant que la brume pâlissait et que les formes se précisaient. Tout près du sol, quelque chose commençait à monter vers le centre du tourbillon.

Une idée très étrange s'imposa à l'esprit de Buckler. Si à l'intérieur de cette brume mystérieuse virevoltaient bien les parties séparées d'un corps humain qui cherchaient à s'assembler, il semblait y en avoir trop à viser la même position, de sorte qu'elles se dissociaient sans cesse pour recommencer leur étrange ballet.

Le mouvement s'accélérait peu à peu et chaque morceau, grand ou petit, se métamorphosa en une tache lumineuse virevoltante. Buckler aurait oublié de respirer si son instinct ne l'avait pas fait pour lui. Il vacilla et dut s'appuyer à un tronc proche pour ne pas s'écrouler. L'étourdissement déclencha une nausée subite. Il réussit à la refouler en fermant les yeux.

Quand il les rouvrit, le mouvement dans la brume ralentissait et un ordre semblait s'y être imposé. Il se rendit compte que sa première idée avait été juste : c'était bien un corps qui naissait dans le tourbillon lumineux, car les différentes parties étaient devenues plus distinctes.

Mais elles étaient encore trop nombreuses...

Un autre morceau ondulait près du sol et celui-ci, comme l'autre auparavant, se mit à s'étirer vers le haut, envoyant de petits fragments – les doigts, les yeux, la langue, les oreilles et d'autres organes – dans une sarabande effrénée qui pour Buckler évoqua curieusement une danse de mouches au-dessus d'une crotte de chien.

— Seigneur Tout-Puissant... balbutia-t-il en voyant deux corps se constituer peu à peu.

Des lignes zigzagantes marquaient les points de jonction entre les chairs. Un globe oculaire saillait nettement sous une arcade sourcilière dans une des deux têtes, un pied était tourné à l'envers sous une cheville, une artère luisante pendait mollement à l'amorce d'une épaule.

Le garde-chasse sentit ses genoux se dérober sous lui. Il lâcha la lunette et agrippa le tronc des deux mains. Il aurait voulu fuir, mais toute force l'avait déserté. Il essaya de crier, mais sa gorge contractée refusa d'émettre le moindre son. Il chercha à fermer les yeux, ou au moins détourner le regard, mais l'attraction qu'exerçaient sur lui les abominations était trop forte.

Alors qu'il observait – qu'il était obligé d'observer – le phénomène hypnotique devant lui, il remarqua un autre mouvement au-delà de la brume luminescente.

Grover, Crick et Mickey couraient à travers bois dans le seul espoir de distancer le gémissement horrible qui s'élevait derrière eux. Mais il restait à la même distance et semblait provenir de leur droite comme de leur gauche, à quelques centimètres seulement d'eux.

Ils fonçaient dans les buissons qu'ils piétinaient sans se soucier du bruit, trébuchaient sur les racines et dans les ornières ; les branches basses et les broussailles les cinglaient et la forêt entière paraissait se liguer avec le hululement lugubre. Ils n'essayaient pas de comprendre ce qu'ils fuyaient. Ils ne voulaient pas le savoir. Ils n'étaient conscients que d'une réalité : jamais de toute leur existence ils n'avaient éprouvé une terreur aussi abjecte. Peut-être cette nuit où les nuages cachaient la lune accentuait-elle l'horreur du cri, peut-être l'impression sinistre qui agressait leurs oreilles nimbait-elle leur esprit d'un désespoir atroce. Quoi qu'il en fût, ils ne cherchaient pas à comprendre. Ils n'avaient qu'un désir : fuir loin, très loin des bois, aussi vite que leurs jambes soudain engourdies le leur permettraient.

Leur peur était telle que lorsque le jeune Mickey heurta de plein fouet un tronc d'arbre et s'écroula, la lèvre fendue, dans un cri étranglé, Grover et Crick ne ralentirent même pas. Sans le moindre remords ils abandonnèrent là leur compagnon qui se tordait dans les feuilles en décomposition tapissant le sol.

Le sang coula entre ses doigts quand il les porta à sa bouche.

— 'Enny ! essaya-t-il d'appeler. Ve fuis 'ombé !

Mais ils étaient déjà loin, et sans le gémissement constant qui emplissait sa tête, et le bourdonnement persistant à ses oreilles, il aurait entendu décroître le bruit de leur fuite.

Un côté de son visage était engourdi par le choc avec l'arbre. Lentement, Mickey se mit à genoux. Il tâtonna autour de lui à la recherche de son arbalète. Toujours à quatre pattes et parce qu'il était de plus en plus terrorisé, si cela était possible, maintenant que ses compères l'avaient trahi, il vérifia que son arme n'avait rien. Le carreau était toujours en place.

— 'Umiers, sanglota-t-il avec un mélange de rage et de désespoir. Chales 'umiers...

Péniblement il réussit à se remettre sur ses pieds. Il repartit en titubant, l'arbalète serrée contre sa poitrine, sans se rendre compte qu'il revenait sur ses pas. Il trébuchait à travers les broussailles, se cognait contre les fûts mais ne s'arrêtait pas. Le gémissement était devenu un vagissement qui l'attirait irrésistiblement. Il extirpa un mouchoir sale de la poche de son pantalon et le pressa sur sa lèvre coupée pour arrêter le flot de sang. Des larmes noyaient sa vision déjà perturbée par la terreur.

— 'Enny ! cria-t-il encore sans se soucier d'être entendu par le garde-chasse ou ce qui produisait ce vacarme infernal. 'Ennnyyy !

Il buta contre une racine, s'étala de tout son long et son doigt pressa la détente de l'arbalète. Il sentit la secousse du tir et perçut le choc sourd du carreau qui se fichait dans un tronc à quelques mètres de là.

Paniqué, il marmonna un juron et chercha frénétiquement dans son sac à dos une autre flèche. Chez lui il s'était entraîné cent fois au moins à recharger l'arbalète dans l'obscurité d'un réduit, pourtant ses doigts refusaient de suivre les ordres que leur envoyait son esprit. Il fit tomber le carreau une fois et dut balayer le sol de la main pour le retrouver. Enfin, l'arbalète fut chargée. Il se redressa et reprit son errance, la poitrine serrée par la terreur et le souffle court, en débitant des phrases sans suite entre deux sanglots.

Il déboucha soudain dans une clairière au centre de laquelle dansait une lueur étrange. Il cligna plusieurs fois des paupières pour voir plus clairement. Sa bouche s'ouvrit mollement et ses yeux s'exorbitèrent quand il découvrit les deux silhouettes pâles dans cette drôle de lumière, deux corps nus qui semblaient avoir été collés ensemble, difformes, comme l'attestaient ce pied placé vers l'arrière et cette épaule beaucoup trop basse. Une des têtes se tournait justement vers lui et Mickey ne le désirait surtout pas, non, il ne voulait pas que cette chose le voie debout, là, au cas où elle déciderait de s'intéresser à lui. Oh non, il ne voulait pas...

L'arbalète était déjà pointée. Il lui suffisait de presser la détente, cette fois intentionnellement. C'était facile. Il n'était même pas nécessaire de réfléchir. Il n'avait qu'à le faire. Et il le fit.

Le carreau traversa la chose luminescente sans paraître rien heurter et disparut de l'autre côté. Mickey entendit un cri aigu qui lui parut beaucoup plus humain que le hululement des deux créatures mélangées devant lui.

## 17

*Les eaux bouillonnantes se referment au-dessus de sa tête et des forces invisibles se liguent pour l'entraîner vers les profondeurs boueuses. Il hurle, mais le son est étouffé dans une explosion de bulles. Il s'enfonce de plus en plus, et ses bras s'agitent dans les courants, ses mains griffent les frondes soyeuses. Une ombre glisse hors du néant, menue, qui tend ses doigts pâles vers lui. Il prononce son nom, insoucieux de l'eau qui emplit sa bouche, et il voit qu'elle sourit en se rapprochant ; sa chevelure noire encadre son visage spectral, ses boucles ondulent. Elle est tout près maintenant et son sourire se déforme en un rictus tellement malveillant, tellement vicieux qu'il hurle et essaie désespérément de lui échapper...*

Ash se retourna dans son lit, replia un bras sur son front comme pour résister au fantôme de son rêve.

*A présent, la vision blafarde se transforme ; ce n'est plus sa sœur, une enfant, mais une femme à l'expression démoniaque, au regard insane. Ses bras souples entourent son cou, sa robe flotte dans le courant, ses lèvres avancent vers les siennes et dans ses prunelles luit la folie... et luit le désir. Sa bouche touche la sienne et il ressent la pression de la chair. Elle le vide de ses forces vives comme l'eau lui a coupé le souffle. Il cesse de résister et s'abandonne à son étreinte. Les ténèbres l'engloutissent...*

Dans l'obscurité de la chambre, Ash murmura quelque chose d'incohérent.

*... et Dieu merci il est de nouveau seul. Une faible lueur apparaît dans cette noirceur – une noirceur qui n'a pas de poids, pas de remous, pas de courant, mais qui l'oppresse tout autant que l'eau qui le veut –, bientôt rejointe par une autre, puis une autre, et il s'aperçoit que ce sont des flammes de bougies. Elles se multiplient, deviennent une grande lumière douce qui emplit la pièce où il se trouve maintenant. Et pourtant elle ne dispense aucune chaleur, aucun réconfort ; elle dévoile seulement une autre horreur, peu à peu, inexorablement. Car cette lumière révèle des cercueils de pierre, dans des niches creusées dans les murs. Mais ce n'est pas la seule horreur. Face à lui, au centre du mausolée – il connaît cet endroit, il l'a déjà visité –, se trouve un cercueil de plus, plus petit que les autres, fait d'un bois riche et luisant, à l'intérieur capitonné de soie blanche. Il y a un mouvement, et une petite main agrippe le bord du cercueil. L'enfant s'assied et le cherche de ce regard qui ne cille pas, le sourire haineux rivé à ses lèvres.*

Les draps étaient trempés par sa transpiration. Sans se réveiller, il les repoussa de son torse.

*Dans son rêve il sanglote, et les larmes troublent la scène autour de lui, puis la dissolvent. À présent, il se trouve dans une vaste étendue d'eau éclairée par la lune. La surface en est calme, sans même une brise pour la rider, mais bientôt il perçoit des cris assourdis. La source de ce chœur de gémissements, de soupirs, de plaintes, semble très lointaine, peut-être de l'autre côté de ce grand lac. Et pourtant il sait qu'il n'en est rien ; il sait que ces sons viennent de sous la surface. La peau translucide du lac s'éveille. Elle frissonne. Elle tremble. Et la première main crève la surface, très vite suivie par une autre, celle-là assez proche de la première pour appartenir au même corps. Le geignement enfle, bien qu'il soit toujours contenu par l'eau. Une autre main émerge dans un geste rapide, et les doigts se tendent vers le ciel. Des gouttes en ruissellent. Une autre main. Une autre encore. Et soudain elles sont un millier à hérisser la surface. Les cris s'élèvent avec elles, et le lac n'est plus qu'un tourbillon de bruit et de mouvement. Les membres apparaissent, puis les têtes dont les yeux écarquillés se tournent vers lui, les bouches qui prononcent son nom, mais leur voix est déformée, comme si leur gorge avait été pourrie par l'eau qui les entoure depuis si longtemps. Néanmoins, ce n'est pas encore le summum de l'horreur...*

Il marmonna un cri qui ne fut qu'un geignement.

*... car toutes les têtes tournées vers lui sous la clarté lunaire sont petites...*

Une de ses jambes repoussa le drap.

*... et tous ces petits yeux sont agrandis par l'horreur de leur mort prématurée.*

— Noooonnn... gémit-il longuement dans son sommeil.

*Et les enfants noyés gémissent avec lui, implorent son aide. Mais il sait qu'il est trop tard, qu'ils sont déjà morts et que rien ne peut plus les sauver. Alors ils le supplient de les rejoindre dans leur crypte sous le lac...*

Les paupières de Ash papillonnaient. Il était presque éveillé. Mais le sommeil le retenait encore.

*La scène – les mains qui s'agitent, pathétiques, les petits visages blafards qui flottent à la surface telles des bouées spectrales, les eaux argentées du lac – s'estompe et il se retrouve dans un champ de chaume. Il croit qu'il est seul – il ressent une solitude absolue, désespérante – mais il aperçoit une petite silhouette blanche qui se tient immobile près d'un groupe d'arbres, à quelque distance. La fillette ne porte qu'une socquette blanche et il prononce son prénom qui résonne gravement à ses propres oreilles, comme s'il n'avait pas parlé : « Juliet ! » Elle ne répond pas, car elle est comme les enfants dans le lac. Elle demeure impassible parce qu'elle est morte, et que c'est là sa vengeance contre lui. Il la verra – il la verra toujours – mais jamais elle ne reconnaîtra sa présence. C'est sa punition, le châtiment imposé par sa sœur défunte.*

Le calme dans la chambre fut brisé par ses

marmonnements. Dans son sommeil il l'appela, à plusieurs reprises.

*Alors qu'il l'observe, il perçoit le crépitement des flammes et le visage de la fillette est illuminé par une lueur orangée. Il cherche la source du feu et voit la meule qui brûle derrière lui, il entend les cris qui s'en élèvent, des cris qui deviennent un rire, un rire lointain, et quand il se retourne la fillette a disparu et à sa place tourbillonne un nuage de feuilles sèches... au cœur duquel une silhouette se forme lentement. Quand les feuilles se dispersent, le visage mutilé d'un homme apparaît, et sa grimace horrible est un sourire malfaisant, et ses pensées pénètrent l'esprit de David Ash, et ce sont celles d'un dégénéré, d'un obsédé...*

Ash roula sur le côté et son poing frappa le matelas. Mais il ne se réveillait toujours pas, bien qu'une partie de son subconscient fût maintenant alertée par le cauchemar.

*Il s'enfuit loin de cette abomination, et tandis qu'il court des feuilles mortes effleurent sa joue. Il se rend alors compte que la feuille, la suivante et la suivante volètent derrière lui comme si elles le poursuivaient. Il essaie d'accélérer, mais ses enjambées deviennent plus lentes, ses jambes plus lourdes, son souffle plus difficile. Les feuilles l'entourent, écorchent sa peau de leur bord dentelé, et il les repousse de son visage avec ses deux mains, sans cesser de fuir. Ses mouvements se font plus lents. Il remarque les traces rouges qui tachent ses paumes et ses doigts, et cette rougeur est poisseuse et luisante. Il comprend que c'est son propre sang...*

Il arqua le dos et ses lèvres se retroussèrent comme s'il agonisait. Sa conscience tentait de l'extirper des profondeurs du rêve.

*Il essaie d'arracher une feuille qui s'est collée à sa joue telle une sangsue, et cette fois il sent une substance différente sous ses doigts : elle est tendre, et de longs lambeaux en pendent. Il arrache la chose sanglante et la jette au sol sans jamais cesser de courir, sans laisser l'épuisement le vaincre et l'arrêter. Il voit la main avant qu'elle se referme sur son poignet, et avec un cri il la jette au loin, mais au moment où il agit un lambeau de chair rougeoyant apparaît dans l'air devant lui, et son extrémité flotte comme une longue queue, et la langue essaie de pénétrer dans sa bouche. Il serre les dents sur un autre cri et des deux mains saisit la chose gluante en détournant la tête en même temps. Il lance la langue loin de lui, mais d'autres morceaux de chair se collent à lui, qui se matérialisent de toutes parts, de plus en plus vite, comme si leur intention était de le recouvrir complètement, d'utiliser son corps comme un support pour s'agglomérer et prendre forme. Il tire, arrache, repousse, mais ils l'assaillent de plus belle. Il dérape sur quelque chose de glissant et de mou, quelque chose à l'intérieur d'un corps, un organe qui luit et fume doucement dans l'herbe. Il tombe à genoux et ses doigts s'enfoncent dans la terre meuble tandis qu'il cache son visage dans l'herbe. Il sent leur poids s'accumuler sur son dos, sa nuque, ses épaules, ses jambes, ses chevilles, il les sent qui glissent sur lui pour s'ajuster, qui cherchent une partie de son corps où se nicher, et il roule sur lui-même pour les écraser. Il ne peut empêcher un cri quand il voit dans l'air au-dessus de lui les organes et les chairs qui obscurcissent le ciel tant ils sont nombreux. Et ils s'abattent sur lui et il se demande, alors que sa vision se brouille, combien de corps ont été déchiquetés pour expliquer tous ces segments, ces parties. Il veut se relever. Il pousse de ses coudes contre le sol, mais ils sont trop lourds. Et pourtant il continue de lutter, car il sait que s'il succombe à leur assaut ils prendront sa vie pour retrouver la leur et s'assembler de nouveau. Il résiste et son cou se tend pour se redresser, ses épaules tremblent sous l'effort. Il décolle le dos du sol, mais ils persistent, l'écrasent de leur masse conjuguée, emplissent ses yeux et sa bouche, et il hurle et hurle encore, et il se redresse, se redresse…*

Il s'éveilla enfin.

Il était frigorifié dans les ténèbres de la chambre. Seul le rai lumineux de la lumière du couloir filtrait sous la porte, et il fallut un long moment à David avant qu'il prenne conscience qu'il était assis dans son lit. Son corps nu était couvert de transpiration et il respirait par à-coups. Ce n'était qu'un rêve, se dit-il.

— Rien qu'un rêve, dit-il d'une voix enrouée par l'émotion.

Peu à peu il reprit son souffle. Il cessa de trembler. Les visions de son rêve perdirent de leur acuité.

Il était réveillé, il n'avait rien. Il s'était sauvé de son cauchemar.

Mais s'il ne s'agissait que d'un songe, et qu'il était maintenant réveillé, qui était le petit garçon au bout du lit qui l'observait ? Pourquoi Ash le voyait-il aussi nettement malgré l'obscurité ?

Pourquoi l'enfant restait-il aussi immobile, aussi silencieux ?

Et pourquoi se dissolvait-il lentement... se dissipait-il dans la nuit... jusqu'à disparaître totalement ?

# 18

Grace Lockwood ouvrit brusquement les yeux.

Le simple drap qui la couvrait était entortillé et froissé ; une de ses jambes en dépassait, pliée au genou, et le drap masquait juste sa taille. Elle regarda fixement le plafond. Son esprit était pris dans un tumulte intense. Le rêve... Il avait paru si net, si réel, et en même temps d'une telle confusion...

Elle repoussa de sa poitrine le drap humide de sueur et resta là, dans l'obscurité, à calmer sa respiration, en essayant de trouver un sens aux images qui continuaient de cascader dans son esprit ; mais plus elle se concentrait et plus ces lambeaux de visions s'éparpillaient. Comme des feuilles mortes emportées par un vent violent.

Elle se remémorait des visages d'enfants aux grands yeux implorants, leurs petites mains griffant l'air comme s'ils suppliaient... quelqu'un. Mais pas elle. Grace n'avait rien été de plus qu'un témoin, une observatrice qui s'était introduite de façon incompréhensible dans le cauchemar de quelqu'un d'autre. Elle se rappelait un feu si brillant que dans le rêve elle avait abrité ses yeux derrière ses mains. Elle se souvenait d'une autre tempête – *non, non, ce n'était pas du tout une tempête, mais une pluie de chair humaine.*

Alors même que les visions se dissipaient rapidement et que leur impact s'estompait, leur réalité sapée par son raisonnement, Grace frissonna. Une image subsistait toutefois, tandis que les autres se transformaient en impressions vagues.

Elle, la spectatrice, regardait David Ash. Derrière lui, près d'un groupe d'arbres, se tenait une petite fille vêtue de blanc. De manière assez incongrue, l'enfant ne portait qu'une chaussette. Elle aussi surveillait David.

La gamine souriait. Et son sourire n'avait rien de plaisant.

Grace se demandait comment il se pouvait qu'elle sût le prénom de la fillette.

Juliet.

# 19

Elle sut que c'était David avant d'ouvrir la porte. Elle le savait avant même qu'il sonne. Avant qu'elle entende la voiture s'arrêter devant la maison.

Elle savait que c'était lui parce qu'elle l'attendait. Du moins est-ce ce qu'elle se dit en allant lui ouvrir.

— David...

Il se tenait sur le seuil, la mine lugubre. Non, pas lugubre, et Grace faillit sourire en le constatant. Il y avait une désolation, une noirceur dans son regard. David Ash semblait hanté.

— Pourrais-je vous parler, à vous ainsi qu'à votre père ? dit-il.

*Mon Dieu*, songea-t-elle. La désolation se sentait jusque dans sa voix.

— Bien sûr. Père est dans le jardin.

Elle s'effaça pour le laisser entrer, mais il s'arrêta auprès d'elle. A présent, elle lisait la confusion dans son regard, et une autre chose, qu'il tentait de contenir sans parvenir à la dissimuler entièrement. La peur.

— Avez-vous entendu ce qu'on raconte dans le village ?

L'effroi s'insinua en elle et ses longues griffes glacées se refermèrent sur son esprit. Soudain, de façon irrationnelle, elle eut envie de s'écarter de lui, de se boucher les oreilles pour ne pas entendre ce qu'il allait dire. Une autre aberration s'était produite à Sleath et elle ne voulait pas la connaître, parce qu'elle partageait cette peur qu'elle sentait en David Ash. Elle ne la comprenait pas mais ne pouvait en nier l'existence.

— Je suis revenue de la salle paroissiale il y a déjà quelque temps, répondit-elle, et là-bas je n'ai entendu parler de rien.

— Ça vient d'arriver. Le patron de la Black Boar Inn m'a dit qu'un garde-chasse a été tué dans les bois, cette nuit. Le cœur transpercé par une flèche d'arbalète.

— Oh, mon Dieu...

Il lui tendit le bras pour qu'elle s'y appuie.

— Pas Jack Buckler ? balbutia-t-elle, incrédule. C'est un homme si gentil, si bon avec les animaux...

— Désolé, c'est bien le nom qu'a donné le patron. La police a contacté Ginty pour savoir si des étrangers s'étaient trouvés dans son établissement la nuit dernière, ou n'importe qui dont le comportement aurait pu lui paraître suspect. Il m'en a parlé parce qu'il s'est senti obligé de leur dire que j'étais le seul client qui dormait chez lui. Je ne doute pas qu'ils veuillent me parler à un moment ou un autre.

— Je ne comprends pas, David. Hier, quelqu'un a presque été frappé à mort, il y a quelques semaines un gamin s'est noyé dans son bain, et maintenant cette horreur...

— Il faut que je sache ce qui s'est passé d'autre ici. Pas seulement depuis peu, mais depuis quelques années.

— Mais il n'y a aucun lien entre ces tragédies...

— A part Sleath.

— Comment...

— Je n'en ai aucune idée. Mais parfois un endroit – il peut s'agir d'une pièce, ou d'une maison – peut acquérir une atmosphère propice au mal.

— Ça n'a aucun sens.

— Croyez-moi, cela arrive. Voulez-vous prévenir votre père de ma présence ?

— Je vais vous conduire auprès de lui.

Pourtant elle hésita et fit un demi-pas vers lui. Leurs corps se touchaient presque.

— Vous semblez... épuisé. Vous allez bien ?

— J'ai mal dormi, rien de plus.

*Et avez-vous rêvé, David ?* demanda-t-elle en pensée. Etaient-ce ses songes qu'elle avait entrevus ?

— Qui est Juliet ? lui demanda-t-elle.

Il parut abasourdi. Il plongea son regard dans celui qu'elle levait vers lui et un instant la peur qu'elle avait cru éprouver un peu plus tôt se déchaîna en elle. Il lui fallut quelques secondes pour la maîtriser. Les yeux de David restaient fixés sur elle, froids, distants.

— Comment êtes-vous au courant, à son sujet ?

Sa voix était dépourvue d'émotion, au point que Grace ne put retenir un frisson.

— J'ai rêvé de vous, cette nuit, avoua-t-elle. C'était assez confus, et je n'ai pas compris. D'ailleurs, je ne me souviens pas de grand-chose, mais je me rappelle très bien une petite fille qui vous observait. Elle n'a jamais parlé, elle n'a pas bougé, mais d'une manière inexplicable j'ai su qu'elle se prénommait Juliet. Peut-être lui avez-vous parlé, ou bien vous l'avez appelée. Je ne me souviens plus.

Il eut ce même regard glacé pendant de longues secondes, puis baissa la tête et dit :

— Juliet était ma sœur. Elle s'est noyée quand elle avait onze ans.

Ce fut un choc de plus pour Grace. Oui, elle avait vu de l'eau, et quelqu'un qui s'y débattait ; elle avait presque senti l'eau qui l'étouffait en emplissant ses poumons. Mais l'enfant n'avait aucun rapport avec tout cela. Comme Grace, Juliet ne s'était trouvée dans ce rêve qu'en observatrice, en témoin.

— Je suis désolée, David, réussit-elle à dire. Je n'avais pas idée...

— Comment l'auriez-vous pu ?

Elle fut frappée par l'amertume de son ton. Comme il n'ajoutait rien, elle tourna les talons et se dirigea vers l'arrière de la maison.

— Grace...

Elle fit halte et regarda en arrière.

— Ecoutez, je suis désolé, moi aussi, dit-il. C'est simplement que, eh bien... il y a certains événements que je préférerais oublier.

— Je les sens, David. Je ne sais pas comment, mais je sens une partie des épreuves que vous avez traversées. La nuit dernière, je crois que je vous ai vu dans votre propre rêve. Votre cauchemar, devrais-je dire.

— Avez-vous... avez-vous tout vu ?

— C'était trop trouble, il arrivait trop de choses. Des feuilles qui tombaient, des visages d'enfants... (Elle secoua la tête avec exaspération.) La fillette est la seule image claire qui me reste. Elle était vêtue de blanc. Et il y avait autre chose, quelque chose que je n'arrive pas à me rappeler... Ah, si, ça y est. Elle ne portait qu'une seule chaussette. C'est idiot de se souvenir d'un tel détail.

Mais Ash ne paraissait pas le penser. Il la dévisageait avec une telle intensité qu'elle eut envie de se détourner et de sortir dans le soleil, car jamais encore la maison ne lui avait semblé aussi sinistre, pas même le jour où sa mère avait été enterrée.

— Hier soir, vous m'avez dit que vous n'étiez pas médium, fit-il. Je pense que vous vous trompez.

— J'en serais certainement consciente, non ? répondit-elle.

— Il peut s'agir d'un don – certains diraient une malédiction – qui est resté latent en vous pendant la majeure partie de votre existence. Peut-être possédiez-vous ce don quand vous étiez enfant, et vous l'avez perdu avec le temps. Parfois la vie adulte fait que ces perceptions sont contrariées. Ou bien vous avez vous-même nié cette faculté parce qu'elle vous effrayait. Croyez-moi, je sais de quoi je parle.

— Vous êtes médium vous-même, dit-elle.

Ce n'était pas une question.

— De façon sporadique.

— Je ne pensais pas que c'était une faculté sporadique.

— Certains événements – des traumatismes – peuvent la réveiller.

— Et vous pensez que c'est ce qui m'arrive ?

— Je ne me risquerai pas à être catégorique. Toutefois, hier, quand je vous ai rencontrée à l'église, il s'est passé quelque chose entre nous.

— Insinuez-vous qu'il y a une sorte de lien psychique entre vous et moi ?

Elle se rappelait la sensation éprouvée avant d'entrer dans la salle de restaurant, la veille, et cette impression comparable qu'elle avait ressentie avant son arrivée au presbytère, une « prescience » de sa présence ; aucune des deux n'avait été très nette, mais elles n'en demeuraient pas moins très particulières.

Ash l'avait rejointe dans le couloir et il se trouvait maintenant tout près d'elle. Grace posa une main contre sa poitrine.

— Vous avez rêvé de Juliet, n'est-ce pas ? dit-elle.

— Oui. Et pas seulement d'elle.

— Une sorte de tempête ? Avec des visages d'enfants ?

Il acquiesça. Il n'avait aucune envie de décrire ces images en détail.

— Qu'est-ce que cela signifie, David ? Pourquoi ai-je ces réactions envers vous ?

Il toucha les doigts de Grace plaqués sur sa chemise.

— Ce n'est pas moi, Grace. C'est le village lui-même. Il se passe ici quelque chose que je ne comprends pas encore. La noyade de Simon Preddle, le gamin qui a presque été frappé à mort hier, et maintenant le garde-chasse tué cette nuit, tous ces événements sont des manifestations physiques. Les manifestations paranormales sont les fantômes vus par votre père, Ellen Preddle, Ruth Cauldwell. Et par moi.

— Vous ?

— J'ai vu – du moins je crois avoir vu – le fantôme du garçon la nuit dernière.

— Simon Preddle ? souffla Grace.

— Non. Celui que j'ai vu n'avait pas plus de six ou sept ans. Je l'ai vu hier également, juste avant d'arriver à Sleath.

Leurs doigts se croisèrent. L'étonnement qu'elle éprouvait céda la place à l'incrédulité, puis à l'inquiétude, le tout en quelques secondes.

— Je ne suis pas certain qu'il n'ait pas simplement fait partie de mon cauchemar, ajouta David comme pour s'en convaincre lui-même. Mais il m'a paru tellement réel, pendant quelques instants...

— L'incroyant convaincu.

Ils se tournèrent vers la source de la voix. Le révérend Lockwood se tenait sur le seuil de la porte à l'extrémité du couloir, et la lumière solaire baignant le jardin derrière lui découpait sa silhouette voûtée. Une de ses mains était appuyée contre le chambranle, comme pour assurer son équilibre.

— Père ? fit Grace en allant vers lui.

A son approche, le pasteur se redressa.

— Tout va bien, ma chérie. Il est peut-être encore trop tôt pour jardiner, même à cette heure. Mais je boirais bien un verre d'eau.

— Je vais le chercher. En attendant, trouvez quelque part où vous asseoir, Père, s'il vous plaît.

— Promis. M'accompagnerez-vous dehors, Mr Ash ?

David plissa les paupières contre l'éclat du soleil et ce n'est qu'à trois ou quatre pas du révérend qu'il prit conscience de la fatigue de celui-ci. L'homme ne lui avait pas paru très robuste lors de leur première rencontre, mais sa santé semblait s'être nettement détériorée durant la nuit.

Lockwood lut la surprise dans les yeux de son visiteur et eut un sourire las.

— Vous paraissez avoir passé vous aussi une assez mauvaise nuit, Mr Ash.

La remarque surprit un peu plus David. Semblait-il aussi mal en point que le pasteur ? Il en doutait, car le père de Grace était *physiquement* malade, et l'inquiétude qu'il éprouvait pour son village ajoutait à son fardeau.

— Il a fait trop chaud hier soir pour que je dorme bien, dit-il.

— Ah, si c'était la seule raison... Pour ma part, j'ai trouvé la nuit assez fraîche. Il y a des chaises sur la terrasse. Allons nous y asseoir, voulez-vous ?

Ash suivit le révérend à l'extérieur et Lockwood prit un grand fauteuil en bois et lui désigna un siège rembourré de l'autre côté de la table de jardin. La terrasse était assez petite, bordée d'une balustrade couverte de lichen, et un escalier de quatre marches donnait sur le jardin. D'où il se trouvait David apercevait le belvédère où il avait discuté avec Grace la veille et, au-delà, les bois et l'étendue de l'ancienne propriété Lockwood. A peine s'étaient-ils installés que la jeune femme les rejoignit. Elle tenait un verre d'eau dans une main et un chapeau de paille dans l'autre. Elle tendit les deux à son père.

— Il faut que je le mette ? geignit le pasteur.

— Non, pas si vous préférez attraper une insolation.

Elle s'attabla face à David et lui lança un sourire rapide avant de dire à son père :

— Aujourd'hui, je veux que vous vous reposiez. Plus tard, je pense que nous pourrions appeler le Dr Stapley pour qu'il passe vous voir...

— Tu ne feras pas cela.

Aussi tassé qu'il parût, le pasteur avait parlé avec beaucoup d'énergie.

— Mais, Père...

— J'ai dit non. J'ai seulement besoin de me reposer un peu, et c'est très exactement ce que dirait le docteur. Me reposer et prendre un sédatif ou deux. Je crains que ce soit tout ce que notre médecine moderne soit capable de prescrire, à notre époque. (Il se tourna vers David.) Avez-vous déjà obtenu des résultats, Mr Ash ?

— Il est encore beaucoup trop tôt, répondit Ash. Toutefois, il se produit à Sleath des événements anormaux, c'est indubitable.

— Et de quoi s'agit-il ?

L'enquêteur saisit le regard anxieux de Grace. Il comprenait qu'elle ne voulait pas que son père s'inquiète sans nécessité, surtout dans sa condition actuelle, mais il lui était impossible d'éluder une question aussi directe.

— Les hantises, pour commencer, dit-il.

— Pour commencer ?

Le pasteur avait légèrement détourné la tête, de sorte qu'il observait Ash du coin de l'œil.

— Il y a eu d'autres... incidents.

— Vous voulez parler de ce garçon qui a failli être tué par le père de Ruth ?

— Oui.

— Et ?

Ash lança un regard d'excuse à Grace.

— Un garde-chasse a été tué la nuit dernière.

— Jack Buckler ? Non, pas ce cher vieux Jack ?

— J'en ai bien peur, si. La police a la certitude qu'il a été abattu par un braconnier.

Le pasteur secouait lentement la tête de droite à gauche, plus de chagrin que par incrédulité.

— Où a-t-il été assassiné ? dit-il enfin d'une voix si basse que David dut se pencher en avant pour comprendre sa question.

— Sur la propriété Lockwood. La nuit dernière.

— La propriété Lockwood, murmura le révérend. Ainsi donc cela continue...

Ash l'observait avec le plus grand intérêt.

— Cela continue ? répéta-t-il d'un ton interrogatif.

Lockwood coula un regard vif à sa fille, et son corps se raidit.

— Les tragédies de Sleath, dit-il à David. Elles continuent à nous tourmenter.

Ash était dérouté par la connivence visuelle qu'il avait surprise entre le père et la fille. Il ouvrit la bouche pour parler mais le pasteur le prit de vitesse :

— Tout à l'heure, je vous ai entendu dire à ma fille que vous aviez vu l'esprit d'un petit garçon ; pouvez-vous l'expliquer ?

— J'ai fait un cauchemar. J'étais sans doute encore à demi endormi.

— Ah, et vous auriez poursuivi votre rêve éveillé ? Cherchez-vous à nous convaincre de cette possibilité, Mr Ash, ou à vous en persuader ?

C'était une question à laquelle l'enquêteur n'était pas capable de répondre. Il préféra donc changer de sujet :

— J'ai besoin de mener quelques recherches historiques sur Sleath. J'aimerais tout particulièrement en savoir plus sur vos ancêtres.

Cette précision lui avait été dictée par le regard échangé entre le père et la fille un moment plus tôt.

— Les Lockwood ? fit Grace, plus surprise qu'indignée. Vous ne pensez quand même pas que notre famille a quelque chose à voir avec ces hantises ?

Son sourire indiquait toute l'absurdité d'une telle hypothèse.

— Je pense que des générations de Lockwood ont joué un rôle important dans l'histoire de la communauté locale, et j'aimerais en apprendre autant qu'il me sera possible sur eux.

— Je vous déconseille de fouiller dans des affaires oubliées depuis longtemps, dit le révérend d'une voix lasse. Il est inutile de remettre au jour les bonnes et les mauvaises actions de ma famille. Dans les petits villages comme le nôtre, on a tendance à se transmettre les rancunes de génération en génération et, je vous le répète, rien de bon ne sortira de telles révélations.

— Je vous l'ai déjà expliqué, toutes les recherches que je pourrai faire conserveront un caractère strictement confidentiel. L'Institut ne rend compte qu'à ses clients, à personne d'autre.

L'expression de Lockwood suggérait qu'il était loin de juger satisfaisantes ces assurances. Il se leva avec effort, signifiant par là que la conversation touchait à sa fin.

— Ai-je votre permission de consulter les archives paroissiales ? insista David.

Le vieil homme braqua ses yeux pâles sur son visiteur.

— Pour ce qui concerne les documents de l'église, non, vous ne l'avez pas. Malheureusement, je ne peux rien faire pour vous empêcher de chercher des renseignements ailleurs.

Il tourna les talons et planta là sa fille et David. La colère raidissait son pas.

Ils suivaient une piste large qui jadis avait dû être la route menant au manoir des Lockwood, lequel était situé à environ deux kilomètres à l'intérieur de la propriété. A présent, les bords de la chaussée étaient mangés par les herbes folles, et les broussailles empiétaient sur la route jonchée de pierres. Il avait demandé à voir les ruines de ce qui avait été Lockwood Hall et, bien qu'un peu surprise par sa requête, Grace avait accepté de le guider.

Ils auraient pu effectuer le trajet en voiture, mais la jeune femme avait proposé de marcher ; la route était trop endommagée pour un voyage agréable en véhicule. En réalité, elle voulait passer un peu plus de temps avec cet homme énigmatique, en découvrir plus sur lui, peut-être même apprendre comment sa jeune sœur s'était noyée et pourquoi il semblait si troublé rien qu'à la mention de son prénom.

Une abeille s'affairait autour des fleurs sauvages bordant le chemin, et son bourdonnement affirmait la normalité de cette journée. Devant eux des verdiers cabriolaient dans le ciel dégagé, et au loin les collines boisées paraissaient plus claires sous les rayons du soleil. Comment ce jour pouvait-il ne rien refléter de la violence qui s'était déchaînée ? se demandait Grace. Comment ces actes vicieux ne souillaient-ils pas la pureté de l'air ? Et les rêves de la nuit passée – l'éclat du jour en diminuait la force, rendait leurs contours vagues, leur signification incertaine. David Ash lui-même semblait moins tendu que tout à l'heure, comme si la nature et le beau temps avaient repoussé les peurs nocturnes, s'ils ne les avaient pas déjà vaincues.

L'abeille s'éleva au-dessus des fleurs et traversa la route. Son vol momentanément perturbé par la présence des humains, elle décrivit quelques cercles autour d'eux avant de s'éloigner. Ils s'arrêtèrent pour la laisser faire.

— Pourquoi votre père s'est-il opposé avec cette véhémence à ce que je fouille dans l'histoire de votre famille ? demanda Ash quand ils reprirent leur marche.

— Je crois qu'il est inquiet des squelettes que vous pourriez découvrir dans différents placards. Vous le savez, il était furieux contre moi quand j'ai contacté l'Institut de recherches métapsychiques. Ensuite, il a paru se résigner à vos investigations. Jusqu'à ce matin, lorsqu'il s'est rendu compte que vous alliez chercher également dans le passé.

— Je ne vois toujours pas pourquoi cela l'ennuie.

— Pour lui, c'est inattendu. Il pensait que vous installeriez vos appareils de contrôle ou le matériel que vous utilisez pour détecter la présence des fantômes, puis que vous feriez votre rapport, que vous nous donneriez quelques conseils et que vous repartiriez.

— Ce n'est pas toujours aussi simple.

— Il semblerait. Mais en fait il s'inquiète surtout pour les habitants de Sleath. J'ai bien peur que la famille Lockwood ait un passé assez peu reluisant en ce qui les concerne et, comme il l'a dit, il préfère ne pas réveiller de vieilles rancunes. (Elle remarqua l'attention avec laquelle il l'écoutait et poursuivit :) Parmi nos ancêtres, certains maîtres du manoir se sont conduits de façon très critiquable, à ce que j'ai compris. Franchement, je ne me suis jamais beaucoup intéressée à l'histoire de Sleath, ni au village lui-même, d'ailleurs. J'ai été envoyée en pensionnat dès mes sept ans, et même pour les vacances Mère m'emmenait loin d'ici, à l'étranger souvent, alors que Père restait à Sleath à cause de ses devoirs de pasteur, de sorte que je ne me suis jamais réellement sentie faire partie de la communauté. L'université et mon travail dans d'autres pays m'ont ensuite tenue éloignée de Sleath.

— J'aimerais quand même bien avoir quelques renseignements sur les squelettes qui peuplent les placards des Lockwood.

Elle lui sourit chaleureusement.

— Je vous l'ai dit, je ne sais pas grand-chose à leur sujet. Et cela ne m'intéresse pas particulièrement.

— Même pas de simple curiosité ?

— Eh bien, au risque de stimuler votre appétit, je peux vous dire ceci : j'ai appris qu'un de mes ancêtres, Sebastian Lockwood, avait été un grand ami de Sir Francis Dashwood. Je suppose que cette nouvelle m'a intéressée dix minutes.

— Dashwood ?

— Vous avez entendu parler de lui, non ? fit-elle d'un ton empreint de malice. J'aurais cru que l'Institut possédait une pleine bibliothèque de renseignements sur ce célèbre personnage…

— Ah oui, Sir Francis Dashwood, occultiste ringard, fondateur du Cercle des Enfers, sa propre société secrète vouée au culte du Malin. Vos ancêtres avaient de jolies fréquentations...

— Le château de sa famille se trouvait à quelques kilomètres d'ici. Il tenait maints de ses orgies et rites sataniques dans les cavernes qu'il avait fait creuser dans le sol crayeux. Sebastian Lockwood a été membre de sa fraternité secrète et ils ont scandalisé la région vers le milieu du dix-huitième siècle, à ce que l'on raconte.

— Voilà ce que j'appelle un squelette. Etait-il à la fois seigneur et pasteur ?

— Oui. C'est ma mère qui m'a parlé de lui, et je me souviens que ce n'était pas avec beaucoup d'affection. Elle était en colère. Je ne savais pas ce qui pouvait la mettre dans cet état, et sur le moment j'ai trouvé son attitude amusante.

— Pas étonnant que votre père me refuse l'accès aux archives de l'église, surtout si vous avez d'autres ancêtres du même tonneau. Ces documents seraient pourtant très instructifs...

— Par chance, c'était le pire de notre lignée. Sinon, le retour des Lockwood à une vie honnête doit dater de la génération de mon père. Je ne peux pas l'imaginer se livrant à de telles activités. Et vous ?

Il lui sourit, mais ses yeux restaient froids.

— Je pense que non. Cela ne vous dérange pas si je fume ?

— Même par une aussi belle journée vous ne vous souciez pas de polluer l'air, sans parler de vos poumons ?

— Fumer m'aide à réfléchir.

— C'est seulement ce que vous pensez.

— Bon, d'accord : cela m'aide à penser que cela m'aide à réfléchir.

— Vous préparez vos funérailles.

— Et je vous donne une chance de vous sentir supérieure.

Il plongea une main dans la poche de sa veste mais la ressortit vide.

— Et maintenant je n'en ai plus envie, tiens !

— Bravo. Vous vivrez plus longtemps.

— Sûrement. D'environ deux minutes.

— Quand elles arriveront, il se pourrait que vous appréciiez ces deux minutes.

— Bien sûr : elles me permettront d'en griller une dernière.

Elle rit, heureuse que leur plaisanterie ait allégé l'ambiance entre eux. Malheureusement, Ash l'alourdit aussitôt par une nouvelle question :

— Depuis quand votre père est-il malade, Grace ?

— C'est la troisième fois que vous m'interrogez à propos de sa santé. Je ne comprends pas pourquoi c'est si important pour vous.

— Je n'ai pas dit que ça l'était. Je suis curieux, voilà tout.

— Il n'y a rien de mystérieux à ce sujet. La santé de Père a commencé à se dégrader peu après le décès de ma mère, mais il avait des problèmes d'arthrite aux mains depuis déjà quelques années. Ce n'est que récemment que son état s'est visiblement détérioré.

— A-t-il fait un bilan de santé ces derniers temps ?

— Il y a quelques mois, quand il n'a pas pu supporter plus longtemps mon travail de harcèlement. Fatigue physique et mentale, et une tension artérielle un peu élevée, tel a été le verdict de notre médecin. L'arthrite n'arrange rien, évidemment.

— Aujourd'hui, il n'avait pas l'air très en forme.

— Je vais demander au Dr Stapley de faire un saut chez nous pour l'examiner avant la fin de la semaine. Et je ne préviendrai Père de sa venue qu'au dernier moment.

— Le Dr Stapley est le généraliste du village ?

— Oui. Autant qu'il m'en souvienne, il a toujours suivi ma famille. Je ne serais pas étonnée qu'il ait dépassé l'âge de la retraite, mais, comme mon père, c'est quelqu'un d'entêté. Il continuera sûrement jusqu'à ce qu'il s'effondre lors d'une de ses tournées.

Si haut dans le ciel qu'il n'était qu'une petite croix brillante, un jet laissait derrière lui un trait mince qui se dissolvait rapidement.

— C'est ce qui reste de Lockwood Hall.

Ash suivit la direction qu'indiquait l'index pointé de Grace et vit des ruines grises au loin. La symphonie de verts des collines en arrière-plan accentuait la désolation des murs à demi écroulés.

Ash ôta sa veste et la mit sur son bras.

— Ce devait être une demeure magnifique, en son temps, dit-il pendant qu'ils approchaient.

— Par bien des aspects, elle l'était, oui.

Il lui coula un regard vif.

— Vous n'avez pas l'air très convaincue de ce que vous dites.

— Nous avons toujours une peinture représentant Lockwood Hall tel qu'était le manoir au dix-huitième siècle, et, oui, je pense que c'était une construction imposante. Pourtant, je ne l'ai jamais aimée. Pour moi, il y avait quelque chose de froid dans son architecture ; ou bien la toile est mauvaise, après tout.

— J'aimerais la voir, à l'occasion.

— Pas de problème. Elle est accrochée dans le bureau du presbytère. D'autres ont admiré le manoir tout autant que la peinture, et vous penserez probablement que je suis idiote.

— Il est assez fréquent que des gens aient une impression négative face à certains édifices.

— Face à la maison de leurs propres ancêtres, comme moi ? Je devrais être fière de son histoire, et de sa grandeur.

— Peut-être tout ce que les Lockwood ont perdu depuis vous influence-t-il.

— Je me contrefiche de ce que nous possédions à cette époque.

Il n'y avait aucune véhémence dans ses propos, seulement une conviction nette, et Ash décida qu'il aimait cette attitude. Grace n'était pas du genre à pleurer sur la nouvelle pauvreté de la famille.

Elle paraissait cependant gênée par sa réponse.

— Je n'ai pas eu l'air un peu grincheuse ?

Il ne put s'empêcher de rire.

— Non, seulement indignée, peut-être.

Elle avait retrouvé sa bonne humeur.

— Oh, je suis passée maître dans l'art de l'indignation. Il faudrait que vous m'entendiez quand Père me parle de religion. Après un accrochage, nous sommes capables de bouder chacun dans notre coin pendant des jours entiers.

— Comment se fait-il que vous ne soyez pas croyante ? Vous, fille de pasteur ?

— D'une certaine façon, c'est un peu comme vivre dans une confiserie. Avec tout ce qu'il y a autour de vous, vous finissez par perdre toute gourmandise. Dans les derniers temps, Mère réagissait comme moi. Pire, en fait : je crois qu'à la fin elle ne supportait plus la religion. Mais cela ne signifie pas que je ne croie pas en un Etre suprême ou une vie après la mort. Je suppose que c'est le dogme et le rituel qui me déplaisent. Et puis il y a d'autres mystères à percer avant de se torturer l'esprit à propos du sens de la Création. Par exemple les fantômes qui ont été vus à Sleath, ou pourquoi vous et moi pouvons parfois lire dans les pensées de l'autre.

Cette dernière phrase le fit s'arrêter net. Elle se retourna vers lui.

— Comment est-il possible que je sois entrée dans votre rêve la nuit dernière, David ? Comment ai-je pu voir Juliet, votre pauvre sœur défunte, alors que je ne vous connaissais pas et que je ne savais rien de vous avant hier ? Et il y a un détail dont je n'ai pas encore parlé : vous paraissiez avoir terriblement peur d'elle.

Elle vit que ses paroles l'avaient profondément affecté. Elle lisait dans ses yeux un étrange mélange d'amertume et de peur, mais quand il lui répondit ce fut sur un ton de colère rentrée :

— J'avais peur de ses petits jeux, de ses sales petits jeux vicieux.

Il repartit d'un pas brusque, laissant Grace derrière lui, qui le regardait.

— Vous ne pouvez plus lui en vouloir pour cela, David ! lui lança-t-elle. Pas maintenant qu'elle est morte. Vous devez lui pardonner.

Il s'arrêta une fois de plus et se retourna. La colère l'habitait toujours.

— Vous ne comprenez pas, Grace. C'est après sa mort qu'elle a commencé à jouer à ces petits jeux.

# 20

L'herbe jaillissait en touffes entre les larges marches menant à l'entrée monumentale mais déserte de Lockwood Hall, et une couche de rouille dissimulait la véritable couleur de la rampe en fer forgé. Des colonnades noircies montaient la garde de chaque côté de la porte et les grandes fenêtres béantes laissaient voir le désastre à l'intérieur.

Alors qu'il gravissait les degrés, Ash aperçut les murs éventrés à l'intérieur et un double escalier à demi écroulé qui avait mené à un étage désormais presque complètement disparu. Des poutres tronquées et calcinées s'élevaient ici et là, et le ciel clair était visible dans les trous béants qui ponctuaient le toit. Hésitante, la jeune femme s'arrêta un instant sur la première marche.

— Grace ? fit-il en s'étonnant de sa répugnance.

Elle le rejoignit à contrecœur et Ash concentra de nouveau son attention sur le manoir. Il contempla le niveau supérieur et les restes de la balustrade en pierre sculptée qui courait le long du toit.

— On peut presque imaginer comment c'était, commenta-t-il d'un ton distrait.

— Je ne veux pas y penser, David. Je n'aime pas cet endroit. Chaque fois que je viens ici, j'ai l'impression que cette demeure a une âme, qu'elle rumine sa destruction. C'est étrange, mais j'ai le même sentiment quand je contemple le tableau, à la maison.

— Vous vous laissez aller à votre imagination, la morigéna-t-il gentiment. Il n'y a rien ici.

— Vous n'éprouvez rien ?

Il scruta l'intérieur de la bâtisse, les murs noircis et l'escalier en ruine.

— Ce n'est qu'une grande coquille vide.

Elle s'enveloppa de ses bras, comme si elle avait soudain froid.

— J'aimerais partager votre opinion. Même quand j'étais petite, je détestais cet endroit. Je n'y allais jamais toute seule, et par bonheur ma mère ne semblait pas l'aimer non plus. Seul Père s'y rendait parfois, et il insistait alors pour que je l'accompagne. Je me souviens qu'il déambulait dans le rez-de-chaussée, qu'il passait de pièce en pièce et souvent, s'il n'y avait pas de risque, il fermait à demi les yeux comme pour imaginer comment tout avait été avant l'incendie. Il lui arrivait même de fredonner un air, une de ces vieilles valses, et de me décrire les réceptions que des générations de Lockwood avaient données dans cette maison. Et moi aussi je les voyais, les robes de soirée, les perruques poudrées, la musique jouée par un clavecin. J'entendais presque les rires, les conversations, le claquement des souliers sur le marbre de la salle de bal quand les invités dansaient. C'est romantique, je sais, cette idée que se fait une fillette de ce genre de scène ; mais j'avais presque l'impression d'y être...

Elle s'interrompit d'un coup, comme surprise par la netteté de ces souvenirs, et Ash se rapprocha. Sa voix s'enroua quand elle poursuivit :

— Et je pouvais imaginer d'autres... circonstances, ici aussi. La perpétration d'actes noirs... des choses qu'enfant je ne pouvais comprendre... des choses que maintenant encore je ne comprends pas...

Il lui entoura les épaules d'un bras et elle se raidit une seconde avant de se décontracter.

— Comment vous imaginiez-vous ces scènes, Grace ? insista-t-il doucement. Vous souvenez-vous d'avoir réellement entendu de la musique, des voix ? Etaient-elles réelles pour vous ?

— Je ne sais pas... C'était il y a si longtemps. Mais je ne le pouvais pas, évidemment. Tout devait se passer dans mon esprit d'enfant...

— Pourtant, vous en gardez un souvenir très précis...

— Aujourd'hui, oui, fit-elle en le laissant pour avancer vers la grande porte d'entrée.

Ash la suivit et quand il fut à côté d'elle il vit qu'elle avait fermé les yeux et relevé légèrement la tête, comme si elle revivait ces moments de son enfance. Il ne la dérangea pas et choisit d'observer l'intérieur ravagé du manoir. Il était aisé de reconstituer mentalement la grandeur passée de Lockwood Hall, malgré les pans de murs écroulés et noircis, la mousse et le lichen qui prospéraient dans les coins les plus sombres. Le sol était jonché de débris, solives rongées par les flammes, poussière de maçonnerie transformée en boue par les pluies. De grands trous béaient dans le plancher, que le soleil semblait incapable de pénétrer. Il scruta les restes de l'étage supérieur et fut surpris de n'y détecter aucun nid, aucun oiseau installé dans une crevasse du mur, car de telles ruines abritaient souvent toute une faune ailée. Il tendit l'oreille mais ne détecta aucun son, nulle trace de vie. Un silence lourd régnait seul dans cette vaste coquille vide.

Il fit un pas en avant et franchit le seuil.

— Non, David, dit Grace qui avait senti son mouvement et aussitôt rouvert les yeux. (Elle sentit son incertitude et ajouta :) C'est dangereux à l'intérieur. Le plancher peut s'effondrer, et certaines poutres du plafond aussi.

Il hocha la tête pour la remercier de l'avertissement et recula.

— Quand êtes-vous venue ici pour la dernière fois ?

— Je ne suis pas sûre. Il y a un an, peut-être, quand je suis rentrée à la maison à cause de la maladie de ma mère. Après les obsèques, je voulais m'éloigner du presbytère, alors je suis sortie pour marcher le long de la vieille route et je me suis retrouvée ici. Je me souviens que Père s'est mis en colère quand il a appris ce que j'avais fait.

Ash ne cacha pas son étonnement.

— Rien de sinistre, David. Il craignait simplement que les ruines ne s'écroulent un jour ou l'autre, et il ne voulait pas que quiconque soit dans les environs quand cela se produirait.

— Pourquoi ne pas avoir fait tout démolir, s'il était tellement inquiet ?

— Cela aurait coûté trop cher. Et puis Lockwood Hall se trouve sur une propriété privée, et légalement on n'a pas le droit de s'en approcher.

— Je n'ai vu aucune pancarte le spécifiant.

— Elles n'ont jamais été nécessaires. Personne ne semble assez intéressé pour venir visiter ces ruines.

— Pas même l'acquéreur du reste de la propriété ?

— Carl Beardsmore ? Il sait que l'accès est interdit. C'est mon grand-père, Neville Lockwood, qui a revendu ces terres pour payer ses dettes, et il a stipulé dans l'acte de cession que le manoir resterait toujours dans la famille, quel que soit son état. Je suppose qu'il voulait que nous conservions une trace de notre glorieux passé, même si notre fortune a depuis fondu comme neige au soleil. Le premier acheteur a fait construire sa propre demeure dans la partie sud des terres, et c'est Beardsmore – on dit qu'il possédait plusieurs magazines spécialisés qu'il a revendus pour des millions de livres – qui l'a reprise il y a une vingtaine d'années. A l'époque et à plusieurs reprises depuis, il a fait des offres pour racheter le reste de la propriété, mais Père a toujours refusé. Je pense que maintenant Beardsmore a abandonné l'idée de devenir un jour le maître du manoir.

Ash pouvait comprendre l'insistance du millionnaire. Remis en état, Lockwood Hall aurait fait une belle résidence dans un cadre des plus agréables, et sans doute aurait-il accepté de payer un bon prix l'acquisition de la propriété. D'une certaine façon, cependant, il était rassurant de voir que des traditions familiales pouvaient résister à la tentation affairiste. Les Lockwood appartenaient à une espèce en voie de disparition.

Un battement d'ailes soudain les fit tous deux sursauter et Grace recula du seuil comme si elle craignait la chute du plafond. Mais seul un nuage de poussière dont les grains miroitèrent dans le soleil descendit des hauteurs.

Ash leva les yeux et aperçut l'oiseau qui venait de se poser sur une des poutres au-dessus de cet intérieur caverneux. Il avait donc eu tort, songea-t-il. La vie existait bien ici. Comme pour le lui prouver, la corneille poussa un cri puissant, enroué, lugubre dans le vide qui les entourait.

— David, dit Grace qui avait encore reculé. Partons.

Il jeta un dernier coup d'œil à la corneille. L'oiseau s'était tu et semblait l'observer. Ash ne put contenir un frisson et il se rendit alors compte que, malgré le soleil qui inondait le perron non couvert, Lockwood Hall – ou plutôt ce qu'il en restait – était aussi froid qu'un mausolée.

# 21

*Ainsi donc, c'est ici. Un endroit agréable. Non, plus qu'agréable : un très joli petit village. Quel dommage, quelle tristesse...*

Le petit homme sur le banc croisa les jambes, entoura le genou placé sur l'autre de ses mains jointes et se mit à se balancer lentement d'avant en arrière. Puis, l'air songeur, il tapota le sol de sa canne à pommeau d'argent.

*Un voyageur de passage pourrait trouver l'endroit très ordinaire – encore qu'il soit un peu trop pittoresque, avec cette vieille auberge et ces façades à l'ancienne, son pré communal orné de la petite mare de rigueur, pour qu'on le qualifie de « traditionnel » –, mais le visiteur le croirait sans aucun doute tranquille. Par excellence, le lieu où il ne se passe jamais rien. Oh oui, et il imaginerait que les habitants eux-mêmes sont des gens très gentils, sans autres soucis particuliers que ceux de la routine quotidienne, et jamais il ne soupçonnerait le trouble derrière les sourires polis, une sorte d'inconfort spirituel dans leur regard fuyant...*

*C'est ici, pas de doute. Dieu Tout-Puissant, on peut sentir le frémissement dans l'air, et l'odeur âcre de l'inquiétude. Ces gens – voyez-les qui en se croisant se saluent d'un simple hochement de tête, sans se regarder –, ces gens sentent que leur village abrite un mal terrible, mais pour l'instant ils ne savent pas quoi. Ils attendent quelque chose, sans avoir la moindre idée de ce qui va se produire.*

De l'index Seamus Phelan se cura soigneusement une narine, tout en réfléchissant, puis il essuya son doigt avec le mouchoir rouge et blanc qui servait de pochette à sa veste de tweed. Il étudia le sol devant lui pendant un long moment, les yeux fixés sur les taches sombres dans l'herbe, et la jovialité coutumière quitta son visage. Une ombre voila l'éclat de son regard gris-vert habituellement joyeux.

*Bien sûr, voilà cet horrible sang séché qui teinte la pelouse, juste là, et qui ruine cette sérénité avec ce qu'il implique. Il s'est passé quelque chose ici, à cet endroit précis, quelque chose d'horrible, de très violent. La mort y a mis ses doigts osseux, mais elle n'a pas serré assez fort. Oui, oui, je le sens. La Noire Faucheuse n'a pas eu sa moisson ici, pourtant elle continue de rôder. Elle le sait, d'autres occasions vont se présenter à elle…*

Il tourna la tête et observa une Ford rouge qui venait d'apparaître de l'autre côté du terrain communal. Son intérêt se portait plus sur le conducteur que sur le véhicule. Ses petits yeux s'étrécirent comme il essayait d'apercevoir les traits de l'homme, mais le soleil était haut dans le ciel et l'intérieur de la voiture demeurait plongé dans l'ombre. Toutefois, il réussit à saisir un profil.

*Hem… Un visage énergique, mais plein d'incertitudes aussi. Pourquoi attire-t-il mon attention à ce point ? Ah oui, il est impliqué. Seigneur, la sensation est vraiment forte. Regardez ça, il s'en est rendu compte lui aussi. Il tourne la tête dans ma direction. Il me voit, mais il n'est pas sûr. Il reporte son attention sur la route devant lui. Cet homme est sujet à une grande confusion…*

Le petit Irlandais observa David qui garait la Ford sur la dernière place libre du petit parking de l'autre côté du pré communal. Il le regarda sortir de sa voiture, la fermer à clé et traverser la chaussée pour entrer à la Black Boar Inn en contournant la voiture de police arrêtée devant l'auberge. Avant de disparaître à l'intérieur, Ash fit halte et jeta un regard circulaire sur la place.

*Il n'habite pas dans ce village, c'est évident. C'est un étranger, tout comme moi. Et pourtant il fait partie de ce qui se passe ici. A-t-il été attiré par ces terribles vibrations, je me le demande... Serait-ce la raison de sa présence ici ?*

Phelan se figea sur le banc. Il gardait les yeux fixés sur la porte de l'auberge.

*Non, le pouvoir de cet homme n'est pas aussi développé. Ou, pour être tout à fait exact, il réprime beaucoup trop ce pouvoir. Il n'empêche, nous devrons unir nos efforts avant longtemps. Mais pour l'instant je vais rester assis ici et absorber tout ce que je peux absorber. Tiens, la mare, par exemple. Une chose stagnante horrible. Et d'une profondeur incroyable. Non, je n'aime pas rester assis aussi près de cette chose... Peut-être vais-je aller marcher jusqu'à l'église dont je vois le clocher au loin. Ce genre d'édifice est toujours un excellent point de départ, de plus personne ne prête attention aux étrangers de passage qui jouent aux touristes près de ces vieilles bâtisses.*

Seamus Phelan se leva et agita chacune de ses jambes à tour de rôle comme pour en chasser l'engourdissement. Puis il releva le bord de son chapeau jaune, juste assez pour passer une main sur les mèches argentées tombant sur son front, le rabattit d'une pichenette, ramassa sa canne, redressa les épaules et s'apprêta à prendre le chemin de l'église sur la colline. Et soudain un autre détail l'arrêta dans son élan, quelque chose qu'il fut étonné de ne pas avoir remarqué plus tôt. Certes, il avait noté la présence du pilori et du poteau à fouet avant même de s'être assis sur le banc, mais alors il n'avait rien décelé de surprenant dans ces vestiges du passé. Maintenant, en revanche, un liquide sombre – aussi sombre que les taches sur l'herbe – coulait le long du bois fendillé du poteau.

D'un pas de promeneur il s'approcha et passa un doigt

sur l'épaisse substance. Quand il le retira, son index était rougi.

*Regardez-moi ça…*

Il examina le poteau, puis son doigt.

*Dieu du Ciel, pourquoi le bois saigne-t-il ?*

# 22

Ash arrêta la Ford devant le petit cottage d'Ellen Preddle, mit le frein à main et resta un moment assis derrière le volant, à regarder à travers le pare-brise. Sans trop savoir pourquoi, il se sentait las. Il avait passé une très mauvaise nuit, pas de discussion possible sur ce point, avec des rêves très forts et tout aussi déprimants, bien qu'avec le temps il se soit habitué à ce genre de cauchemars. Sa fatigue était peut-être uniquement physique, et non mentale. La longue marche jusqu'aux ruines de Lockwood Hall, en plein soleil, avait été assez dure, puis il y avait eu cette entrevue avec la police locale, à son retour à la Black Boar Inn. Et mentir constituait toujours un effort.

Afin de protéger la confiance que lui avait manifestée son client, il avait dit aux deux agents que le pasteur l'avait engagé pour l'aider à rassembler les archives paroissiales longtemps négligées. Ce faux témoignage bénin lui avait été suggéré par Grace Lockwood et son travail au musée de Cluny. Il avait également omis l'adjectif « métapsychiques » quand il avait cité l'Institut de recherches. Ce n'était qu'un demi-mensonge, commis dans l'intérêt de son client, et il doutait que les policiers prennent la peine d'effectuer des vérifications car il s'agissait pour eux d'un simple entretien de routine : après l'assassinat d'un garde-chasse la nuit précédente, tout visiteur à Sleath devait être interrogé, de même que les habitants.

L'entretien n'avait pas duré plus de dix minutes, dans la salle de restaurant déserte de l'auberge, loin des oreilles sensibles et des yeux fureteurs de deux journalistes de province arrivés à Sleath pour couvrir à la fois le meurtre de Jack Buckler et l'horrible agression qui s'était produite sur le terrain communal l'après-midi précédent. Quand Ash était passé dans la salle de bar afin d'avaler rapidement un verre et un sandwich avant de s'attaquer à la rédaction d'un premier rapport pour l'Institut, il avait remarqué que les reporters se faisaient envoyer balader par quelques-uns des clients attitrés de l'auberge. Réponses bourrues et lapidaires paraissaient être de mise aujourd'hui, et quand lui-même fut approché et qu'ils lui demandèrent ce qu'il pensait de la propagation de la violence des grands centres urbains jusque dans une bourgade rurale d'ordinaire très calme, il rétorqua sèchement qu'il n'était que de passage, termina son verre d'un trait et emporta son sandwich dans sa chambre.

Il n'en était pas sorti de l'après-midi. Il avait relu ses notes et écouté les enregistrements de ses conversations avec le révérend Lockwood, Grace, le fermier Sam Gunstone et, bien sûr, Ellen Preddle, transcrivant les faits importants à la main sur le papier avant de les immortaliser pour les archives de l'Institut sur la petite machine à écrire qu'il avait emportée.

Ce pensum accompli, il s'était allongé sur le lit pour fumer quelques cigarettes. De temps en temps, il prenait une lampée de vodka à sa flasque, tout en réfléchissant à ce que ses investigations lui avaient appris jusqu'à maintenant. Mais ses pensées revenaient sans cesse à Grace Lockwood.

Il était ridicule de s'intéresser à une cliente alors

qu'une enquête était en cours, se répétait-il. Cela constituait une distraction négative et, d'une certaine façon, une attitude aussi contraire à l'éthique professionnelle qu'un médecin ou un psychanalyste tombant amoureux de sa patiente ; cela risquait de provoquer des complications préjudiciables au travail. D'autre part, le dernier exemple personnel qu'il avait d'une telle relation s'était révélé catastrophique à tous points de vue.

Il ne pouvait pourtant nier l'évidence : il était attiré par Grace Lockwood, et cela semblait réciproque. Quant à ce lien, cet étrange frisson entre eux, il était inutile de réfuter son existence. Et aujourd'hui, au contraire de la fois précédente, la femme était réelle, ce n'était pas un mirage.

Ces pensées déferlaient dans son esprit tandis qu'il était assis derrière le volant de la Ford. Il les repoussa, conscient que selon toute probabilité Ellen Preddle le surveillait derrière la dentelle des rideaux – elle et sans doute ses voisins – en attendant qu'il vienne sonner à sa porte. Lui permettrait-elle d'installer son équipement comme elle l'avait promis la veille, ou aurait-elle changé d'avis, effrayée par ce qui était arrivé à Grace dans sa cuisine ? Lui dirait-elle de la laisser tranquille, ou se montrerait-elle reconnaissante de l'aide qu'il proposait ? Il n'y avait qu'un moyen de le savoir.

Il descendit de voiture et alla ouvrir le coffre. Un peu de sa fatigue s'envola quand il prit son attirail. Comme toujours, la perspective de détecter une activité paranormale réelle faisait monter son taux d'adrénaline.

Portant les deux valises, la petite et la grosse, il poussa la barrière grinçante et remonta la petite allée. La porte du cottage s'ouvrit avant qu'il y arrive.

Il consulta sa montre. Presque onze heures. Dehors, la nuit était aussi silencieuse que l'intérieur d'un sépulcre. Ash se tourna vers le petit écran de contrôle posé sur la table à quelques pas de l'escalier et ne vit que l'image monochrome de la salle de bains vide et du premier étage. Il observa la scène de longues minutes, à la recherche du plus petit détail illogique. Tout était parfaitement normal.

Il prit la cigarette à demi consumée sur le bord du cendrier en fer-blanc déniché dans la cuisine et inspira une longue bouffée. Le bout incandescent brasilla dans la pièce enténébrée. Pour l'instant il ne ressentait pas de lassitude, bien qu'il fût en alerte depuis des heures déjà, et ce fait était assez troublant car chez lui ces longues surveillances entraînaient invariablement un ennui diffus, passé les deux premières heures.

Des câbles partaient de l'écran de contrôle et serpentaient sur les marches jusqu'au caméscope sur trépied placé sur le seuil de la salle de bains. En face, dans la salle de bains elle-même, se trouvait un Polaroid lui aussi sur trépied, et équipé d'un flash automatique relié à un déclencheur ultra-sensible. L'appareil se mettrait en marche à la moindre perturbation. Le caméscope était commandé par un système similaire. Un magnétophone à cellule sonique avait été placé près de la baignoire et Ash avait saupoudré d'une fine couche de talc le carrelage. Un thermomètre de serre était accroché derrière l'évier, un autre à la balustrade de l'escalier, ce dernier plus petit et capable d'enregistrer les températures minimale et maximale durant l'expérience. Plusieurs marches étaient également couvertes de talc, et l'enquêteur avait tendu un fil de coton très fin au-dessus du troisième degré en partant du bas. Un appareil photographique ordinaire mais chargé avec une pellicule infrarouge était placé devant la porte d'entrée, face au pied de l'escalier. Sur la table devant Ash étaient disposés deux torches électriques, un autre appareil photo utilisant une pellicule ultra-sensible, diverses enveloppes transparentes ainsi que des récipients en plastique clair, une balance à ressort, un indicateur de pression, des crayons, des stylos, des morceaux de craie et de charbon de bois, un calepin, et les feuilles de papier sur lesquelles il avait tracé le plan du rez-de-chaussée et de l'étage. Le reste de son équipement était rangé dans la grande valise, et il y en avait encore une partie dans le coffre de la Ford.

Tout en fumant, Ash étudia les plans à la lumière de la petite lampe de bureau. Ellen Preddle se trouvait dans sa chambre, endormie avec un peu de chance, et de toute façon soumise à la stricte instruction de ne pas sortir de cette pièce s'il ne l'appelait pas, quoi qu'elle entende. Si quelque chose se produisait dans sa chambre, elle devait le prévenir immédiatement. La salle de bains ne devait pas être utilisée de toute la nuit et Ash espérait qu'elle avait pris ses précautions. Toutes les fenêtres étaient fermées et l'atmosphère dans la maison était devenue de plus en plus étouffante à mesure que la soirée avançait, bien que la température eût baissé de quelques degrés avec la nuit.

Quand elle l'avait accueilli, Ellen Preddle ne semblait pas au meilleur de sa forme. Les cernes sous ses yeux s'étaient accentués et avant même qu'il entre Ash avait noté le désordre de son apparence. Curieusement, les mains qui n'avaient cessé de s'agiter lors de leur première entrevue pendaient maintenant le long du corps, et ses épaules semblaient s'être affaissées un peu plus. Elle portait la même robe imprimée à motifs floraux et, malgré la chaleur de la journée, son gilet en laine. Sa chevelure sale était emmêlée et les boucles noires marquées de gris tombaient au hasard autour de son visage. A la surprise de David Ash, elle le fit entrer sans la moindre réticence.

Tout en installant son matériel il lui en avait expliqué le fonctionnement, mais elle était restée assise dans le fauteuil près de la cheminée sans manifester le moindre intérêt, le regardant à peine quand il lui posait une question directe et répondant brièvement, dans un murmure presque inintelligible. Plus tard, il avait été plutôt soulagé quand elle avait annoncé qu'elle se retirait dans sa chambre. Elle s'était aussitôt levée et était montée dans sa chambre sans un mot de plus. Ash lui avait rappelé ses instructions, et pour toute réponse la porte de la chambre s'était refermée. Depuis, il n'y avait pas eu un bruit à l'étage.

Il bâilla et se frotta les yeux. La fatigue engendrée par l'ennui de la veille était souvent le premier écueil à franchir et, quelle que soit l'heure à laquelle commençait la surveillance, la somnolence frappait en général aux alentours de minuit, ou peu après ; ce soir elle s'était fait sentir un peu plus tôt, sans doute à cause de la mauvaise nuit précédente, mais légèrement. Il écrasa la cigarette dans le cendrier et résista à l'envie d'en allumer une autre tout de suite. Au lieu de cela, il plongea la main dans la poche de sa veste posée sur le dossier de la chaise et en sortit la flasque. Il ne but qu'une petite gorgée, juste ce qu'il fallait pour lui donner le coup de fouet désiré. Quand la fatigue reviendrait plus tard, comme elle le faisait toujours, il reprendrait un peu de vodka, et ainsi de suite jusqu'à l'aube.

La flasque toujours en main, il prit un crayon et se mit à griffonner une esquisse de la cuisine. Puis il marqua la trajectoire apparente de la soucoupe qui s'était envolée de l'étagère pour venir frapper Grace Lockwood au front avant de s'écraser sur le sol carrelé. Le croquis était surtout destiné au dossier, car sans témoin indépendant on ne pouvait enregistrer le phénomène comme manifestation paranormale. De plus, cela lui occupait l'esprit.

Tandis qu'il crayonnait, il remarqua que son souffle se condensait devant lui en une vapeur fugace.

Il se redressa en se rendant compte combien la nuit s'était rafraîchie. Une démangeaison lui fit baisser les yeux vers ses avant-bras. Il avait la chair de poule. Non, il ne faisait pas plus frais : il faisait carrément froid.

Ash rabaissa les manches de sa chemise et survola la pièce du regard en les boutonnant. La chute de température était inexplicable à moins que celle de l'extérieur ne soit brusquement tombée. Il décida d'aller vérifier le thermomètre accroché à la rambarde de l'escalier.

C'est alors qu'il repoussait sa chaise qu'il entendit un choc sourd à l'étage.

Il s'immobilisa et retint sa respiration, tous les sens aux aguets. Ellen Preddle était-elle encore éveillée et bougeait-elle dans sa chambre ? C'était très possible. La pauvre femme donnait l'impression de ne pas avoir connu une nuit de sommeil normal depuis des semaines. Mais la source du son lui avait paru située juste à la verticale. Dans la salle de bains.

Ash consulta l'écran de contrôle. Rien ne bougeait dans la salle de bains. Pas d'ombre nouvelle, rien de déplacé. Pourtant quelque chose attira son regard, mais ce n'était pas sur l'écran. C'était dans l'escalier, à quelques pas de lui.

Le talc qu'il avait étalé sur les marches commençait à s'élever en tourbillon, comme dérangé par un courant d'air.

Eberlué, il contempla la poudre légère qui s'élevait dans le vide. Quand elle fut arrivée à une hauteur d'environ soixante-dix centimètres, Ash s'approcha de l'appareil photo chargé de pellicule infrarouge. Ses mouvements étaient vifs et précis, et toute lassitude l'avait déserté.

Il appuya sur le déclencheur et le clic suivi du débobinage rapide de la pellicule fit un bruit extraordinairement fort dans le silence de la nuit. Il prit trois autres photos de la poudre qui redescendait mais se concentrait dans un mouvement de plus en plus rapide. En quelques secondes, c'était devenu un petit nuage dense. Telle une fumée aspirée par un appel d'air, cela prit une direction, s'élevant de nouveau au-dessus des marches pour se déverser vers l'étage en une ondulation diaphane.

Bientôt, il n'y eut plus la moindre trace de talc dans l'escalier et la pointe du nuage disparut sur le palier.

Ash avança jusqu'à la première marche, fit halte une seconde puis gravit les degrés lentement. Il atteignait la marche au-dessus de laquelle était tendu le fil de coton quand un son terrifiant déchira le silence.

C'était le hurlement d'un animal en proie à une terreur mortelle, et Ash eut un mouvement de recul tant il était puissant. Le cri persista, emplissant l'air, monta jusqu'à atteindre un ton suraigu avant de cesser brutalement. Un silence irréel suivit, bientôt brisé par un bruit de pas sur le palier au-dessus de lui. Au coude de l'escalier, des ombres folles dansaient sur le mur, hachées par de brefs éclairs lumineux. Ash redescendit d'une marche.

Oh non, il ne voulait pas monter voir ce qui se passait, ce qui avait pu pousser ce cri horrible et pitoyable. Son épaule glissa contre le lambris du mur et il recula encore. Il ne s'était pas préparé à cela, car même si par le passé il avait affronté des horreurs qui avaient glacé son âme, le hurlement qu'il venait d'entendre l'avait tétanisé. Ce n'était pas seulement le cri, mais cette impression d'une menace paralysante et terrible qui imprégnait l'atmosphère du cottage. Et tandis qu'il restait figé dans l'escalier, incapable de bouger, la puanteur nocive de la corruption se déversa de l'étage au-dessus de lui.

Tout son corps tressaillit quand éclata le deuxième cri, mais cette fois il était différent : c'était l'expression de la détresse d'une femme plongée dans une douleur indicible. Il savait qu'il émanait d'Ellen Preddle, et quand un autre choc sourd ébranla la maison il sut qu'il devait l'aider, qu'il ne pouvait la laisser seule face à ce qui venait de se manifester là-haut, quoi que ce fût. Il se força à se détacher du mur et ce simple mouvement réveilla sa volonté. Il fonça dans l'escalier, brisa le fil de coton sans s'en rendre compte, trébucha dans le tournant et se cogna un tibia au passage. Il continuait de grimper les marches en évitant de marcher sur les câbles, et en quelques secondes il atteignit le palier. La puanteur l'agressa comme un coup de poing. Il détourna la tête, agrippa la rambarde d'une main et réprima à grand-peine un haut-le-cœur.

Un autre bruit étouffé s'éleva dans la salle de bains et Ash se reprit. Il vit le Polaroid osciller sur son trépied, puis tomber de côté et se caler dans l'angle du mur. Des clichés carrés jonchaient le sol tout autour, parmi lesquels il repéra le détecteur. Des ombres virevoltaient au plafond selon les oscillations du lustre au bout de son fil. Seule dans la salle de bains, Ellen Preddle battait l'air de ses bras, griffant le vide, les yeux exorbités par la folie, les lèvres retroussées sur ses dents, les joues inondées de larmes, la bave coulant sur son menton.

— *Laisse-le tranquille !* sifflait-elle. *Ne le touche pas !*

Ash approcha du seuil à pas comptés, tout son corps tendu, les nerfs à vif. Il enjamba le câble du caméscope et le trépied. La rallonge le reliant à l'écran de contrôle dans la cuisine était débranchée.

— *Laisse-le !* geignit-elle encore, dans une plainte désespérée.

Le thermomètre posé sur le lavabo s'envola brusquement à l'horizontale pour aller exploser contre la fenêtre avant de retomber en mille débris sur le linoléum. Presque aussitôt l'armoire à pharmacie se détacha du mur et s'écrasa sur le sol en s'ouvrant. Flacons, boîtes à pilules et tubes divers s'éparpillèrent autour des pieds d'Ellen Preddle qui dansait une gigue insensée.

Ash se précipita vers elle et la saisit à bras-le-corps. Elle tourna sa furie vers lui et chercha à lui griffer la figure. Il n'eut que le temps de lui immobiliser les poignets et de les écarter de son visage.

— Arrêtez ! cria-t-il. Calmez-vous !

Dans les yeux de la femme il n'y avait aucune compréhension : ils étaient aveuglés par une rage si féroce qu'il comprit qu'elle désirait par-dessus tout lui faire mal. Elle lui cracha en pleine face et il détourna la tête. L'effort fourni pour maintenir ses bras faisait trembler les siens, et les tendons à son cou saillaient.

C'est alors que son regard tomba sur la baignoire. Sous l'eau trouble agitée de remous, il aperçut le visage d'un enfant. Le pauvre gamin avait la bouche ouverte, les yeux écarquillés.

La main maculée du garçon creva l'écume qui flottait à la surface, et ses doigts tremblants se tendirent vers Ash. Vers la vie.

# 23

Peu de lumières brillaient dans le village. La plupart des habitants étaient profondément endormis ; les autres, les insomniaques, ressentirent la soudaine froideur qui envahit l'air nocturne – un frisson inattendu, une raideur dans leurs os, la chair de poule. Ces infortunés se hâtèrent de regagner leur lit ou, s'ils s'y trouvaient déjà, de s'emmitoufler dans les couvertures.

La Grand-Rue et les petites artères adjacentes étaient toutes désertes. Cette nuit, les chauves-souris qui habitaient les pans du toit de la salle paroissiale ne se risqueraient pas à voleter dans l'obscurité. Ce qui se déroulait à l'intérieur d'un petit cottage situé sur le chemin menant à l'église ne déborda pas de ses murs. Tout paraissait très calme.

Un croissant de lune révélait le pilori et le poteau au fouet sur le pré communal, mais le liquide sombre qui sourdait des fissures du bois aurait échappé à tout observateur éventuel. La mare proche demeurait figée, impénétrable, une surface noire qui ne reflétait rien.

Il y avait pourtant un mouvement dans ce paysage désolé. Une petite créature trottait dans l'herbe et relevait son museau pointu tous les mètres pour renifler l'air. C'était un animal prudent, conscient de la répulsion qu'il inspirait, et la tension faisait crisser sa fourrure rêche. Il atteignit le bord de l'eau et s'immobilisa, comme hypnotisé. Ses petits yeux vifs luisaient.

Avec un couinement apeuré le rat s'éloigna d'un bond de la mare, en tournoyant sur lui-même, et sa longue queue fouetta la surface huileuse qu'elle rida momentanément. Le rongeur fila sur la pelouse, traversa la route, et, l'instant suivant, il n'était plus qu'une ombre parmi les ombres, partie rejoindre ses congénères qui rôdaient dans les caves de l'auberge.

Aucun autre mouvement n'était visible. Le village dormait. Mais les rêves de ses habitants n'avaient rien de paisible.

Tom Ginty se réveilla en sursaut. Ses sens mirent quelques secondes de plus à suivre.

Il resta allongé dans le lit, à cligner des paupières. Sa femme Rosemary ronflait doucement à côté de lui. Qu'est-ce qui l'avait tiré ainsi du sommeil ? Sa main épaisse sortit de sous le drap et caressa sa joue droite endolorie. Mais oui ! Il avait eu l'impression que quelqu'un le giflait pendant qu'il dormait ! Il souleva la tête de l'oreiller et considéra sa femme.

Elle gisait, inerte, à côté de lui. Non, pas si inerte que cela : les draps se soulevaient et s'abaissaient au rythme de sa respiration. Elle poussait des ronflements bas et réguliers et il résista à l'envie de la gifler en retour, même si le soufflet qu'elle lui avait donné était à l'évidence fortuit. C'est sans doute en se retournant dans son sommeil qu'elle avait eu ce geste malheureux. Une minute... Ses bras potelés étaient glissés sous les draps. Elle ne pouvait donc pas l'avoir frappé. A moins qu'elle n'ait changé de position brusquement. Cette grosse vache idiote. Bien sûr, elle avait pris un petit alcool avant de se coucher, sûrement un verre de porto. Ou deux. Et il aurait parié qu'elle avait effectué un tour aux cuisines, pour grignoter quelque chose. Du fromage, comme à son habitude. Seigneur, du fromage et du porto ! Pas étonnant qu'elle ait un sommeil agité.

Quelque chose effleura les fines mèches de cheveux collées au front de l'aubergiste.

Il se redressa dans le lit et une de ses mains vint toucher son front. *Qu'est-ce que c'était ?* Les draps glissèrent de son ventre sur ses cuisses. Avec une vivacité surprenante pour un homme d'une telle corpulence, il se pencha vers la table de chevet, tâtonna un instant avant de trouver l'interrupteur de la lampe et alluma.

— Qui est là ? fit-il à haute voix.

Mais il le voyait lui-même : il n'y avait personne d'autre que lui et son épouse dans la chambre.

Il se tourna de nouveau vers Rosemary et se renfrogna en constatant qu'elle dormait toujours profondément. Il allait la pousser de la main pour la réveiller quand il prit conscience du froid subit qui régnait dans la pièce. Il remonta les draps sur sa poitrine et les tint crispés devant lui, à la manière d'une vieille fille qui craint qu'un cambrioleur nocturne n'attente à sa pudeur. Du regard il balaya la chambre, puis il scruta les recoins plus sombres.

Ridicule, se dit-il à lui-même.

En dehors de Rosemary et de lui, personne. Il leva les yeux vers le plafond, s'attendant presque à découvrir une araignée pendue au bout de son fil et aussi effrayée que lui par leur proximité. Il n'y en avait pas, bien sûr, et même si une araignée était passée sur son front elle aurait eu du mal à le gifler ! De la paume de sa main il remit ses cheveux en place, en partie pour s'assurer qu'il n'y avait rien dans les mèches. Il avait dû rêver. Et la sensation sur son visage ? Un courant d'air, rien de plus. Il y en avait plein dans l'auberge. Pourtant, sa joue était encore engourdie, et il ne décelait aucun courant d'air, bien que la température de la chambre soit vraiment basse.

Le bout du bois de lit se mit à vibrer. A peine, très doucement.

Il observa le phénomène avec incrédulité. L'incompréhension marquait son large visage, et quelques secondes s'écoulèrent avant qu'il murmure :

— Oh, bon sang, il y a quelqu'un sous le lit...

Il sauta hors du lit et en deux pas se retrouva près de la commode en bois de cèdre, contre le mur. Il s'y appuya d'une main tandis que l'autre tenait son pantalon de pyjama pour l'empêcher de tomber.

— *Rosemary !* siffla-t-il.

Sa femme continuait à ronfler.

Il scruta la pénombre entre la moquette et le drap qui pendait. Quelqu'un s'était-il glissé là ? Impossible. Comment aurait-on pu s'introduire dans la chambre ? Il n'y avait qu'un client logé à l'auberge actuellement, et pour ce que Ginty en savait il n'était pas rentré cette nuit. Un type assez bizarre, qui connaissait le pasteur, ce qui le rendait encore plus bizarre. Mais ce David Ash n'aurait pas pu se glisser dans leur chambre de toute façon, pour la simple raison qu'ils la fermaient toujours à clé de l'intérieur avant de se coucher. C'était une sage précaution de la part de patrons qui ne faisaient pas confiance aux étrangers dormant sous leur toit.

Le bois de lit cessa de vibrer.

Ginty se courba aussi bas qu'il le pouvait – une position singulière pour un homme de sa stature – afin de scruter l'obscurité sous le lit. Il ne voyait rien. Il se mit à quatre pattes et approcha, nez au ras du sol. Il sentait la poussière de la moquette et cette odeur de moisi qui planait sous le sommier. Il faisait trop sombre pour distinguer quoi que ce fût.

Il rampa encore plus près et d'une main qui tremblait un peu saisit le pan de drap devant lui. D'un geste nerveux il le releva. Aussitôt, tout le lit s'ébranla violemment.

Rosemary se réveilla d'un coup en poussant un cri aigu. Lorsqu'elle vit la tête de son mari dans la pénombre, qui la regardait par-dessus le bord du lit, les yeux agrandis par la peur et la bouche béante, son cri se transforma en hurlement.

En un éclair elle avait à son tour sauté hors du lit et s'était précipitée dans le coin opposé de la pièce, où elle s'enroula dans les rideaux de la fenêtre. Son mari se releva et s'écarta précipitamment du lit qui tanguait.

— Qu'est-ce qui se passe, Tom ? geignit Rosemary. Pourquoi il bouge comme ça ?

Mais son mari ne pouvait lui offrir aucune réponse, et il n'avait aucune intention d'en chercher une. Il contourna la commode et se rua vers la porte sans quitter des yeux le phénomène incompréhensible au centre de la chambre.

— *Tom !*

Le rideau avait fait glisser le filet à cheveux de Rosemary, et des boucles d'un blond peu naturel retombaient sur ses sourcils dessinés au crayon. Du regard elle défiait son époux de la laisser seule dans cette pièce avec un lit fou et, quand elle se rendit compte que c'était précisément son intention, le défi se mua en supplique muette. L'aubergiste avait atteint la porte et derrière son dos ses doigts s'efforçaient de saisir la clé dans la serrure.

Il y parvint et allait la tourner quand sur sa gauche la commode se pencha en avant et resta ainsi, en un équilibre impossible, sur deux pieds. Ce n'est qu'avec le hurlement suivant de Rosemary que le meuble chuta. Les deux tiroirs supérieurs s'ouvrirent dans le mouvement quand le haut de la commode toucha le lit. Chaussettes et mouchoirs s'éparpillèrent sur le drap. Les deux meubles se mirent alors à tressauter de concert, selon un rythme élaboré. Les pieds du lit quittaient presque le sol, et leur impact sur le plancher étouffait les gémissements de Rosemary.

Ginty fit demi-tour et tourna la clé dans la serrure. Alors qu'il allait sortir et que sa femme lui hurlait de ne pas l'abandonner, l'armoire qui faisait face au lit entra dans la danse. Ses portes s'ouvrirent et les piles de vêtements jaillirent à l'extérieur.

L'aubergiste crut apercevoir des ombres mouvantes dans le couloir enténébré, mais il cligna des yeux et tout redevint normal.

De derrière, lui parvint un « Tom ! » étranglé.

Avec une expression de détresse mêlée de panique, il se précipita dans le couloir et claqua la porte derrière lui. Mais tandis qu'il tenait des deux mains la clenche pour empêcher le battant de s'ouvrir, tout redevint subitement calme. En fait, le silence qui s'établit était tellement absolu que Tom en fut autant effrayé que par le bruit.

Un sanglot étouffé traversa le panneau de bois contre lequel il pesait de tout son poids. D'un geste hésitant – et honteux – il entrouvrit la porte et risqua un regard dans la chambre.

Le lit était parfaitement immobile, de même que la commode tombée sur lui. Un rien décollée du mur, l'armoire avait retrouvé son statut naturel d'inertie ; les piles de vêtements renversées maintenaient ses portes ouvertes. Rien ne bougeait dans la pièce. Rien sauf les épaules dodues de Rosemary qui tressautaient tandis qu'elle pleurait dans le rideau.

La roue du moulin craqua. Pour la première fois depuis bien des années, elle protesta contre la traction exercée par le courant de la rivière, pourtant bien faible en cette saison. Puis elle grinça, dans une sorte de gémissement lugubre qui perturba le calme de la nuit. Si quelqu'un s'était trouvé dans la Grand-Rue de Sleath à cette heure, ou sur le pont proche qui servait de porte au village, il aurait pu croire à une plainte humaine trahissant une profonde souffrance ; mais il n'y avait âme qui vive dehors, personne pour entendre quoi que ce fût.

La roue bougea, d'un seul millimètre peut-être. Certainement guère plus en tout cas, et les roues dentées dans la minoterie se réveillèrent. Elles aussi crissèrent et gémirent et luttèrent contre la gangue de saleté et de pourriture qui les immobilisait depuis si longtemps. Les toiles d'araignée enveloppant les chevrons frémirent quand une brise froide balaya l'intérieur du vieux bâtiment laissé à l'abandon ; la poussière tourbillonna dans l'air bien après que les sons se furent éteints et que tout se fut figé de nouveau.

De toute son existence, le Dr Robert Stapley avait toujours eu du mal à s'endormir. Près d'un demi-siècle plus tôt, quand il était encore étudiant, son cerveau et son corps étaient trop débordants d'activité, son enthousiasme trop exubérant pour s'accommoder du calme menant à un repos véritablement réparateur. Et l'âge, ce modérateur inéluctable de tous les excès, tout en amoindrissant sa nervosité et sa vitalité, était peu à peu devenu un allié de l'insomnie ; peut-être l'habitude était-elle trop ancrée en lui pour que la vieillesse et ses inconvénients aient quelque effet notable. De fait, pendant les dix dernières années il n'aurait sans doute pas pu dormir réellement sans l'aide d'un demi-comprimé de nitrazepam avalé avec un lait chaud agrémenté d'une lampée de whisky juste avant de se coucher. A l'arrivée insidieuse du sommeil, la lassitude – si présente ces derniers temps – se transformait en épuisement, et enfin il pouvait sombrer dans l'oubli. Peut-être le sentiment de culpabilité était-il le coupable réel, depuis peu, aiguillonné par les souvenirs. Il avait tant à oublier... Pourquoi le temps n'anesthésiait-il pas certaines zones mémorielles du cerveau ?

Ses yeux chassieux fixaient le livre ouvert par-dessus les lunettes qui avaient glissé sur le bout de son nez. Pour lui les mots imprimés n'étaient rien de plus que des alignements de petites créatures marchant à l'unisson au travers de la page, sans but ni signification.

Il se souvenait, oh oui, il se souvenait de ceux qu'il avait laissés mourir. Pas délibérément, non, pas intentionnellement. La négligence était plus le fait d'un manque d'attention que d'une volonté de nuire. Il se rappelait leur nom, et en esprit il revoyait leurs visages. Un par un ils défilaient devant lui, leurs yeux fixes et tristes emplis d'une accusation muette, le désignant du doigt comme si lui seul était responsable et que Dieu n'était rien de plus qu'un spectateur. *Ce n'était pas de ma faute, non, pas de ma faute.* Comment pouvait-on rendre un médecin responsable de vies qui étaient arrivées à leur terme naturel et inéluctable ? Comment pouvait-on être sûr de chacun de ses diagnostics, de chacune de ses réponses ? Les médecins n'étaient après tout que des êtres humains, faillibles comme tout le monde. *Mais il y a différentes sortes d'erreurs*, lui répétait une petite voix intérieure dans une litanie insistante. *Il y a des impairs, et il y a des évaluations trop rapides, il y a des approximations coupables et des manquements. Mais il y a aussi des négligences et des fautes, n'est-ce pas ? N'y en a-t-il pas eu ? Et puis, bien sûr, il y a le meurtre...*

Le livre tomba de ses mains devant ses pieds. Il ne fit pas un geste pour le ramasser. *Oui, oui*, répliqua-t-il à son tourmenteur mental, *oui, il y a eu de telles choses.* Mais le meurtre ? Pouvait-il l'admettre ? Pouvait-il le *nier* ? Il s'agita dans son fauteuil et saisit la bouteille de whisky posée sur le petit guéridon. Il s'en servit un verre généreux et contempla le petit flacon de pilules. Et si ce soir il prenait l'autre moitié du somnifère ? Le fallait-il ? Mais demain, il se traînerait toute la journée dans un état semi-comateux, il le savait. Bah, était-ce réellement important ? Il se laissa aller au fond de son fauteuil avec un soupir. Oui, cela importait. Comment pourrait-il assurer ses fonctions si son esprit restait embrumé et ses réactions léthargiques ? Cependant, d'autres remèdes permettaient de contrecarrer efficacement cet effet indésirable. Comme par le passé. Comme trop régulièrement. Que racontait-on de la vie dans une confiserie ? Ah oui : très vite, on perdait le goût des douceurs. Si seulement l'image pouvait s'appliquer à la profession médicale... Hélas, dans la réalité, la proximité de ces drogues menait bien souvent à la dépendance.

Assez pour ce soir. Il suffisait d'attendre encore une vingtaine de minutes. Si alors il ne piquait pas du nez, il s'accorderait la seconde moitié du comprimé de nitrazepam. Et un autre scotch. Pour trouver l'oubli, cet anesthésique trompeur. Il ne penserait plus à rien, et les vieux souvenirs ne viendraient pas le hanter. Pendant un temps au moins.

Il prit le verre et but une gorgée d'alcool. *Bon sang, comme ta main tremble, mon pauvre cher docteur. Et regarde, le haut du verre se brouille, le liquide s'agite. Est-ce le froid de la nuit ou le découragement de ton âme qui provoque ce tremblement ? Qui pourrait le dire ? Toi, et toi seulement...*

Il se servit une autre dose de whisky, renversa la tête en arrière et vida le verre d'un trait en espérant que le feu de l'alcool le réchaufferait, en priant pour qu'il atténue son malaise. Il faisait vraiment froid dans la pièce, à présent. Son regard glissa vers la fenêtre pour voir si elle était restée ouverte. Non. Au-dehors, les ténèbres se pressaient contre les vitres comme si elles voulaient envahir son appartement. Si noires... Sur la cheminée, la pendule indiquait minuit douze.

Seigneur, était-il resté assis ici aussi longtemps ? Il s'était installé dans le fauteuil avec son livre vers dix heures du soir, avec une bouteille de whisky entière, à présent sérieusement entamée. Il se sentait à peine grisé. Peut-être devrait-il descendre au rez-de-chaussée et ouvrir l'armoire à pharmacie, s'il voulait vraiment trouver la paix cette nuit. Une petite injection, avec une dose bien calculée. C'était parfois le seul remède.

Il se demandait comment Edmund parvenait à passer des nuits pareilles. Mal, certainement, car même son Dieu ne pouvait le réconforter. Pour un homme d'Eglise, le soulagement ne pouvait venir que de la contrition, et c'était une solution qui bien évidemment n'était plus disponible pour le révérend Lockwood. La santé du pauvre homme avait sérieusement décliné à cause du fardeau qu'il portait, de façon dramatique depuis le décès de sa femme, et ses souffrances devaient être terribles. Mais n'en était-il pas de même pour tous ceux qui partageaient son secret ?

*Comme toi, par exemple ? Tu t'étais consacré – du moins c'est ce qu'on pouvait croire – à sauver des vies et lui, le pasteur, s'était consacré – du moins c'est ce qu'on pouvait croire – à sauver des âmes. Alors quel est le plus coupable des deux ? Réponds donc à cela, cher pauvre docteur.*

Il vida son verre et s'en resservit un. L'alcool mit le feu à sa gorge et réchauffa sa poitrine, toutefois sa main continuait de trembler.

Si seulement Beardsmore n'était pas venu à Sleath... C'était lui l'instigateur de tout cela. Par ses manières déviantes, il avait provoqué le retour de quelque chose de terrible, dont les retombées étaient devenues incontrôlables.

*Allons donc ! Tu as bien aimé ces perversions, n'est-ce pas ?*

— J'ai été attiré ! Nous avons tous été attirés !

La voix du médecin résonna dans la pièce et pendant un moment d'intense panique il craignit pour sa propre santé mentale. Pour la première fois, il avait répondu à voix haute à la voix à l'intérieur de sa tête.

Sa main vint couvrir ses yeux.

— Oh, mon Dieu... gémit-il.

Il se raidit en percevant un bruit au rez-de-chaussée. L'oreille tendue, il se concentra sur autre chose que ses pensées. C'était un son très spécifique, qui évoquait une démarche traînante. Et il y avait des voix. Oui, il pensait bien entendre des voix qui lui parvenaient à travers le plancher. Mais c'était impossible ; ce petit salon se trouvait exactement au-dessus de la salle d'attente jouxtant son cabinet de consultation, et la nuit elle était toujours fermée à clé. De même que les portes d'entrée, à l'avant et à l'arrière de la maison. Et parce qu'il conservait chez lui des produits toxiques et des drogues, toutes les fenêtres du rez-de-chaussée étaient munies de volets à serrure. Par ailleurs, les plus accessibles étaient défendues par des barreaux à l'extérieur. Personne ne pouvait donc s'introduire dans la maison. Une ou deux fois, des cambrioleurs avaient essayé. Sans succès.

Alors comment diable quelqu'un avait-il pu entrer ?

Les sons semblaient passer d'un murmure à un chuchotement, comme si très près du médecin quelqu'un cherchait une station sur une radio, ou montait et descendait continuellement le volume.

D'une main toujours tremblante, le Dr Stapley reposa son verre sur le guéridon. Puis il se leva avec effort en se servant des bras du fauteuil. Cette nuit, il se sentait très faible.

Le chuchotement-murmure continuait alors qu'il restait immobile, debout près du siège, à écouter et attendre – attendre que ces voix disparaissent. Mais elles persistaient. Puis il perçut un rire bas – un rire narquois, méchant, qui sonnait... irréel.

Ridicule ! Ces voix n'existaient que dans son esprit, à moins qu'elles ne sortent d'un poste de télévision ou de radio, dans une maison voisine, et qu'un parasitage particulier ne donnât l'impression qu'elles provenaient du rez-de-chaussée. Oh, bien sûr il était au courant des rumeurs qui parcouraient le village. Quelque chose d'étrange se produisait dans Sleath, disait-on. Et, oui, quelque chose d'étrange s'y produisait, c'était vrai. Le jeune Danny Marsh avait été frappé et mutilé au point d'être encore entre la vie et la mort, et Jack Buckler avait été tué – mais rien à voir avec des hantises et ce genre de fadaises. Les fantômes n'existaient pas, c'était bien connu. Et les gredins comme cet étranger – comment s'appelait-il ? Ash, c'était cela, quelque chose Ash – n'étaient que trop prêts à exploiter les peurs et la crédulité des gens stupides et impressionnables. Enquêteur du paranormal, vraiment ! Belle escroquerie ! Quel accès de folie avait poussé Grace Lockwood à engager les services de cet homme ? Son père n'y était pour rien, c'était clair. Il n'était certainement pas devenu faible d'esprit à ce point. Ce pourrait être une bonne idée de passer voir Edmund demain et de parler un peu avec lui, tranquillement. D'ailleurs, en qualité de médecin traitant du pasteur et en tant qu'ami de longue date, il était de son devoir de se soucier de la santé chancelante du vieil homme. En fait, il repoussait une visite professionnelle depuis trop longtemps. *(Mais il y a une bonne raison à cela, n'est-ce pas, une très bonne raison pour qu'aucun de vous deux ne souhaite croiser le regard de l'autre. Comment ne pas être gêné par la honte qu'on aurait lue dans les prunelles de son ami, hein ? Hein ?)* Il secoua la tête comme pour chasser cette voix intérieure insidieuse. Demain, il dirait à Edmund qu'il avait vu David Ash en train de conduire son enquête à la Black Boar Inn. Son apparence négligée semblait s'accorder à sa profession de charlatan et, si son jugement de médecin avait quelque valeur, l'homme paraissait un peu trop porté sur la bouteille. Il serait sans doute judicieux de se passer au plus vite des services de ce soi-disant enquêteur.

A l'étage en dessous, le murmure enfla juste assez pour interrompre ses réflexions. Puis il baissa de nouveau pour devenir un simple bruit de fond.

Le Dr Stapley regardait fixement le plancher du salon comme s'il était capable de voir au travers la pièce en dessous. Entendait-il réellement des voix ? Il pressa des doigts tremblants contre ses tempes. Ou n'était-ce là qu'un effet de son imagination ? La culpabilité et l'angoisse avaient-elles fini par lui jouer ce tour ? Le manque de sommeil, l'usage trop fréquent de certaines substances amoindrissaient-ils ses perceptions ?

Soudain il sourit, puis rit d'un rire bas et sans joie mais qui sonna dans la pièce comme une approbation amère de ses propres déductions. *Mais bien sûr, pauvre idiot ! Ce n'est qu'une radio, au rez-de-chaussée ! Un de tes patients les plus jeunes a dû la laisser allumée dans la salle d'attente cet après-midi.* Il avait examiné deux adolescents aujourd'hui, et tout le monde savait combien à notre époque les jeunes étaient impatients et sans gêne. L'un d'eux avait à l'évidence apporté un petit transistor ou un baladeur ou quoi que ce soit qu'ils prenaient avec eux de nos jours, et il l'avait oublié. Tout s'expliquait. Et il ne l'avait pas remarqué plus tôt parce qu'il était resté plongé dans ses pensées toute la soirée et que l'appareil était réglé très bas ; tout naturellement, c'est tard le soir ou aux premières heures du jour que le son paraissait amplifié ; ou bien il y avait un mauvais réglage et le volume sonore était monté de lui-même. Il y avait eu ce bruit durant tout l'après-midi et la soirée, et c'est seulement maintenant qu'il le percevait. Quel idiot il faisait !

Il reprit son verre, l'éleva en un toast silencieux à la gloire de son propre raisonnement, puis but une longue gorgée de scotch ; cette fois, l'alcool lui parut fade et sa chaleur amoindrie. Et les murmures continuaient de brouiller ses pensées.

— Oh, non… grommela-t-il.

Il allait devoir descendre pour éteindre ce satané appareil. Il ne pouvait le laisser allumé toute la nuit ou attendre que les piles se déchargent. Il reposa son verre et alla prendre un trousseau de clés dans le tiroir du buffet. Le Dr Stapley détestait les pièces du rez-de-chaussée en dehors des heures de consultation encore plus que pendant ; non, il n'aimait pas que les malades viennent s'entasser là et polluent l'air de leurs germes ; mais la nuit, quand il traversait la salle d'attente pour passer dans le cabinet de consultation pour se servir dans la vitrine des opiacés et des calmants, leur absence semblait magnifier non seulement le vide de ces pièces mais aussi la vacuité de sa propre existence, car il ne restait alors plus rien de sa prééminence sur eux. Leur besoin de son savoir et de sa science soutenait son prestige. Leur maladie lui conférait une importance réelle, incontournable.

Tant pis, il faudrait donc qu'il descende. Il pouvait toujours en profiter pour prendre quelque chose d'un peu plus fort qu'un somnifère dans la vitrine des produits interdits, quelque chose qui le ferait non pas dormir mais apprécier l'insomnie. Un peu rasséréné par cette perspective, il se dirigea d'un pas incertain vers la porte.

Le palier était plongé dans l'obscurité et il tâtonna le long du mur pour trouver l'interrupteur. Là, voilà qui était mieux. N'était-ce pas la preuve du bon médecin qu'il était ? Les ténèbres une seconde, la lumière l'instant suivant. Un génie, pas moins, le roi de la relation de cause à effet. Et maintenant allons éteindre cette fichue radio. Du bruit une seconde, le silence l'instant suivant. Ah, le praticien dans ses œuvres !

Il tangua un peu avant d'atteindre la rampe d'escalier et de s'y appuyer. Bon sang, il avait mangé trop léger et vraiment abusé du whisky. Et devinez ? Le somnifère commençait à agir. Peu importait. Un petit extra ne lui ferait pas de mal. C'était lui le médecin, après tout, et les médecins savaient ce qui était le mieux. Il se prescrirait juste ce qui convenait pour se sortir de cette mélancolie déprimante. Rien de plus, rien de moins, juste ce qu'il fallait. Allons-y.

Il descendit la première marche et son pied glissa. En catastrophe il se rattrapa des deux mains à la rampe. Il se maudit de ne pas s'être rendu compte à quel point il était ivre.

Bah, ce ne serait pas la première fois, ni la dernière. Il assura la position de ses talons et se redressa pour s'appuyer contre la rampe, le temps de reprendre son souffle et de calmer ses nerfs. Il avait frôlé une méchante chute. Il imaginait la rumeur qui aurait couru dans tout le village : « Le vieux Dr Stapley a été retrouvé ce matin par son infirmière-secrétaire écroulé au pied de l'escalier, en train de cuver son whisky... » Oh oui, une jolie petite histoire qui en aurait réjoui plus d'un et déclenché des mines désolées chez ces prétendus abstinents. Sa réputation en aurait été ternie durablement. Qu'en avait-il à faire, au fond ? Qu'ils aillent tous au diable, avec leurs ragots de grenouilles de bénitier ! Ils n'avaient aucune idée de ce qu'était le monde réel, coincés dans le village depuis des générations et des générations, sous leurs toits de chaume et leurs manières empruntées de bouseux à l'esprit étriqué. Lui au moins avait goûté à autre chose ; lui avait connu des plaisirs dont ils ne pouvaient même pas rêver.

*Fichu bruit !*

Il s'était accru et paraissait monter vers lui comme pour le narguer. Des voix, des gémissements, des murmures... Quelle sorte de programme radiophonique était-ce donc ? Il se redressa, irrité par le sans-gêne de la personne qui avait laissé son appareil dans la salle d'attente. Comment osaient-ils ! Demain il donnerait l'ordre à Mrs Pikings d'interdire ce genre de nuisance à l'intérieur de son cabinet. Qu'ils lisent plutôt les magazines qu'il mettait gracieusement à leur disposition !...

— Bon sang, je ne peux plus supporter ce bruit !

Il descendit l'escalier, plus furieux à chaque marche. Il avait l'impression que le volume sonore avait encore augmenté tout seul ! A moins, bien sûr, que ce ne fût parce qu'il se rapprochait de sa source. Ou parce que quelqu'un se trouvait dans la salle d'attente et manipulait l'appareil...

Arrivé à la dernière marche il hésita un moment et contempla la porte en face de lui. Elle était fermée, ce qui constituait un soulagement, mais l'était-elle à clé ? Il faillit tourner les talons et réintégrer la sécurité de ses appartements privés d'où il pourrait téléphoner à la police. Une minute... Quelle mine aurait-il s'ils ne trouvaient rien de plus qu'un poste de radio dans la pièce, et le médecin du village fleurant l'alcool, regard vague et voix pâteuse ?

Ces satanés bruits lui vrillaient le crâne ! Il serra les dents et des lignes dures creusèrent ses joues, des pommettes à la mâchoire inférieure. Les yeux étrécis, il serra convulsivement le trousseau de clés dans une main. Le son devenait insupportable. Une véritable maison de fous ! C'était trop, beaucoup trop !

Il descendit la dernière marche et fit quelques pas rapides vers la porte. La colère balaya son hésitation et il saisit la clenche de sa main libre. Une torsion brusque et une poussée ne donnèrent rien. La porte était bien fermée à clé, Dieu merci ! Donc personne ne pouvait se trouver à l'intérieur. Il n'y avait qu'une fichue radio restée allumée.

Le bruit était tel, et si déconcertant, que la clé glissa deux fois sur le métal avant de trouver le chemin de la serrure. Il criait contre les voix tout en la tournant.

Enragé, désorienté, il ouvrit la porte brusquement et sa main se posa immédiatement sur l'interrupteur.

Le bruit cessa aussitôt.

Il resta immobile sur le seuil de la pièce où régnait un silence total, proprement assourdissant. Il n'y avait pas de radio. Personne.

Mais il planait dans l'air une odeur odieuse, qu'il connaissait très bien. L'odeur des cadavres en décomposition.

Les sécrétions qui encombraient les bronches de Nellie Gunstone interdisaient un sommeil paisible non seulement pour elle mais aussi pour son mari Sam. Au pire, sa respiration se faisait sifflante et laborieuse ; au mieux, elle était simplement bruyante. De plus, elle devait régulièrement se pencher sur le bord du lit durant la nuit et cracher dans le bol posé sur le sol le mucus qui s'était accumulé dans sa poitrine. Elle détestait l'indignité de cet acte tout autant qu'elle s'en voulait de déranger ainsi son époux. Il avait besoin de se reposer pour être en mesure de s'occuper de la ferme, aussi petite fût-elle, car il lui fallait se lever tôt et travailler dur toute la journée, avec à peine une heure de pause le midi pour se restaurer, et il ne posait les outils qu'à la nuit tombée. C'était un homme rude à la tâche, pas de doute, mais sans une bonne nuit de sommeil – surtout maintenant qu'elle ne pouvait l'aider même pour de menus travaux – il serait bientôt trop exténué pour continuer. Non qu'il s'en plaignît, ce n'était pas son genre, mais elle savait ce qu'il lui fallait – rien de plus normal après trente et un ans de mariage. C'est pourquoi elle avait insisté pour qu'il dorme dans la chambre d'amis. Dans un premier temps, il avait rechigné et résisté, mais il avait fini par céder... seulement quand elle avait prétendu qu'elle ne pouvait pas dormir à cause de ses ronflements à lui. Nellie n'était pas certaine de l'avoir trompé, et elle soupçonnait Sam de ne pas avoir voulu se disputer alors qu'elle avait une santé aussi chancelante. A présent, pour la première fois depuis leur mariage (à l'exception du séjour à l'hôpital de Sam pour se faire retirer un calcul biliaire, cinq années auparavant), Nelly dormait seule. Elle n'aimait pas beaucoup cette situation, pas du tout, même. Elle avait découvert que la maladie était une occupation bien solitaire, et en plein milieu de la nuit, ou peu avant l'aube, cette solitude devenait une des pires choses qu'elle ait expérimentées dans son existence.

Elle s'étira en s'éveillant et roula automatiquement vers le bord du lit en se raclant la gorge pour faire monter dans sa bouche l'humeur qui gênait sa respiration. Mais alors qu'elle se dressait sur un coude Nellie se rendit compte que son souffle n'était en rien embarrassé, et même qu'elle respirait mieux que depuis plusieurs jours. Elle laissa retomber sa tête naguère rondouillarde et maintenant émaciée sur l'oreiller, sa chevelure grise l'encadrant, en se demandant ce qui avait bien pu la tirer du sommeil.

La raison lui apparut très vite, car au plafond dansait une lueur orangée, et de l'extérieur provenait une série de craquements légers. Ce n'était ni le bruit ni la lumière qui l'avait réveillée, mais la sensation de quelque chose d'anormal. Elle resta immobile, à observer le phénomène au-dessus d'elle, craignant non pour elle mais pour Sam et les autres habitants de Sleath, car d'une certaine façon son décès imminent – oh oui, elle savait que l'emphysème avait définitivement dévoré les tissus de ses poumons et qu'elle ne survivrait plus très longtemps – la rapprochait de mystères qui dans une existence normale lui auraient échappé. Sleath avait changé. Ou régressé.

Elle tourna et retourna cette sensation sans comprendre comment elle avait pu lui venir, ni ce qu'elle signifiait au juste. Aussi proche qu'elle soit des mystères, ils gardaient leur caractère insondable. Elle ne pouvait que les sentir.

Elle perçut un bruit émanant de l'autre côté de la pièce et dans la lueur vacillante elle vit la porte qui s'ouvrait lentement. Nellie crispa ses mains sur le drap quand la silhouette se découpa sur le seuil. Puis elle souffla silencieusement en reconnaissant son mari, vêtu de la vieille chemise de nuit en flanelle dans laquelle il dormait depuis vingt ans, celle qui lui tombait presque jusqu'aux chevilles.

— Que se passe-t-il, Sam ? s'enquit-elle.

Il répondit sur son habituel ton bougon, en fournissant l'effort pour parler calmement, sans doute par respect pour la santé déclinante de son épouse :

— Tu sais ce que c'est, Nell.

Il approcha du pied du lit.

— Je veux voir.

— Non, reste tranquillement couchée. Inutile de risquer de prendre froid.

— Sam, je veux voir, fit-elle en repoussant le drap et la couverture.

Il vint précipitamment auprès d'elle.

— Allons, Nellie, tu ne vas pas t'énerver, n'est-ce pas ?

— Bien sûr que non, Sam. Mais ça n'a jamais été aussi brillant que cette fois. Je veux le voir de mes propres yeux.

— Alors attends que je te donne ton peignoir. Il faut que tu mettes quelque chose.

Le vêtement était posé sur le dossier d'une chaise toute proche et Sam eut tôt fait de le passer sur les épaules de sa femme alors qu'elle se levait. Ensemble, ils avancèrent vers la fenêtre.

Il sentit Nellie se raidir sous son bras protecteur.

— Oh, Sam, c'est tellement net, cette nuit... Comme s'il y avait vraiment quelque chose qui brûlait là-bas.

— Il n'y a rien qui brûle. Le champ est vide. Non, c'est cette même meule maudite qui a emporté George Preddle en enfer, grommela-t-il en la serrant contre lui. Que se passe-t-il, Nell ? Qu'arrive-t-il ici ?

Elle n'avait jamais perçu une telle peur dans la voix de son mari, sauf peut-être quand le Dr Stapley leur avait expliqué son affection et que Sam avait demandé si elle guérirait un jour. Elle glissa un bras autour de la taille de son époux et leva les yeux vers son visage. Dans les prunelles de Sam Gunstone brillait le reflet des flammes. Elle tressaillit.

C'est quand ils entendirent les rires lointains et irréels qui venaient de l'incendie impossible que Sam reconduisit Nellie vers le lit. Il l'aida à y grimper, puis la rejoignit et remonta les couvertures sur leurs têtes.

Cela faisait très longtemps qu'ils ne s'étaient pas étreints avec une telle ferveur.

Ruth Cauldwell n'avait pu trouver le sommeil.

Elle était restée allongée dans son lit, avec la porte

entrouverte afin de laisser filtrer la lumière du couloir. C'était un éclairage inadéquat qui créait plus d'ombres qu'il ne révélait d'objets. La pièce était froide, mais ce n'était pas pour cette raison que Ruth portait une chemise de nuit boutonnée jusqu'au col. En fait, la soirée avait été douce, presque lourde quand elle s'était mise au lit. Elle avait mis la chemise de nuit parce qu'elle avait honte de son corps.

Ruth tenait dans ses mains crispées un tissu froissé et trempé par les larmes qu'elle avait versées durant les longues heures d'obscurité. Elle gisait sur le flanc, dans une position presque fœtale. Sa mère et Sarah, sa sœur cadette, dormaient ensemble dans la chambre parentale, à l'autre bout du couloir, pour se réconforter mutuellement. La police avait emmené Ralph Cauldwell la veille. Ruth n'avait pas voulu se joindre à elles et sa mère n'avait pas insisté. La veille, la jeune fille avait eu la certitude de surprendre une lueur accusatrice dans le regard de sa mère, juste après que les policiers étaient venus pour arrêter son père, un éclat qui semblait la rendre responsable de cette arrestation. Cela n'avait duré qu'une fraction de seconde, et jamais sa mère n'avait formulé son grief. Elle s'était détournée, tête basse, sans proférer un mot de consolation ou de compréhension. Depuis, Ruth ressentait un besoin désespéré de l'affection de ses parents.

C'était sa faute si Danny se retrouvait à l'hôpital, défiguré, entre la vie et la mort, sa faute si son père était en prison, inculpé de tentative de meurtre. Sa faute parce que c'était sa culpabilité qui avait fait revenir Munce, et son hystérie qui avait égaré son père. Quand elle était rentrée à la maison d'un pas chancelant, avec la grande ecchymose au front, ses bras et son visage griffés, tout ce que Cauldwell avait compris de ses balbutiements incohérents avait été le nom de Danny. Rendu fou de rage, il s'était précipité au-dehors sans écouter ses supplications pour qu'il reste auprès d'elle. Il avait roulé comme un fou jusqu'au village, et trouvé ce pauvre, pauvre Danny...

Ruth pressa le mouchoir contre ses lèvres pour étouffer un sanglot. Pourquoi tout cela ne s'arrêtait-il pas ? Pourquoi était-elle ainsi punie ? Non, la punition ne s'appliquait pas seulement à elle. Elle touchait aussi son père, et Danny... Pourtant, ils n'étaient en rien coupables de ce qui s'était passé toutes ces années auparavant. Tout était arrivé à cause d'elle... à cause de ces saletés qu'elle aimait faire...

De frustration, elle décocha un coup de pied dans le lit. Elle se détestait. Son poing s'abattit sur l'oreiller. Elle se redressa, roula sur le dos, le corps rigide, son esprit en déroute assailli par le remords. Et Ruth mit un temps avant de se rendre compte que l'atmosphère n'était plus simplement fraîche, mais glacée. S'il avait fait plus clair dans la pièce, elle aurait vu son souffle se condenser devant elle en vapeur à chaque exhalaison. Peu à peu, le froid pénétra ses os et elle prit conscience du phénomène en même temps qu'elle remarquait la puanteur qui s'était insinuée dans la maison.

C'était l'odeur douceâtre, écœurante, de la putréfaction, qui toujours annonçait la venue de Munce...

Elle était incapable du moindre mouvement. Cette fois la peur, cette terreur atroce qui paralysait ses membres, l'avait envahie d'un coup. Elle voulut ouvrir la bouche pour appeler sa mère, peut-être même crier, mais sa gorge était nouée. Une chair de poule très désagréable s'étendit sur sa peau. Elle gisait dans les ténèbres, aussi froide et immobile qu'une pierre.

Ruth ne le voyait pas, car elle s'obstinait avec désespoir à fixer le plafond des yeux. Tout d'abord, elle sentit sa présence, puis au bord de son champ de vision elle saisit un mouvement dans la chambre. Pourtant, elle refusait toujours de regarder, même quand une masse plus sombre approcha du lit. Cette fois, elle savait que ce serait plus qu'une simple apparition, plus qu'une silhouette immatérielle issue d'un cauchemar. Cette nuit il avait une forme, une substance, une force.

Et tout ce temps elle savait être la cause de sa propre paralysie, et que si elle voulait vraiment bouger – si elle en avait le courage – alors rien ne pourrait l'en empêcher. Mais l'indéniable vérité était que Ruth avait choisi de rester totalement inerte. Parce que, si elle faisait le plus petit geste, alors Munce serait très, très en colère, tout comme il l'avait été, toutes ces années plus tôt, lorsqu'elle bougeait, ou qu'elle résistait quand il voulait qu'ils jouent à un de leurs sales petits jeux secrets...

Il était tout proche d'elle, à présent, au point qu'elle sentait sur sa joue le souffle fétide qui s'échappait de ses lèvres pourries. Tous les tendons de son corps se raidirent et son cou s'arqua sur l'oreiller tandis que le cri bloqué dans sa gorge cherchait à se libérer. Elle avait l'impression que des petites décharges électriques la parcouraient en vagues successives. Un poids se posa sur le lit, et quelque chose glissa sous les draps.

Les doigts froids et morts touchèrent sa hanche.

Elle ouvrit un peu plus la bouche ; ses lèvres se retroussèrent sur ses dents. Sa nuque ne touchait plus l'oreiller. Mais aucun cri ne vint.

La main glacée remonta vers son ventre. Les doigts putréfiés étaient durs contre sa peau. Ils s'arrêtèrent là.

Les paupières de Ruth retombèrent sans se fermer complètement. Elle voulait hurler pour alerter sa mère, son père, le monde entier, mais elle en était incapable. Ce qui lui arrivait était trop obscène, trop dégoûtant, trop... trop... *secret*. Ils ne devaient jamais savoir, jamais découvrir.

Elle sentit de petits fragments de peau et de chair pourrie rouler sur son torse tandis que la main poursuivait son exploration. Les doigts progressaient doucement, paresseusement. Ils passèrent sur ses côtes et s'attardèrent dans le creux entre les seins.

La respiration écœurante se fit plus rapide contre le cou de la jeune fille.

La main remonta un peu et les doigts morts se refermèrent sur le mamelon durci. Elle eut une sorte de hoquet quand ils pincèrent le téton. Malgré la douleur, qui devint très vite insupportable, elle ne pouvait toujours pas crier.

Le supplice cessa quand la main quitta soudain sa poitrine pour revenir au ventre. Ruth crut entendre son gémissement, mais le hurlement à l'intérieur de son propre crâne était si puissant qu'elle n'aurait pu en jurer. Une créature morte pouvait-elle émettre des sons ? Un cadavre éprouver des sensations ?

Le poids se positionna sur elle telle une bête fauve au repos, et pendant une folle seconde elle pensa que le pire était peut-être passé. Elle attendit et pria.

Mais la main redevint frénétique.

Elle descendit jusqu'à la toison pubienne, fourragea dedans, la paume à plat contre sa peau, les doigts cherchant à se frayer un chemin. Le poignet et l'avant-bras de Munce pressaient son ventre en y laissant une traînée gluante. Ses doigts s'enfoncèrent avec une lenteur terrible dans le sexe de la jeune femme.

A l'est, le ciel commençait à s'éclaircir et une lueur croissante dessinait le contour des collines. La vie animale s'éveillait ; les oiseaux déployaient leurs ailes et se préparaient au premier vol matinal. L'air gardait encore la froidure de la nuit, mais il n'était pas rafraîchi. Au-dessus de Sleath, l'atmosphère semblait confinée, et la chaleur de la journée n'arrangerait rien. Il n'y avait pas la moindre brise, il n'y en aurait pas.

La corneille avait pris son envol bien avant ses congénères, car la grisaille précédant l'aube servait son objectif : elle masquait la noirceur du prédateur.

Elle trouva aisément sa proie et glissa dans le feuillage

d'un grand chêne, devenant invisible dans les ombres des branches. Un moment elle observa un point précis sur l'arc-boutant de la tour de la vieille église, car dans une anfractuosité, entre des pierres descellées par les intempéries, des rouges-queues avaient construit un nid fait de plumes et de brins d'herbe. Bientôt les oiseaux adultes quittèrent leur progéniture pour se mettre en quête de nourriture.

La corneille ne perdit pas de temps. Elle s'éleva dans les airs puis redescendit rapidement vers l'arc-boutant. Elle immisça son corps volumineux dans le passage étroit. Les oisillons affamés tendirent le cou et ouvrirent le bec en piaillant. Un par un le prédateur les décapita, les tuant instantanément avant de plonger son bec acéré dans les plaies béantes pour se régaler de leurs chairs savoureuses et encore palpitantes.

Mickey Dunn tremblait autant de peur que de froid. Ses vêtements étaient trempés par la bruine d'avant l'aube, ses cheveux sales collaient à son crâne, son blouson de cuir était éraflé et son jean déchiré en plusieurs endroits par les buissons et les ronciers qu'il avait traversés en fuyant, la nuit d'avant celle-ci, après avoir abattu le garde-chasse.

Oh merde, merde, merde, qu'avait-il fait ? Ce n'était pas sa faute. Il ignorait que le vieux Buckler se trouvait là, dans les bois. Il avait décoché le carreau à la chose qui se trouvait devant lui, cette foutue brume tourbillonnante avec plein d'autres choses à l'intérieur. Il n'avait pas voulu tuer le garde-chasse. D'ailleurs, il l'avait à peine aperçu, ce n'était qu'une vague silhouette de l'autre côté du phénomène tournoyant. Mais Mickey l'avait bien entendu crier quand le projectile l'avait atteint. Buckler avait poussé un hurlement de douleur. Alors la chose brumeuse s'était immédiatement dissipée pour révéler le garde-chasse qui titubait à l'autre bout de la clairière, tel un ivrogne, le carreau fiché en pleine poitrine. Oh merde, merde. Buckler était mort, c'était sûr. Il avait émis un drôle de gargouillis étranglé avant de s'effondrer sur ses genoux, puis plus rien quand il était tombé face contre terre, ce qui avait enfoncé un peu plus le carreau dans son corps. Pas un gémissement, pas un mouvement, pas un souffle.

Mickey frissonna et des gouttes de rosée roulèrent de la couverture de feuilles sous laquelle il gisait. Elles coulèrent sur sa nuque et il les essuya vivement de la main. Il se recroquevilla sur lui-même, genoux enserrés dans ses bras, un poing toujours crispé sur l'arbalète. Il venait de vivre les deux nuits les pires de son existence. Pires que la fois où son vieux l'avait enfermé dans l'abri anti-aérien au fond du jardin. Le puits en béton était un vestige de la guerre, construit par son grand-père, qui pensait que les bombardiers allemands avaient pour mission spéciale de le tuer, lui, et, à la rigueur, les siens. Cette obsession avait constitué un sujet de plaisanterie pour les autres villageois, mais on avait encore plus ri quand le pépé était mort d'une crise cardiaque, alors que tout le monde fêtait la fin de la guerre et qu'il sonnait les cloches de l'église. Par la suite, l'abri avait été utilisé par le père de Mickey pour stocker des pommes, et maintenant c'est Mickey qui y cachait ses prises de braconnier. Mais un soir, alors qu'il avait onze ans, le vieux l'avait enfermé là – dans le trou, la prison, la putain de tombe ! – pour le punir d'une bêtise ou d'une autre, sans doute un vol, et il l'y avait laissé jusqu'au lendemain matin. Mickey avait imploré son pardon, et il avait hurlé en entendant le grattement des rats qui trottaient au fond du puits. Il avait hurlé deux fois plus quand une des créatures était passée sur ses jambes. Son père n'était pas venu le libérer, certainement parce qu'à ce moment-là il avait déjà succombé à sa rituelle stupeur alcoolique et qu'il s'était assoupi dans son fauteuil. La mère de Mickey était partie depuis longtemps avec le comptable qui passait toutes les semaines pour encaisser le loyer. Son père n'aurait pas entendu grand-chose de toute façon, pas plus que les voisins, car les murs de l'abri étaient épais de vingt centimètres. Quand la porte s'était ouverte, le lendemain matin, un Mickey livide s'était précipité au-dehors et dans les bras de son père en lui promettant de ne plus jamais se conduire mal, ni de prendre quelque chose qui ne lui appartenait pas. Pendant un instant, son père l'avait serré contre sa poitrine, un geste que Mickey n'avait jamais connu auparavant et qui ne devait jamais se reproduire. Puis il avait été vivement repoussé pour se voir tancé, mais il avait eu le temps de lever les yeux et de voir sur le visage de son vieux l'étonnement et la honte.

Certes, se retrouver cloîtré toute une nuit dans l'abri aérien avait constitué un traumatisme pour l'enfant qu'il était alors, et pendant des années il avait souffert de cauchemars. Mais ces deux dernières nuits, oh, elles avaient été bien pires. Car l'obscurité des bois était nettement plus effrayante que n'importe quel trou dans le sol. A la place des rats, il avait entendu mille bruits menus, sans doute causés par des créatures invisibles, et, au lieu des ténèbres complètes, des ombres profondes avaient semblé se mouvoir, se rapprocher, venir vers lui. Et il y avait eu différentes sortes de mouvements à la périphérie de sa vision, des formes imprécises qui paraissaient se cacher ou se dissoudre dès qu'il regardait dans leur direction.

Et, bien sûr, il y avait la conscience de ce qu'il avait fait, du meurtre qu'il avait commis. Qui croirait son histoire ? Qui croirait qu'il avait vu des fantômes dans les bois, des démons qui se contorsionnaient et geignaient de terrible manière dans une sorte de brume ? Il n'était qu'un braconnier pris la main dans le sac par le garde-chasse, voilà ce que tout le monde dirait. Qui accorderait le moindre crédit aux propos d'un lascar qui n'avait eu que des problèmes depuis sa jeunesse, un vaurien patenté, fils d'un vieux poivrot et d'une catin qui avait déserté le domicile conjugal pour suivre le comptable ? *(Oh, M'man, pourquoi es-tu partie ? Est-ce parce que je chapardais et que je me bagarrais tout le temps ? Tu ne m'as pas emmené avec toi parce que j'étais mauvais et que je ne t'ai apporté que des ennuis depuis ma naissance, comme le disait toujours le vieux ?)* « Tu as abattu ce pauvre Jack Buckler parce que tu savais que cette fois tu finirais en prison, diraient les villageois. Tu as tué un homme innocent qui faisait son devoir parce que tu savais que même si tu te sauvais il t'aurait reconnu, et que la police ferait le reste. » « Mettez-le à l'ombre, aurait ordonné le juge, pas pour une petite quinzaine : pour de bon ! » *(S'il te plaît, Papa, je ne pourrais pas me cacher dans l'abri anti-aérien jusqu'à ce qu'ils arrêtent de me rechercher et qu'ils repartent ? Je ne crierai plus, je ne ferai plus de bruit, je resterai calme et muet même si les rats me courent partout sur le corps, même s'ils commencent à me grignoter les chairs, à me dévorer les doigts un par un, à me mordre le ventre et me dévorer les boyaux. Je ne pleurerai même pas, pas tant que la police ne sera pas repartie, et alors tu pourras rouvrir la porte et me serrer de nouveau contre toi, juste un moment, comme cette fois-là, et tu n'auras pas à avoir honte, tu n'auras pas à te sentir désolé, tu n'auras même pas à m'aimer, Papa, même pas à m'aimer...)* Mickey rouvrit les yeux et releva brusquement la tête. Bon sang, il avait bien failli s'endormir. Et il ne le fallait pas. Impossible. Pas ici. Il devait filer.

Il repoussa les feuilles entassées sur lui et elles tremblèrent, comme ses mains. Partout s'élevaient les ombres imprécises des arbres et des buissons. Il y avait autre chose, une forme grise imposante, là-bas, entre les troncs... Une bâtisse. Mais laquelle ?

D'un coup il comprit où il se trouvait. Toujours sur la propriété Lockwood. Il avait couru aussi loin du corps de Buckler que ses forces le lui permettaient, en se cachant au moindre bruit avant de repartir, mais il était toujours sur le même terrain, la même propriété. Et ce qu'il voyait derrière les fûts ne pouvait être que les ruines de l'ancien manoir incendié.

Jamais ils ne viendraient le chercher là. L'idée ne leur effleurerait même pas l'esprit. Et si par improbable ils venaient fureter dans le coin, les ruines regorgeaient de cachettes. N'avait-il pas agi exactement de la sorte quand il était gosse et qu'il jouait à cache-cache dans les vestiges du manoir avec ses copains ? A la vérité, il ne l'avait fait qu'une seule fois. L'expérience ne lui avait pas trop plu, ni à ses camarades. On racontait que l'endroit était hanté. Ils n'étaient que des gamins à l'époque, et ils avaient cru à ces foutaises. Maintenant Mickey était un adulte, et ce lieu représentait un abri sûr, rien de plus, rien de moins. Il pourrait s'y reposer un temps. Les bois alentour lui procureraient de la nourriture, baies sauvages et autres fruits, quand il jugerait pouvoir s'y aventurer. Une forêt pouvait nourrir son homme sans problème s'il savait quoi chercher, lui avaient appris Lenny et Den. Et il avait toujours son arbalète – il pourrait abattre un lapin ou un oiseau, se faire un feu dans les caves du manoir et cuire son butin. Personne ne verrait la fumée, pas ici, pas même si elle montait en plein air. Aucun curieux, aucun promeneur ne venait jamais dans cette zone, pas même cet abruti de vieux pasteur dont la famille avait jadis possédé l'endroit. Personne n'aimait ce coin de Sleath. Oui, il pourrait se cacher là pendant quelques jours, puis revenir à la maison en catimini – la police serait déjà repartie depuis longtemps en pensant qu'il avait filé en stop vers Londres ou le nord –, prendre de la nourriture et un peu de liquide. Papa ne le dénoncerait jamais, même si Grover et Crick le faisaient. Oh oui, eux craqueraient vite. La police devinerait que des bracos étaient impliqués dans la mort du garde-chasse dès qu'elle verrait le carreau fiché dans sa poitrine, et il ne lui faudrait pas longtemps pour savoir qui possédait ce genre d'arme... Une fois alpagués ces deux ringards de Lenny Grover et Dennis Crick, sa peau ne vaudrait pas cher.

— Salopards, murmura-t-il en touchant du bout des doigts son nez et ses lèvres tuméfiés.

Il se releva à demi et, plié en deux, sortit de son abri de feuilles. Les débris végétaux cascadèrent de son corps et un filament gluant se colla sur sa joue. Avec un tressaillement, il l'arracha vivement de sa peau. Une fois hors des broussailles, il s'étira et emplit ses poumons d'air. De ses ongles crasseux il se gratta le cuir chevelu, là où une bestiole s'était nichée. Puis il plissa les yeux et chercha à scruter les ruines à travers les arbres.

Là-bas, il serait en sécurité. Il pourrait rester caché aussi longtemps qu'il le voudrait et personne ne le repérerait. On ne fouinerait pas dans le coin encore très longtemps. La police n'en avait pas le temps, même pour un meurtre, surtout si elle pensait qu'il avait déjà pris la poudre d'escampette.

Il se mit en marche vers la bâtisse écroulée. Il tenait son arbalète à la main, mais il avait remis le cran de sécurité.

Bon sang, il mourait de faim... Toutefois, il était primordial de ne prendre aucun risque. D'abord se mettre à couvert, au moins jusqu'à la nuit. Ensuite, les lapins ne manqueraient pas. Il pourrait sans doute en abattre trois ou quatre avant que leurs congénères comprennent le danger et se méfient. Abrutis d'animaux... Il occupait son esprit par de telles pensées car elles en repoussaient d'autres nettement moins anodines, même si c'était seulement temporaire.

Arrivé à la route – en fait, un large chemin de boue séchée –, Mickey décida de la longer en restant à couvert entre les arbres et les buissons qui la bordaient. La coquille vide qui jadis avait été une demeure hautaine se dressa bientôt devant lui, et il fit halte à l'orée de la vaste clairière envahie d'herbes folles qui s'étendait devant sa façade. Il contempla les fenêtres noires et vides et il eut l'impression que quelque chose en lui se recroquevillait. C'était comme si une part de lui-même – son goût de la bravade, peut-être – s'était racornie à la vue de Lockwood Hall. Il n'avait jamais aimé cet endroit.

L'entrée béante au sommet du grand escalier en pierre était aussi obscure et peu attirante que les fenêtres, mais il savait qu'il avait devant lui son seul refuge sûr. Dès qu'il serait à l'intérieur, il pourrait faire un feu et ne plus souffrir du froid pendant une nuit ou deux, car les soirées estivales s'étaient notablement rafraîchies depuis peu. Il se savait capable de garder les flammes basses mais suffisantes pour rôtir un lapin ou un oiseau sans se soucier des odeurs et de la lumière. Il hésita encore un peu puis, avec un haussement d'épaules qui ne s'adressait qu'à lui, abandonna le couvert des bois et marcha droit vers le sanctuaire noirci.

La semelle de sa basket trempée se posait sur la première marche de l'escalier quand il entendit une musique diffuse. Du moins il crut l'entendre, car dès qu'il s'immobilisa rien d'autre ne vint à ses oreilles que le croassement distant d'une corneille. Une illusion née de son imagination, certainement. Il avait à peine dormi ces deux dernières nuits, il était épuisé, affamé, et, bon sang, *il avait la pétoche.* Son esprit lui jouait toutes sortes de tours. Un courant d'air à l'intérieur avait dû chuinter dans du verre brisé. Pourtant, le bruit était sans rapport. On aurait plutôt dit le timbre d'un de ces vieux pianos... D'ailleurs, il n'y avait pas de vent. Bon, c'était donc son imagination...

Mickey continua de gravir les marches et à chaque pas la musique semblait revenir. Il s'arrêta avant la dernière et tendit l'oreille de nouveau. Non, il n'y avait rien. Des oiseaux commençaient à s'éveiller quelque part, non loin, mais rien de plus. Mickey était tellement fatigué qu'il n'arrivait plus à distinguer les sons. Cet endroit était désert depuis deux siècles, juste après le grand incendie dont on parlait encore au village. Il s'effrayait tout seul.

De toute façon, même si les ruines étaient hantées comme le disaient certains habitants de Sleath, les fantômes ne pouvaient rien vous faire, c'était bien connu. Ils étaient incapables de faire autre chose qu'apparaître et vous regarder d'un air misérable.

Mickey essaya de rire, mais ses lèvres tremblotèrent et seul un gloussement à demi étranglé sortit de sa gorge nouée.

Il leva l'arbalète à hauteur de sa poitrine, la tint des deux mains et la pointa sur l'ouverture sombre devant lui. A pas circonspects, il s'approcha de l'entrée, et seul le silence l'accueillit quand il franchit le seuil de Lockwood Hall.

Une silhouette menue et solitaire traversa le pont de pierre et s'engagea dans la Grand-Rue de Sleath, en direction du pré communal. Le pas de l'homme était déterminé, mais sans brusquerie. Il avait passé la nuit à observer le village de loin, et à son âge l'humidité imprégnait ses os aussi facilement que l'encre un buvard. Le col de sa veste de tweed était remonté et son chapeau à bord étroit rabaissé sur son front. La teinte sanguine à peine suggérée de l'aube qui marquait les ondulations à l'horizon se reflétait dans les yeux gris-vert de Seamus Phelan.

Une autre belle journée en perspective, songea-t-il en atteignant le point où l'artère principale de Sleath se divisait en deux pour contourner la pelouse et la mare. Oui, une belle journée, mais que les habitants des lieux n'apprécieraient peut-être pas vraiment.

Malgré le halo de chaleur qui couronnait déjà les collines, la nuit tardait à se dissiper. Sa pénombre traînait encore sur le village, tel un manteau trop lourd. Le petit homme regarda autour de lui avant de traverser la fourche, scrutant les fenêtres comme s'il cherchait des signes de vie. Combien d'entre vous dorment encore ? se demanda-t-il. Combien d'entre vous ont seulement pu trouver le sommeil ? Des événements inquiétants se sont produits dernièrement, et un avenir terrible se prépare pour Sleath. Les sentez-vous, en rêvez-vous ? Vous ont-ils donné des signes ? Oui, ce serait une belle journée d'été, mais on lirait une fatigue inhabituelle sur les visages des villageois. Et la perplexité, sans aucun doute. Peut-être aussi quelques indices de la peur qui s'insinuait partout. Ah oui, on pourrait détecter tout cela dans les regards fuyants.

Il traversa le petit parking et remarqua la Ford rouge qu'il avait observée la veille. Son attention se porta sur l'auberge, de l'autre côté de la route.

— Je vous rendrai visite plus tard, mon garçon, dit-il tranquillement, à voix basse. Nous aurons beaucoup de choses à nous dire. Mais je ne vais pas vous importuner à cette heure indue. Vous allez avoir besoin de toutes vos forces si vous voulez affronter ce qui se prépare.

En espérant que vous ayez pu dormir un peu, ajouta-t-il en pensée.

Il louvoya entre les véhicules garés et passa sur la pelouse. Il vit que la surface de la mare était un miroir qui reflétait les ténèbres du ciel. Il rechignait à contempler trop longtemps ces eaux stagnantes, mais ses yeux étaient irrésistiblement attirés vers elles.

Non, se dit-il avec vigueur, et il se tourna délibérément vers le banc sous le chêne plus que centenaire, de l'autre côté du pré communal. Je n'ai aucune envie de plonger mon regard dans tes profondeurs boueuses, surtout à cette heure.

Il semblait s'adresser directement à la mare, et soudain quelque chose à la surface retint son attention. Ah, ce n'était qu'un petit canard en plastique jaune immobilisé dans les joncs. Rien de sinistre, même si la présence du jouet d'enfant demeurait un mystère en cet endroit lugubre, et que sa signification ne tarderait pas à s'imposer. Pour l'instant, néanmoins, il n'avait pas à s'en soucier, pas plus que des autres indices. Il poursuivit son chemin du même pas décidé.

La courbe du disque solaire s'élevait lentement à l'horizon. C'était un spectacle grandiose et réconfortant, et il amena presque un sourire sur les lèvres de l'Irlandais. Mais l'homme savait que la lumière et toute sa chaleur ne pourraient empêcher les événements de se déchaîner bientôt sur cet endroit oublié des dieux.

Phelan avait atteint le banc. Il se courba pour s'y asseoir et, dans le mouvement, ne put que remarquer les taches sombres sur l'herbe. Alors, naturellement, il tourna son regard vers le poteau au fouet, et il n'y eut aucune lueur de surprise dans ses prunelles, aucun à-coup dans sa respiration quand il vit le liquide écarlate qui sourdait du bois en un écoulement régulier que buvait avidement la poussière à sa base, avant de disparaître dans la terre.

Il ferma les yeux pour chasser cette vision et leva la tête à la façon d'un amoureux du soleil. Mais l'éclat de l'astre du jour dardait ses rayons derrière lui et ne dispensait que peu de chaleur.

Ses lèvres formèrent une prière silencieuse.

# 24

David Ash enfila sa chemise et la boutonna en regardant par la fenêtre le pré communal. Il était à peine huit heures et demie, mais la chaleur du soleil tirait déjà une nappe de brume de la pelouse humide et de la mare. Il releva les manches de sa chemise, puis en glissa les pans dans son pantalon. Une autre journée caniculaire. Il repéra une tache jaune qui évoluait à la surface de l'eau et se rappela le petit canard en plastique qu'il avait remarqué le jour de son arrivée à Sleath.

Derrière lui le lit était en désordre et une bonne partie du drap de dessus reposait en tas sur le sol. Il revint y mettre un peu d'ordre, puis s'assit sur le bord du matelas et passa une main nerveuse dans sa chevelure encore humide pour lui donner un semblant de discipline. Un peu plus tôt il avait pris un bain tiède, avec l'espoir, assez vain, de se revigorer. Evidemment la fatigue n'avait pas disparu, ce qui n'avait rien de très étonnant après la nuit agitée qu'il venait de vivre.

Quand Ash était arrivé sur le seuil de la salle de bains, dans le cottage d'Ellen Preddle, après avoir entendu ces cris effrayants, il avait découvert la femme en proie à une sorte de paroxysme hystérique. Elle donnait l'impression de se battre contre des démons invisibles. Il avait appris plus tard que c'était très exactement ce qu'elle croyait faire à cet instant. Elle s'opposait à l'esprit démoniaque de feu son mari détesté, George Preddle, lequel aurait été animé par-delà le trépas d'une haine terrible. Le revenant aurait voulu faire souffrir son fils, avait-elle dit par la suite à David, après avoir cessé de pleurer mais non de trembler. Il avait fallu qu'elle s'oppose à lui, qu'elle combatte son âme malfaisante de toutes ses forces. Elle avait manqué à ses devoirs sacrés de mère quand l'enfant était encore en vie, mais elle ne le décevrait pas maintenant qu'il était mort.

Il aurait été facile pour Ash de rejeter les affirmations de la femme comme un simple délire, s'il n'avait vu le fantôme de ses propres yeux. Sans aucun signe avant-coureur, la lumière dans la salle de bains s'était mise à clignoter, puis à baisser rapidement pour très vite les plonger dans d'épaisses ténèbres. Aucun éclairage ne venait du couloir ou du rez-de-chaussée, et il semblait bien que toute source électrique était tarie dans le cottage. Dans l'obscurité, Ash avait entendu le cri unique d'un enfant en proie à un terrible tourment.

Presque aussitôt la lumière était revenue et il avait découvert Ellen Preddle effrondrée au sol, yeux clos comme si elle était inconsciente. La baignoire était vide.

Ash avait jeté un coup d'œil aux polaroids éparpillés sur le carrelage. Aucun n'offrait d'image, mais tous portaient une trace vaporeuse claire, comme si l'éclair du flash s'était reflété dans l'objectif. Il avait empoché les tirages en se promettant de les examiner plus tard, puis il avait ramassé le magnétophone, qui avait été renversé. Le compartiment contenant les piles était ouvert, et il n'en restait qu'une à l'intérieur ; les autres avaient roulé sur le sol. Ellen Preddle s'était mise à gémir doucement et il lui avait effleuré l'épaule pour la réconforter. Une erreur, car elle avait sursauté, ouvert les yeux et voulu le combattre. Il lui avait fallu quelques instants pour la calmer. Ensuite, elle s'était affaissée contre lui, trop exténuée pour résister encore.

La boisson la plus forte qu'il avait pu trouver dans le cottage était du xérès, et après avoir installé la femme dans le fauteuil du salon, il lui en avait donné un verre bien rempli. Pour apaiser ses propres nerfs, il s'était accordé une large mesure de vodka au goulot de sa flasque.

Il était resté auprès d'elle jusqu'à ce qu'elle commence à s'assoupir. Alors il l'avait accompagnée jusqu'à son lit, lui avait assuré que rien d'autre ne se produirait cette nuit-là (selon son expérience, de tels phénomènes ne pouvaient se maintenir très longtemps car la consommation d'énergie psychique était trop grande). Soudain fourbu lui-même, il était retourné à l'auberge se coucher. Il avait effectué le trajet avec la Ford et utilisé la clé de la porte d'entrée de la Black Boar Inn que lui avait prêtée le patron. Son équipement n'avait rien à craindre dans le cottage.

Fini les hantises pour cette nuit, avait-il pensé. A tort : l'esprit de l'autre enfant s'était manifesté dans sa chambre.

Il s'était écroulé sur le lit et endormi presque instantanément, pour sombrer dans des rêves aussi confus et troublants que ceux de la nuit précédente. Et, comme la veille, il s'était réveillé pour découvrir au pied du lit la même apparition.

Il y avait dans les grands yeux du garçonnet un mélange de peur et de supplication. L'image était d'une netteté totale, et la forme semblait irradier une lumière intérieure. Le phénomène s'était dissipé en quelques secondes, laissant un instant derrière lui une faible aura ayant la silhouette de l'enfant. C'était cette apparition qui s'était penchée et avait touché la main de David. Ce dernier ressentait encore un picotement à l'endroit du contact.

Comme délivré d'une transe hypnotique, il avait roulé

de l'autre côté du lit et s'était mis à genoux sur le sol dans un mouvement fluide né de sa peur. Il était resté dans cette position durant ce qui lui avait paru être un très long moment et qui en réalité n'avait pas dû excéder une minute.

Quand il eut suffisamment repris ses esprits, il s'était remis au lit et, assez étonnamment, s'était endormi sans problème. La lumière vive du matin et les bruits de l'activité dans l'auberge avaient fini par le réveiller. Un bain tiède l'avait aidé à se clarifier les idées et à calmer ses nerfs.

Il réfléchissait aux derniers événements quand on frappa à sa porte.

— Mr Ash ?

C'était une voix féminine.

— Oui ? répondit-il en se levant du lit.

— Une visite pour vous, Mr Ash.

Il était surpris. Qui pouvait désirer le voir à une heure aussi matinale ? Il pensa immédiatement à Grace et s'empressa d'arranger le lit. Avant d'aller ouvrir, il jeta un regard circulaire sur la chambre, alla prendre sa flasque posée sur la coiffeuse et la glissa dans le tiroir.

Quand enfin il ouvrit, son étonnement s'accrut encore. Ce n'était pas Grace qui attendait dans le couloir.

L'homme immobile à côté de la femme de l'aubergiste était de petite taille et la meilleure expression pour le décrire était sans nul doute « haut en couleur ». Il tenait une canne à la main, portait un veston de tweed brunroux orné d'un mouchoir à pois en guise de pochette, un pantalon de velours côtelé vert bouteille et des chaussures de marche marron. Son gilet était également marron et une cravate multicolore en cachemire cachait presque le haut de sa chemise bleue au col ouvert. Sa chevelure gris argenté se faisait clairsemée sur le haut du crâne, ce que semblaient vouloir compenser les longs favoris fournis qui mangeaient ses joues. Ses prunelles gris-vert étudiaient Ash avec une telle intensité que celui-ci commença à se sentir mal à l'aise.

— J'espère que vous ne m'en voudrez pas d'avoir amené directement ce monsieur à votre chambre, dit Rosemary Ginty, mais il a dit que vous l'attendiez.

Ash considéra le petit inconnu sans dissimuler son ahurissement, mais quelque chose le poussa à répondre :

— C'est parfait, Mrs Ginty. Merci.

Il pensait que l'étranger se présenterait. Il se trompait. L'autre se contenta de lui décocher un sourire affable.

— Eh bien, je vous laisse, alors... fit la femme de l'aubergiste.

Elle s'éloigna dans le couloir, tête basse, l'air préoccupée, pour s'arrêter après quelques pas, se retourner à demi et dire à son unique client :

— J'espère que vous n'avez pas été dérangé, cette nuit ?

— Dérangé ?

David se demanda s'il s'agissait là d'un reproche déguisé pour son retour nocturne.

— Les bruits, continua-t-elle. (Et pour la première fois il remarqua l'anxiété qui habitait son regard.) Mr Ginty et moi, nous avons, hem, eu un problème avec une souris, dans notre chambre. Mon mari a fait un peu de vacarme en chassant cette sale bête, je le crains. Non que ce soit courant de trouver des souris dans les chambres de l'hôtel, bien sûr... (Elle eut un rire forcé et coinça une mèche rebelle derrière son oreille.) Ces bestioles sont rapides, mais Tom n'a pas tardé à la mettre dehors. Bon, eh bien, je vous laisse.

Mais sur le palier elle fit halte de nouveau.

— Ah, au fait, descendez-vous bientôt prendre votre petit déjeuner, Mr Ash ?

— Je ne crois pas que...

— Je suis moi-même affamé, dit l'inconnu avec un petit salut courtois à l'adresse de la femme. Pourquoi ne pas préparer *deux* petits déjeuners, chère madame ?

Elle acquiesça et disparut dans l'escalier.

Avant que Ash puisse protester, le petit homme se retourna vers lui.

— J'ai pensé que vous pourriez avoir besoin de vous caler… l'estomac avant de vous attaquer aux ennuis qui arrivent.

Ash se rembrunit.

— Suis-je censé vous connaître ? fit-il froidement, cette intrusion commençant à l'irriter singulièrement, tout comme la familiarité de l'homme.

A son accent il savait que c'était un Irlandais, mais David était certain de ne l'avoir jamais rencontré jusqu'à cette minute.

— Non, dit l'autre d'un ton conciliant, non, vous ne me connaissez pas, Mr Ash, mais j'ai comme l'impression que d'une certaine façon moi je vous connais. Cela ne vous dérange pas si j'entre ?

Sans réfléchir Ash s'effaça, et l'Irlandais pénétra d'un pas rapide dans la chambre. Canne pointée devant lui, il alla sans hésitation jusqu'à la fenêtre ouvrant dans le mur opposé.

— Avez-vous eu l'occasion de voir les visages des gens qui passaient dehors, ce matin ? s'enquit-il d'un ton badin. Toutes les personnes que j'ai pu croiser sur mon chemin m'ont donné le sentiment d'avoir très mal dormi. Et avez-vous remarqué l'expression pour le moins soucieuse de votre logeuse ? Il plane une sombre atmosphère sur ces lieux, Mr Ash, ce qui est assez extraordinaire par une journée aussi agréable, ne trouvez-vous pas ?

Il regarda autour de lui d'un air distrait, en attendant une réponse.

— Auriez-vous l'amabilité de me dire qui vous êtes et comment vous connaissez mon nom ? rétorqua David.

— Votre modestie vous honore, fut la réponse. Vous êtes une sorte de célébrité dans le monde restreint des recherches sérieuses sur le paranormal, Mr Ash. J'ai lu votre ouvrage sur le sujet il y a de cela quelques années. Très intéressant, bien que non exempt de quelques petites erreurs... (Il alla jusqu'à la seule chaise de la pièce, s'y assit, croisa les jambes et entoura son genou des deux mains après avoir posé son chapeau sur ses cuisses.) Je vous ai vu au volant de votre voiture hier et j'ai reconnu votre visage d'après la photo qui figure au dos de votre livre.

Ash se remémora la sensation singulière éprouvée alors qu'il roulait autour du pré communal à son retour de l'auberge, la veille dans l'après-midi. L'impression d'être observé. Non, plus que cela : quelque chose de comparable au trouble ressenti quand il avait rencontré Grace pour la première fois, mais en moins net peut-être.

Il ferma la porte et vint se camper au pied du lit.

— Cette photographie a été prise il y a des années, objecta-t-il pour faire comprendre à son visiteur que son explication ne tenait pas. Et déjà à l'époque elle n'était pas ressemblante.

— Oh non, c'était un très bon portrait, fit l'Irlandais avec un sourire désarmant. Bah, c'est sans importance, de toute façon. Le principal est que je sais qui vous êtes.

— Je ne peux pas en dire autant...

— Ah, veuillez me pardonner. Les bonnes manières n'ont jamais constitué mon plus grand talent. Je m'appelle Seamus Phelan, et je suis sincèrement heureux de faire votre connaissance.

Le nom éveillait un vague écho dans l'esprit de David, mais rien de plus.

— Cela vous reviendra plus tard, pour sûr, dit Phelan sans se départir de son sourire et en lissant de la paume la chevelure clairsemée sur le sommet de son crâne. Pour l'instant, concentrons-nous sur le problème qui se présente... (Un peu de son accent avait déserté sa voix sur cette dernière phrase, et son regard plongea dans celui de Ash.) Il se produit des choses très particulières à Sleath, ne pensez-vous pas, Mr Ash ?

L'enquêteur était perplexe. Qui diable était cet homme et que savait-il des derniers événements ?

— Désolé, dit-il d'un ton brusque, mais je suis ici sur les instructions d'un client et mes investigations doivent conserver une stricte confidentialité.

Phelan balaya l'opposition d'un geste nonchalant.

— Formule ampoulée et attitude caractéristique de l'Institut, si je puis me permettre.

— Vous avez été en relation avec l'Institut ?

— Pas directement. Toutefois, je n'ignore pas sa réputation. Allons, David – vous ne voyez pas d'inconvénient à ce que je vous appelle par votre prénom, n'est-ce pas ? –, allons, la situation ici est assez préoccupante, ce qui est une litote inadéquate dans les circonstances actuelles, mais formulons la chose ainsi, pour l'instant. Le fait est qu'elle risque fort de se dégrader avant que tout soit fini.

Ash passa devant le petit Irlandais et, mains dans les poches, contempla la place par la fenêtre. Il vit peu de gens dehors – deux femmes qui traversaient la route, un homme qui ouvrait sa boutique de l'autre côté du pré communal, un autre qui garait une Metro poussiéreuse près de sa propre Ford dans le parking. Toutefois, il ne pouvait nier l'évidence. Phelan avait raison : tous arboraient des mines sombres et ils semblaient se mouvoir lentement, comme écrasés par le fardeau d'une détresse intérieure. D'un autre côté, il jugeait peut-être leur état d'esprit d'après le sien. Ou bien ce n'était qu'un peu d'autosuggestion déclenchée par cet intrus. Il ne chercha nullement à dissimuler son exaspération quand il parla :

— Où voulez-vous en venir, Mr Phelan ?

— Juste Phelan, ne vous embêtez pas avec le « monsieur ». Et je ne peux pas supporter mon prénom : Seamus. Caricaturalement irlandais, vous ne trouvez pas ?

Même le sourire constant de l'homme commençait à énerver Ash.

Comme s'il devinait cette pensée, Phelan changea d'expression et devint presque solennel pour continuer :

— Il arrive à Sleath quelque chose de très déplaisant, et je pense que cela pourrait être dangereux pour les habitants, peut-être même mortel. Pour vous aussi, David.

Ash garda le silence un moment. Puis :

— Vous êtes au courant des hantises ?

L'autre opina du chef et décroisa les jambes.

— Une énergie psychique considérable – et très négative – s'accumule dans cet endroit. Saviez-vous que le village est bâti sur le croisement de plusieurs lignes de force tellurique ?

De nouveau, Ash fut déconcerté. Selon la théorie communément admise, c'est le long des lignes de force tellurique que des phénomènes paranormaux sont statistiquement beaucoup plus susceptibles de se produire. N'étant pas un adepte de cette théorie, David adopta un ton teinté de sarcasme pour répondre :

— Je n'en avais aucune idée.

— « Lignes de force » est un terme très inapproprié, encore une fois, mais nous devrons nous en contenter. Ces énergies terrestres sont utilisées ici même, en symbiose avec des pouvoirs psychiques latents existant chez certains individus. Ne l'avez-vous pas constaté vous-même, David ?

Indubitablement, la question était sincère.

— Ecoutez, Mr Phelan...

— Phelan tout court. S'il vous plaît.

— D'accord – Phelan. Je ne sais pas la nature de votre implication dans tout ceci. Je ne sais même pas qui vous êtes, ou *ce que* vous êtes.

— Je vous ai dit qui j'étais, et ce que je suis n'a pas d'importance. J'ai été attiré ici par des perturbations que créent ces énergies. Vous comprenez ? Je suis certain de ne pas être le seul médium dans la région à réagir à cette accumulation de forces psychiques.

— Mais vous êtes le seul à avoir localisé leur source ici...

— Eh bien... Il y a vous, aussi. Vous êtes ici, David.

— Qu'est-ce qui vous permet d'affirmer que je suis médium ?

— Qui se ressemble s'assemble, non ? fit l'Irlandais avec un sourire sibyllin. Il est étrange que vous combattiez cette simple notion avec autant d'acharnement. Pourquoi avez-vous une telle peur de votre don ?

Ash préféra ignorer la question :

— Je n'ai pas été attiré ici par des forces mystérieuses, désolé. Je suis venu à la demande d'un client.

— Eh oui, le pasteur, pas moins. Oh, j'ai mené quelques petites recherches personnelles dans le village, hier. J'ai traîné ici et là, en écoutant les ragots, ce genre de choses. Et puis, n'ai-je pas passé la nuit dernière à surveiller le village d'une des collines ?

La question était toute rhétorique, et Ash la contra aussitôt par une autre interrogation :

— Et pourquoi avez-vous fait cela ?

— Oh, mais à cause du danger auquel j'ai déjà fait allusion. Excusez-moi si mon discours sonne un peu mélodramatique, mais le mal s'accumule ici et des revenants y puisent leur force.

— Des revenants ?

— Ce sont...

— Je sais ce qu'ils sont : ceux qui reviennent de la mort après une longue absence. Des fantômes, en d'autres termes. Ce que je ne comprends pas, c'est pourquoi vous y croyez.

— Je n'y crois pas, je le sens, je le sais. Et peut-être que, si votre propre don n'était pas aussi refoulé, vous le sentiriez aussi. On se sert de vous, David. Ces forces malfaisantes se nourrissent de votre énergie psychique. Je l'ai compris dès que je vous ai aperçu hier, et notre entretien actuel me le confirme. Il y a autour de vous une aura affaiblie, et cela n'a rien à voir avec un quelconque problème physique.

L'Irlandais se tut un moment, mais ses yeux ne quittaient pas ceux de David Ash.

— On vous a déjà utilisé auparavant, n'est-ce pas ? dit-il après un silence. Dans le passé, ailleurs...

Tout dans son attitude trahissait la compréhension.

Ash fit un violent effort pour chasser de son esprit toute image d'Edbrook et de Christina, mais Phelan parut sentir son combat.

— Laissons cela, David. Nous n'en parlerons pas maintenant. Je sens que vous avez enduré des épreuves que personne ne devrait traverser. C'est votre malédiction, n'est-ce pas ? Allons, concentrons-nous plutôt sur le problème que nous avons en face de nous, d'accord ? Seigneur, il est assez vaste pour accaparer toutes nos facultés.

Il recroisa les jambes, se pencha en arrière et passa un bras sur le dossier de la chaise, balançant son chapeau de gauche à droite.

— Et il y a quelqu'un d'autre ici qui est également utilisé, je me trompe ? Quelqu'un doué lui aussi de capacités extrasensorielles. C'est assez logique, car il fallait une hantise pour vous faire venir, et, des bribes de conversation que j'ai pu surprendre, il y a déjà eu plusieurs apparitions.

Quelqu'un d'autre doué de capacités extrasensorielles ? Parlait-il de Grace ? Ash était conscient maintenant que la jeune femme possédait le même don que lui, plus enfoui encore en elle. Mais était-il possible qu'elle fût une sorte de catalyseur pour ces autres forces ?

— Ah, je vois à votre expression que je vous ai donné à penser. Aurais-je raison de supposer que vous connaissez cet autre médium ?

Ash ne répondit pas immédiatement. Il lui fallait du

temps pour réfléchir, et il voulait surtout en savoir plus sur son surprenant visiteur.

L'Irlandais se leva brusquement, dans un mouvement souple et vif qui surprit Ash.

— Pourquoi ne pas discuter de tout cela devant un bon petit déjeuner ? fit-il en se dirigeant vers la porte. Voulez-vous que je descende vous attendre pendant que vous vous préparez ?

— Je ne suis pas sûr...

D'un coup, la bonne humeur déserta les yeux de Phelan.

— J'ai bien peur qu'il soit trop tard pour que vous ayez des doutes, mon ami. C'est sans conséquence, ne le comprenez-vous pas ? Quoi que vous décidiez de faire, quelle que soit la ligne de conduite que vous adopterez, il est déjà trop tard. Vous pourriez quitter Sleath sur-le-champ, bien sûr, à l'instant où je vous parle, mais je ne pense pas que c'est ce que vous avez envie de faire. N'ai-je pas raison ? Oui, je vois que je ne me suis pas trompé. Eh bien, vous avez vos motivations, mais je puis vous affirmer que ni vous ni moi ne serons en mesure de contrôler ce qui va se produire ici. Le mieux que nous puissions espérer, c'est d'avoir conservé notre santé mentale quand le vent de folie sera passé. Oh, et nos vies, n'oublions pas ce petit détail. Deux malheureux ont déjà perdu la leur, je crois. Le garde-chasse et le jeune homme battu à mort.

— Le garçon n'est pas mort, objecta David.

— Ah bon. Mais je pense que vous découvrirez que je n'ai pas commis d'erreur. Le jeune homme est décédé, et d'autres suivront. Je vous retrouve en bas pour le petit déjeuner, dans cinq minutes.

Avec un mouvement de chapeau en guise de salut, Phelan se glissa hors de la pièce.

— Kate ? Dieu merci, j'ai réussi à t'avoir !...

— Encore quelques minutes et je partais pour l'Institut. Tu aurais toujours pu me joindre là-bas.

— Oui, je sais, mais j'ai besoin de renseignements. C'est urgent.

— Oh. Ça se gâte à Sleath ?

— Je le crains. Mais pour le moment, je ne peux rien affirmer.

— Allons, David, que se passe-t-il, au juste ?

— J'aimerais être capable de te le dire.

— Tu peux toujours essayer.

— Pas maintenant. Mais il y a quelque chose que je voudrais que tu fasses pour moi.

— Je suis ici pour t'aider. Si je le peux, évidemment.

— As-tu entendu parler d'un certain Seamus Phelan ? Je pense que c'est un médium, ou un clairvoyant quelconque.

Elle répéta le nom lentement, d'un ton songeur.

— Ça me dit quelque chose, mais rien de précis sur l'instant.

— Oui, j'ai eu la même réaction. Ecoute, pourrais-tu faire quelques recherches quand tu arriveras au bureau ? Il y a peut-être quelque chose sur lui dans nos dossiers.

— Je suis assez prise aujourd'hui, David...

— Je pense que ce peut être important.

— D'accord. Je ferai de mon mieux. Tu ne veux pas me donner un indice sur l'affaire ?

— J'aimerais être en mesure de le faire. Je te demande encore un peu de patience.

— David ?

— Oui ?

— Tu n'as pas l'air très en forme. Tu es bien sûr que tu peux t'occuper seul de cette affaire ? Je veux dire, quoi qu'il se passe à Sleath, tu te sens assez bien pour y faire face ?

— Je suis remis, Kate.

— Tu as fait une dépression grave. Ce n'est pas si

facile de s'en remettre totalement. Et si je venais te rejoindre, pour te faire profiter de mon soutien moral et ce genre de choses ?

— Non.

Le refus était sans équivoque et Kate eut un petit mouvement de recul.

— Très bien, dit-elle. Mais si jamais tu as besoin de moi...

— J'appellerai, promis, fit-il d'une voix radoucie.

— Pour quand te faut-il ces renseignements ?

— Aujourd'hui.

— C'est si important ?

— Pour être tout à fait franc, je n'en sais rien. Mais ça se pourrait.

— Je ferai le maximum.

— Je ne demande pas plus.

— Laisse tomber ce ton sarcastique, il te va trop bien.

— Merci, Kate, dit-il en parlant de l'aide qu'elle lui proposait.

A son tour, la voix de la jeune femme se fit moins vive :

— Tu me le dirais, si tu avais un problème, n'est-ce pas, David ?

— Toujours.

— Je t'ai dit de laisser tomber le sarcasme. Bon, je te rappelle dès que j'ai du nouveau.

— Merci.

Ash raccrocha. Main toujours posée sur le combiné, il considéra le téléphone d'un regard vide pendant plusieurs secondes. Puis il décrocha de nouveau et composa un autre numéro. Grace Lockwood répondit.

# 25

Grace entra dans la salle de classe déserte et marcha jusqu'à la table qui avait jadis servi de bureau à l'institutrice. Elle y posa les clés de l'école puis, pensive, effleura du bout des doigts le bois couturé d'éraflures et de petites entailles. Des décennies d'enseignement avaient laissé leur signature ; les murs autour d'elle avaient renvoyé l'écho du bavardage excité des enfants, de leurs chants, et même de leurs silences. Il restait des traces pâles de craie sur le tableau noir, et la jeune femme sourit en déchiffrant les lignes d'un poème qu'elle et ses camarades de classe avaient appris dans cette même salle bien des années plus tôt. Elle fut contente de constater que de telles traditions avaient perduré ici après son passage, jusqu'à la fermeture de l'établissement. C'était là une constante rassurante dans un monde où les consoles de jeux avaient remplacé la marelle et la lecture. En esprit, elle récita la vieille ritournelle :

*Trois petits rats en chapeau de feutre noir,*
*Trois petits canards en chapeau de paille,*
*Trois petits chiens à la queue en panache,*
*Trois petits chats aux moustaches…*

Comment étaient leurs moustaches ? Il y avait si longtemps, et pourtant elle se remémorait parfaitement ce poème, à part le dernier mot. Ils le chantaient souvent en chœur, ici. Timmy Norris aurait su, lui. Il connaissait toutes les comptines, et toutes les chansons. Il les connaissait sans lire sur le tableau ou dans son livre. Il les connaissait par cœur.

Son visage s'assombrit. Timmy n'avait jamais appris rien d'autre de plus difficile. Après son sixième anniversaire, Timmy n'avait plus été là pour apprendre quoi que ce fût. Grace tira la chaise et s'assit face aux rangées de petits pupitres, comme si elle était la nouvelle institutrice.

— Aux moustaches lustrées, dit-elle à haute voix en se souvenant. Trois petits chats aux moustaches lustrées...

Les mots prononcés à mi-voix parurent planer dans l'air de la classe.

Il faisait chaud ici, car le soleil déversait des flots de lumière par les hautes fenêtres sans rideaux. Quand elle était enfant, elle s'en souvenait, on les ouvrait toujours toutes grandes au printemps et en été, sinon la chaleur aurait été insupportable.

Elle consulta sa montre. David devait arriver bientôt. Au téléphone, il lui avait semblé inquiet. Ce n'était pas tant sa voix – il dissimulait trop bien ses sentiments pour cela – que ce qu'elle avait *senti* chez lui. Etrange comme il lui était facile de deviner l'humeur de cet homme. Elle le connaissait à peine, et pourtant... Oui, elle lisait ses pensées ; pas de façon littérale, car elle n'aurait pu dire à quoi il réfléchissait ou ce qu'il allait dire, mais elle avait conscience de ce qui se passait en lui, elle était intuitivement très proche de lui. Et il éprouvait ce même lien, elle le savait également.

Grace contempla la rangée centrale de pupitres. Le deuxième avait été sa place attitrée jusqu'à ce qu'elle soit envoyée au loin. En ces temps, il lui semblait qu'il avait toujours fait beau ici. Mais ce n'était qu'une illusion créée par une mémoire sélective, quand pour une enfant tous les étés étaient longs et chauds, et qu'il neigeait toujours à Noël. La vie n'avait pas vraiment été ainsi. Pas ici, à Sleath. Il y avait eu ces autres moments, nettement plus sombres...

Grace frissonna, sans comprendre pourquoi elle avait cette réaction. Quelque chose l'avait troublée, une pensée, un souvenir ; quelque chose qui errait à la périphérie de sa pensée consciente. Elle ferma les yeux pour définir ce que c'était, mais elle n'éprouva qu'une vague confusion... et une peur profonde.

Une ombre passa devant ses paupières closes et elle rouvrit aussitôt les yeux. Il n'y avait personne d'autre dans la salle de classe, et aucun nuage dans le ciel. Mal à l'aise, Grace balaya la pièce du regard. Au-delà des vitres le soleil paraissait douloureusement lumineux, cependant la classe semblait un peu plus sombre. Elle repoussa la chaise pour se lever.

Avant qu'elle ait eu le temps de se mettre debout, les voix lui parvinrent. Mais elle ne les entendit pas : elles étaient nées dans son esprit, lointaines, et elles en appelaient plus à ses perceptions mentales qu'à un organe sensoriel physique. Elle resta assise et ferma les yeux de nouveau.

D'autres ombres se déplacèrent devant le voile rose de ses paupières, des ombres qui s'interposaient entre elle et le soleil. Mais chaque fois qu'elle rouvrait les yeux, il n'y avait personne.

Grace se balança sur son siège ; sa tête pencha en avant, puis se redressa. Ces enfants chantaient et, tandis qu'elle se concentrait sur les mots – des mots qui n'existaient que dans son imagination –, elle en identifia l'origine. C'étaient les paroles d'une comptine qu'élève elle avait souvent reprise, dans cette même salle.

Sa tête se pencha en avant et ses épaules s'affaissèrent légèrement ; ses lèvres se mirent à bouger au diapason des voix dans sa tête :

*Dansez, alors, où que vous soyez,*
*Je suis le Seigneur de la Danse, dit-il...*

Elle prononça les mots à voix haute, pendant que les enfants chantaient :

*Et je vous entraînerai tous là-bas,*
*Où que vous soyez...*

C'était plus fort, et à présent elle les entendait clairement. Les voix n'étaient plus simplement dans sa tête : elles s'élevaient des pupitres, sourdaient des murs, naissaient dans l'air même. Et elle chantait à l'unisson avec elles.

*Ils m'ont dévêtu et fouetté*
*et ils m'ont pendu bien haut...*

Les douces voix d'enfants étaient présentes, elles étaient avec elle dans cette salle de classe, et ses cils brillèrent d'un éclat argenté par les larmes qui débordaient de ses paupières closes. Elle se souvenait des paroles comme si elle avait chanté la comptine hier.

*... et ils m'ont laissé là*
*Sur une croix, pour mourir...*

La tonalité avait chuté dans les graves, donnant une gravité déplaisante à la mélodie. Les voix n'étaient plus douces, ni jeunes. Elles avaient des accents caverneux et lugubres.

*J'ai dansé un vendredi*
*quand le ciel s'est assombri...*

Les voix se faisaient de plus en plus basses. Elles ne ressemblaient plus du tout à des voix d'enfants.

*Il est difficile de danser*
*avec le diable sur son dos...*

Comme des adultes qui chanteraient.

*Mais je suis la danse*
*et je continue.*

— Grace ?

Elle sursauta sur son siège et sa main se crispa sur sa poitrine. David Ash se tenait sur le seuil de la salle de classe. Dans la lumière du soleil, son visage était très pâle.

Elle n'avait pas voulu rester dans l'école, aussi étaient-ils allés s'asseoir dans la Ford de David. Les vitres étaient baissées, en une vague tentative de leur apporter un peu de fraîcheur dans la chaleur qui devenait peu à peu oppressante. Une brume légère s'élevait des bas-côtés en gazon bordant la route, et l'asphalte semblait miroiter. Ils apercevaient le haut du clocher de l'église au sommet de la colline, qui dépassait de la cime des arbres. Derrière lui, le ciel semblait presque décoloré.

— Que s'est-il passé dans l'école ? s'enquit Ash, le corps à moitié tourné vers la jeune femme, un bras posé sur le volant.

— Je pensais à une comptine que nous chantions en classe quand j'étais enfant.

— Je vous ai entendue. Vous prononciez les paroles.

Grace tripota nerveusement son petit sac à main en cuir marron.

— Avez-vous entendu les autres voix ?

— Oui. Et c'est la même comptine que j'ai entendue juste avant de vous rencontrer à l'église, il y a deux jours. Celle dont je vous ai parlé.

— Au début, c'étaient des voix d'enfants, et puis elles

ont changé. Elles sont devenues... (Elle lui jeta un regard désemparé.) Elles sont devenues anormales, ce n'étaient plus du tout des voix d'enfants. Elles m'ont effrayée.

Il posa une main sur celles de la jeune femme. Elle ne fit rien pour se soustraire au contact.

— De nombreux parapsychologues pensent que les sons peuvent être absorbés par les murs de certains endroits, peut-être même par l'atmosphère, et y rester enfermés pour être libérés plus tard, dans des conditions particulières, par des personnes bien précises.

— Alors pourquoi cela ne m'est-il jamais arrivé auparavant ?

— Jusqu'à aujourd'hui vous n'aviez pas reconnu vos capacités extrasensorielles. Mais les circonstances ont changé. Dites-moi, pourquoi êtes-vous allée à l'école ce matin ?

Elle réussit tant bien que mal à sourire.

— Rien de mystérieux, David ; je n'ai pas été attirée là par des forces paranormales, si c'est ce que sous-entend votre question. Mon emploi à la salle paroissiale comprend une vérification épisodique de l'état de l'école. Ensuite, je dois rédiger un rapport que je transmets à l'autorité locale. La municipalité possède le terrain, je suppose qu'ils veulent s'assurer que le bâtiment ne se délabre pas. Ils finiront bien par le revendre à un promoteur immobilier qui voudra reconvertir les locaux pour un usage privé. Au téléphone, vous m'avez dit que vous vouliez me rencontrer de toute urgence, et j'ai pensé que ce serait un endroit tranquille pour discuter. Alors, de quoi s'agit-il ?

— Quelqu'un est venu me voir à l'auberge, ce matin. Un Irlandais plutôt pittoresque qui a dit s'appeler Seamus Phelan. Il m'a fait penser à un farfadet.

— Vous ne le connaissiez pas ?

— Jamais vu avant aujourd'hui. Mais il semblait avoir une idée assez précise de ce qui se passe à Sleath.

En quelques phrases, il lui relata sa conversation avec l'Irlandais.

— Après que je vous ai téléphoné, nous avons même pris le petit déjeuner ensemble, bien que je n'eusse pas beaucoup d'appétit, je dois bien l'avouer. Pendant qu'il engloutissait sa part et la moitié de la mienne, Phelan m'a dit qu'il pensait qu'il y avait une énorme perturbation spirituelle qui s'accumulait ici. Ce sont ses propres termes : « une énorme perturbation spirituelle »...

— Si je ne venais pas d'entendre les voix dans l'école, j'aurais pu dire qu'il exagérait. Mais tout de même, une « perturbation » ? Des hantises, oui, mais comme vous l'avez dit vous-même elles sont limitées à certaines personnes qui ont subi des traumatismes personnels graves.

— Ces hantises pourraient ne représenter que le commencement du phénomène.

— Mon Dieu, j'espère que non !

— Phelan prétend que l'atmosphère de Sleath est corrompue par les événements récents.

— Les deux meurtres.

— Quoi ?

— Il a raison, vous ne comprenez donc pas ? Sleath a été souillé, d'une façon ou d'une autre. Le garde-chasse qui a été abattu, et ce garçon, Danny Marsh, qui a été battu à mort. Pour quelle autre raison des actes aussi violents et rapprochés dans le temps se produiraient dans un village aussi paisible que Sleath ?

— Danny Marsh a succombé à ses blessures ?

— La police a appelé mon père ce matin pour le lui annoncer. En tant que pasteur du village, ils ont pensé qu'il voudrait certainement aller parler à la famille de Danny.

— Cet Irlandais m'a annoncé sa mort.

— Peut-être venait-il de contacter l'hôpital.

— Pourquoi l'aurait-il fait ? D'ailleurs, ce n'est pas un

proche de Danny, et on ne lui aurait pas donné l'information.

— Alors vous pensez qu'il est crédible ?

— Si la nuit dernière je n'avais pas été témoin d'un phénomène inexplicable, et d'un autre ce matin, je prendrais Phelan pour un excentrique. Dans l'état actuel des choses, je ne serai pas aussi catégorique.

Il lui raconta ce qui s'était passé dans le cottage d'Ellen Preddle la nuit précédente, et à son réveil dans sa chambre à l'auberge.

— Ellen est persuadée que l'âme de son fils est toujours menacée par son père, et dans les deux occasions où j'ai vu cet autre garçonnet, il semblait demander de l'aide. Phelan pense que ces esprits ne sont pas les seuls, que d'autres cherchent de l'aide. Et parmi ces autres, il n'est pas du tout impossible que certains soient animés d'intentions malveillantes. Il m'a conseillé de consulter les archives de Sleath au plus vite pendant qu'il mène d'autres recherches de son côté.

— Pourquoi accepteriez-vous les conseils d'un parfait étranger ?

— Je n'ai pas dit que je les acceptais. J'avais l'intention de fouiner un peu dans les archives, de toute façon. Cela fait partie de mon boulot. C'est pour cette raison que je désirais vous voir.

— Je ferai de mon mieux pour vous aider, David, vous le savez.

— Cela signifie aller à l'encontre des volontés de votre père. Il me faut accéder aux archives paroissiales. Je dois savoir où elles sont, et si elles sont mises sous clé je vous demanderai de me la procurer…

Il la regarda de côté et elle lui répondit en se penchant et en déposant un baiser sur la petite cicatrice qu'il avait à la joue.

# 26

Il se gara devant le porche du cimetière et coupa le moteur. Par l'ouverture, il voyait les murs de silex de St Giles et, pour une raison indéfinissable, ce spectacle le troubla. Ce n'est que lorsque la main de Grace se posa sur son avant-bras pour le pousser à l'action qu'il chassa son hésitation et ouvrit sa portière.

Debout de son côté de la voiture, pendant que la jeune femme la contournait pour le rejoindre, il sentit la transpiration couler le long de son épine dorsale. Il dégrafa le col de sa chemise et agita le tissu plusieurs fois pour faire passer un peu d'air sous le vêtement. Grace, quant à elle, ne paraissait pas souffrir de la chaleur croissante. Elle portait un chemisier léger en batiste passé dans une jupe d'été. Ses cheveux défaits cascadaient autour de son visage et s'étalaient sur ses épaules. Il la vit jeter un regard nerveux vers l'école en bas de la colline.

— Essayez de ne plus y penser, lui conseilla-t-il malgré l'absurdité manifeste du propos.

Pendant une seconde elle parut déconcertée, puis elle eut un faible sourire.

— Ce n'est pas facile. Je ne comprends pas ce qui m'arrive, David.

« Vous et moi sommes dans la même situation », aurait-il aimé lui dire, mais il tut sa propre confusion.

— Allons-y, fit-il en se dirigeant vers le portail en bois.

Les gonds grincèrent quand il le repoussa, et l'ombre qui régnait sous la voûte lui offrit un répit momentané contre l'ardeur du soleil. Il fit passer Grace devant lui et la suivit sur l'allée de gravier conduisant au porche de l'église. Pendant qu'ils traversaient le petit cimetière, Grace prit un trousseau de clés dans son sac à main. La première, elle atteignit la lourde double porte, tourna l'anneau de fer et pénétra dans l'entrée. Elle avait déjà isolé une clé entre deux doigts. Elle se tourna vers Ash derrière elle et à son tour celui-ci constata que la porte intérieure de l'église était entrebâillée.

— Elle devrait être fermée, expliqua-t-elle en remettant le trousseau dans son sac. Père est certainement ici.

La fraîcheur s'abattit sur Ash comme la première fois, mais il la trouva encore plus étrange en cet instant. Il faisait presque froid.

Grace poussa la porte intérieure et ils entrèrent dans l'église. Ash s'arrêta aussitôt, avec la même brusquerie que s'il avait été stoppé par une main invisible. Ici l'atmosphère semblait figée, et l'impression était aussi forte et troublante que le froid qui l'avait saisi un instant plus tôt.

Bien que l'édifice ne fût pas de dimensions imposantes, l'intérieur de St Giles était impressionnant. Une série d'arches couraient le long de la nef vers le chœur et son autel surélevé, séparés par un jubé décoré ; derrière l'autel, une représentation de la Transfiguration s'étalait sous une rosace illuminée par le soleil, rendant éblouissantes ses images en vitraux. Les couleurs se mêlaient en reflets adoucis qui filtraient à travers le jubé sur la haute chaire de pierre placée sur un côté de la nef. Une allée centrale divisait les rangées de bancs et menait à l'autre bout de l'église, où de grandes orgues et la stalle du chœur étaient disposées face à face de chaque côté de l'arche du clocher. Ash pouvait apercevoir le bout des cordes commandant les cloches ; elles se balançaient doucement, peut-être agitées par l'ouverture du porche.

Grace lui agrippa le bras et dit dans un murmure inquiet :

— Vous avez entendu ?

Ash tendit l'oreille, mais sans résultat.

— J'ai cru qu'il y avait quelque chose... commença-t-elle.

Soudain ils perçurent tous deux le bruit, un gémissement bas et indistinct. Les doigts de Grace se crispèrent sur le bras de David.

— Cela vient de par là, fit-il à mi-voix en désignant l'autel.

Grace recula d'un pas, mais Ash avança en empruntant le collatéral d'une démarche prudente. Il marchait vers l'autel et regardait autour de lui, scrutant l'espace entre les piliers qu'il dépassait. A contrecœur, la jeune femme le suivit.

Le gémissement continuait.

Ash jeta un coup d'œil vif à Grace et remarqua l'extrême pâleur de son visage. Ils firent halte quand le geignement explosa en un cri enroué qui résonna dans le vaste espace.

Soudain, Grace se mit à courir vers la source du son. Craignant pour elle, Ash l'appela, mais elle l'ignora, arriva à l'extrémité du collatéral et traversa la nef vers une arcade plus petite.

Ash s'élança derrière elle au moment où elle disparaissait dans une chapelle latérale.

L'endroit était exigu mais contenait un petit autel et une crédence, ainsi qu'un gisant. Le révérend Lockwood était effondré sur la base du socle de pierre. Autour de lui étaient éparpillés les débris de livres déchirés et de parchemins froissés.

# 27

Ash examinait le tableau représentant Lockwood Hall et il devait bien admettre que Grace avait raison : il se dégageait de l'architecture de la demeure une curieuse impression de froideur. Certes, elle était grandiose, avec ses colonnes corinthiennes et ses pilastres, ses fenêtres hautes et son toit plat à balustrade, mais toute cette splendeur était frappée du sceau de l'austérité, comme si l'architecte s'était plus soucié de l'exactitude que de l'élégance. D'un autre côté, la faute en revenait peut-être à l'interprétation de l'artiste plus qu'à la vision du concepteur, car la toile était d'une précision dans son rendu qui laissait peu de latitude au spectateur pour une extrapolation romantique de l'œuvre. Jusqu'aux petites silhouettes de cavaliers sur leur monture se promenant dans un pré, derrière la bâtisse, qui étaient peintes subtilement mais avec une volonté du détail fort prosaïque, jusqu'aux arbres des bois, en arrière-plan, trop nettement dessinés. Pourtant, peut-être à cause de cette précision justement, l'ensemble exerçait une étrange fascination.

Ash s'absorba dans l'étude de certains détails – les longues tentures derrière les fenêtres, la rampe ouvragée de l'escalier majestueux montant vers la grande porte d'entrée, les costumes lumineux des cavaliers, la silhouette minuscule vêtue de blanc sous le feuillage d'un vieux chêne, au deuxième plan...

Des voix hors du bureau vinrent le distraire de son examen. La porte, qui était à peine entrebâillée, s'ouvrit largement et Grace entra dans la pièce, suivie d'un homme dont le visage n'était pas inconnu à David. Il l'identifia la seconde suivante : un des clients présents à la Black Boar Inn quand il y était arrivé – cet homme et son compagnon avaient d'ailleurs paru très intéressés par sa présence en ces lieux, il s'en souvenait. Grace était préoccupée par leur discussion et elle regarda Ash avec un étonnement vite disparu, comme si elle avait oublié qu'il attendait.

— David, dit-elle avec un geste vers l'homme, je vous présente le Dr Stapley.

Derrière les lunettes à fine monture métallique, les yeux chassieux du médecin trahissaient une grande lassitude que confirmait son teint d'une pâleur maladive. Il donnait l'impression d'avoir passé beaucoup plus d'années dans des pièces sombres que dans la campagne verdoyante autour du village. Le praticien semblait d'ailleurs avoir depuis longtemps dépassé l'âge de la retraite.

Son instinct conseilla à David de ne pas tendre la main, un geste que de son côté le médecin ne fit pas non plus, et il se rendit compte que le Dr Stapley l'observait avec une grande attention.

— Comment va le révérend Lockwood ? fit-il, étonné par la froideur affichée de l'arrivant.

— Il a besoin de se reposer, répondit Stapley. J'ai expliqué à Grace que son père devrait passer au moins une nuit à l'hôpital, en observation.

— Il ne veut pas en entendre parler, expliqua la jeune femme. Père insiste pour rester près du village.

La curiosité de David fut immédiatement en alerte.

— Pourquoi cette attitude ?

— Le pauvre homme souffre de fatigue extrême,

coupa le médecin. En ce moment, ses pensées ne sont pas très cohérentes, et je crains qu'il ne fasse certaines fixations. Par malheur, la santé d'Edmund s'est progressivement détériorée depuis le décès de sa femme et, pour être tout à fait franc, je suis surpris qu'il n'ait pas craqué bien avant aujourd'hui.

— Il a fait une dépression nerveuse ?

— Je n'ai pas dit cela, rétorqua le Dr Stapley d'un ton sec proche de la réprimande. Edmund est épuisé à la fois physiquement et mentalement, rien de plus.

Grace s'était approchée du petit bureau en chêne patiné et contemplait sans le voir le sous-main en cuir éraflé envahi de papiers et de livres. Elle se tenait immobile, lointaine, bras croisés sur la poitrine, épaules légèrement voûtées.

— Dans sa chambre, Père nous a dit qu'il étudiait les registres de la paroisse quand il a été pris d'un étourdissement soudain. Il s'est évanoui.

— Pourtant, il n'était pas inconscient. Nous l'avons entendu gémir.

— Il est évident que vous êtes arrivés au moment où il reprenait connaissance, fit le médecin. Dans un tel état, il s'est sans doute senti désorienté, et très effrayé. (Il se tourna vers Grace :) Je lui ai administré un sédatif, aussi vaut-il mieux le laisser se reposer quelques heures. Je ferai un saut plus tard pour voir comment il va, mais si son état s'aggravait, ce qui m'étonnerait, prévenez-moi aussitôt.

Grace lui adressa un triste petit sourire de remerciement.

Le médecin se tenait près de la porte ouverte, sa sacoche noire dans une main, l'autre enfoncée dans la poche de sa veste. La transpiration luisait sur son front et Ash se demanda si elle n'était due qu'à la chaleur ambiante. Derrière les verres, les yeux passaient vivement de David à Grace, comme s'il les soupçonnait de ne pas vouloir respecter ses instructions.

— Veillez à ce que le révérend ne soit pas dérangé, crut-il bon d'insister avant de quitter la pièce.

Grace se hâta derrière lui pour le raccompagner et Ash entendit leurs voix étouffées sur le seuil de la maison. Pendant qu'il attendait le retour de la jeune femme, il survola du regard les livres encombrant les étagères. Surtout des éditions anciennes, à reliure de cuir, les rayonnages ployant sous leur poids. Parce que le bureau était situé sur le côté sombre de la maison, la lumière solaire avait peu d'autorité ici et l'odeur de poussière et de vieux cuir contribuait pour beaucoup à l'ambiance renfermée de la pièce. Ses yeux revinrent se fixer sur le tableau de Lockwood Hall et il se souvint du détail qui avait attiré son attention juste avant l'arrivée de Grace et du médecin. Alors qu'il s'avançait vers la toile pour l'étudier, il entendit la porte d'entrée qui se refermait et les pas de Grace dans le couloir.

Ash se retourna au moment où elle entrait dans la pièce. Il n'eut pas le temps de dire un mot que déjà elle se jetait dans ses bras et plaquait son visage contre sa poitrine. Il sentit les larmes qui mouillaient sa chemise et un instant ses mains restèrent à quelques centimètres du dos de la jeune femme, sans qu'il sache trop comment réagir. Puis elles l'étreignirent.

— J'ai tellement peur... murmura-t-elle.

— Il va se remettre, fit-il d'un ton apaisant. Vous avez entendu le docteur : votre père souffre simplement d'une grande fatigue. Il a besoin de se reposer, c'est tout. Il serait peut-être judicieux de l'emmener quelque temps loin d'ici...

Elle s'était collée contre lui, et elle releva les yeux pour lui décocher un regard interrogatif.

— Quitter Sleath ? Vous avez entendu ce que je vous ai dit plus tôt. Jamais il ne fera cela, pas tant qu'il y aura des troubles ici.

— Il n'y peut rien.

— Il est leur guide spirituel. Il doit les aider.

— Les villageois ? La plupart d'entre eux ne sont même pas au courant des hantises.

— Etes-vous réellement aveugle à ce point, David ? Vous n'avez pas vu leur visage, et la peur qu'ils ont dans les yeux ? Ils savent que quelque chose de terrible est en train d'arriver à Sleath.

Les paroles prononcées par l'Irlandais lors du petit déjeuner revinrent à l'esprit de David Ash. Phelan avait raison, Grace aussi. Le mal, un pressentiment du mal qui imprégnait l'atmosphère et qui touchait tous ceux qui vivaient à Sleath ou aux alentours. Il n'avait pas besoin de scruter leur visage ou d'écouter leurs conversations. Et dans le village il devait se trouver des habitants qui préféraient garder pour eux les phénomènes paranormaux dont ils avaient été témoins, soit par peur, soit par gêne. Cela, il le savait sans avoir recours à ses thermomètres et à ses appareils photographiques à déclencheur ultra-sensible. Il le sentait maintenant, avec autant de netteté que le corps de Grace entre ses bras.

— Je sais, Grace. Quelque chose est en train de se produire ici, quelque chose que je ne comprends pas, et mon instinct me dit que le plus sage serait de partir aussi loin que possible.

Elle se raidit.

— Vous quitteriez le village ?

— Si vous veniez avec moi.

— Vous savez que je ne peux pas faire cela.

— Il n'y a rien qui vous l'interdise.

— Pourquoi dites-vous cela ? Est-ce à cause de ce qui vous est arrivé dans cette maison, Edbrook ?

Il garda le silence et elle insista :

— C'est du passé, David. Par ailleurs, vous étiez dévoré par un sentiment de culpabilité, à l'époque. Vous étiez vulnérable.

Il la repoussa doucement pour la contempler.

— Comment le savez-vous ?

— Vous me l'avez dit l'autre soir, au restaurant.

— Non, non. Je n'ai jamais fait mention de quoi que ce soit à propos de…

— De Juliet ? Alors c'est une autre chose que je sens chez vous, quelque chose en rapport avec le rêve. Votre culpabilité impliquait votre sœur et elle vous ronge toujours, n'est-ce pas ? Je vous en prie, aidez-moi à comprendre pourquoi.

— Pour l'instant, ce n'est pas important. Nous avons plus urgent à traiter.

— Alors vous allez rester ?

— Ai-je jamais dit que j'allais partir ?

Elle se rapprocha de lui et reposa la tête contre sa poitrine. Il fit glisser une main sous ses cheveux et lui massa doucement la nuque.

— Il y a toutefois autre chose qui me chiffonne, dit-il. Il faut que je sache pour quelle raison votre père a tenté de détruire les archives de l'église.

Une fois de plus, elle se crispa entre ses bras.

— Je ne pense pas que…

— Vous l'avez vu, coupa-t-il. Les documents étaient déchirés, les livres aussi.

Elle secoua la tête lentement.

— Il ne savait plus ce qu'il faisait. Le Dr Stapley l'a expliqué : Père a dû perdre conscience ; c'est peut-être arrivé à ce moment-là…

— J'en doute. Je pense qu'il avait peur de ce que nous aurions pu trouver dans les archives.

— C'est absurde. Que pourrait-il y avoir de caché dans les archives ?

— C'est très exactement ce qu'il nous faut découvrir.

Elle se serra un peu plus contre lui.

— Je suis heureuse que vous nous aidiez, David.

Ash plaça une main sous son menton et lui releva la tête. Du pouce il essuya les larmes au coin de ses yeux, puis se pencha vers elle. Le mouvement était hésitant, un peu malhabile, comme s'il craignait un refus, mais elle le termina pour lui. Elle passa une main derrière son cou et l'attira à elle. Leurs lèvres s'unirent.

Leur baiser fut entier, et Ash l'étreignit un peu plus, son corps tendu contre le sien. La douceur de la jeune femme l'inonda, et brusquement il se sentit chaviré, étourdi. Ses pensées se firent incohérentes et s'entrechoquèrent avec celles de Grace. C'était un moment merveilleux et effrayant à la fois, où se mêlaient confusion et plaisir, et qu'ils partageaient pareillement. Le baiser, ce contact intime, s'était transformé en autre chose.

Une sensation de légèreté l'envahit tandis que leur étreinte s'accentuait, et il eut l'impression que leurs esprits imitaient leurs corps.

*Il plongea en elle, et elle en lui ; leurs pensées et leurs sensations se mêlèrent, firent partie de celles de l'autre. Il explorait les profondeurs de ses sentiments, de ses secrets, et il était conscient d'elle comme elle l'était de lui. Il effleura ses émotions, ses passions, et fut submergé par son désir.*

*Et Grace l'accueillit sans retenue, déroutée mais consentante, ravie par cette invasion, tandis qu'à son tour elle s'immisçait dans sa conscience, absorbant pensées et sentiments. Elle alla plus loin encore dans son subconscient, se méfiant des ténèbres qui y régnaient mais sans peur réelle. Elle franchit des voiles qui n'étaient que des ombres de sa psyché, frissonnant à chaque nouvelle impression mais incapable de s'arrêter, désireuse de continuer. Et soudain elle se trouva entre les murs lugubres de cette demeure qu'il appelait Edbrook.*

*Deux hommes apparurent, deux êtres éthérés qui flottaient dans l'esprit de Grace – et dans celui de David ! Et une jeune femme, belle, avec de longs cheveux noirs et un regard qui contenait de la moquerie autant que de la passion. Cette pensée s'estompa et au-delà, plus nette et forte que les autres, se tenait une fillette, une enfant au sourire malveillant et à la peau d'albâtre. Jeune et pourtant si vieille, avec une âme totalement dégénérée, et Grace sut qu'il s'agissait de Juliet, la sœur de David. Et avec cette perception elle comprit le plus grand secret de David.*

*Comme dans un rêve, elle sentit la rage de la fillette et elle la vit s'éloigner en titubant, glisser sur la berge et tomber dans les eaux noires de la rivière. Des tourbillons insondables entouraient l'enfant, l'entraînant dans une emprise inexorable, et le garçonnet qu'était alors David essayait de l'atteindre mais était ballotté au loin et repoussé par des forces terribles ; son esprit était paralysé par la honte de l'impuissance, et la terreur le faisait hurler.*

*Ils regardèrent tous deux – Grace et le jeune garçon – Juliet qui perdait son combat contre les courants furieux, et les yeux de la fillette, si grands, si apeurés, devinrent lentement opaques à mesure que la mort se refermait sur elle. Et Grace sentit que le garçonnet éprouvait la culpabilité de la mort de sa sœur, qu'il s'accusait de l'avoir tuée. Mais c'était faux ! La fillette était tombée dans la rivière et il avait tenté de la sauver !*

*Le corps de Juliet s'éloignait entre deux eaux, un de ses pieds déchaussés, laissant David, qui était tiré de la rivière et qui allait mille fois revivre la mort de Juliet.*

Ils se tenaient très droits au centre du bureau, immobiles, tandis que les murs autour d'eux semblaient tourbillonner et tanguer. Leurs lèvres étaient toujours jointes car, en réalité, leur baiser ne durait que depuis quelques secondes ; mais le temps avait été aboli par la communion de leurs esprits.

*Ash plongea dans un kaléidoscope de perceptions et d'images, et il les savoura avec délice, même si l'inquiétude y jouait aussi pour une bonne part, car jamais encore il n'avait eu accès à un autre esprit. Il tressaillit sous les émotions de la jeune femme, si intenses, puis s'y abandonna. Il la sentit qui l'explorait et s'ouvrit à elle, car cette intrusion était d'une délicatesse exquise ; et pendant qu'elle fouillait ses souvenirs, il visita les siens.*

*Et alors qu'il plongeait toujours plus profond il prit conscience d'une petite voix qui appartenait à Grace mais n'était pas du présent. C'était la plainte d'une enfant, et sa source demeurait indéfinie ; curieusement, il était incapable de diriger ses propres pensées vers elle.*

Il pressa un peu plus ses lèvres contre celles de Grace, cherchant physiquement à atteindre cette voix, et la jeune femme se laissa aller à son étreinte.

*Il trouva la direction. Dans l'esprit de Grace, il localisa la source de la petite voix apeurée et glissa vers elle. Mais quelque chose le freinait, ralentissant sa progression, et il se retrouva à dériver sans but. Pourtant, il était presque arrivé, la voix était devenue très claire. Soudain il se retrouva devant une vaste zone vide, et comme il s'en approchait il vit qu'elle était grise et inégale, semblable à un nuage trouble qui occupait cet endroit particulier de l'esprit de Grace. Il savait que jamais il ne pourrait y pénétrer, car là résidait le secret de la jeune femme, un secret qu'elle-même ignorait, ou qui du moins échappait à la partie consciente de son esprit. Il recula, repoussé violemment par la force de l'opposition, et remonta vers la surface, comme un homme qui se noie cherche à échapper aux profondeurs de l'océan.*

Ils se séparèrent au même moment, en reculant chacun d'un pas, et restèrent là, abasourdis, à se dévisager.

Soudain ils entendirent un cri, aussitôt suivi du bruit sourd d'une chute, à l'étage.

# 28

Ash retint Grace qui se dirigeait déjà vers la porte. Elle fit volte-face. La peur, l'incertitude brillaient dans ses yeux.

— Attendez, dit-il en maîtrisant son propre trouble.

Elle voulut se dégager, mais il tint bon.

— Père...

— Laissez-moi y aller le premier.

Il la tira en arrière, sans douceur car elle résistait encore, et sortit de la pièce. Elle le suivit sans un mot.

Ash gravit les marches trois par trois, mais il fit halte sur le palier en se rendant compte qu'il ne savait pas où se trouvait la chambre du pasteur. Un autre cri le renseigna.

La porte était fermée et une seconde il craignit qu'elle ne soit verrouillée tant la clenche était dure à abaisser. Il dut s'y reprendre une seconde fois, des deux mains, pour ouvrir le battant. Il se précipita à l'intérieur et s'arrêta net, stupéfait par ce qu'il découvrait.

Malgré les rideaux tirés, il y avait assez de lumière pour distinguer la silhouette du révérend Lockwood qui gisait sur le sol de la chambre, dos contre le mur, mains crispées sur les draps ramenés devant sa poitrine. Il regardait fixement l'autre coin de la pièce, et une terreur abjecte amollissait sa mâchoire inférieure. De la bouche entrouverte un filet de salive coulait sur le menton. Sa chevelure blanche était ébouriffée autour de son visage hagard, et ses pupilles étaient tellement dilatées et noires qu'on ne lui voyait presque plus les iris. Le pasteur tremblait de tout son corps et il semblait incapable de détacher ses yeux du coin opposé de la chambre.

Ash sentit Grace qui entrait derrière lui. Elle referma une main sur son épaule et contempla son père.

— *N'approche pas !*

Le cri échappa si soudainement au vieil homme qu'ils sursautèrent tous deux, avant de comprendre que l'avertissement ne leur était pas destiné. Il s'adressait à la vision qui occupait cet angle ténébreux de la pièce.

— Papa ! s'exclama Grace, sans se rendre compte qu'elle venait de prononcer un mot jamais utilisé depuis son enfance.

Elle voulut contourner Ash, mais une fois de plus il la retint. Elle se débattit et appela de nouveau son père. Jamais elle ne l'avait vu aussi vieux et frêle, aussi pathétique ; même ses mois de maladie n'avaient pas préparé sa fille à un tel spectacle. Elle eut un hoquet d'horreur quand le pasteur tourna un regard terrifié vers elle.

La voix du révérend était aussi faible que son apparence :

— Pars d'ici, Grace. Quitte cette pièce, cette maison... Va-t'en maintenant... Je t'en prie...

Les mots se faisaient de plus en plus inaudibles, puis il parut incapable d'en dire plus. L'effort de parler l'avait épuisé. Lentement, il se tourna de nouveau vers le coin sombre de la chambre et il poussa un gémissement bas et long qui se termina en sanglot. Ses mains déformées par l'arthrite levèrent en tremblant les draps et il y enfouit sa tête, comme un enfant apeuré.

— Pardonne-moi... Je t'en supplie, pardonne-moi... implora-t-il.

Ils pensèrent que cette supplique s'adressait à la chose

qu'il avait imaginée dans le coin, jusqu'à ce qu'il prononce le prénom de sa fille :

— Pardonne-moi, Grace... C'est toi... C'est toi qu'ils...

Ash la rattrapa alors qu'elle s'évanouissait et allait s'écrouler. Il la tint contre sa poitrine, mais emporté par le poids de la jeune femme il ploya les jambes et dut mettre un genou au sol. La tête de Grace reposait contre son épaule, et il la soutenait tant bien que mal.

C'est alors qu'il entendit le rire. Un rire bas et moqueur, qui provenait du coin sombre et vide.

# 29

Aussi lourd qu'il fût, l'air extérieur lui procura un véritable réconfort. Ash était ennuyé d'avoir laissé Grace seule pour s'occuper de son père, mais il n'avait pas le choix ; il devait absolument consulter ces archives, au moins celles qui n'avaient pas été irrémédiablement endommagées. De plus, c'était la jeune femme qui avait insisté pour qu'il se rende seul à St Giles, dès qu'elle avait repris connaissance et récupéré quelque peu ses forces.

Le temps de regagner sa voiture, le dos de sa chemise était trempé de sueur et son pas avait perdu de sa brusquerie. Il mit le contact, alluma la climatisation et resta sans bouger un moment avant de démarrer. Il ressassait ce qui venait de se produire dans la maison. Quelle sorte de démon était apparue au révérend Lockwood dans ce coin sombre de la chambre ? S'il n'avait pas entendu de ses propres oreilles ce rire cruel et moqueur qui émanait du vide, il aurait sans doute conclu que le pasteur avait été victime d'une hallucination due à son état de fatigue générale.

Tout en conduisant d'une main il fouilla de l'autre sa veste posée sur le siège passager. Il alluma une cigarette.

« Démon » n'était pas le terme qui convenait

– peut-être commençait-il lui aussi à accuser la tension. Les démons étaient tout juste bons pour les romans bon marché et les films de série Z. «Manifestation d'un esprit», voilà qui était plus adapté à la situation. Oui, il pouvait accepter cela, ainsi que la malignité d'une telle entité. De l'index il effleura la fine cicatrice à sa pommette et souffla la fumée de cigarette par la vitre baissée.

Une autre chose le laissait perplexe. Pourquoi Lockwood avait-il imploré le pardon de sa fille ? Que diable lui avait-il fait ? Ash se souvenait très bien de ce qui s'était passé entre lui et Grace dans le bureau, juste avant que les cris éclatent à l'étage. D'une façon qu'il ne s'expliquait pas, ils avaient été mutuellement capables de pénétrer la conscience intime de l'autre, leurs esprits s'étaient unis en une étreinte extrasensorielle, un mélange télépathique de perceptions et de sensibilités. L'expérience avait été fulgurante, puissante, et il savait qu'il avait livré à la jeune femme des secrets longtemps enfouis au plus profond de lui-même. Cependant, sa propre exploration avait été stoppée par une sorte de barrière née d'un voile qui obscurcissait le subconscient de Grace. Et maintenant il se demandait s'il y avait corrélation entre la supplique de Lockwood et ce blocage dans l'esprit de sa fille qui oblitérait la vérité non seulement pour autrui mais aussi pour Grace elle-même.

Tout cela faisait-il partie du secret du révérend ? Pourquoi avait-il autant peur ? Pourquoi avait-il tenté de détruire les archives de l'église ? Et, bon sang, qu'était-il en train de se passer à Sleath ?

D'un geste rageur Ash passa une vitesse et la voiture bondit vers l'autre côté de la route. Au prix de manœuvres heurtées, il effectua un demi-tour en mordant sur l'herbe et lança le véhicule vers le village. Il n'accorda qu'un rapide regard à la maison du pasteur avant d'écraser l'accélérateur et de dévaler la colline vers St Giles.

Il atteignit l'église en une poignée de secondes et dut résister à l'envie soudaine de continuer sa route pour sortir du village et filer vers les grandes villes où seuls les désaxés et les voyous représentaient un danger. Il se reprit à temps et freina devant le porche du cimetière.

La cigarette était à moitié consumée et sa colère maîtrisée quand il descendit de voiture et s'avança vers l'arche fraîche sous laquelle, autrefois, on déposait un instant les cercueils avant de les emporter dans l'église proprement dite. Ce n'est que devant la porte de l'édifice qu'il jeta son mégot et du bout du pied l'écrasa dans la poussière.

Il se retourna et survola du regard les vieilles pierres tombales de guingois. Pourquoi la mort ne signifiait-elle pas toujours une conclusion définitive ?

Le froid maintenant coutumier l'enveloppa quand il passa le porche de l'église et ouvrit la porte intérieure. Il fit halte une fois de plus et fut immédiatement conscient de ne pas être seul dans la pénombre sépulcrale. Pourtant, il ne perçut aucun son, aucune voix, aucun mouvement autre que les siens quand il tourna la tête lentement pour scruter la nef. Au contraire de la fois précédente, à son arrivée à St Giles en compagnie de Grace, il n'y avait aucun murmure pour le prévenir, cependant il avait la certitude absolue que quelqu'un d'autre se trouvait dans l'église – ses sens étaient trop cruellement exacerbés pour le tromper.

C'est presque avec soulagement qu'il détecta enfin un bruit très faible.

Avec une curieuse impression de déjà-vu, il avança d'un pas mesuré dans le collatéral, en tendant l'oreille. Le son s'accrut tout en restant très bas. Il y avait une sorte de cadence dans le bruit... comme si quelqu'un fredonnait une mélodie. Et sa source était la petite chapelle où ils avaient découvert le corps du révérend Lockwood.

Une bonne part de sa nervosité le quitta quand le

chantonnement se fit plus net et moins menaçant. Il remarqua d'autres sons en approchant – le froissement de feuilles qu'on tourne, un toussotement étouffé, un grattement léger sur le sol de pierre.

— C'est vous, David ?

L'accent était reconnaissable entre tous.

— Phelan ?

— Venez me rejoindre, nous avons à discuter de beaucoup de choses.

Ash s'appuya au dossier d'un banc et s'autorisa une lente inspiration avant d'obéir.

— Vous m'avez flanqué une sacrée frousse, dit-il en traversant le transept.

— Ah, toutes mes excuses, ce n'était pas du tout mon intention. En fait, j'ai cru que je vous trouverais déjà ici en arrivant.

L'Irlandais se remit à fredonner.

Ash s'arrêta sur le seuil de la petite chapelle où le gisant se partageait l'espace avec le petit autel et la crédence. Seamus Phelan avait trouvé quelque part une chaise à dossier droit et y était assis, entouré de liasses de papiers jaunis et de vieux livres. Parmi eux se trouvaient quelques parchemins, la plupart froissés ou déchirés. Plus tôt, Ash n'avait pas eu le temps de constater les dommages infligés à ces documents, mais à présent il pouvait voir l'étendue de la destruction réalisée par le pasteur. Les livres également étaient en fort mauvais état, soit par l'effet de l'usage, soit par le vandalisme ; des feuillets s'en détachaient et un ou deux ouvrages présentaient une reliure totalement ruinée. Il se baissa pour ramasser une feuille de vélin froissée couverte d'une écriture décolorée par le temps et difficilement déchiffrable.

— Je vous serais reconnaissant de ne toucher à rien, David. J'ai passé pas mal de temps à classer ces documents.

Malgré le ton encore badin adopté par l'Irlandais, une

pointe de tension marquait sa voix. Ash observa Phelan et vit que son sourire était tout sauf gai.

— J'ai été surpris de ne pas vous trouver ici, continua l'Irlandais sans paraître se soucier de l'examen dont il était l'objet. Après tout, cela faisait partie du plan dont nous étions convenus, non ? Chacun devait conduire ses recherches de son côté...

— J'ignorais que vous seriez revenu aussi vite.

— Les microfilms de la bibliothèque m'ont très vite appris ce que je voulais savoir. Je désirais parler avec vous avant de m'occuper de ces archives. (La tension était montée jusqu'à ses yeux.) C'est peut-être pire que ce que je craignais, David. Bien pire. Mais dites-moi d'abord, qui est le vaurien coupable de ce vandalisme ?

D'un petit mouvement de menton, l'Irlandais indiqua les papiers qui jonchaient le sol.

Ash lui expliqua succinctement comment lui et Grace avaient trouvé le révérend à demi conscient dans la chapelle, les archives paroissiales éparpillées autour de lui.

— Ainsi donc c'est le révérend Lockwood en personne, fit Phelan d'un ton pensif quand Ash eut fini. Pourquoi un homme de religion, le pilier central de cette communauté, aurait-il voulu détruire l'histoire écrite de sa paroisse ?

— Parce qu'il n'aimait pas cette histoire ? proposa David.

Le petit homme le considéra avec intérêt.

— L'histoire de ses propres ancêtres, ajouta-t-il.

Ash s'agenouilla devant les débris de papier.

— Vous avez eu le temps de les examiner ?

Ignorant l'avertissement de Phelan, il prit une moitié déchirée de parchemin.

— Il faudrait une semaine pour remettre de l'ordre dans tout cela, et beaucoup plus pour l'étudier correctement. Mais j'ai déjà trouvé quelque chose d'intéressant... (L'Irlandais se pencha et, d'un geste précautionneux, ramassa un volume relié, à l'évidence ancien mais en meilleur état que la plupart des autres tomes jetés à terre.) J'ai trouvé celui-là au fond du coffre, sous un tas d'autres documents. Par chance, notre pernicieux pasteur ne s'en était pas encore occupé quand il a perdu connaissance.

Il déposa le livre sur ses genoux et l'ouvrit.

— La majeure partie des écrits est indéchiffrable, reprit-il, et presque tout le reste est du charabia. J'ai bien peur que l'auteur n'ait pas été très cultivé, si j'en juge par son latin. Toutefois, ce que j'ai pu traduire est tout à fait fascinant. D'ailleurs, cela pourrait concerner votre spécialité. (Il se tourna à demi et désigna le gisant près de lui.) Sir Gareth ici présent a été le premier Lockwood à s'installer à Sleath. Ce n'était pas grand-chose au treizième siècle, mais le village et les terres alentour lui ont été donnés en récompense de sa participation à la Cinquième Croisade. Connaissez-vous cette période de l'histoire, David ?

— Je pourrais à peine vous résumer ce qui s'est passé hier.

Phelan prit une mine étonnée.

— Vous plaisantez, j'en suis sûr. N'importe. Il semble que Sir Gareth ait fait partie de l'armée chrétienne qui caressait le projet quelque peu illogique de conquérir l'Egypte – je suppose qu'ils étaient imbus de leur propre gloire après la Quatrième Croisade, qui avait réussi la prise de Constantinople une douzaine d'années plus tôt, et la fondation de l'Empire latin de Constantinople. (Il eut un hochement de tête perplexe.) On aurait pu penser que notre chevalier serait revenu assagi après cette défaite, eh bien, pas du tout. De ce que j'ai pu tirer de ces notes assez absconses, à son retour Sir Gareth était possédé par certaines idées étranges, mais qui le passionnaient. Pour le malheur des villages et des habitants de la région, ce n'étaient pas des idées très chrétiennes...

— Il y en a la preuve dans ce livre ?

Phelan eut un bref sourire.

— Des indices, mais il faut lire entre les lignes ici et là. Je dois lui reconnaître un enthousiasme indéniable. Hélas, une fois de plus cet enthousiasme, ou plutôt cette obsession maladive, se portait sur de sombres pratiques.

— Pourtant, ses descendants ont été des pasteurs.

— Oui. Paradoxal, n'est-ce pas ? Je suppose que cela rendait absolu leur pouvoir sur les villageois.

Une brise qui s'était insinuée dans l'église vint soulever les papiers aux pieds de Phelan. Il prit la canne posée contre le dos de la chaise et la posa dessus.

— Voyez-vous, nombre de passages semblent être des citations extraites du Livre des Morts égyptien. De par vos connaissances en littérature occulte, je pense que vous aurez une idée de ce à quoi servait cet ouvrage...

— Il était destiné à être lu aux mourants afin de donner à leur entité subconsciente la maîtrise de leur esprit quand ils passaient dans l'au-delà.

— Bien, une certaine maîtrise sur les étranges et merveilleuses expériences à venir, pourrait-on dire ? Un sacré projet, vous ne pensez pas ?

— J'imagine que Sir Gareth a été très déçu quand il est mort et qu'il a constaté que tout cela n'était que du vent, répondit Ash.

— Ah, mais n'est-ce que du vent, justement ? Et les fantômes, les apparitions, les spectres, les revenants, les esprits, quel que soit le nom que vous donnez à ces pauvres diables, d'où viennent-ils ? Ne sont-ils pas les âmes de ceux à qui l'on n'a pas permis de passer dans l'au-delà, ou qui se le sont individuellement interdit ? Peut-être Sir Gareth avait-il découvert ce grand secret et désirait-il le partager, ou s'en servir pour asseoir son pouvoir sur autrui... (Il s'interrompit et coula un sourire plus résigné que las à David.) Mais je vois bien que vous n'êtes pas convaincu. Toujours le cynique en vous, hein ?

— Vous m'en voulez ? Tout ça est quand même un peu absurde, non ?

— Pas plus que ces histoires de fantômes qui terrorisent un petit village des Chiltern. Mais n'entrons pas dans ce débat spécifique pour le moment. Nous avons encore à fouiner beaucoup avant de pouvoir tirer la moindre conclusion. Je pense que le journal de Sir Gareth constitue un bon point de départ, meilleur que je ne l'espérais, pour tout dire.

Il tourna lentement les pages et se perdit dans ses pensées pendant un long moment.

Ash se releva et s'approcha du gisant. Il fit courir ses doigts sur la pierre craquelée dont la froideur s'insinua aussitôt en lui. Désagréablement surpris par l'intensité de cette sensation, il rompit le contact en hâte.

Le bruit du livre que refermait Phelan et son murmure attirèrent son attention.

— Vous avez parlé ? dit-il en se frottant inconsciemment le bras pour le réchauffer.

— Je pensais à voix haute, mon ami. Une des habitudes les plus irritantes, chez les vieux...

Il fredonna un instant en pianotant des doigts sur la couverture épaisse du livre sur ses genoux. Puis il fixa sur Ash son regard gris-vert où ne se lisait plus aucun humour.

— Comme je l'ai dit, il nous reste beaucoup de travail à abattre, et peu de temps.

— Je peux vous aider à passer en revue un peu de ces documents. Peut-être les derniers en date, ceux qui ne sont pas rédigés dans un langage trop obscur...

— J'ai le sentiment que ce sont les documents les plus anciens qui nous livreront les réponses que nous cherchons, même si j'ai l'intention de feuilleter l'ensemble pour m'assurer que nous ne ratons rien.

— Et que nous donneront ces réponses ? rétorqua Ash avec quelque chose qui ressemblait à un début d'exaspération.

— Eh bien, elles pourraient nous aider à comprendre ce qui se passe à Sleath, et pourquoi ces revenants sont en train de terroriser la population. Ensuite, peut-être, nous pourrons convaincre ceux qui sont concernés – les vivants. Je veux dire… les convaincre d'arrêter les pratiques qui attirent ces forces contre nature sur le village.

— Attendez une minute… Vous pensez vraiment que certaines personnes sont responsables de ces hantises ?

— Je le crois, oui, même si je ne sais si c'est consciemment ou subconsciemment qu'elles agissent. Voyez-vous, je doute que ces forces aient la capacité de se manifester sans une sorte d'encouragement, d'invite, si vous préférez. Dans la plupart des cas ce sont des spirites ou des esprits particulièrement réceptifs qui attirent de telles entités, mais ici… eh bien, qui sait ? Il sera intéressant de le découvrir, en tout cas.

L'air attristé, Phelan secoua la tête et commença à se lever, ce qui apparemment représentait un effort réel pour lui. Il posa le livre sur la chaise, puis fléchit à plusieurs reprises les genoux pour chasser la rigidité dans ses jambes.

— Il fait un froid singulier dans cette église, vous ne trouvez pas ? remarqua-t-il d'un ton détaché en levant les yeux vers le plafond voûté de la chapelle. Je sens que le mal est à Sleath, et qu'il y est depuis un certain temps. En fait, je suis prêt à croire qu'il est là depuis des siècles.

— Et pourquoi croiriez-vous une chose pareille ? s'enquit Ash.

Phelan lui décocha un regard narquois.

— Ne le sentez-vous pas vous-même ? Vous ne sentez pas la malveillance qui plane ici ? Seigneur, elle en est presque palpable, on peut presque la toucher. Oh, elle est bien ici, depuis plus longtemps qu'aucun de nous sur cette terre, et j'ai l'impression que sa puissance augmente ou baisse selon certains facteurs. Des facteurs qui restent encore inconnus, mais nous sommes là pour les découvrir, n'est-ce pas ?

Phelan se baissa et ramassa sa canne. Avec sa veste de

tweed et sa cravate en cachemire, il offrait un spectacle singulier, appuyé qu'il était sur sa canne d'une main, l'autre poing posé sur la hanche. Autour de lui s'entassaient les documents, et un rai de soleil adouci par le vitrail colorait sa chevelure blanche de teintes pastel. Par contraste, le gisant du chevalier derrière lui paraissait menaçant dans sa grise immobilité minérale.

— Il y a une chose que je sais, reprit-il en posant sur Ash son regard perçant. Une chose que j'ai découverte dans les microfilms des vieux journaux locaux.

Une autre brise agita les papiers au sol et Ash jeta un coup d'œil dans la nef pour voir si quelqu'un venait d'entrer dans l'église. Personne.

Phelan ignora le courant d'air qui avait pourtant soulevé un parchemin et l'avait collé contre une de ses chaussures de marche.

— Il semble que les disparitions soudaines et les morts non naturelles ne soient pas rares dans ces parages. Oh, bien sûr, cela se passe sur une longue période de temps, une centaine d'années ou plus, et, pour ce que nous savons, peut-être beaucoup plus longtemps – les gazettes locales ne remontent pas très loin. Sur une période plus courte, il est évident que de tels événements auraient été remarqués, vous ne croyez pas ?

Une forme sombre se colla au vitrail au-dessus de la tête de Phelan et ils entendirent le croassement d'une corneille. Elle disparut l'instant suivant, non sans avoir giflé le verre de ses ailes.

Sans se soucier du volatile, Phelan tapota la pierre du sol de sa canne pour attirer l'attention de David.

— Ce qu'il y a de terrible, David, dit-il gravement, c'est que la plupart de ces disparitions concernent des enfants.

Le cri de la corneille leur parvint de nouveau, cette fois distant.

# 30

Mickey Dunn s'essuya le visage d'un revers de manche, ce qui eut pour effet d'étaler un peu plus la crasse. Il frissonna, bien qu'il régnât une température plus fraîche que froide dans la pièce sombre qu'il avait choisie pour refuge.

— J'ai dû m'endormir, marmonna-t-il pour lui-même, le son de sa voix résonnant étrangement dans le silence des ruines.

Ses jambes allongées soulevèrent un peu de poussière quand il les replia devant son torse. Il s'inquiéta du peu de bruit qu'il venait de faire. *C'est idiot*, se dit-il, *aucune raison de flipper*. Il n'y avait personne d'autre ici, et tout le monde ignorait où il se trouvait. Toutefois, ses doigts explorèrent le sol auprès de lui, et quand il eut trouvé l'arbalète Mickey la serra contre lui, en prenant soin que le carreau reste pointé vers l'extérieur.

La pièce était plus claire que lorsqu'il s'y était glissé, mais toujours plongée dans la pénombre. Il arrivait tout juste à distinguer de vastes éviers de porcelaine sous les fenêtres noircies, et un grand bloc cubique au centre de la pièce, sans doute utilisé pour découper la viande et la préparer au temps où Lockwood Hall n'avait pas encore été réduit à l'état d'immense coquille vide.

Feuilles et branches se pressaient contre les fenêtres et entraient par les vitres brisées, s'étendant dans le vide comme si elles recherchaient l'ombre plutôt que la lumière du soleil. Etait-ce la saleté accumulée sur les vitres, se demanda Mickey, ou celles-ci étaient-elles obscurcies par la fumée de l'incendie qui s'était déchaîné ici toutes ces années plus tôt ? Bah, une fois encore, quelle importance ? Leur opacité complétait magnifiquement la sécurité de son abri, et c'était tout ce qui comptait. Aucun emmerdeur ne viendrait le dénicher ici.

Des bribes de son rêve lui revinrent et aussitôt il se sentit moins rassuré dans la semi-obscurité. Il se souvint qu'il était enfermé, et qu'une odeur de pommes pourries empuantissait l'air de l'abri anti-aérien. Il avait beau frapper contre la porte des deux poings, encore et encore, elle était verrouillée et restait obstinément close. Curieusement, la senteur de ces pommes en décomposition persistait dans ses narines, comme s'il ne s'était pas réellement réveillé et que son cauchemar se poursuivait.

Mickey se mit en position accroupie, en faisant glisser son dos contre le mur. Le plâtre s'écailla et des fragments tombèrent en pluie, révélant la brique.

Non, il n'y avait pas d'odeur de pommes pourries. Tout ça n'existait que dans sa tête, ce n'était qu'un simple relent de son rêve. En fait, il ne reniflait que l'humidité et la poussière. Où était-il, déjà ? Ah ouais, à Lockwood Hall... Mais cette pièce ? Il avait erré dans les ruines au petit matin, apeuré, et s'était frayé un chemin à travers cette succession de salles et de couloirs aux plafonds éventrés, en se méfiant comme de la peste des planchers qui craquaient sinistrement, pour finir par trouver cette pièce de belle taille au sol dallé de pierre solide. A quoi avait-elle pu servir ? Facile à deviner, maintenant qu'il y avait un peu plus de lumière. Les éviers là-bas, ces murs occupés par des placards à demi calcinés, le gros bloc noirci au centre : il ne pouvait s'agir que de la grande cuisine de Lockwood Hall. Ces foutus richards avaient dû avoir une flopée de loufiats et de cuistots à leur botte. N'empêche, tout leur argent ne leur avait pas servi à grand-chose, en fin de compte. Cette foutue baraque avait fini bouffée par les flammes.

Il réussit à accrocher un petit sourire sarcastique à ses lèvres. *C'est pas avec l'oseille qu'on peut combattre un incendie, pour sûr. Et on ne peut pas acheter son destin non plus, d'ailleurs.* Son sourire s'évanouit. C'était foutrement vrai, on ne pouvait pas acheter son destin. Et ce n'était pas sa faute la nuit d'avant, il n'avait voulu tuer personne. C'était son putain de destin qui en avait décidé ainsi. Saloperie de destin, oui.

Un sanglot monta dans sa gorge et lui échappa en un hoquet sonore. L'écho lui fit redresser la tête.

Mickey se releva en s'appuyant au mur, ce qui déclencha une avalanche de plâtre en poussière. L'arbalète serrée dans une main, il s'essuya les yeux de l'autre.

Ils ne l'auraient pas. Oh non, ils pouvaient l'accuser de ce qu'ils voulaient, mais pas au point de l'envoyer au trou. C'était la faute de Buckler, il avait qu'à ne pas traîner par là en pleine nuit. D'ailleurs, Mickey n'avait pas visé le garde-chasse, il avait tiré sur... sur cette... cette *chose* qui n'avait aucun sens, cette chose... irréelle.

— Oh, merde, merde et *merde* ! gémit-il en frappant du plat de la main le mur derrière lui.

Un nuage de plâtre s'en détacha et la vibration en fit également tomber de ce qui restait du plafond. Il en eut les cheveux recouverts et les narines emplies. Il saisit son arbalète à deux mains.

Nom de Dieu, toute cette foutue bicoque était prête à s'effondrer. Il leva les yeux vers les poutres nues au-dessus de lui, en clignant des yeux contre la poussière qui flottait encore dans l'air. Un peu de la clarté solaire perçait les plafonds dévastés, et il discerna ce qui restait du toit. Un bon éternuement et tout tomberait, se dit-il, et son ricanement se termina sur un autre hoquet.

Ça n'était pas très amusant, en fait. Il n'aimait pas cet endroit, pas du tout. Il ne l'avait jamais aimé. Il y avait quelque chose de bizarre dans ces vieilles ruines, depuis toujours. Tout le monde savait qu'elles étaient hantées, et c'est pourquoi personne du village ne s'y risquait. Un atout pour lui, tout de même. Lui savait que les fantômes n'existaient pas – c'était juste un truc pour effrayer les mioches –, et si cette croyance gardait les fouineurs à distance, impeccable. Des bruits l'avaient tiré de sa somnolence tout à l'heure, mais Mickey était assez malin pour comprendre qu'il ne pouvait s'agir que du vent dans les décombres, ou d'une brique qui se détachait, ou de petits animaux qui furetaient par là. Et même quand cette drôle de musique, cette mélodie vieillotte qu'il avait cru entendre quelques heures plus tôt, quand il gravissait les marches du perron, avait retenti de nouveau pour le réveiller, il avait su qu'elle n'existait que dans son rêve. La preuve, elle s'était arrêtée dès qu'il avait ouvert les yeux. Penser autre chose aurait été idiot, et Mickey Dunn était tout sauf idiot, même si Lenny et Den lui lançaient parfois ce qualificatif en plein visage. S'il avait été idiot, il serait maintenant en taule, comme les deux autres l'étaient probablement, alors qu'il se trouvait là, libre comme l'air, sans que personne puisse dire où il se cachait. Il pouvait rester ici des jours, voire des semaines, s'il le fallait. Enfin, s'il le fallait *vraiment*.

Mickey fit jouer les muscles de ses épaules et s'écarta du mur d'une poussée. Il s'approcha du bloc cubique, au centre de la pièce. Des plaques de plâtre et des débris de bois crissèrent sous ses baskets et il fit un bond quand une longue écharde se brisa sous son pas. Le craquement ricocha contre les murs comme un coup de feu. Mickey se mit à marcher avec précaution, en se guidant sur les parties éclairées, même s'il savait que personne n'était là pour l'entendre.

Il atteignit l'ouverture calcinée d'une porte et regarda au-delà. C'était le grand couloir qu'il avait emprunté en arrivant à l'aube, il s'en souvenait. Ici, la lumière était un peu plus forte. Le passage menait au grand hall d'entrée, avec les restes du double escalier monumental. Toutes ces années auparavant, l'incendie avait sévi à son maximum sur l'avant de la demeure, même si aucune partie de Lockwood Hall n'avait été épargnée. Il renifla l'air et il lui sembla détecter une vague odeur de fumée. Ridicule. Il n'y avait pas plus de fumée que de fantômes.

Maladroitement, il enjamba un tas de débris dans le couloir et le mouvement déclencha une vive douleur à l'estomac qui faillit lui faire perdre l'équilibre.

— Bordel de merde ! grogna-t-il en crispant une main sur son ventre.

Cette foutue douleur. Cette satanée foutue douleur ! Oh, il en connaissait la cause, bien sûr. Elle n'était pas nouvelle. Elle se manifestait la plupart du temps quand il était avec Lenny et Den sur un « coup ». En partie, elle était due à la faim – il ne pouvait jamais rien avaler avant une expédition nocturne en compagnie de ses deux acolytes –, mais c'était surtout l'anxiété qui la déclenchait (ce que jamais il n'aurait avoué à ses partenaires). Lenny Grover se moquait toujours de lui quand il se plaignait de crampes d'estomac, mais celles-ci n'avaient rien d'une plaisanterie. Le toubib de Mickey, ce vieil abruti de Stapley, lui avait expliqué que chez certaines personnes les acides attaquaient les parois de l'estomac quand elles étaient tendues, surtout si rien n'avait été ingéré récemment. Le docteur lui avait recommandé d'éviter l'alcool et les aliments trop gras, et conseillé de manger à heures fixes, mais quoi, la vie ne valait d'être vécue que si l'on pouvait faire comme on voulait, non ? Ouais, sûr.

Un autre spasme, plus violent que le premier, lui tordit le ventre une seconde avant de se dissiper lentement. Il fallait qu'il trouve quelque chose à se mettre sous la dent, même si ce n'étaient que des baies sauvages dans les bois. Avec un peu de chance, il pourrait abattre un oiseau bien dodu ou un lapin. Mais il devrait se montrer prudent pour ne pas être vu. Bon sang, il faisait froid ici.

Mickey s'engagea dans le couloir. Il avançait à pas prudents parmi les débris, l'arbalète serrée contre sa poitrine. Une latte s'incurva et émit un craquement sec sous son pied, et il s'immobilisa, alarmé par le bruit autant que par la possibilité d'une chute. Il grommela avec mauvaise humeur. Il recommençait à craindre que quelqu'un l'entende alors que ces ruines étaient désertes. Toutefois, le mauvais état du plancher n'était pas une chimère. Prudence, se dit-il, ce bois est à moitié pourri ou brûlé.

Deux portes se trouvaient immédiatement sur sa droite, et la curiosité le porta à jeter un coup d'œil par la première, qui était ouverte. Il ne vit qu'un amas de débris calcinés. La seconde porte, curieusement, était en métal bruni par les flammes, mais elle paraissait encore solide. Sa poignée était douce et patinée, comme par un usage fréquent. C'était idiot. Plus personne ne venait ici. Lockwood Hall n'intéressait plus personne.

Il referma une main sur la clenche et l'abaissa. Elle ne résista pas, mais la porte était verrouillée. Ou simplement coincée. Il pesa de l'épaule contre le panneau métallique. Sans effet.

Son attention revint à la première pièce. Rien ici sinon des poutres noircies et des éclats de brique, et quelques trous dans le plancher, aussi. Cependant on y voyait mieux que dans la salle où il avait somnolé car les deux fenêtres n'avaient pas seulement perdu leurs vitres mais aussi leurs croisillons. Ici, le feu avait tout ravagé. Ce serait peut-être un endroit plus indiqué pour s'installer. L'atmosphère sentait encore un peu, mais moins.

Mickey fit quelques pas à l'intérieur pour tester le sol. Les lattes ployèrent un peu et il allait battre en retraite quand un nouveau spasme lui tordit l'estomac, encore plus intense que les précédents. Dans un geste réflexe il plaqua l'arbalète contre son ventre et le mouvement l'emporta en avant. Son pied jaillit devant lui pour reprendre son équilibre et le poids soudainement appliqué brisa le plancher.

Avec un cri, Mickey passa au travers.

De la poussière, du plâtre et des morceaux de bois cascadèrent autour de lui et pendant un instant – une éternité pour lui – il connut une terreur pire que celle éprouvée la nuit précédente et lors de son lointain enfermement dans l'abri anti-aérien. Ce n'était pas la sensation d'inconnu qui provoquait cette peur, mais cette chute apparemment interminable dans des ténèbres complètes, à se demander combien de temps il tomberait et ce qui l'attendait en bas pour le transpercer ou lui briser les os. Il existait une autre possibilité, mais son esprit n'eut pas le loisir de l'envisager.

Sa chute prit fin, mais pas le vacarme. Mickey était assourdi par le bruit, auquel son propre cri contribuait, et aveuglé par les tourbillons de poussière et l'obscurité. Il était également étourdi, et pas seulement par sa réception pour le moins brutale. Dans la confusion de débris, les craquements du bois et son propre hurlement, Mickey avait entendu – senti ? – quelque chose comme le son d'un ressort puissant qui se détend, et instantanément sa bouche ouverte avait été refermée avec violence par quelque chose qui la frappait par en dessous. Son cri fut aussitôt étouffé et la chose continua son trajet en traversant son palais et en ressortant par le cartilage nasal.

Le carreau lui avait transpercé la bouche et sa petite pointe saillait de l'arête de son nez, tandis que l'extrémité empennée pressait contre son cou.

Mickey se tordit de douleur comme un animal mortellement blessé en comprenant ce qui venait de lui arriver. Pourtant, il ne parvenait pas à y croire.

Il fallut de longues secondes avant que les débris divers et la poussière cessent de se déverser sur lui. Désormais incapable de crier, il ne pouvait plus que hoqueter et cracher le sang qui s'accumulait dans sa gorge. Ses hurlements n'étaient plus que des gargouillis pitoyables.

Il saisit le bout de la flèche et chercha à la déloger. Mais ses mains glissaient sur le sang poissant l'extrémité empennée. Bientôt, ses paumes furent couvertes de l'épais liquide qui coulait de ses narines et de sa bouche. Le sang s'échappait des orifices naturels et de ceux causés par la terrible blessure, et finissait par se mêler aux gravats déclenchés par sa chute.

Dans son agonie, Mickey roula sur lui-même dans la pièce. Incroyablement, il réussit à se mettre à genoux sans cesser de tirer sur le bout du carreau. La souffrance et le choc réussirent l'impossible : il se remit debout et tituba au hasard dans l'obscurité, jambes arquées comme celles d'un singe ivre. Il heurta l'escalier, celui qui descendait de la porte blindée dans le couloir, repartit en arrière à l'aveuglette, vacillant sur les débris qui avaient accompagné sa chute, dérapant sur son propre sang, gargouillant et couinant sa souffrance et son désarroi.

Le sang trempa très vite ses vêtements, et chaque fois qu'il faisait demi-tour dans son égarement, des giclées de gouttelettes arrosaient les murs. Dans la pénombre ses mains luisaient faiblement d'un rubis profond, et ses poumons commençaient à être emplis de liquide. Peu à peu ses mouvements se firent plus lents, plus faibles, moins désordonnés, et son corps commença à se voûter. Il se trouvait maintenant à l'autre bout de la salle.

Alors qu'il tombait à genoux et qu'une étrange légèreté dans son cerveau défiait la lourdeur qui écrasait ses poumons, Mickey se rendit compte qu'il regardait dans une autre pièce. L'esprit déjà confus, Mickey fut saisi d'une hystérie nouvelle en découvrant la scène étrange devant lui, qu'éclairaient des dizaines de bougies.

Un brusque hoquet fit jaillir un flot de sang par le mince espace entre ses lèvres, et le liquide sombre s'étala sur le sol de pierre propre, à l'entrée de l'autre salle.

Mickey suivit de près l'arc de sang et tomba face la première dans un bruit mou. Ses yeux restèrent ouverts, bien que sa vision perdît rapidement toute acuité. L'image des petites flammes dorées et de la personne qu'elles révélaient s'imprima nettement dans son esprit, toutefois, et l'accompagna presque jusqu'à sa misérable fin.

# 31

Ash fit halte sous l'enseigne de la Black Boar Inn. Jusqu'alors, il ne lui avait guère accordé d'attention, mais à présent il prenait le temps d'étudier ses détails délavés par les intempéries. La fourrure noire et les défenses jaunes de l'énorme sanglier paraissaient trembler de rage. Quoique d'une facture peu raffinée, avec sa peinture craquelée ou disparue par endroits, le rendu général exprimait toujours très bien la force sauvage du sujet. Peut-être la folie qui rougeoyait dans les petits yeux de l'animal conférait-elle l'essentiel de sa puissance évocatrice à l'ensemble, ou bien sa pose, poitrail légèrement baissé, une patte levée comme pour frapper le sol ; ou encore le contraste entre cette image féroce et l'entourage paisible qui frappait l'observateur. Mais Sleath était un village de contrastes…

Ash baissa les yeux et regarda autour de lui. La mare, surmontée d'une brume matinale diaphane, ne lui semblait plus aussi tranquille ; l'immobilité de ses eaux était trop complète, leur profondeur trop insondable. Un peu plus loin, le poteau à fouetter et le pilori témoignaient d'un passé sombre et honteux plutôt qu'ils ne constituaient une réelle curiosité historique, comme il l'avait pensé en arrivant. Même les fenêtres des vieilles maisons et de la salle paroissiale de l'autre côté paraissaient lugubres, et les quelques personnes qu'il avait croisées pendant le court trajet depuis St Giles semblaient écrasées par le poids de réflexions maussades. Quand l'une d'entre elles avait levé les yeux au passage de la Ford, Ash avait salué d'un signe de tête et l'homme avait rapidement détourné son regard sans répondre.

Ash contempla le petit pont en dos d'âne qui marquait la sortie du village, et il fut surpris de voir que là aussi planait une brume légère dont les volutes diffuses montaient des eaux de la rivière pour estomper l'étroite construction de pierre. Il se rendit alors compte qu'un brouillard presque imperceptible s'étendait également sur la Grand-Rue. Il faisait déjà trop chaud, l'air était trop humide et Ash avait mal au crâne. Sa gorge était desséchée. Il avait besoin d'un verre.

La porte de l'auberge lui résista un peu, comme si l'établissement ne voulait pas qu'il entre, et il dut peser plus vigoureusement contre le battant pour que celui-ci cède enfin. Il pénétra dans la fraîcheur et la pénombre de la salle de bar avec un soulagement certain.

L'endroit était déserté par les clients et, semblait-il, par le personnel aussi. Toutefois, il perçut le son de voix provenant de la porte ouvrant derrière le comptoir tandis qu'il avançait sur la moquette usée. L'heure du déjeuner était certes passée, mais cette absence totale de consommateurs l'étonnait, surtout par une journée aussi chaude. Peut-être que ceux qui ne travaillaient pas avaient préféré profiter de la fraîcheur de leur maison ? Il décida de ne pas rester au bar pour boire – il n'était pas d'humeur à bavarder si quelqu'un arrivait – et se dirigea tranquillement vers l'escalier au fond de la salle. Il restait de la vodka dans sa chambre, et pour l'instant c'était tout ce qu'il désirait. Manger ne lui disait rien.

Il monta rapidement à l'étage. Les lambris du couloir étaient imprégnés de l'odeur de la bière et de la cuisine, et celle-ci ressortait comme si la chaleur l'avait tirée de la moquette et des murs. C'était assez désagréable, et il fut heureux de réintégrer sa chambre, dont la fenêtre était grande ouverte. Le lit avait été fait, la pièce rangée ; mieux encore, une carafe d'eau fraîche avait été placée sur la table de chevet.

Il déboutonnait déjà sa chemise et la glissait hors de son pantalon une seconde après avoir refermé la porte de l'épaule. Il agita les pans de sa chemise pour créer un peu d'air en marchant vers la coiffeuse proche de la fenêtre où se trouvait sa flasque d'alcool. Il la prit et s'assit sur le bord du lit en soupirant de lassitude. Avec sa chemise il essuya la transpiration qui luisait sur son torse. Paupières closes, il resta immobile quelques instants, à inspirer l'air venant du dehors ; il rouvrit brusquement les yeux, car il venait de remarquer que très peu d'air arrivait de l'extérieur, justement. Pas le moindre souffle ne venait caresser les rideaux. Il porta la flasque à ses lèvres et but une petite gorgée de vodka, puis versa un peu d'eau de la carafe dans un gobelet. L'eau était tiède, mais elle avait bon goût et adoucit la brûlure de l'alcool tout en calmant sa soif. Son esprit partit à la dérive pendant qu'il regardait sans la voir la fenêtre, et plusieurs minutes s'écoulèrent ainsi avant qu'il se verse un deuxième verre d'eau. Vodka, eau. Une fois encore : vodka, eau. Il commençait à se sentir mieux et ses pensées s'agençaient en un semblant d'ordre.

Seamus Phelan n'était pas un hurluberlu. Il était excentrique, bien sûr, et ne lésinait pas sur le côté pittoresque. Mais l'homme possédait une intelligence aiguë qui n'apparaissait pas forcément au premier contact. Qu'il fût médium ou pas était un autre problème. Toutefois, il ne manquait pas de réceptivité, son jugement de l'atmosphère qui régnait à Sleath le prouvait amplement. Ses connaissances en latin étaient impressionnantes, de même que son savoir historique – il avait sans hésitation relié les faits relatés dans les archives paroissiales aux grands événements de l'époque. Il y avait encore beaucoup à apprendre de ces documents, mais après deux heures passées à les classer chronologiquement, puis deux autres à les parcourir pour relever toute information relative à leurs recherches, les deux hommes avaient commencé à ressentir les effets de la fatigue.

Phelan avait fini par conseiller à David de rentrer à l'auberge pour prendre un peu de repos pendant que lui-même continuerait à travailler. Un peu à contrecœur mais conscient du manque de sommeil qu'il avait accumulé, Ash avait accepté. Par ailleurs, il voulait rendre visite à Ellen Preddle pour voir comment elle réagissait après les « perturbations » de la nuit, et aussi pour prendre les pellicules des appareils photo qu'il avait installés dans le cottage. Il avait également besoin d'un peu de temps afin de faire le point sur tout ce que lui et Phelan avaient appris jusqu'alors. A moins qu'une grande part des archives de l'église ne soient l'œuvre d'une succession d'aliénés mentaux, Sleath recelait en effet une histoire secrète aussi horrifiante que répugnante. Non sans quelque appréhension, Ash avait donc abandonné l'Irlandais à son déchiffrage.

Soit Ellen Preddle était absente – peu probable, pensait Ash –, soit elle avait refusé de lui répondre – beaucoup plus plausible – quand il avait frappé à sa porte. Il était même allé cogner à la fenêtre par laquelle il avait regardé, et il l'avait appelée plusieurs fois par son nom. Il n'avait pas détecté le moindre son ou mouvement à l'intérieur. En désespoir de cause, il avait décidé de revenir plus tard en compagnie de Grace, qui saurait bien persuader la veuve de les laisser entrer. Mais cet épisode avait accru son inquiétude, et il avait roulé lentement jusqu'à l'auberge, en ressassant de sombres pensées sans suite.

Ash agita la flasque près de son oreille pour estimer la quantité de vodka restante. Presque vide. Il but une dernière gorgée, puis tendit la main vers le paquet de cigarettes jeté sur le lit. Il en allumait une lorsqu'on frappa doucement à la porte.

— David ?

C'était la voix de Grace.

Ash s'était levé et contournait le lit avant qu'elle frappe de nouveau à la porte, et il l'ouvrit avant que la jeune femme ait baissé le bras. Malgré l'éclairage chiche du couloir, il vit immédiatement le trouble qui habitait ses yeux.

— Grace ? Votre père… ?

— Le Dr Stapley est avec lui.

Elle regarda par-dessus son épaule dans la chambre, et il s'écarta pour la laisser entrer.

— Je suis montée directement, dit-elle en faisant quelques pas dans la pièce. Il ne semblait y avoir personne en bas.

Elle s'arrêta devant le lit et fit demi-tour. Dans le mouvement, la masse de ses cheveux défaits ondula sensuellement autour de son visage. Un léger voile de transpiration marquait son front.

— Il fallait que je vous voie, David. Nous n'avons pas eu le temps de parler auparavant.

Il se remémora leur baiser, la liberté irrésistible qui avait déferlé en eux, l'exploration étourdissante de l'esprit de l'autre. Ces images, ces sensations vivaient toujours en lui. Mais il y avait à présent des questions plus urgentes à régler.

— Il faut que je vous parle de Sleath, Grace, dit-il. Votre père…

— Il va bien. Le Dr Stapley prend soin de lui. Nous devons d'abord parler de vous, David.

— Bon sang, je suis le dernier de tous ces…

— Vous ne comprenez pas ? Je suis au courant de la culpabilité que vous éprouvez. Vous n'êtes pas responsable, David. La mort de votre sœur n'est pas votre faute.

Il était abasourdi. De quoi diable parlait-elle ?

— J'ai pénétré votre esprit, David. J'ai pris

connaissance de vos pensées, j'ai fait l'expérience de vos souvenirs. Je me suis retrouvée avec vous quand Juliet s'est noyée.

Il lui tourna le dos et ferma lentement la porte, pour se donner le temps de réfléchir.

— Vous ne pouviez pas savoir à propos de...

— Pourtant, je sais. Pendant quelques minutes, peut-être quelques secondes seulement, chacun de nous est devenu une partie de l'autre, et nos pensées se sont mêlées. Nous partageons vraiment ce lien psychique auquel vous avez fait allusion. Nous l'avons ressenti dès le premier jour où nous nous sommes rencontrés.

Elle fit un pas vers lui mais il leva la cigarette à sa bouche comme pour l'arrêter.

— Pourquoi avez-vous peur ? fit-elle d'une voix calme. Je sais que vous n'êtes pas responsable de la mort de votre sœur, même si vous vous en accusez. N'est-ce pas le problème qui vous ronge depuis des années, le fait que vous vous sentiez coupable de la noyade de Juliet ? Et depuis elle vous hante. C'est pourquoi vous travaillez si dur à réfuter l'existence des fantômes. Si de telles choses n'existaient pas, que des esprits ne puissent pas revenir dans ce monde après la mort, alors Juliet ne pourrait pas être là, ni vous hanter, ou chercher à se venger, elle ne serait que le pur produit de votre imagination. Ce n'est pas ce que vous pensez, au fond de vous-même ?

Il ne trouva rien à répondre.

— Et puis il s'est passé quelque chose dans cette demeure appelée Edbrook, reprit Grace, quelque chose qui vous a enfin forcé à reconnaître l'existence des fantômes. Les deux frères et leur jeune sœur, Christina. Ils vous ont révélé une vérité irrévocable. Et ils étaient là dans ce but, parce qu'ils étaient liés à Juliet. Ils étaient possédés par le mal, David, c'étaient des esprits malfaisants qui ont conspiré avec votre défunte sœur pour vous faire souffrir non seulement de sa mort mais aussi de votre rejet du surnaturel, de votre travail, de votre livre, de vos efforts pour dissuader ceux qui croient à ce monde des esprits. Et, mon Dieu, vous étiez tellement vulnérable...

Il était ébranlé mais sa voix resta ferme quand il rétorqua :

— Vous vous rendez compte du degré de ridicule de votre petit discours ?

— Alors niez-le, dites-moi que je me trompe de bout en bout. Mais vous ne pouvez pas me mentir, David, je vous connais trop bien.

Son sourire n'était pas moqueur... comme l'avait été celui de Christina... celui de Juliet... L'expression de Grace disait que tout allait bien, qu'elle lui racontait ses propres secrets parce qu'elle tenait à lui, qu'elle s'inquiétait pour lui... Le regard de la jeune femme s'adoucit et de nouveau elle voulut l'approcher.

Il leva une main pour empêcher le contact.

— Grace...

— Vous ne comprenez pas ce que je ressens pour vous, David ?

Il ne l'écoutait pas. Tout ce qu'il avait voulu lui dire, toutes ces révélations sur Sleath et la famille Lockwood, était balayé pour le moment, parce qu'elle venait de lui révéler une vérité que sa propre conscience assiégée avait toujours réfutée. Pendant leur union psychique, Grace avait pénétré les tréfonds de son subconscient, là où il ne pouvait y avoir ni mensonge ni tromperie, un endroit où même l'esprit haineux de Juliet ne pouvait entrer, et là elle avait vu dans sa mémoire ce qui s'était réellement passé ce jour si lointain, quand sa sœur avait péri et qu'il s'était accusé de son décès.

Il attira Grace à lui, et elle n'offrit aucune résistance.

— J'ai besoin de vous, souffla-t-elle.

Il oublia tout le reste. Il y avait tant de temps qu'il n'avait pas entendu ces paroles... Il la serra contre lui et elle leva soudain le visage vers lui, lèvres tendues. Leur baiser fit naître en lui une légèreté euphorique qui bannit toute lassitude et toute inquiétude. A cet instant, seule la jeune femme comptait pour lui.

Elle s'écarta doucement de lui, mettant fin au baiser, mais l'allégresse demeurait en lui.

— La cigarette... dit-elle.

Dérouté une seconde, il se rendit compte que la cigarette brûlait toujours entre ses doigts. Il l'écrasa vivement dans le cendrier puis se retourna vers elle. Grace s'était rapprochée du lit.

— S'il te plaît... murmura-t-elle.

Ash la rejoignit et ils s'allongèrent sur les draps. Grace gisait sur le dos, sous lui, et leurs visages n'étaient qu'à quelques centimètres l'un de l'autre.

Il voulut parler mais elle lui effleura la bouche du bout des doigts. Inutile, disait son regard.

Elle leva une main qui vint lui caresser la joue et de nouveau il l'embrassa sur les lèvres, savourant l'humidité chaude qu'il trouvait là. Il sentit qu'elle passait une main derrière sa nuque et abaissait sa tête pour intensifier leur baiser. Rapidement, la passion naissait de ce contact. Elle écarta les lèvres quand leur étreinte devint rude, presque violente, et leurs corps se durcirent, saisis par une tension presque intolérable. Les pointes de leurs langues se touchèrent et Ash tressaillit comme sous un choc électrique. Il entendit le gémissement étouffé de la jeune femme. Elle écarta les jambes et il glissa une cuisse entre les siennes. Elle releva les hanches pour accueillir son sexe.

Pendant une fraction de seconde, une voix intérieure emplit l'esprit de Ash, lui affirmant qu'il commettait une erreur, que le moment ne convenait pas, qu'il devait faire certaines révélations cruciales à la jeune femme. Mais il était déjà trop tard. Ils étaient tous deux sous l'emprise d'une passion identique, impossible à refréner, et même s'il avait voulu tout arrêter, l'ardeur amoureuse de Grace l'aurait aisément submergé. Il se donna entièrement à elle, en repoussant toute autre pensée, et se perdit dans un désir qu'il ne pouvait plus maîtriser. Leur baiser devint moins féroce, plus langoureux ; ils plongeaient l'un dans l'autre, et leurs corps physiques n'étaient pas une barrière pour atteindre la conscience de l'autre.

Des mains elle parcourait le dos de David, sous sa chemise, et ses doigts se crispaient sur sa peau. Il redressa le torse afin de pouvoir laisser courir ses propres doigts sur la courbe gracile du cou, puis de les glisser dans le col de son chemisier en batiste. Le contact de cette chair dissimulée, sa première exploration de son corps, fut plus sensuel qu'il ne le croyait possible ; c'était le moment initial d'une découverte mutuelle, ce point sublime où deux personnes comprennent qu'elles vont devenir amantes. Sa main légèrement tremblante descendit le long de l'ourlet du vêtement et défit les trois premiers boutons. De l'index il suivit la naissance d'un sein. Le quatrième bouton n'offrit pas de résistance, pas plus que le cinquième.

Elle ne portait rien sous le chemisier et il referma sa main sur le petit bouton dur au centre du globe de chair. Il sentit le frisson qui la parcourait. Elle prononça son prénom dans un souffle tandis qu'il effleurait le téton du bout des doigts, le durcissant un peu plus. Les mains de Grace s'immobilisèrent et elle savoura sa caresse. Elle respira profondément, et le désir faisait vibrer son corps.

Elle retint son souffle quand de la main il écarta les pans du chemisier et que ses lèvres baisèrent la courbe de ses seins. Sa langue humecta le mamelon durci et merveilleusement sensible. Il le prit entre ses lèvres et le suçota longuement. Les mains de Grace se crispèrent dans le dos de David, descendirent le long de la colonne vertébrale jusqu'à la ceinture du pantalon.

Ash releva la tête pour retrouver ses lèvres et cette fois leur baiser fut frénétique, leurs bouches s'écrasant l'une contre l'autre, leurs langues se cherchant, leurs sens chavirés, leurs mains impatientes griffant, caressant, explorant.

Il rompit le contact subitement en se redressant sur ses bras tendus. Elle le contempla fixement et sa poitrine se souleva comme si elle essayait de reprendre son souffle. La pièce aurait pu être plongée dans les ténèbres tant ils étaient inconscients de ce qui les entourait. Un léger voile de transpiration faisait luire la peau de la jeune femme, et la tendresse dans ses yeux, rehaussée par le feu de la passion, gardait Ash comme sous hypnose. Il laissa leurs pensées se fondre ensemble.

Saisi d'un soudain accès de faiblesse, Ash s'allongea à côté d'elle. La confusion sensorielle qui l'avait envahi combattait son envie physique. Quelques secondes passèrent avant qu'il reglisse une main sous le chemisier et repousse le fin tissu pour admirer les seins parfaits de la jeune femme. Elle avait fermé les paupières et le mince sourire sur ses lèvres parut aussi érotique à David que son impudeur pleinement acceptée.

Le sourire se crispa un peu quand il laissa sa main errer sur l'estomac, puis plus bas, entre les cuisses, pour se poser sur le renflement de chair intime que ne protégeait plus que l'étoffe de la jupe. Grace poussa un soupir, ondula sous la caresse, et une de ses mains lui agrippa l'épaule pour l'attirer vers elle, de sorte que la pression exercée par les doigts de David sur son sexe soit plus forte. Il sentit l'humidité à travers le tissu.

Elle murmura encore son prénom, d'un ton implorant, et il passa sa main sous sa jupe pour caresser la peau soyeuse des cuisses. Sous ses doigts elles paraissaient magnifiquement longues et fuselées. Il donna à son mouvement une lenteur délibérée, sensuelle, et dans un murmure rauque elle l'implora d'aller plus vite. Sa chevelure s'étala en corolle sur le drap quand elle arqua le cou ; ses seins orgueilleux se dressaient dans la lumière filtrant par la fenêtre.

Les doigts de David atteignirent le bord du slip et se glissèrent dessous. Il pensait impossible d'être encore plus excité, mais le contact avec le sexe brûlant et moite éveilla en lui une sensibilité jusque-là inconnue. Elle l'aida en faisant elle-même glisser le slip sur ses jambes qu'elle plia afin de se débarrasser plus aisément du morceau de soie. Alors elle attendit, yeux clos, bouche entrouverte, la pointe de la langue visible entre les dents.

Grace voulait qu'il la pénètre, et sentir son corps mince et dur l'écraser, ses jambes serrées entre ses cuisses ; elle attendait qu'il la prenne et que leurs corps se joignent enfin, qu'ils soient serrés l'un contre l'autre, que rien ne sépare leurs chairs sinon leur propre chaleur. Excitée au point d'en souffrir, elle désirait que son amant entre en elle.

Mais Ash n'était pas encore prêt à cela.

Elle sentit qu'il lui écartait un peu plus les cuisses de ses mains, puis sa langue qui parcourait légèrement sa peau. Elle gémit et tourna la tête de côté.

Ash respirait son odeur, ce parfum féminin si puissant et attirant. Il avait terriblement envie d'elle, de la pénétrer, mais il ne pouvait résister à ce prélude trop tentant, qui tenait autant de l'hommage que de la sensualité. Il voulait l'inonder de plaisir, et il voulait goûter à son intimité.

Elle frémit quand des lèvres il effleura son sexe dans un baiser d'une infinie tendresse. Puis sa langue s'aventura en elle, l'ouvrant au plaisir. Bras en croix, elle agrippa le drap des mains. Il explorait les replis de chair avec douceur et remonta progressivement vers le bouton durci qu'il lécha à petits coups.

Et alors même qu'il lui faisait l'amour de la plus intime des manières, un état d'abstraction étrange l'envahit. Ses pensées se mirent à se dissoudre dans celles de Grace, tout comme lorsqu'ils s'étaient embrassés plus tôt dans la journée. Ce fut un flux mental bref, pareil à une vague marine, puis ses pensées se retirèrent momentanément, pour attendre le prochain flot.

Grace ouvrit un peu plus les jambes et quand il introduisit toute sa langue dans son sexe elle lâcha le drap pour enserrer la tête de son amant des deux mains. Ses doigts s'enfoncèrent dans la chevelure emmêlée et elle l'aida à imprimer le rythme qui menait au plaisir. Elle poussa un cri rauque et sut qu'elle ne pourrait en supporter beaucoup plus. Elle avait l'impression d'être inondée et le mouvement qu'elle imprimait à David devenait trop vigoureux. Elle voulait qu'ils partagent la même extase, et elle redressa doucement son visage. Il comprit le message et cessa.

Il se releva, défit sa ceinture et se déshabilla rapidement tandis que Grace se plaçait au centre du lit. La vue de son corps offert – sa poitrine libérée du chemisier, la jupe retroussée sur ses cuisses ouvertes, qui laissait dans l'ombre le petit triangle pubien – lui coupa le souffle. Elle l'observait d'un regard voilé, paupières à demi baissées, et tendit une main vers lui.

Il vint à elle en se baissant lentement, et la pénétra dans un mouvement très doux, prenant son temps pour ne pas lui faire mal, jusqu'à être entièrement en elle. Les ongles de Grace étaient plaqués telles des griffes sur ses reins et elle ondulait sous lui au rythme de ses coups de boutoir.

— David, oh David...

Un vertige renouvelé s'empara de son esprit et sa conscience s'unit à celle de la jeune femme. C'était comme la première fois, quand ils avaient mutuellement sondé leurs esprits dans le bureau du révérend, et pourtant c'était beaucoup plus fort maintenant, car Grace s'était offerte à lui, physiquement et émotionnellement ; elle était heureuse de l'accueillir dans sa conscience, trop chavirée par le plaisir physique, trop absorbée par les sensations délicieuses qu'il déclenchait pour explorer elle aussi les pensées de son amant. Il flottait dans sa psyché pendant que leurs corps créaient un océan de bonheur.

Ash entrevit les images, les souvenirs, il fit l'expérience de la joie intense qu'elle éprouvait de ce moment, et découvrit le trouble qui existait en elle ; il explora plus loin, sans s'attarder, conscient de ses propres sensations physiques, mais sans jamais leur permettre de le distraire. Le vaste nuage gris qu'il avait vu auparavant se précipita vers lui, familier à présent, avec ses vapeurs de dénégation. Une petite voix d'enfant lui parvint d'au-delà de cette barrière gazeuse, et elle aussi lui était connue, car il l'avait déjà entendue. C'était celle de Grace, et elle était apeurée, elle appelait pour être libérée. De nouveau, il sentit la résistance qui le tirait en arrière, comme si des mains éthériques le retenaient ; mais il était plus fort cette fois, et Grace s'était ouverte. Il continua d'aller de l'avant.

Les yeux de la jeune femme brillaient et une larme déborda de la paupière, coula sur la joue et se perdit dans sa chevelure. Elle était éperdue, presque incapable de respirer, car jamais – jamais – elle n'avait connu un semblable plaisir. Un long gémissement lui échappa et tout son corps s'arc-bouta. En elle chaque tendon, chaque muscle se contractait délicieusement, et ses sécrétions internes lui parurent couler comme un torrent vers le centre d'elle-même, là où elle partageait maintenant une union extraordinaire avec cet homme. Le gémissement s'amoindrit pour se terminer sur un cri bas d'extase.

La tension qui serrait la poitrine de David se diffusa dans tout son corps, crispant ses muscles, rigidifiant ses membres et son estomac. Le mouvement de ses hanches s'amplifia et il enfouit ses doigts dans les cheveux de Grace. Elle rejeta sa tête en arrière et sa colonne vertébrale s'arqua pour accueillir l'orgasme. Soudain, elle se relâcha comme si tous ses muscles l'avaient abandonnée, mais pour aussitôt revenir vers lui. Il accompagna l'ondulation, restant en rythme avec elle. Leur union les transporta à un niveau de plaisir jamais atteint encore, et ils s'élevèrent dans une immense lumière blanche, aveuglante.

Et la partie de David Ash qui restait en dehors de leur orgasme – bien qu'elle entendît les cris de Grace et éprouvât ses frissons de plaisir – plongea et traversa la barrière qui séparait le conscient et le subconscient de la jeune femme. Alors il vit – en esprit – les souvenirs que Grace s'était cachés depuis si longtemps. Et au moment où le paroxysme final de leur union les submergeait, il découvrit le secret de cette femme qu'il aimait, toute l'étendue de la duplicité qu'elle s'était imposée.

# 32

L'ombre de l'Irlandais s'étalait, longue et noire, sur le sol de pierre de la chapelle, et les couleurs autour d'elle, ce mélange de bleus, de rouges et de verts tombant du vitrail derrière lui, n'étaient pas moins vibrantes alors que le soleil descendait lentement dans le ciel brumeux. La mine sombre et le corps parcouru de frissons, Phelan restait là, au milieu des papiers éparpillés.

Ainsi donc, se répétait-il, tout avait commencé avec la monstruosité enfermée sous le gisant, le premier Lockwood à avoir gouverné Sleath ! Un chevalier croisé, vénéré par les idiots et redouté par ceux qui connaissaient sa déviance. Phelan exhala un profond soupir et tourna son attention vers la silhouette figée du guerrier sculpté dans la pierre ; il songea à l'âme noire qu'avait contenue le corps maintenant emprisonné sous son image minérale. Celui-là n'avait pas été un soldat de Dieu, non ; plutôt un mercenaire du Diable. Un érudit, sans aucun doute possible, et qui ne s'était pas contenté d'étudier la magie noire des Egyptiens, mais aussi les idéologies occultes des Chaldéens et des Babyloniens, pour utiliser ce savoir impie à son retour de ces contrées lointaines, quand il avait été récompensé par des terres et le droit d'y régner en seigneur.

Phelan prit sa canne à pommeau d'argent et quitta la petite chapelle en hâte. Dans le corps principal de l'église, il descendit le collatéral d'un pas las. Ses sens étaient en émoi. Il s'arrêta à hauteur du cinquième rang de bancs et se retourna vers l'autel. *Au nom de Dieu*, criait son âme, *comment de telles horreurs ont-elles pu se produire ? Comment les a-t-on laissées se dérouler ?* Il s'assit sur le banc le plus proche et plaça sa canne sur le siège devant lui.

Les couleurs déversées par le vitrail surmontant l'autel étaient maintenant adoucies, et l'autel lui-même paraissait nu, presque stérile dans sa simplicité. Comme c'était approprié, songea-t-il, pour ce temple qui n'était rien de plus qu'une coquille vide qui raillait la gloire du Seigneur bien plus qu'elle ne l'honorait.

Il inspira lentement et en pensée se repassa l'histoire secrète de cet endroit appelé Sleath. Autour de lui, insensiblement, les ombres s'épaississaient.

Les écrits enchevêtrés de Sir Gareth Lockwood regorgeaient d'obsessions ; ils faisaient allusion à des rites étranges, à des cérémonies destinées à corrompre et non à élever, à des rituels que seuls les esprits dégénérés pouvaient accomplir et supporter. Ce chevalier dépravé se vantait de la manière dont il avait rapporté d'Egypte les mystères antiques, après l'échec de la Cinquième Croisade, et comment il avait partagé ce mysticisme interdit avec certains de ses compagnons, ou d'autres qu'il avait persuadés. Il décrivait avec délectation des pratiques dont la lecture avait plus d'une fois poussé Phelan à refermer les manuscrits dans un geste de dégoût, pour n'y revenir qu'une fois sa colère maîtrisée. Selon un des principes de base de cet ordre clandestin créé par Lockwood, les morts pouvaient rencontrer les vivants par l'intermédiaire de certaines évocations et l'accomplissement de rituels précis. Un de ceux-ci, tiré des enseignements égyptiens, consistait à rejoindre une tête coupée à son corps pour redonner vie à la personne, et Phelan ne pouvait que se demander combien de fois cette abomination avait été perpétrée, et combien de victimes avaient été sacrifiées à cette cause insane. Tout aussi inquiétante était l'insinuation d'une réussite occasionnelle de la méthode. Comment Sir Gareth avait-il pu se leurrer à ce point ? Etait-il assez fou pour avoir cru à l'impossible ? A l'évidence, il avait fait de nombreux adeptes, mais comment avaient-ils pu accepter d'être témoins de cette ridicule parodie de régénération ? Dans son journal, Lockwood prétendait également avoir conversé avec les morts et en particulier avec les esprits spécialement endoctrinés par lui avant leur départ de ce monde, ceux qui étaient demeurés sensibles à son influence. Pire encore, il considérait que les enfants étaient les « agents » idéaux pour une telle communion, car il affirmait que leurs âmes étaient plus malléables.

Phelan se pencha en avant, ses pieds sur le capiton du banc, et se prit la tête dans les mains en pensant aux massacres commis par le premier seigneur de Sleath. Des innocents avaient eu la gorge tranchée, après avoir été affamés, drogués, soumis à toutes sortes de perversions pour que leurs maîtres atteignent leurs buts ignobles. Mais certainement des villageois avaient dû se rendre compte que des actes odieux se produisaient parmi leur communauté... La disparition d'enfants et d'êtres chers avait-elle été si anodine en ces temps troublés ou au moins si peu extraordinaire qu'elle avait été acceptée sans réaction ? Quelques années seulement avant l'arrivée de Lockwood, des milliers d'enfants avaient été emmenés au loin pour la Croisade des Enfants en Terre sainte, et sur le chemin beaucoup d'entre eux étaient morts de faim ou avaient été réduits en esclavage, vendus, pour ne jamais revoir leur foyer. Ce terrible épisode de l'histoire avait-il contribué à l'acceptation de telles pertes, ou bien les gens de Sleath avaient-ils trop peur pour seulement exprimer leurs soupçons ? Une pensée plus sinistre encore lui vint à l'esprit : se pouvait-il que les villageois eux-mêmes aient collaboré avec leur seigneur et maître ? Quelle valeur possédait la vie humaine durant ce siècle ô combien rude, où trouver de la nourriture et un coin chaud pour dormir était tout ce qui comptait ?

La confession embrouillée de Sir Gareth défiait toute analyse claire, mais l'Irlandais, contre son propre jugement, se demanda si le chevalier était réellement arrivé à ses fins, à cette communication avec les morts et à cette maîtrise sur eux, gagnant alors une manière de pouvoir divin – ou diabolique ? Oh, il sous-entendait son succès, mais ce pouvait n'être que la forfanterie d'un individu dérangé, l'affirmation écrite de quelqu'un que la folie avait mené à s'auto-illusionner sans limite ; ou bien y avait-il quelque vérité dans ces affirmations cryptées ? Si tel était le cas, alors pourquoi avoir codé sa réussite dans cette phraséologie nébuleuse ? Peut-être le secret était-il une des règles premières pour qui accomplissait les Mystères, le côté cabalistique de l'occulte. Phelan se redressa sur le banc, puis appuya son dos contre le dossier du siège. Il remarqua les ombres qui s'accumulaient dans l'église. La température avait notablement baissé, aussi. Il frictionna ses genoux osseux, plus pour faire quelque chose que pour rétablir la circulation sanguine.

Tout l'après-midi il avait travaillé, plus tôt avec l'aide de David Ash, et il avait réussi à trouver un semblant d'ordre dans ce fatras de documents. Tout d'abord, il avait rangé les divers journaux selon un ordre chronologique. Une bonne partie manquait, et toutes les périodes n'étaient pas représentées, sans parler des écrits rendus illisibles ou détruits par le pasteur. A plusieurs reprises, Phelan s'était penché sur des périodes bien précises de l'histoire de Sleath, sans trop savoir pourquoi, jusqu'à ce qu'il comprenne que ses aptitudes psychiques le dirigeaient naturellement vers des détails significatifs dans sa recherche. C'était comme si certains passages des textes exsudaient une énergie sombre que ses dons extrasensoriels captaient, et à chaque fois que cette impression naissait en lui il mettait le plus grand soin à décrypter les lignes concernées. Ash en avait été quelque peu étonné dans un premier temps, mais il n'avait pas tardé à accepter l'étrange capacité de l'Irlandais quand d'autres faits capitaux leur furent ainsi révélés.

Les épanchements de Sir Gareth Lockwood s'arrêtaient abruptement, et Phelan en déduisit que cela signifiait la mort de l'homme ou son naufrage dans la folie complète. Dans les derniers temps, son écriture était devenue totalement illisible et même le don psychique de l'Irlandais ne lui permettait que de sentir une confusion douloureuse dans les ultimes pages. Malheureusement, le mal n'avait pas pris fin avec la disparition du premier maître de Sleath, car il semblait bien que d'autres générations de Lockwood eussent continué à pratiquer la magie noire, sans aucun doute inspirés par leur ancêtre, et que sa folie se fût transmise à sa descendance.

Toutefois, ce n'est qu'une centaine d'années plus tard que l'horreur redevint évidente, et notée par un descendant du seigneur dépravé, Hugo Lockwood. Quelle opportunité pour ce fils du Mal que l'arrivée de la Peste noire qui avait balayé le pays, dévastant des cités, anéantissant des villages entiers, et lui offrant tous les prétextes pour perpétrer ses horreurs ! L'épidémie, diffusée par les puces et les rats noirs, s'était propagée de l'Asie à la Chine, puis à travers l'Europe médiévale. Elle avait moissonné des millions de vies sur son passage avant d'atteindre l'Angleterre. Avec elle était arrivée une confrérie, celle des Flagellants, des hommes et des femmes qui se fouettaient en public, dans des séances proches de la frénésie collective, afin d'expier les péchés qui d'après eux avaient déclenché la colère de Dieu et Sa punition. Tout comme la peste, les Flagellants s'étaient répandus dans toute l'Europe, même si en Angleterre leur influence était demeurée restreinte. Que ce soit par idéologie ou par ruse, ce que les documents ne disaient pas, le seigneur de Sleath avait adopté leurs comportements masochistes.

Phelan secoua doucement la tête avec désespoir. Avec quelle facilité ce nouveau Lockwood, chef spirituel du village autant que seigneur, avait convaincu ses sujets que ce châtiment avait pour seul but d'apaiser le courroux divin, et avec quelle aisance il avait pu enlever des vies quand la mort frappait à la porte de chaque maison ou presque ! Aux premiers signes de la maladie – de *n'importe quelle maladie* –, la victime disparaissait subitement, et on ne la revoyait jamais. Qui aurait pu se plaindre, quel proche aurait eu l'audace de protester alors que la population du pays était si cruellement décimée ? L'auteur des documents s'était rengorgé de ces tromperies, et il avait détaillé avec un plaisir évident la manière dont chacune de ses victimes était morte. Un frisson parcourut le petit Irlandais quand il repensa aux passages atroces qu'il avait lus, aux descriptions de tortures, de boucherie, aux souillures les plus abjectes et aux horreurs sexuelles soigneusement consignées dans ces documents, comme s'il s'agissait là d'un ensemble d'actes prodigieux.

Après un temps, il avait insisté pour que David retourne à l'auberge et prenne un peu de repos, car il était conscient que son compagnon n'avait pratiquement pas dormi la nuit précédente. Par ailleurs, David ne pouvait plus faire grand-chose maintenant que les archives de St Giles avaient été classées de façon à peu près cohérente. A contrecœur l'enquêteur avait accepté, laissant Phelan poursuivre sa lecture, après être convenus qu'ils se reverraient plus tard à l'auberge pour en parler. Jamais l'Irlandais n'avait ressenti avec autant d'acuité la solitude qu'en entendant la porte de l'église se refermer sur Ash.

Il subsistait maintes périodes floues dans l'histoire de Sleath. Selon les apparences, la Réforme n'avait pas eu beaucoup de répercussions chez les villageois ou leur seigneur, mais la guerre civile des Cavaliers contre les Têtes rondes, au milieu du dix-septième siècle, avait apporté un renouveau des activités secrètes et des complots. Une fois de plus, l'histoire avait conspiré pour aider des générations de Lockwood dans leurs sinistres objectifs. Durant cette période troublée, nombre de jeunes hommes avaient été enrôlés de force pour se battre dans un conflit interne qui en intéressait bien peu. Dans la région, combien de ces conscrits peu enthousiastes n'avaient jamais rejoint les armées du roi ou celles des partisans du Parlement ? Combien avaient disparu sans laisser de trace, victimes non des combats mais d'une destinée bien plus lugubre ? Qui pouvait le dire, sinon celui qui avait organisé leur conscription, le maître que servaient ces infortunés ?

Phelan releva vivement la tête et considéra le haut plafond voûté de l'église. Des images nées de sa lecture dansaient devant lui, et il se rendit compte qu'il y avait trop d'horreurs dans ces documents pour les comprendre et les accepter en un temps aussi court. Les veines battaient à ses tempes dans l'effort qu'il fournissait pour tout digérer intellectuellement. Ce n'était pas simplement affaire de lecture et de traduction, car son sixième sens avait détecté autre chose et lui avait révélé des scènes d'une malfaisance terrible. Il se mit à regretter d'avoir demandé à David de partir, car chaque nouvelle atrocité qu'il découvrait accroissait son propre désarroi ; sa présence aurait pu renforcer sa détermination à terminer sa tâche en ces lieux imprégnés par le mal.

Il était très étrange que les générations successives de Lockwood aient éprouvé le besoin de consigner par écrit ces outrages, comme s'ils désiraient en dresser un inventaire, leur addition amenant à… à quoi, au juste ? Tout cela le dépassait. Une telle accumulation pouvait-elle avoir un but, ou une quelconque conséquence ? A moins qu'elle n'ait eu pour unique souci de servir de guide

– une sorte d'inspiration pervertie – aux Lockwood futurs.

Il réfléchit à un autre épisode tragique qui, celui-là, s'était produit une vingtaine d'années après la guerre civile, à peu près à l'époque du Grand Incendie de Londres. Il avait été enregistré par un des ancêtres les plus répugnants d'Edmund Lockwood, Robert Guy. Londres était alors en proie à la violence, à la prostitution et à la peste bubonique. Seul le feu, en balayant ses quartiers sordides, avait purifié la capitale. Le seigneur de Sleath avait déclaré à ses adeptes que c'était là le châtiment divin pour la prolifération du crime, la vengeance du Tout-Puissant contre l'impie et le malade, ceux qui souffraient de déficiences mentales ou physiques. La malfaçon de l'âme s'était manifestée dans l'anormalité des corps, avait affirmé ce pieux hypocrite, et Sleath serait à son tour ravagé par les flammes et l'épidémie si ses habitants ne se lavaient pas de toute corruption.

Quelle monstruosité ! Robert Guy Lockwood avait pris la tête de ses troupes crédules pour détruire tout ce qu'il disait « mauvais » dans le village et aux alentours, pendant ce qu'il avait appelé « la nuit de la Grande Purification ». Enfants malades, malformés de naissance ou paralysés à la suite d'accidents, faibles d'esprit – qui souvent l'étaient par suite des horreurs perpétrées à Sleath – furent tirés de leur couche, traînés hors de leur foyer, et ceux de leurs proches qui eurent le courage de résister furent battus à mort. Les victimes furent amenées devant le sombre puits du village : la mare d'une profondeur insondable. On les y noya, et on étouffa à coups de gourdin les cris de ceux qui tentaient désespérément de s'accrocher à la berge.

A la lecture de cette ignominie, Phelan n'avait pu retenir un gémissement, car la vision du massacre s'était imposée avec une effroyable netteté à son esprit. Il avait jeté le journal dont les feuillets s'étaient éparpillés sur le sol. Puis il était tombé à genoux, et ses prières avaient été destinées autant à ces victimes innocentes qu'à l'avenir de Sleath.

Finalement, quand les images de ces enfants disparaissant dans les eaux sombres s'étaient dissipées, il s'était assis de nouveau sur la chaise dans la chapelle et avait repris sa tâche.

Il n'en avait pas encore fini avec les horreurs, et il savait qu'il n'en verrait le bout qu'après avoir lu la dernière ligne du dernier témoignage des Lockwood. Mais il s'était armé contre ce qu'il risquait encore de découvrir. Par bonheur, Sleath semblait avoir ensuite vécu une période de normalité – ou de normalité déguisée – sous le contrôle des Lockwood suivants. Le mal s'était endormi ou avait été complètement dissimulé durant ces années plus civilisées, et les archives paroissiales ressemblaient à n'importe quelles autres de par le pays : baptêmes, mariages, décès...

Et pourtant... pourtant, tandis qu'il continuait à passer au peigne fin les textes à l'encre passée, il ne pouvait se défaire d'un sentiment de répulsion. Aussi ordinaire et banale que fût la prose qu'il déchiffrait, il sentait des ombres imprécises imprégner les pages elles-mêmes. Il se demanda si ses pensées et son imagination n'étaient pas encore trop influencées par les premières révélations, et, en vérité, il n'en savait rien. Il était las, écœuré, et à cet instant sa faculté paranormale, son sixième sens, était en veilleuse. Mais le froid intérieur qui l'avait saisi pendant ses recherches s'intensifia quand il attaqua les archives du dix-huitième siècle.

Ces journaux étaient bien tenus, l'écriture soignée jusqu'au laborieux. Toutefois, il découvrit très vite que l'esprit derrière ces textes était aussi déviant et pervers que celui des Lockwood qui l'avaient précédé. Sebastian Lockwood, seigneur et pasteur de Sleath, régnait sur ses ouailles d'une poigne de fer, et lui aussi se délectait à énumérer tous les châtiments infligés à ceux qui osaient désobéir à ses lois. Dans un paragraphe, deux braconniers avaient été arrêtés sur ses terres aux premières heures du jour. Lockwood les avait fait bastonner, puis il avait lâché ses chiens sur eux. Les pauvres hères avaient été déchiquetés par les molosses sous les yeux de Sebastian Lockwood et de ses adeptes, qui pariaient sur celui des deux qui mourrait le premier. La chose était certes inexcusable pour un homme d'Eglise, mais plus troublant était le plaisir avec lequel il avait couché l'épisode sur le papier. « *Les bêtes ont festoyé,* disait le manuscrit, *et elles ont paru apprécier grandement la chair humaine.* »

L'index de Phelan tremblait tandis qu'il suivait les mots tracés avec régularité. Quel genre de maître pouvait ordonner un châtiment aussi cruel, pour ensuite engager des paris ? Il était clair que la « maladie » des Lockwood s'était transmise au cours des siècles.

D'autres braconniers avaient été traités de façon similaire, bien que quelques-uns seulement soient morts rapidement sous les crocs des chiens. La plupart avaient été laissés au pilori du village où ils avaient saigné à mort, afin de « servir d'exemple » au reste de la communauté. Un autre mécréant, un meunier du nom de Samuel Bridgestock, avait été accusé d'avoir déclaré une production de grain mensongère. Apparemment il en aurait soustrait une petite partie et l'aurait revendue pour son profit, alors que Sebastian Lockwood possédait la jouissance intégrale de la propriété. En conséquence, il avait été ligoté à la roue du moulin et condamné à subir dix tours *lents* devant sa famille et le reste du village. « Dix tours, avait décrété Lockwood, et s'il survit, alors son forfait aura été expié. » Il était rapporté avec une satisfaction visible que Bridgestock était mort par noyade au cinquième tour de roue du moulin.

Et la litanie continuait, la liste des noms et les punitions correspondantes, comme si le seigneur des lieux prenait plaisir à décrire chaque « crime » et surtout son châtiment, comme si leur addition représentait l'héritage à endosser par les générations à venir des Lockwood qui, évidemment, auraient connaissance de ces archives. Phelan ne comprenait pas comment autant d'atrocités avaient pu être perpétrées dans une apparente immunité durant ce qu'il était convenu d'appeler le Siècle des Lumières, quand des réformes telles que l'égalité devant la loi, la tolérance religieuse, l'abolition du servage et la réduction des privilèges alloués à la noblesse de robe et d'épée étaient débattues et appliquées par maints monarques despotiques sur le continent. Sleath se trouvait-il donc si loin du monde ? Ou bien la loi des Lockwood était-elle si puissante que personne n'osait murmurer contre elle ?

Il poursuivit ses lectures et découvrit des références à Sir Francis Dashwood, un nom qui lui était familier, apparemment un proche de Lockwood. Cela ne le surprit pas outre mesure, car l'Irlandais savait que Dashwood était connu au dix-huitième siècle comme occultiste et fondateur de l'infâme Cercle des Enfers, une organisation clandestine qui pratiquait des rites sataniques et des débauches entre aristocrates. Un ami très convenable pour quelqu'un tel que Sebastian Lockwood, et un allié de poids.

Un nuage passa certainement devant les vitraux au-dessus de l'autel, car les couleurs projetées à l'intérieur s'assombrirent soudainement et formèrent un mélange fade de bruns et de gris. Phelan regarda autour de lui et se rendit compte qu'il en était de même avec les autres vitraux. La journée tirait à sa fin.

Le journal de Sebastian Lockwood emplissait plusieurs volumes, mais dans les derniers son écriture avait dégénéré jusqu'à atteindre l'indéchiffrable. A certains endroits, il semblait que le seigneur de Sleath avait frappé la page de la plume car le papier portait des marques et même des trous, et des taches d'encre noircissaient le texte ici et là. Des lignes irrégulières rayaient certains feuillets, et très souvent les phrases étaient embrouillées, incompréhensibles, comme si l'esprit enfiévré de l'auteur n'était plus capable de transmettre ses pensées par écrit. Phelan se demandait si la folie était inhérente à la lignée des Lockwood, comme la cruauté.

Ces derniers journaux éveillèrent en l'Irlandais une répulsion telle qu'il en fut presque physiquement malade. Ils révélaient les obsessions nécrophiles de Sebastian Lockwood. Le texte était difficile à lire tant l'écriture s'était dégradée, toutefois Phelan comprit assez vite que ce fou, comme le premier Lockwood de Sleath, avait conduit des expériences sur des cadavres dans le but de les régénérer ; mais au contraire de son ancêtre, Sebastian Lockwood était allé encore plus loin. En fait, il avait copulé avec des cadavres des deux sexes, adultes ou enfants. C'est en lisant ces lignes que Phelan eut un haut-le-cœur et faillit vomir sur le volume ouvert sur ses cuisses.

Il y avait pire que la lecture, et c'étaient les sensations qui l'agressaient. Il essaya de fermer son esprit aux terribles images, mais elles forcèrent leur chemin, se répandirent comme une infection virulente, repoussant son rejet et toute autre considération. Il eut des visions terrifiantes qui lui soulevèrent le cœur une fois encore et le firent trembler aussi violemment que s'il était la proie d'une crise de nerfs. Soudain il bondit sur ses pieds, et le journal rejoignit les papiers épars sur le sol.

Incapable de crier il murmura son dégoût, mais sa tension était telle que sa voix se répercuta dans la chapelle. Après un moment il quitta ce lieu et tous les documents repoussants qu'il contenait.

Il faisait face au modeste autel, et son émotion, sa colère, son épuisement, son désespoir se liguaient pour saper sa détermination. La folie s'était-elle éteinte avec

Sebastian ? Etait-il le dernier monstre dans la lignée des Lockwood ? Ou fallait-il s'attendre à d'autres horreurs ?

Au début ce fut un bruit infime, le crissement de la pierre sur la pierre. Il inclina la tête de côté en se demandant d'où pouvait venir ce son.

Les ombres s'étaient amoncelées dans l'église, mais personne n'était venu le rejoindre, il en était certain. Il consulta sa montre et dut ciller plusieurs fois pour ajuster sa vision. Il avait passé trop de temps à décrypter des écritures illisibles, et ses yeux étaient brouillés par l'effort fourni. En regardant les vitraux, il se rendit compte que le soleil avait disparu derrière les collines, à moins que le ciel ne fût totalement couvert.

Il s'agrippa au dossier du banc devant lui et alors que ses doigts se refermaient sur le bois il crut remarquer que les ombres alentour s'étaient épaissies de manière perceptible. C'était impossible. Dans cette région du monde au moins, la tombée de la nuit était un processus progressif. Peut-être ses vieux yeux fatigués, qu'il avait trop sollicités sous un éclairage insuffisant. C'était forcément la réponse. Mais pourquoi faisait-il aussi froid ? Il ne s'agissait pas de cette fraîcheur que renferment les bâtiments de pierre même quand il fait très chaud à l'extérieur, mais du froid de la tombe, celui qui vous glace les os et roidit votre corps.

La sensation n'avait pourtant rien de nouveau. Il l'avait expérimentée dans divers lieux auparavant. Des lieux hantés. Des pièces ou des maisons qui nécessitaient un exorcisme.

De nouveau, la pierre racla la pierre. Cette fois, le son était plus fort. Et il dura plus longtemps.

Oh, Seigneur… Il savait d'où venait le bruit.

Il sentit une rigidité particulière gagner son épine dorsale, accompagnée d'un picotement qui remonta le long de son dos et fit se dresser les poils courts de sa nuque. *Eh bien, tout cela n'est-il pas dans la plus pure des traditions ?* se dit-il. *Et maintenant, les muscles du sphincter vont-ils se relâcher ? Non, tout a l'air normal de ce côté-là. Je ne souillerai pas mes sous-vêtements, merci bien...*

Le sourire qu'il força sur ses lèvres pour se rassurer n'était rien de plus qu'un rictus évanescent.

Un rictus qui bientôt se transforma en grimace quand le crissement de la pierre se fit insistant, comme si l'on faisait glisser une lourde dalle de sa base.

— Oh, Seigneur Tout-Puissant...

Ce n'était plus une pensée, à présent, mais une prière formulée à haute voix.

Il se retourna vers l'arche ouverte au-delà de laquelle se trouvait le gisant de Sir Gareth Lockwood.

Non, ce n'était pas possible. Ce genre de choses ne se produisait que dans les histoires d'Edgar Allan Poe. Toute son expérience du paranormal et des phénomènes psychiques, accumulée au cours des ans, lui affirmait que les corps – en particulier ceux réduits à quelques lambeaux de peau et des morceaux d'os desséchés – n'essayaient pas de quitter leur dernière demeure de leur propre volonté. Un esprit pouvait revenir, certes, mais les morts ne se levaient pas pour marcher, pas plus qu'ils n'étaient capables de repousser un couvercle de pierre pesant près d'une tonne.

Le bruit cessa.

Phelan se leva lentement.

Tout était dans sa tête. Il avait fini par s'autosuggestionner, à force de lire ces journaux maudits. Les sons n'étaient le fruit que de son imagination, tout comme l'accroissement de l'obscurité dans l'église. Il avait laissé l'influence pernicieuse de ces écrits envahir son esprit.

Mais qu'était-ce, maintenant ? Un pied qu'on traîne sur les dalles ? *Reprends-toi donc, vieil imbécile !*

Les yeux toujours fixés sur l'entrée de la chapelle, Phelan se baissa et ramassa sa canne. Il avança entre les bancs en direction de l'allée centrale.

Bien sûr, ce n'était qu'un tour de son imagination, mais il n'avait aucune raison de rester ici plus longtemps.

Il y avait encore beaucoup à faire cette nuit ; ou du moins, beaucoup à *défaire*. Ce n'était en aucune manière une excuse, mais il y avait réellement quelqu'un qu'il devait voir au plus vite.

Pas un instant le regard de l'Irlandais n'avait quitté l'entrée sombre – très sombre – de la chapelle.

*Vous voudrez bien m'excuser, mais j'ai à faire*, se surprit-il à dire en pensée, comme si le fait de plaisanter pouvait l'aider d'une quelconque manière.

Une fois de plus la nausée le prit, cette fois déclenchée par la peur et non par le dégoût. Il était presque arrivé à l'extrémité de la rangée, et il dut s'agripper au dossier d'un banc pour assurer son équilibre. Il demeura là un moment, plié par un spasme, à ravaler la bile qui montait dans sa gorge pour ne pas vomir dans la maison de Dieu. Et pour bien réaffirmer qu'il était dans la maison de Dieu, il fit le signe de croix.

— Au nom du Père, du Fils, du Saint-Esprit... chuchota-t-il.

Un étourdissement sournois l'empêchait de marcher.

— C'est moi qui crée cela, dit-il dans un murmure. C'est ma propre peur qui génère cette illusion.

*La chose dans le gisant est morte, idiot, et rien sur cette terre ne peut la faire revenir à la vie.*

— Idiot, répéta-t-il dans un souffle.

Toute la journée il avait ouvert son esprit aux pires horreurs, et il en payait le prix : exténué, tendu ; comme auraient dit les jeunes, il commençait à perdre la boule. *Ressaisis-toi, mon vieux.*

Il se redressa, et c'est alors qu'il distingua l'ombre dans l'obscurité sous l'arcade de la chapelle. Comment on pouvait discerner une ombre dans une telle obscurité, voilà une question qu'il ne souhaitait pas approfondir pour l'instant ; il lui semblait beaucoup plus urgent de partir d'ici.

L'ombre bougea, donnant l'impression d'émerger d'un

voile fait de sa propre substance, et l'Irlandais tituba dans l'allée centrale.

Il tourna le dos à l'autel et se dirigea vers la porte d'un pas d'ivrogne, mais au moins il progressait. Si d'ailleurs il manquait de dignité dans sa hâte de fuir, qui le saurait, qui le verrait ? Personne... sauf cette... chose... derrière lui...

Il atteignit bientôt le transept. Il faillit trébucher et le bout de sa canne claqua sur le dallage devant lui quand il s'en servit pour recouvrer son équilibre menacé. Il avait envie de regarder par-dessus son épaule, pour voir ce qui sortait de la chapelle, mais il se l'interdit. Si quelque chose le suivait, il valait mieux ne pas savoir quoi et fuir aussi rapidement que possible. Après tout, les morts ne marchaient pas, il n'y avait donc aucune raison de regarder en arrière, absolument aucune raison.

Il reprit sa marche hésitante en se répétant qu'il ne devait pas tourner la tête, même si... même si... à la périphérie de sa vision... quelque chose semblait... quelque chose était *vraiment* en train de...

*... d'avancer...*

*... vers lui d'un pas traînant...*

*... pour le rattraper...*

Il arriva enfin à la zone d'ombre du porche, et malgré le peu de visibilité il voyait nettement la grande porte intérieure, un rectangle solide, réel, rassurant, une protection contre les hordes impies, le gardien de la maison de Dieu...

Phelan se rendit compte qu'il commençait à délirer, mais peu importait, si cela lui permettait de ne pas penser à ce qui se trouvait dans l'église derrière lui, cette chose qui très certainement n'était qu'une création de son imagination et qui pourtant, d'une façon inexplicable, était sortie de la tombe du chevalier pour venir à sa rencontre.

Il atteignit la porte intérieure et la heurta du plat de la

main. Instantanément, sa paume s'engourdit. Il chercha l'anneau de fer qu'il fallait tourner pour ouvrir le battant.

Il le trouva. L'anneau refusa de tourner.

Lâchant sa canne, l'Irlandais s'y reprit à deux mains. Mais le mécanisme paraissait bloqué...

Ridicule. Il n'avait eu aucun problème pour entrer dans St Giles. C'était simplement l'effet de la panique. Il fallait qu'il retrouve le coup de main.

Il sentait la présence derrière lui, qui approchait en une progression lente mais inexorable dans l'allée centrale. Il entendait le crissement, ces pieds qui traînaient sur la pierre, et aussi... impossible, impossible, les morts n'ont aucun besoin de... Il entendait une respiration caverneuse et sifflante, comme si les poumons rongés par la putréfaction étaient trop abîmés, la gorge desséchée trop étroite, trop pourrie...

Il tourna à moitié la tête – seulement à moitié, parce qu'il ne voulait pas voir la forme sombre, cette chose vieille de plusieurs siècles qui avait attendu dans son linceul de pierre, parce qu'il ne voulait pas avoir la preuve que cette créature morte sortie de son imagination se trouvait réellement derrière lui – et il aperçut quelque chose. Quelque chose, rien de clairement défini, rien qu'on pût appeler un être réel, mais quelque chose qui avançait vers lui.

*Non ! Impossible !*

Il s'acharna sur l'anneau métallique qui tourna de deux centimètres sur son axe. Il redoubla d'efforts et le mécanisme fonctionna enfin avec un déclic sonore. Alors il pesa de tout son poids contre le battant, stupidement, follement, gagné par la sensation de la chose qui se rapprochait toujours plus. Il y mit toutes ses forces, et tout son corps tremblait.

*Les morts ne respirent pas*, hurlait silencieusement son cerveau, *alors pourquoi puis-je entendre une respiration, pourquoi puis-je sentir son odeur fétide ?*

Et pourquoi savait-il qu'une main décharnée se tendait

maintenant vers lui, avec ces lambeaux de chair desséchée par le temps qui tombaient sur le sol ?

— Oh, Sainte Mère de Dieu… gémit-il.

Il se rappela soudain que la porte ouvrait vers l'intérieur.

Il tira le battant, qui percuta un de ses genoux. Sans s'en soucier, il se glissa par l'entrebâillement et claqua la porte derrière lui. Il crut entendre quelque chose qui grattait le bois de l'autre côté.

Phelan n'attendit pas sous le porche. Il y régnait un froid terrible et il avait la certitude irrationnelle – aussi irrationnelle que l'idée d'être poursuivi par un mort – que ses poumons gèleraient s'il restait ici plus longtemps. Et il n'avait de toute façon aucune envie de s'attarder.

Deux pas et il fut devant la porte extérieure. Celle-ci n'opposa que la résistance normale de sa masse, et un instant plus tard il sortait en vacillant. Il tomba dans l'allée, pourtant il ne s'arrêta pas. Sur les mains et les genoux il avançait, oublieux des gravillons qui écorchaient ses paumes et déchiraient son pantalon, se répétant sans cesse que tout cela était folie, qu'il n'y avait pas d'être fantomatique dans l'église, que tout était dû à son imagination surmenée, à une soudaine aberration de son esprit découlant de toutes les horreurs découvertes dans ses lectures. Les esprits, du mal ou non, ne prenaient pas cette forme. Ils n'ouvraient pas des sépulcres de pierre, ils ne respiraient pas. Et ils ne chassaient pas les vivants. Folie que tout cela. Folie. Folie !

L'esprit accaparé par ces pensées tourbillonnantes, il ne remarqua pas la brume qui s'étendait autour de lui.

## 33

La transition entre le sommeil et le réveil fut des plus brutales. Ash dormait, et la seconde suivante ses yeux grands ouverts contemplaient fixement le plafond de la chambre.

Il demeura immobile et s'accorda le temps de reprendre contact avec la réalité. Pendant un moment son esprit fut vierge de tout, puis le souvenir des événements lui revint. Il referma les yeux, posa une main sur ses paupières et s'efforça de mettre de l'ordre dans le flot de pensées qui le submergeait.

Il commençait à comprendre.

Il écarta sa main et se demanda pourquoi la pièce était aussi sombre. Combien de temps était-il resté assoupi ?

Il se leva du lit et alla ouvrir les rideaux de la fenêtre. Tout son être se tendit quand il vit la brume jaunâtre qui flottait sur les maisons et la salle paroissiale, de l'autre côté du pré communal. Elle se déroulait en volutes paresseuses, d'une lenteur qui avait quelque chose de sinistre. Son aspect surnaturel était encore magnifié par le silence absolu à l'extérieur, un manque total de toute activité normale. Pas de bruit de pas, de voix, nul pépiement d'oiseau, aucune circulation ;

l'auberge elle-même était privée du brouhaha assourdi des clients au rez-de-chaussée.

Troublé par ce brouillard et ce silence étranges, Ash se détourna de la fenêtre et son regard se posa sur la forme allongée dans le lit.

Grace gisait sur le flanc, une jambe repliée, sa jupe remontée sur une cuisse satinée. Son chemisier était ouvert et laissait entrevoir la courbe d'un sein. Des ombres masquaient les parties plus intimes de ce corps qu'il avait couvert de baisers, et caressé, et il sentit l'excitation renaître en lui à ce spectacle. Sa propre nudité n'était pas pour rien dans le phénomène. Mais avec le désir revint le souvenir de ce voyage dans la conscience de la jeune femme, la découverte d'un secret qu'elle s'était caché à elle-même. Il alla vers elle et s'agenouilla près du lit.

— Grace.

Il avait parlé trop doucement pour la réveiller.

Il effleura son épaule, la secoua tendrement.

— Grace, dit-il encore, un peu plus fort cette fois.

Elle s'étira, releva le menton. Ses lèvres s'entrouvrirent.

— Réveille-toi, Grace.

De la pointe des doigts, il repoussa une mèche qui avait coulé sur sa joue.

Un pli soucieux marqua la surface lisse de son front et Ash vit le mouvement des globes oculaires bougeant sous les paupières. Grace marmonna quelque chose, peut-être son nom, et ses yeux s'ouvrirent lentement. Un sourire s'épanouit sur son visage à la vue de l'homme et une de ses mains glissa le long de sa cuisse pour s'élever vers lui. Elle se tourna, déplia la jambe, de sorte que la toison brune de son sexe n'était plus une ombre. Ash avait envie de la caresser, de glisser sa main entre les cuisses pour sentir une fois encore la chaleur moite de son corps.

— Il faut partir, dit-il.

Elle suspendit son geste et la ride s'accentua sur son front.

Ash se pencha et déposa un baiser sur sa bouche. Le désir s'accrut et menaça de supplanter toute autre considération, mais une inquiétude plus profonde que l'envie charnelle l'empêcha de céder. Même ainsi, l'intensité des sentiments qu'il éprouvait pour elle le surprenait. Jamais rien de tout cela n'aurait dû arriver, jamais il n'aurait dû le permettre. Il était resté insensible pendant si longtemps, et maintenant il avait laissé cette femme si douce et vulnérable percer sa garde et entrer dans sa vie, comme s'il n'avait retenu aucune leçon du passé. Il mourait d'envie de la prendre dans ses bras, de se glisser dans le lit en la serrant fort contre lui, pour oublier l'horreur qu'il restait à découvrir au-delà des murs rassurants de cette chambre. En même temps, il était conscient de l'inanité de cet espoir, car Grace ne se déferait de ce mal en elle qu'en l'affrontant. Tous les deux, ils partageaient un refus du passé, le sien compliqué par la culpabilité erronée qu'il attachait à la mort de sa sœur, celui de Grace accru par la mémoire cachée de certains faits. Peut-être l'esprit conscient de la jeune femme ne se rendait-il pas compte de ce tourment, mais son subconscient ne le comprenait que trop bien.

Elle s'accrocha à lui comme s'il allait s'écarter.

— David, s'il te plaît, murmura-t-elle.

Il lui prit les poignets et détacha gentiment les mains de son cou.

— C'est en train d'arriver, Grace, dit-il. Va voir à la fenêtre.

Elle se recula pour scruter son visage.

— De quoi parles-tu ?

— Tu ne le sens pas ?

La méprise amena un sourire sur ses lèvres, mais il fut aussitôt relayé par un froncement de sourcils. Il la vit se raidir et fouiller la pièce du regard.

— Qu'est-ce que c'est ? fit-elle en s'enveloppant de ses bras comme si soudain elle était frigorifiée.

Devant son silence elle se glissa hors du lit et marcha jusqu'à la fenêtre. Il l'entendit lâcher un hoquet surpris.

— Il pourrait ne s'agir que d'une brume de chaleur naturelle, dit-il platement.

Il ne savait pas trop pourquoi il tentait de trouver une explication rationnelle au phénomène. Pouvait-il vraiment espérer qu'elle l'accepterait ? Une affirmation commune rendrait-elle la chose normale ? Il abandonna ce mince espoir quand elle tourna vers lui un regard agrandi par la peur.

— Qu'est-ce que ça signifie, David ?

N'ayant aucune réponse à lui proposer, il préféra ignorer la question. Il prit ses vêtements et se mit en devoir de s'habiller.

— Je veux te ramener auprès de ton père, annonça-t-il.

Elle parut surprise mais se mit à boutonner lentement son chemisier.

— Il sait, n'est-ce pas ? Mon père a quelque chose à voir avec tout ça.

— Je pense qu'il pourrait être une des causes de ces phénomènes, fit-il en s'approchant d'elle, mains levées vers ses épaules. Il n'a pas été honnête avec toi, Grace.

Elle l'évita dans un mouvement qui était peut-être de colère et alla prendre ses affaires sur le lit.

*Elle a des soupçons*, se dit Ash en l'observant. *Mais elle n'a aucune idée de l'étendue de sa propre participation.* Il enfila sa chemise, la boutonna, prit ses chaussures et ses chaussettes pendant que Grace s'asseyait sur le lit et l'attendait. Elle paraissait engourdie et il se demanda quel trouble habitait ses pensées à cet instant. Pendant quelques secondes il s'affaira à lacer ses souliers. Il savait que pour le moment il ne pouvait rien pour elle, et que selon toute probabilité elle ne le croirait pas, de toute façon. Ce n'était pas la première fois qu'il maudissait cette aberration psychique qui lui permettait parfois de comprendre les pensées d'autrui, cachées ou non.

Quand il fut prêt, il la prit par la main et l'entraîna hors de la chambre.

Pendant qu'ils parcouraient le couloir qui sentait le moisi et descendaient l'escalier, Ash résista à l'envie de briser le silence pour appeler l'aubergiste ou sa femme. Quand ils atteignirent la salle de bar, ce fut pour la trouver déserte.

Traverser la grande pièce vide jusqu'à la porte d'entrée constituait une expérience étrange, car le silence était presque palpable. Ash ne pouvait s'empêcher d'imaginer les lieux un siècle plus tôt, avec ses solides poutres en chêne et le feu crépitant dans la grande cheminée, l'endroit grouillant de fermiers, de laboureurs, de commerçants et même de quelques représentants de la petite noblesse locale, tous mêlés et se racontant des anecdotes ou riant dans ce coin, là, tandis qu'au comptoir l'aubergiste mettait en garde un ouvrier agricole contre sa consommation de bière brune…

— David ?

Il cligna des yeux, surpris.

— Tu t'es arrêté, dit Grace. Tu écoutais quelque chose.

— Euh, non… Je pensais… (Il se passa la main sur le visage.) Aucune importance. Allons-y.

Ils atteignirent la porte et cette fois Ash fit une halte délibérée.

— C'est tellement irréel, remarqua doucement Grace tandis qu'ils observaient la brume jaunâtre à l'extérieur. Et cette odeur…

A travers le brouillard, les diverses couleurs des véhicules garés sur le parking et le vert de la pelouse paraissaient délavés, presque gris. Ash plissa les yeux et scruta la brume, où il croyait avoir aperçu des ombres en mouvement. Impossible de dire s'il y avait quelqu'un au-dehors, car, dès que le regard se concentrait, les formes semblaient se dissoudre dans le néant.

Si peu enthousiaste qu'il fût à l'idée de quitter le refuge de l'auberge, il savait qu'ils ne pouvaient y rester. Quelque chose – une sorte de colère, de rage contre les événements qui s'étaient déjà produits à Sleath – le poussait à se rendre à la maison du gardien pour y affronter le père de Grace.

Il s'ébroua avec mauvaise humeur.

— Inutile de prendre ma voiture, dit-il à la jeune femme. Je pense que nous irons plus vite à pied, dans cette purée de pois.

Elle acquiesça et se frictionna les bras.

— Tu as froid ? s'enquit-il.

Elle approuva encore d'un signe de tête.

Il ressentait lui aussi cette humidité glaçante qu'il avait déjà éprouvée dans St Giles. Une seconde, il se demanda si Phelan était toujours plongé dans les archives de l'église.

Grace marqua une hésitation quand Ash sortit dans la rue, et il dut lui prendre la main pour la décider. Elle le suivit en se tenant près de lui et en étreignant sa main.

— Tu les vois, David ?

Tout d'abord il ne fut pas certain de saisir de quoi elle parlait, puis il comprit qu'elle faisait allusion aux vagues silhouettes qui évoluaient dans la brume.

— Ce ne sont que des zones de brouillard plus intense, Grace.

Mais il savait que c'était faux, et qu'il y avait autre chose.

Quelque chose de complètement différent.

— Ce sont des gens, dit-elle.

Une des formes était proche, juste de l'autre côté de la route, au bord du pré communal. D'un pas décidé Ash marcha vers elle, laissant Grace derrière lui. Il distingua le contour d'une tête, des épaules, mais les traits du visage étaient masqués par des volutes plus denses et, quand il ouvrit la bouche pour héler l'inconnu, la silhouette – ou ce qu'il en voyait – s'évapora simplement, pour disparaître d'un coup.

Abasourdi, Ash stoppa en plein milieu de la chaussée et fouilla du regard l'endroit où s'était trouvée la présence. La brume tourbillonna comme sous l'effet d'un brusque coup de vent. Il sentit Grace près de lui.

— Je l'ai vu, dit-elle en lui saisissant le bras. Ça a disparu, comme ça.

Il continuait de scruter le brouillard.

— Ce n'est pas possible.

— Tu sais bien que si, David. Tu n'as donc rien appris sur cet endroit depuis ton arrivée ? (Avant qu'il puisse répondre, elle tendit le bras.) Oh, mon Dieu, là...

Ash regarda dans la direction qu'elle indiquait et vit que les nuages jaunâtres s'étaient éclaircis au-dessus de la mare dont les eaux étaient aussi calmes qu'à l'accoutumée. Pourtant il y avait maintenant une différence, car la surface paraissait luire d'un éclat particulier. Et tout autour de la pièce d'eau l'herbe était raidie et blanchie comme si... il concentra toute son attention pour mieux voir... comme si elle était gelée.

— C'est de la glace, David, fit Grace sans baisser le bras. La mare est gelée.

Quelque part au loin un cri retentit, qui les fit sursauter. C'était un son morne et isolé, rappelant l'appel de l'aigle au-dessus de la lande déserte. Les doigts de Grace se crispèrent un peu plus sur le bras de David Ash.

Il abandonna l'observation de la mare et chercha à percer le brouillard. Là-bas il y avait d'autres formes grises et imprécises, certaines parfaitement immobiles, d'autres qui se mouvaient lentement.

— Partons, dit-il en entourant la taille de Grace d'un bras.

Elle résista.

— J'ai peur, David.

Il se tourna vers elle et la plaqua contre lui.

— Ce ne sont que des apparitions, elles ne peuvent nous faire aucun mal.

— En es-tu certain ?

— Seule notre propre peur peut nous blesser.

C'était une affirmation gratuite et peu convaincante, mais dans les circonstances présentes il ne pouvait faire mieux.

— Il est capital que nous allions voir ton père, Grace, ajouta-t-il dans l'espoir de la motiver.

— Tu ne m'as toujours pas dit pourquoi, rétorqua-t-elle en le dévisageant d'un air grave.

Ash ouvrit la bouche pour parler, se ravisa et reprit :

— Je crois qu'il y a certaines choses qu'il sera en mesure d'expliquer, fit-il simplement.

— Alors pourquoi ne me les a-t-il pas expliquées avant ? insista-t-elle. C'est mon père, pour l'amour du Ciel !

— Il faudra lui poser la question toi-même.

La réponse était froide, et elle en fut visiblement troublée.

— Que sais-tu que tu me tais, David ? demanda-t-elle d'une voix calme mais d'une intensité embarrassante.

— Tu as senti certaines choses à mon propos, Grace, des souvenirs, des traumatismes passés dont moi seul étais conscient. Et j'ai senti la même chose chez toi. Tout ce que je peux te dire, c'est que ton père t'a trompée pendant très longtemps.

Elle secoua la tête énergiquement, pour marquer son refus de ces affirmations.

— Alors allons le voir et parlons-lui, insista-t-il.

— Il est malade, et le Dr Stapley a dit qu'il ne fallait pas le déranger.

— Alors tu ne connaîtras jamais la vérité.

Il vit la confusion envahir le visage de la jeune femme et sentit le combat intérieur qu'elle menait. Mais très vite elle afficha une expression résolue.

— Tu m'aideras, n'est-ce pas ?

Ash la serra dans ses bras et baisa ses cheveux.

Ce fut elle qui rompit leur étreinte en s'écartant. Elle lui décocha un autre regard incertain, puis se tourna vers la route devant eux.

Ils remontèrent la Grand-Rue en restant au milieu de la chaussée. Ils tendaient l'oreille pour détecter l'approche d'un éventuel véhicule, mais hormis le bruit de leurs pas sur l'asphalte il planait un profond silence autour d'eux. Le brouillard était de densité inégale. Parfois il masquait complètement les maisons de l'autre côté du pré communal, à d'autres moments il laissait apercevoir les piquets blancs des barrières, la forme des haies et celle des bâtisses derrière. Aucune lumière ne brillait aux fenêtres, mais ils savaient que des gens se trouvaient à l'intérieur, que tout le village n'avait pu être évacué pendant qu'ils dormaient. Alors, où se trouvaient les habitants ? Etaient-ils terrorisés au point de se calfeutrer derrière leurs portes closes ? Sentaient-ils la menace, eux aussi ?

Un groupe plus serré d'ombres s'était rassemblé sous le grand arbre à l'extrémité du pré communal, mais de nouveau, quand Ash et Grace approchèrent, les silhouettes s'estompèrent et se fondirent dans la brume. Toutefois, un gémissement pitoyable leur parvint alors qu'ils arrivaient à hauteur du poteau à fouetter et du pilori.

— Continue à marcher, commanda David d'un ton ferme.

Grace se laissa entraîner par lui, mais elle ne put s'empêcher de jeter un œil vers les reliques en bois, comme si elle s'attendait à les voir utilisées. A son grand soulagement, ces sinistres témoignages du passé demeuraient nus, bien qu'une substance luisante coulât le long du poteau de fouet. Le liquide épais formait une petite flaque noire à la base du tronc d'arbre, là où il imbibait le sol. Cela ressemblait à du sang, mais la jeune femme n'avait aucune envie de vérifier cette impression. Pas plus que David d'ailleurs, qui lui aussi avait remarqué le phénomène.

Ils continuèrent d'avancer et arrivèrent bientôt au bout du pré communal. Ash regarda derrière eux et vit que les silhouettes s'étaient reformées autour des appareils de torture. Il n'en dit rien à Grace.

Un cri s'éleva d'une des habitations sur leur gauche, un cri indubitablement humain cette fois, assourdi par les murs qui l'emprisonnaient. Il fut suivi d'un autre, celui-là plus éloigné, issu d'une autre maison. Une porte claqua, puis il y eut un bruit de fuite précipitée.

Le silence s'appesantit de nouveau sur le village, perturbé par le seul son de leurs pas sur l'asphalte. La brume s'enroulait et se déroulait autour d'eux, offrant la vision momentanée d'une rue vide pour, l'instant suivant, masquer ce qui se trouvait devant eux. Les quelques boutiques qu'ils dépassèrent paraissaient désertes, sans lumière dans les vitrines, leur porte close. A un moment, Ash porta la main à son visage et y sentit une humidité froide.

Sur leur droite la porte d'entrée d'un cottage s'ouvrit brusquement, et un couple âgé en sortit en titubant. Ils aperçurent Grace et Ash, se figèrent une seconde ou deux, puis tournèrent le coin de leur maison pour s'engouffrer dans l'allée menant aux champs au-delà. Ash voulut les suivre, mais ils disparurent en un instant et il renonça.

Il revint auprès de Grace et ils reprirent leur marche. Quelque chose se brisa dans une demeure proche, et ils entendirent une voix qui criait, puis plus rien. Ash crut voir un rideau bouger à la fenêtre d'un autre cottage, mais un bruit attira son attention. Quelque part derrière eux, une voiture démarrait.

Il était assurément insensé de rouler dans de pareilles conditions, mais quelqu'un devait être assez désespéré pour prendre ce risque. Ils entendirent le ronronnement du moteur qui s'éloignait. A l'évidence, le chauffeur prenait la direction du petit pont de pierre pour quitter le village. Bonne chance, songea David en commençant à regretter que Grace et lui n'aient pas fait de même.

Ils atteignirent la fourche de la route. Pendant une fraction de seconde, Ash hésita à prendre l'embranchement de gauche qui menait loin de l'église et de la maison du gardien, loin de Sleath. Cette fois, c'est Grace qui prit la décision et s'engagea sur la route de droite qui s'élevait lentement vers le sommet de la colline. Ash lui emboîta le pas.

Un alignement de cottages surgit du néant.

— Crois-tu que nous devions aller voir si tout va bien pour elle ?

Avant qu'il ait pu répondre, ils perçurent des voix devant eux. Instantanément ils oublièrent tous deux le sort d'Ellen Preddle et tendirent l'oreille.

— Les enfants, souffla Grace.

Bien que la comptine lui fût à présent familière, elle résonnait sinistrement à ses oreilles car il savait que les voix qui l'entonnaient étaient désincarnées. Il pressa le pas et avec Grace se dirigea vers la petite école désaffectée.

Ils firent halte devant la grille close et Ash imagina les enfants assemblés dans leur salle de classe et reprenant en chœur la chanson, les yeux brillants et la bouche arrondie. Il se rappela que le bâtiment était vide et que ce qu'il entendait venait d'un autre temps, que Grace et lui percevaient l'écho éthéré des morts.

*Dansez, alors, tant que vous pourrez,*
*Car je suis le Seigneur de la Danse, disait-il.*
*Et je vous entraînerai tous là-bas, où que vous soyez,*
*Et je vous entraînerai tous là-bas ;*
*Là-bas, dans la Danse, disait-il.*

Pourtant il était déconcerté, non par le côté irréel du phénomène, mais parce que Grace lui avait affirmé que cette comptine n'était pas très ancienne. La plupart des enfants qui l'avaient apprise, sinon tous, devaient être encore vivants, alors pourquoi les esprits des disparus avaient-ils choisi de chanter cet air en particulier ? A moins, comme il l'avait suggéré à la jeune femme auparavant, que ce ne soit qu'un souvenir, une mélodie capturée par l'atmosphère, les murs de l'école, une sorte d'enregistrement surnaturel déclenché maintenant par le pouvoir psychique qu'ils possédaient, Grace et lui. La comptine changea de tonalité, se fit plus lugubre :

*J'ai dansé le vendredi*
*Quand le ciel s'est assombri ;*
*Il est difficile de danser*
*Avec le diable sur son dos.*
*Ils ont enterré mon corps*
*Et ils m'ont cru parti à jamais ;*
*Mais je suis la Danse*
*Et je continue de danser...*

— Tu comprends ? dit Grace. C'est un avertissement voilé. C'est leur façon de nous faire savoir ce qui s'est passé ici, à Sleath.

— Je ne saisis pas...

Le chant augmenta en volume et la brume sur la petite cour se mit à tourbillonner et à s'effilocher.

Grace s'était immobilisée et elle contemplait l'école au-delà des volutes du brouillard.

— Ils ont besoin de notre aide, David, déclara-t-elle. Tu ne comprends donc pas ? Ils ont besoin de notre aide.

## 34

Quand ils y étaient arrivés, St Giles était vide.

Impatiente de retourner à la maison du gardien, Grace avait attendu à l'entrée du cimetière pendant que David remontait en hâte l'allée entre les tombes et s'engouffrait par la grande porte ouverte de l'église. Comme auparavant, l'impression désagréable sous le porche l'avait aussitôt écrasé, une sensation d'oppression menaçante qui l'avait fait frissonner tandis qu'il s'efforçait d'ouvrir la porte intérieure. Tout d'abord il l'avait crue fermée à clé, puis elle avait cédé quand il avait poussé de l'épaule avec vigueur. A son grand étonnement, le froid inexplicable semblait s'être encore accru dans la vieille bâtisse, et il n'avait ressenti aucun désir de s'aventurer dans la nef lugubre. De l'entrée il avait appelé Phelan, et devant l'absence de réponse il avait refermé la porte et était ressorti sans traîner.

L'impatience de Grace était évidente quand il l'avait rejointe au seuil du cimetière pour lui apprendre que l'Irlandais avait sans doute terminé ses recherches à St Giles. Sans attendre, elle avait pris la direction de la maison du gardien, le laissant là à se demander pourquoi Phelan n'était pas venu le voir à l'auberge, comme ils en étaient convenus. Toujours dérouté, il avait rattrapé la jeune femme en quelques enjambées.

Le brouillard n'était pas aussi dense au sommet de la colline, et bientôt ils aperçurent la maison. Cette vision avait quelque chose de dérangeant, qu'ils éprouvèrent au premier regard.

Grace décocha un bref coup d'œil anxieux à David et pressa le pas. C'est presque en courant qu'elle parcourut les derniers mètres. Le portail du jardin était ouvert, ainsi que la porte d'entrée de la maison.

— Grace, attends ! cria Ash en la voyant disparaître dans la maison.

Le souffle un peu court, il s'élança derrière elle.

La pénombre poussiéreuse se referma sur lui dès qu'il pénétra dans le vestibule. Des pas résonnaient à l'étage. Il entendit Grace appeler son père, et soudain elle s'arrêta de marcher. Elle héla encore le pasteur et Ash comprit que le vieil homme ne se trouvait pas dans sa chambre. Sans attendre la jeune femme, il ouvrit la porte proche du bureau et jeta un coup d'œil à l'intérieur. Personne. La voix de Grace lui parvint de nouveau alors qu'elle passait dans les autres pièces de l'étage. Il revint dans le couloir et alla regarder dans la cuisine dont la porte béait. Pour autant qu'il put en juger, elle était également déserte. Il retourna se poster devant le bureau et resta là, en proie à une indécision momentanée.

Grace redescendait l'escalier quand il rouvrit la porte du bureau. Il se figea, stupéfait.

— David, il n'est pas dans...

Grace l'avait rejoint sur le seuil de la pièce et la voix lui manqua quand elle regarda par-dessus son épaule. Il entendit vaguement l'inspiration brusque qu'elle prit en posant les yeux sur le tableau suspendu au-dessus de la cheminée.

La toile peinte tournait au brun sombre en certains endroits. On eût dit qu'elle était exposée à une flamme nue. Les huiles s'amollissaient et se boursouflaient. La peinture commença à se craqueler et de petites fumerolles s'élevèrent dans l'air.

Horrifiés, ils virent la représentation de Lockwood Hall se consumer d'un feu que ni l'un ni l'autre ne pouvait voir, entendre ou sentir.

## 35

A travers le pare-brise de sa Renault, Kate McCarrick relut le poteau indicateur.

*Mon Dieu, on dirait que celui qui a placé là ce satané bidule ne tient pas vraiment à ce que vous trouviez l'endroit que vous cherchez !* songea-t-elle.

Elle consulta l'atlas routier ouvert sur ses genoux. Normalement, Sleath devait être quelque part devant elle. Un peu sur la droite.

A cause d'une circulation infernale, le trajet depuis Londres n'avait pas été des plus agréables. Le vendredi soir n'était pas précisément le moment rêvé pour quitter la capitale. Quand enfin elle l'avait atteinte, l'autoroute aussi était encombrée, ce qui avait rendu la route vers les Chiltern non seulement plus longue mais encore exaspérante. Le crépuscule tombait déjà et Kate se sentait à la fois lasse et affamée. Elle n'avait pris que le temps de passer à son appartement pour fourrer quelques affaires dans son sac de voyage, et à présent elle regrettait un peu sa précipitation. Mais comment se faisait-il que tous les téléphones de Sleath soient hors d'usage ? Plusieurs fois dans l'après-midi elle avait tenté de contacter la Black Boar Inn et la demeure du pasteur, sans jamais les obtenir. Aux renseignements, on l'avait informée qu'il y avait des problèmes sur les lignes locales, mais que tout rentrerait dans l'ordre dans les plus brefs délais. Bien sûr... Néanmoins, une petite virée dans les collines convenait tout à fait à Kate, et les renseignements glanés sur ce Seamus Phelan ne manqueraient pas d'intéresser son enquêteur. Par ailleurs, et bien qu'elle rechignât à se l'avouer, Ash lui manquait.

S'il n'était plus question d'amour entre eux – il n'en avait sans doute jamais été question en ce qui concernait David –, elle n'en gardait pas moins pour lui des sentiments forts, et cela malgré le caractère lunatique et difficile à vivre qu'il montrait à tout propos. Ils avaient eu du bon temps ensemble – d'accord, des moments non dépourvus d'une certaine tension, mais David demeurait quelqu'un d'attachant, et d'intrigant. Trois ans auparavant, sa dépression nerveuse lui avait ôté un peu de son cynisme, l'avait rendu moins sûr de lui, et cette nouvelle vulnérabilité avait d'une certaine façon accru son charme. Au mieux, leur relation était intermittente, enflammée par une passion intense à certains moments, mais Kate s'était préparée à beaucoup plus s'investir quand il avait été malade ; Ash avait refusé qu'elle se rapproche de lui, et s'était un peu plus refermé sur lui-même. Il lui avait fallu cinq bons mois pour maîtriser ses démons intérieurs et, assez bizarrement, le changement qui s'était opéré en lui allait dans le bon sens. Il s'efforçait avec un acharnement intact de démasquer les charlatans du paranormal, tout en conservant un mépris abyssal pour certains spirites et autres guérisseurs. Toutefois, une tolérance inédite s'était fait jour en lui, et elle le jugeait moins enclin à réfuter d'entrée toute manifestation d'apparence paranormale.

Le soleil n'était plus qu'un croissant rougeoyant posé sur la ligne sombre des collines au loin, et Kate espéra qu'elle atteindrait Sleath avant la nuit. Elle s'offrirait d'abord un remontant – un alcool sec, de préférence –, suivi d'un bon repas. Pour le reste, elle verrait. Elle resterait peut-être pour le week-end et pourquoi pas – oui, pourquoi pas ? – elle et Ash retrouveraient un peu de cette vieille magie qui avait existé entre eux.

Elle sourit. Oh oui, c'était quelque chose qui lui manquait, pas de doute. Pour quelqu'un d'énigmatique et d'aussi indépendant, David Ash était très démonstratif quand il était habité par la passion. Jusqu'à il y a trois ans, avant que les événements à Edbrook et la demeure des Mariell ne le transforment complètement. Ce qui n'avait rien d'étonnant.

La route s'inclinait selon une pente douce sur près de deux kilomètres et soudain une vision surprenante s'offrit à ses yeux, à travers une trouée dans les arbres. Elle se gara sur le bas-côté herbu de la route, non pour contempler le panorama mais parce qu'autre chose avait éveillé sa curiosité.

Seul l'arc supérieur du disque solaire dépassait encore derrière les collines, et des nuages lourds avaient commencé à s'amasser, donnant l'impression qu'ils attendaient le crépuscule pour apparaître. L'atmosphère était humide, pesante, annonciatrice d'orage. Mais c'était la vallée en contrebas qui avait retenu son regard, car elle semblait emplie d'un nuage jaunâtre. Enfin, cela ressemblait à un nuage étendu, mais il devait s'agir d'un brouillard typique à la région. Elle ne pouvait distinguer que vaguement un clocher d'église qui jaillissait hors de la brume, tout là-bas, mais rien de plus.

Après un moment Kate regagna sa voiture, le visage maussade. Un temps génial pour un week-end à la campagne... Avec un peu de chance ce brouillard se lèverait au matin, à moins que l'orage ne le disperse, et le village pourrait baigner dans un soleil qui serait quand même un peu plus de saison. Loin des affres de la cité, l'endroit était certainement charmant par temps clair. Elle boucla sa ceinture de sécurité et redémarra.

La route ne tarda pas à redescendre dans une série de lacets qui mobilisèrent toute l'attention de la conductrice. La voie n'était pas très large, mais heureusement elle ne croisa aucun autre véhicule venant en sens inverse. Alors qu'elle négociait un autre virage serré en bas de la colline, elle vit la marée de brume qui engloutissait le paysage à quelques centaines de mètres devant elle.

Après avoir considérablement ralenti, Kate contempla la grande barrière opaque avec un désarroi certain. A cette distance, le brouillard paraissait impénétrable. Et tellement... Elle se tança de se laisser ainsi aller à son imagination, mais ce qu'elle voyait était réellement... rébarbatif, pour ne pas dire menaçant.

Deux véhicules étaient à l'arrêt, non loin du mur de brume, et Kate se gara derrière eux. Les deux conducteurs se tenaient ensemble devant l'automobile de tête, une camionnette Ford grise, avec le logo rouge et bleu de British Telecom sur le flanc et le hayon arrière. Ils interrompirent leur conversation à son arrivée.

Le plus jeune des deux, à la longue chevelure serrée dans une queue-de-cheval, lui décocha un sourire aimable.

— Pas la peine de penser rouler là-dedans, jolie dame, fit-il.

Il posa un coude sur le toit de son van et se massa la nuque d'une main, l'air perplexe.

L'autre homme portait une chemise blanche rayée de bleu et une cravate, au contraire du premier. Il acquiesça.

— Une purée de tous les diables, appuya-t-il. Jamais rien vu de semblable.

— Mais en mettant mes anti-brouillard... commença-t-elle.

— Oh non, fit l'employé des Telecom. J'ai essayé les miens et je n'ai pas pu faire plus de dix mètres. Moi aussi, c'est bien la première fois que je vois un truc pareil... (Il considéra un moment la masse onduleuse.) En tout cas, on ne me paie pas assez pour que je me risque à rouler là-dedans...

— Je vais essayer de trouver une autre route, dit l'autre qui devait être représentant ou homme d'affaires. Je n'ai pas besoin de passer par Sleath, de toute façon.

— Sleath se trouve donc droit devant ? s'enquit Kate.

— A environ trois kilomètres, répondit l'ingénieur des Telecom avec un claquement de langue faussement irrité. Je ne sais pas ce qu'ils vont dire quand je vais revenir à la boîte. Toutes les lignes du village sont HS et le boîtier central de distribution est nase. Je devais aller estimer la gravité du problème, réparer ou faire un rapport pour qu'on change le tout. Mais pour ce soir, c'est râpé.

— Un tel incident pourrait mettre en panne tous les téléphones d'une agglomération ? interrogea Kate en se rappelant qu'elle n'avait pu obtenir personne du village durant la journée.

— Si le dommage est assez sérieux, oui. La dernière fois qu'un truc pareil s'est produit, un camion de livraison avait percuté un de nos boîtiers centraux. La moitié de la ville s'est retrouvée privée de téléphone d'un coup.

— Mais il faut que je me rende à Sleath, insista-t-elle.

L'ingénieur eut un haussement d'épaules fataliste.

— Là, je ne peux rien pour vous aider, jolie dame. Si vous ne croyez pas que ce truc est aussi épais qu'on vous le dit, allez-y, faites un tour dedans. Mais n'allez pas trop loin, hein... (il lança un clin d'œil à l'autre conducteur) ou bien nous ne pourrions plus jamais vous retrouver.

Kate décida de faire exactement cela. Après tout, quelle densité pouvait atteindre un simple brouillard ? Peut-être était-il plus épais sur les bords, et que cet idiot n'avait pas pris la peine d'aller assez loin pour s'en rendre compte. Elle s'éloigna des deux hommes qui la suivirent d'un même regard appréciateur.

— Soyez prudente ! lui lança l'automobiliste à la cravate d'une voix qui sonnait sincère.

Elle n'avait rien d'une poule mouillée, il l'avait bien

compris mais n'avait pu s'empêcher de la mettre en garde. L'ingénieur lui lança une œillade de connivence que l'autre ignora.

Kate fit halte à la lisière de la brume. Elle était très étonnée par son opacité et sa teinte jaunâtre. Il en émanait une odeur plutôt désagréable, aussi. La masse mouvante suivait une ligne ondulante sur sa droite et sa gauche, mais elle ne semblait avancer dans aucune direction, et paraissait rouler sur elle-même sans s'étaler plus. Elle fit un pas en avant et sentit immédiatement la froideur de la brume ; deux enjambées de plus et il lui était impossible de voir la route devant elle. En se retournant, c'est tout juste si elle put distinguer la forme des deux hommes et de leurs véhicules. Malgré son anxiété, elle avança encore de quelques mètres.

La froideur devint glacée, et elle s'arrêta de nouveau. Ce n'était pas normal. Ce satané brouillard n'était pas naturel. Elle commençait à se sentir désorientée.

Elle chercha à rejoindre le bas-côté et fut soulagée de sentir bientôt l'herbe sous ses chaussures. Le froid s'insinuait en elle, et avec lui une sensation de menace diffuse. Elle n'aimait pas ça, elle n'aimait pas ça du tout. Elle se mit à rebrousser chemin en marchant à reculons. Pour une raison qu'elle n'aurait pu s'expliquer, elle ne voulait pas tourner le dos à cette masse mouvante. Elle avait le sentiment que *quelque chose* la guettait. C'était idiot, irrationnel, mais elle s'en fichait. Tout en battant en retraite elle scrutait le brouillard, s'attendant à ce qu'une créature monstrueuse bondisse sur elle du cœur de ces nuages qui semblaient vivants. Rien ne l'agressa, pourtant elle ne fit pas volte-face pour aller plus vite. Elle entendait le bruit de ses semelles sur l'asphalte de la route et elle avait l'impression qu'elle parcourait plus de mètres en arrière qu'elle n'en avait fait en avant. Ne devrait-elle pas avoir atteint la limite du brouillard ? Elle décida que si rien ne se produisait elle ferait demi-tour et s'élancerait droit devant elle, pour ne s'arrêter que lorsque...

Les applaudissements lents et sarcastiques de l'employé des Telecom accueillirent sa réapparition, et quand elle pivota sur ses talons l'homme d'affaires lui adressa un sourire de sympathie. Avec un frisson, Kate continua de marcher en se concentrant pour se calmer et ne pas se mettre à courir.

— Vous ne reveniez pas, on se demandait si vous aviez rencontré le Prince charmant, dit l'homme cravaté, comme si une petite plaisanterie pouvait la rassurer.

Non, pensa-t-elle en regardant par-dessus son épaule la masse paresseuse et insondable de volutes jaunâtres, ce n'était rien d'aussi romantique. En fait, c'était même tout à fait sinistre.

Elle remonta dans sa voiture et y resta assise sans bouger, le temps de reprendre son souffle. Les deux hommes l'imitèrent et firent effectuer à leurs véhicules un demi-tour avant de repartir à l'assaut de la colline. Au passage, l'homme d'affaires lui adressa un petit signe de la main, tandis que l'employé du téléphone klaxonnait, et elle se retrouva seule dans sa voiture, à contempler le brouillard qui emplissait toute la largeur du pare-brise.

Que faire, maintenant ? Comment diable pourrait-elle joindre David Ash et lui communiquer les informations qu'elle détenait ? Même si ce qu'elle avait découvert n'avait rien de directement lié au cas sur lequel il enquêtait – du moins, elle ne le pensait pas –, Ash serait sans doute intéressé par ces renseignements. Et soudain l'inquiétude naquit en elle. Ce Seamus Phelan semblait n'apparaître que juste avant des catastrophes majeures. Quand David l'avait mentionné, Kate avait reconnu le nom, mais il lui avait fallu faire quelques recherches pour en savoir plus sur l'Irlandais, et même cette connaissance était mince.

La présence de Phelan n'avait jamais été officiellement

enregistrée dans aucune des enquêtes ayant suivi lesdites catastrophes – à l'évidence, les autorités ne voyaient en lui qu'un individu loufoque –, mais certaines personnes le connaissaient, des policiers, quelques journalistes, et aussi des chercheurs opérant dans le même domaine qu'elle et qui avaient étudié la nature paranormale de ces horribles événements. C'est à ces dernières sources que Kate avait recueilli ses renseignements sur Phelan.

Sa première apparition avait été notée une trentaine d'années auparavant, à Aberfan, dans le pays de Galles, quand une coulée de charbon avait enseveli l'école et des maisons d'un petit village minier, faisant cent quarante-quatre victimes, des enfants en majorité. On n'avait plus entendu parler de l'Irlandais jusqu'au milieu des années 80, quand un incendie avait ravagé la station de métro londonienne de King's Cross, brûlant vives trente et une personnes. Avec d'autres individus sans rapport entre eux et dont le public n'avait jamais rien su, Phelan avait été arrêté sur des soupçons de pyromanie, puis relâché sans poursuites.

Ensuite, il semblait avoir disparu pour ne refaire surface qu'en 1988, quand il avait mis en garde les habitants d'une petite ville d'Ecosse nommée Lockerbie, juste avant qu'une bombe fasse exploser en plein ciel un Boeing 747 américain en provenance de Francfort, dont les débris s'étaient écrasés sur les habitations. Plus récemment – mais ce n'était qu'une rumeur, avaient bien précisé les informateurs de Kate –, Phelan aurait indiqué à la police une maison à Gloucester, où plus tard des fouilles avaient mis au jour douze cadavres enterrés dans le sol de la cave, dans le jardin et dans un champ proche, tous de femmes ou de jeunes filles portées disparues dans les années précédentes. C'était la première fois que Phelan s'était manifesté après les événements, car dans tous les autres cas répertoriés il avait agi avant, apparemment pour prévenir les gens du danger imminent.

Et maintenant, Seamus Phelan se trouvait à Sleath.

Kate frappa le volant du plat de la main et maudit le brouillard qui lui interdisait d'atteindre le village.

Pourquoi l'Irlandais y était-il venu ?

Et que voulait-il à David Ash ?

# 36

La rivière coulait, apathique, et pourtant son courant poussait sur la roue du moulin avec une force irrésistible. Les blocs de bois qui bloquaient la roue depuis plus d'un demi-siècle s'effritèrent, les étais se brisèrent. Un crissement suraigu pareil à la plainte d'une créature fantastique blessée à mort perça la nuit quand le mécanisme s'ébranla. Lentement, la roue se mit à tourner.

A sa première révolution une forme blanchâtre et gonflée émergea de la rivière, un cadavre putréfié qui naguère peut-être avait été humain. Les chaînes rouillées le maintenaient ligoté aux pales moussues de la roue, et du trou béant qui aurait dû être une bouche monta un gémissement déchirant, la lamentation éternelle d'une âme tourmentée.

Pour une fois, Sam Gunstone ne prit pas la peine d'ôter ses bottes salies et de les laisser sur le seuil de la maison. Il se précipita dans le vestibule en laissant derrière lui des traces boueuses et s'élança dans l'escalier qu'il gravit en s'aidant de la rampe. Aussi épuisé qu'il fût, le fermier ne ralentissait pas son effort. Quelque chose n'allait pas du tout. Il ne savait pas pourquoi il en était aussi sûr, mais jamais le doute n'avait ralenti son pas. Ce brouillard à la couleur étrange qui nimbait les champs autour de sa ferme, qui le ramenait à certaines sales années du passé, avait déclenché en lui un sentiment d'alerte, et même s'il était incapable de l'analyser il avait la conviction que le phénomène possédait un sens bien précis. Dans un premier temps, le grand mur de brume qui envahissait les champs alors qu'il revenait de la chasse au lapin l'avait désorienté, car très vite il devint difficile de voir à plus d'un mètre de distance. Et il y avait cette odeur, et ces volutes impalpables qui semblaient s'accrocher à lui et rendaient ses chairs moites et froides bien qu'on fût en été. Il avait presque eu peur de respirer dans cette atmosphère anormale.

Sa première pensée avait été pour Nell. Elle était trop malade pour rester seule et si jamais il se perdait dans cette... Il avait essayé de se rappeler s'il avait fermé la fenêtre de la chambre avant de la quitter. Cette saloperie ne ferait aucun bien à ses pauvres poumons. Elle risquait d'être endormie et de ne se rendre compte de rien.

Il avait abandonné là son sac empli de plusieurs lapins et avait agité les bras devant lui comme s'il pouvait écarter le brouillard. Le geste était vain, bien sûr, mais Sam connaissait par cœur la région et tant qu'il verrait le sol à ses pieds il s'en sortirait.

Par chance, la brume s'était faite moins dense à mesure qu'il avançait vers la ferme, et bientôt il avait pu accélérer l'allure. Il tenait son fusil canon cassé sur l'avant-bras et trottait avec régularité. Assez vite, il aperçut les premières constructions de la ferme, puis le corps de bâtiment principal. La chambre de Nell se trouvait de l'autre côté, de sorte qu'il ne pouvait dire si la fenêtre était ouverte. Il était sans doute complètement ridicule, mais tant pis, il ne pouvait se défaire de l'impression que quelque chose n'allait pas du tout et que sa femme avait un besoin urgent de lui. *Oh, mon Dieu, faites que je n'arrive pas trop tard !* pria-t-il en laissant tomber son arme pour aller plus vite encore.

Il arriva sur le palier et se rua dans la chambre dont la porte était restée ouverte. Il laissa échapper une brève exclamation en constatant que la fenêtre était fermée. A l'extérieur, le brouillard s'amassait contre les vitres. Sa gorge se serra quand il tourna son regard vers le lit, qui était désert.

Les draps s'étalaient sur le sol comme s'ils y avaient été traînés par Nell tandis qu'elle se dirigeait vers la fenêtre. La fenêtre… Gunstone la contempla fixement.

Une lueur orangée dansait au cœur du brouillard.

*Non, pas ça*, songea-t-il, *pas encore, pas cette saloperie de feu fantôme*. Comment Nellie avait-elle pu savoir, comment avait-elle pu l'apercevoir du lit ? Il s'approcha et scruta les tourbillons brumeux. Là-bas des flammes ondulaient vaguement, leur éclat terni par le brouillard.

— Nell ? fit-il, le nez collé au carreau froid. Nellie ?

Il venait de distinguer une silhouette debout devant le brasier. Elle était petite, ronde, et portait un vêtement ample qui ne pouvait être qu'une chemise de nuit.

Gunstone poussa un long grognement terrifié avant de se détourner de la fenêtre et de se diriger vers l'escalier. Il le descendit d'une démarche empruntée à cause de ses lourdes bottes, aussi vite qu'il le pouvait. Arrivé en bas des marches, il fonça vers l'arrière de la maison en appelant sa femme encore et encore. La porte donnant sur la cour était ouverte. Au pas de course il traversa le petit espace et passa la barrière entre les haies sauvages. Incapable de voir sa femme, il fit halte. Les flammes montaient haut dans le ciel et teintaient le brouillard de lueurs rouges, mais Nell restait invisible.

Il reprit son approche avec plus de circonspection. Il ahanait et l'effort comprimait sa poitrine. Où était-elle ? Où était sa Nell ?

— Espèce de vieille folle ! lança-t-il d'une voix angoissée, pourquoi tu es sortie, au lieu de rester au chaud dans ton lit ? Ce n'est pas un vrai feu ! Dieu nous aide, ce n'est que ce truc fantôme, il n'existe pas vraiment !

Mais si le brasier n'était pas réel, alors pourquoi commençait-il à sentir la chaleur sur son visage, et pourquoi devait-il plisser les yeux pour regarder la fournaise ? Pourquoi, si ce feu de meule n'existait pas ?

L'épuisement allait avoir raison de lui, et il ralentit encore l'allure. Son cœur cognait dans sa poitrine et il entendait sa propre respiration haletante. Sam Gunstone était un homme dur à la tâche, habitué depuis l'enfance à de rudes travaux, mais ses réserves d'énergie arrivaient à leur limite, et il n'avait plus la vigueur de naguère. Il avançait en titubant comme un vieillard.

Il la vit enfin. Nelly était effondrée sur le sol, devant le feu. Elle ressemblait presque à un amas de la terre elle-même.

— Oh, Nell... Qu'as-tu fait, ma chérie... ?

Le fermier tomba à genoux auprès du corps inerte de sa femme, et il sut immédiatement qu'elle était morte ; il *sentait* son absence. Il effleura son épaule et la chaleur qu'il éprouva ne venait pas d'elle mais du brasier proche, des flammes de ce feu qui n'existait pas.

Alors il hurla. Il affronta le feu et cria sa rage et sa souffrance.

Quand il tourna le visage de Nell vers lui, peut-être pour déposer un baiser d'adieu sur ces lèvres tant aimées, il lut l'horreur qui avait figé ses yeux morts.

Ruth Cauldwell tournait la cuillère dans son café sans se rendre compte qu'elle n'avait pas mis de sucre dans la chope. Elle observait le petit tourbillon créé par le mouvement, et ses pensées furent aspirées par le vortex, mêlées, embrouillées, elles disparurent dans son centre sombre, pour devenir... le néant.

Sa tête penchée se redressa brusquement et elle lâcha

la cuillère qui tinta sur la table de la cuisine. Le café continuait de tourner dans la chope, mais le tourbillon s'aplatit et disparut très vite. Ruth eut l'impression que les pensées qu'il avait aspirées lui étaient rendues d'un seul coup et elle poussa un faible gémissement. Se laissant aller contre le dossier de la chaise, elle releva la tête et pendant un moment fixa le plafond du regard.

L'ampoule nue pendant au-dessus d'elle au bout de son fil était comme un œil braqué sur elle, qui étudiait chacun de ses mouvements, chacune de ses expressions, chaque nuance de sa voix. Elle l'épiait, à l'instar de toutes les autres lampes dans la maison, mais Ruth ne montrait jamais qu'elle s'en rendait compte. Elle n'était pas stupide, elle n'était pas de ces idiotes qui ne comprennent pas ce qui se trame autour d'elles. Elle avait surpris sa mère qui la surveillait du coin de l'œil. Même Sarah, sa petite sœur, avait reçu pour instruction de guetter ses moindres faits et gestes. Ils voulaient tous la prendre par surprise, ils pensaient qu'ils parviendraient à découvrir son secret.

Mais Ruth n'allumait plus les lampes, même quand l'obscurité envahissait la maison ; ainsi les ampoules ne pouvaient pas la voir, n'est-ce pas ? Pas si elles n'avaient pas l'électricité pour les faire vivre. Les ampoules ne pourraient rien raconter, pas plus que les miroirs, parce qu'elle refusait de se regarder dedans. De toute manière, elle détestait son reflet : elle et elle seule était capable de voir le secret étalé sur son visage, avec une telle évidence qu'il serait bientôt visible pour tout le monde. Ils connaîtraient alors son péché, et sauraient tout des horribles saletés qu'elle avait commises avec…

Elle s'affaissa en avant de nouveau, et ses coudes craquèrent contre la surface de la table. Sa tête était penchée sur le café dont les vapeurs venaient réchauffer son visage gelé. Les petites bulles tournaient au bord de la chope, tels de minuscules yeux brillants, et eux aussi l'observaient pendant que sa mère était partie rendre visite à son père en prison. Elle savait bien que sa mère avait donné des instructions à toute la maison pour épier sa fille pendant son absence, pour voir si elle allait se remettre à faire ces saletés.

*Ce n'est pas ma faute, Maman ! C'est lui, tu ne vois pas ? C'est lui qui me force à...*

Attention. Elle avait failli le crier. Il ne fallait surtout pas éveiller les soupçons de la maison. Ni de Sarah.

La manche de son chemisier s'était ouverte et elle se hâta de la reboutonner pour cacher son poignet nu. Elle vérifia aussitôt le col.

*Il ne faut rien montrer. Munce ne doit voir aucune partie dénudée. Oh, faites qu'il ne revienne pas encore cette nuit...*

La chair de poule parcourut sa peau à cette seule idée.

*Pense à quelque chose d'autre ! Pense à ce pauvre Papa...* Maman lui avait dit que son cas serait moins grave si Ruth confirmait que Danny Marsh l'avait agressée dans les bois. Pourquoi se montrait-elle aussi obtuse et obstinée, pourquoi niait-elle toujours ce qui s'était passé ? Elle avait des marques sur tout le corps, et ses vêtements étaient déchirés quand elle était rentrée à la maison en vacillant, ce jour-là. Il suffisait qu'elle dise la vérité à la police et à l'avocat de Papa pour que ce dernier ne soit pas inculpé de meurtre. Il éviterait peut-être même les charges d'homicide involontaire si un jury apprenait toute l'horreur de l'agression dont sa fille avait été victime. Pendant toute la journée sa mère la harcelait, sans jamais lui laisser un moment de répit. Et la nuit, dans le calme de sa propre chambre, quand Ruth se retrouvait seule...

Elle frissonna de la tête aux pieds. Elle ne voulait pas penser à cela...

La voix de sa sœur qui jouait dans sa chambre flotta dans le couloir. Sarah chantonnait, faux comme toujours, mais avec un enthousiasme jamais démenti. La mélodie approximative amena un sourire aux lèvres de Ruth. Sarah ne comprenait rien à ce qui se passait, elle ne voyait rien. Elle restait perdue dans un monde innocent à la Walt Disney, peuplé de poupées. La fillette était persuadée que les policiers relâcheraient très bientôt Papa, dès que Ruth leur aurait tout dit sur ce méchant garçon idiot qui avait essayé de l'embrasser.

Ruth coula un regard méfiant vers l'ampoule qui pendait du plafond. *Vous ne pouvez pas voir à l'intérieur de moi. Personne ne le peut. Ni toi, ni Maman, ni Papa. Et vous ne pouvez pas le voir non plus, vous ne pouvez pas voir Munce. Si vous en étiez capables, vous le feriez savoir à Papa et à Maman, et ils comprendraient... Mais alors ils sauraient tout du secret, de ce qu'il fait...*

Ses épaules se voûtèrent un peu plus et elle serra ses mains sous son nez, pouces pressés contre sa bouche. Une volute de vapeur blanchâtre s'élevait du café. Sa sœur cessa de fredonner et un calme immense tomba d'un coup sur la maison.

Insidieusement, les ombres avaient envahi la cuisine, et au-dehors la pénombre régnait. Les vitres n'étaient plus claires, on aurait dit qu'elles avaient été badigeonnées de jaune-gris sale. Il fallait qu'elle allume les lampes, maintenant. Elles ne pouvaient pas vraiment la voir, tout cela n'était que dans son imagination. En toute honnêteté, elle le savait très bien, mais cela ne changeait rien. Elle supposait que c'était comme l'hypnose : une personne pouvait être consciente d'agir de façon ridicule mais incapable de faire autrement ; dans cet état de transe, les pires dérèglements paraissaient totalement naturels. C'est ainsi qu'elle se sentait. Les ampoules électriques ne l'espionnaient pas, et alors ? Elle ne pouvait s'empêcher de penser le contraire et d'agir en conséquence. C'était la même chose avec Joseph Munce. Il était impossible qu'elle l'ait rencontré dans les bois l'autre jour, puisqu'il était mort, et il était impossible qu'il vienne dans sa chambre la nuit pour la toucher, et lui faire ces saletés...

Ruth rit, d'un rire caquetant né de la gêne et de la peur.

Le café était encore trop chaud mais elle s'obligea à en boire une gorgée. La brûlure sur sa langue lui fit du bien. Elle but encore. Cette sensation était la réalité, se répéta-t-elle. Aiguë, déplaisante, mais réelle. Le café était très chaud, donc il lui brûlait les lèvres et la langue. Pas de contestation possible, rien d'imaginé, pas de jeux de l'esprit. L'ampoule était une ampoule, rien de plus ; les miroirs reflétaient les images, ils ne sondaient pas vos pensées secrètes aux rayons X.

Munce était mort, il ne pourrait *jamais* revenir.

Munce était mort, *il ne pourrait jamais revenir.*

*Munce était mort, il ne pourrait jamais revenir.*

Alors pourquoi ce froid trop familier lui donnait-il la chair de poule ?

Pourquoi entendait-elle ce pas traînant par la porte entrouverte de la cuisine ?

Pourquoi sentait-elle cette puanteur s'il n'y avait pas, tout près, un corps en décomposition ?

Pourquoi percevait-elle ce murmure bas s'il n'était pas émis par une gorge pourrie ?

Pourquoi y avait-il toutes ces choses si Munce ne se trouvait pas dans le couloir ?

Ruth pivota lentement sur sa chaise de façon à regarder par l'entrebâillement de la porte. Le pas se rapprochait. Il faisait sombre, mais quelque chose de plus sombre encore emplissait le passage. Quelque chose qui l'attendait. Qui l'observait.

Ruth ouvrit la bouche pour hurler, bien qu'elle sût qu'aucun son ne franchirait ses lèvres. Jamais elle n'y parvenait. Quand il venait pour elle, le cri restait bloqué dans sa poitrine. Il l'avait même mise au défi de hurler, mais jamais elle n'avait pu le faire.

Les yeux écarquillés, Ruth scrutait le mince espace découvert par le battant. Une de ses mains était crispée sur le dossier de la chaise, et son corps était secoué par un tremblement continu mais si infime que tout observateur aurait cru qu'elle était parfaitement immobile. Elle voulut implorer, mais ne put prononcer le moindre mot. Elle voulut fuir ; elle était tétanisée. Elle aurait voulu le tuer, mais il était déjà mort.

Il existait pourtant un moyen d'empêcher tout cela, une solution pour éviter que ces mains putréfiées ne touchent son corps. Ou du moins, il y avait une façon pour qu'elle ne sente pas son contact. Son regard balaya la cuisine à la recherche d'un couteau. Les poignets d'abord, la gorge pour finir. Ce serait facile, rapide. Et ainsi personne ne saurait jamais comment elle avait laissé Munce la caresser, ni à quel point ses caresses lubriques l'avaient excitée.

Pas de couteau en vue, mais elle savait où ils étaient rangés. Son attention revint à la porte.

L'ombre était partie.

Mais une fois de plus elle entendit le pas traînant.

Il s'éloignait. Munce la quittait.

Son corps se détendit brusquement, la laissant dans une pose molle. Elle avait envie de pleurer, de s'écrouler sur le sol et de remercier Dieu pour Sa miséricorde. Elle tendit l'oreille pour être bien certaine qu'elle ne s'était pas trompée. Elle percevait toujours un mouvement, mais le doute n'était plus permis, il s'éloignait.

Et soudain il s'arrêta, et Ruth entendit le bruit d'une porte qu'on ouvre.

Sarah hurla.

Ruth comprit d'un coup.

— *Noooonnn !*

Son propre cri lui échappa enfin. La chaise bascula en arrière et elle se rua sur le tiroir de la cuisine. Elle l'ouvrit si brusquement qu'il tomba sur le sol où son contenu s'éparpilla. Ruth se mit à genoux et sans se soucier des élancements de douleur passa les mains dans les couverts pour prendre le grand couteau à découper. Elle saisit fermement le manche en bois et se releva. Ses jambes étaient raides, ses mouvements manquaient de coordination, mais elle se força à sortir de la cuisine. Le second cri de Sarah propulsa Ruth dans le couloir. Couteau brandi au-dessus de sa tête, elle se mit à courir vers la chambre de sa sœur. Son propre hurlement était encore plus sauvage et apeuré que celui de Sarah.

Ellen Preddle attendait. Et son fils mort attendait avec elle.

Simon était assis dans le fauteuil près de la cheminée, son corps frêle aussi pâle que l'albâtre, tandis que sa mère s'était installée en face de lui, sur une chaise. Ellen n'était pas certaine que son fils la vît, car elle ne lisait aucune reconnaissance dans ses yeux. Mais en se tenant ainsi face à lui, elle pouvait au moins prétendre qu'il était conscient de sa présence. Elle exhalait un petit nuage de vapeur à chaque respiration, et elle resserra les pans de son gilet en laine sur elle pour lutter contre le froid. Aucune vapeur ne sortait de la bouche de Simon, et malgré sa nudité elle ne l'avait pas vu frissonner.

Le mouchoir froissé entre ses mains était humide, mais elle se sentait incapable de pleurer encore. Peut-être avait-elle exprimé tous les sanglots possibles de son corps ; peut-être la peine elle-même finissait-elle par s'épuiser. Les larmes reviendraient avec le chagrin.

Simon, son Simon, était parti à jamais. Cela, elle le comprenait enfin. La petite silhouette assise devant elle n'était pas son fils, ce n'était pas lui en chair et en os, seulement son fantôme. Simon était mort. Elle avait fini par accepter ce fait. Et rien ne le ferait jamais revenir. Mais si elle pouvait avoir cela – son esprit, son âme, quoi que ce fût qui était assis dans le fauteuil – alors elle saurait qu'il y avait autre chose, que la mort ne signifiait pas l'oubli, que peut-être elle pourrait être satisfaite. C'était mieux que de vivre complètement sans Simon.

Elle se souvenait de ce moment, quelques heures plus

tôt, quand elle était descendue de sa chambre après avoir pleuré tout l'après-midi, et qu'elle l'avait trouvé là, mains posées sur les cuisses, ses épaules étroites courbées. Simon s'était toujours tenu ainsi quand il avait peur, et il n'y avait qu'une chose qu'il ait réellement craint. Son père. Elle s'était précipitée vers lui, avec l'intention de prendre son corps nu dans ses bras et de le bercer pour le rassurer, mais quelque chose avait retenu son impulsion ; d'une certaine façon, elle savait que si elle essayait de le toucher elle découvrirait qu'il n'était pas vraiment présent, qu'il n'était visible qu'à son esprit, ce qui voudrait dire qu'elle était seule de nouveau, et la vérité balayerait à jamais le rêve.

D'autres vérités lui étaient apparues quand elle s'était assise face à l'image de Simon. Des idées qui l'avaient harcelée la nuit durant, des notions qui l'avaient inquiétée, tourmentée, sans qu'elle les comprenne totalement. Pendant ces dernières heures, elles s'étaient faites plus précises.

Simon était mort, et son père l'avait tué.

George Preddle était mort comme il avait vécu : misérablement. La médiocrité de sa propre vie avait déteint sur celle de ses proches, et son fils comme sa femme avaient souffert des années durant de ses abus. Il les avait détestés avec une égale vigueur, mais pour une raison qu'Ellen n'avait jamais pu découvrir il avait plus haï Simon qu'elle. C'est seulement la nuit précédant celle de la mort de Simon qu'elle avait découvert pourquoi, quand il l'avait raillée en parlant de leur *petit bâtard*. Comment il en était arrivé à croire cela de leur fils, elle ne pouvait le comprendre, mais ses piques avaient été aussi vicieuses qu'acharnées, et elle avait fini par penser que c'était son esprit malade qui avait donné naissance à cette croyance. Il ne pouvait probablement pas comprendre la gentillesse de Simon, son innocence, son amour de toutes choses, en particulier de sa mère, et combien il était différent de son père. Physiquement, l'enfant ressemblait surtout à elle, mais Simon était bien le fils de George, car depuis leur mariage Ellen n'avait jamais regardé un autre homme. Non, son insistance à répéter que l'enfant n'était pas de lui venait de quelque chose de beaucoup plus profond qu'une simple croyance erronée en l'infidélité de son épouse : c'est à cause de ses propres abus sexuels sur la personne de son fils qu'il refusait le lien de sang entre eux, afin d'éviter toute notion d'inceste, ce qui, même dans son esprit détraqué, aurait constitué un acte réellement contre nature.

Elle avait parfois eu des soupçons, mais Simon ne s'était jamais plaint de rien, et elle avait repoussé ces pensées horribles, en partie parce que leur accorder le moindre crédit aurait été trop dur à supporter. Elle se souvenait du comportement parfois incompréhensible du gamin, quand il se cachait dans sa chambre pour pleurer, souvent après s'être trouvé seul avec son père ivre, et à présent elle se demandait par quelles menaces George avait forcé leur fils au silence. Oui, elle avait eu des soupçons, et souvent – quand Simon la regardait avec ces yeux sombres et pleins de reproche – elle s'était juré de faire quelque chose pour régler la situation. Et elle avait agi, une fois.

Ellen s'était rendue au presbytère et avait confié ses craintes au révérend Lockwood. Celui-ci avait été très choqué par ses allégations et lui avait assuré qu'elle ne pouvait que se tromper, que bien qu'il fût paresseux et peu fiable – et, oui, alcoolique aussi – George Preddle n'agirait jamais avec son fils de la façon qu'elle suggérait. Elle s'était sûrement laissé emporter par son imagination. Le pasteur s'était engagé à parler à son mari, pour lui rappeler ses devoirs envers sa famille et, si elle insistait, il aborderait le sujet. Qu'elle lui fasse confiance, il aiderait ce vieux George à se reprendre, mais surtout qu'elle ne parle de cette affaire à personne d'autre. De nos jours, elle ne devait pas l'oublier, les services sociaux et les autorités locales n'étaient que trop heureux de briser des foyers parfaitement unis dès la moindre allusion de mauvais traitements infligés aux enfants, et la dernière chose que souhaitait Ellen était de voir son fils soustrait à ses parents. Qu'elle pense à ce qui arrivait à toutes ces pauvres familles dans les Orcades.

L'idée que son fils puisse lui être enlevé l'emplit d'une peur bien pire que celle qu'elle connaissait déjà. Elle n'avait que des *soupçons*, et Simon n'avait jamais rien avoué. Il savait combien sa mère l'aimait, et certainement il se serait confié à elle, même s'il redoutait son père. A moins, bien sûr, qu'il n'ait pas peur seulement pour lui, mais aussi pour sa mère... Non, non, elle n'avait pas le droit de penser cela, ce serait trop horrible. Par ailleurs, le corps de l'enfant ne portait aucune marque, aucun bleu. Le révérend Lockwood avait promis de parler à George, et George pouvait bien fulminer de rage, ce n'était qu'un lâche passé le seuil de la maison familiale et il tiendrait compte du sermon du pasteur.

Un soir, quelques jours plus tard, George était revenu au cottage encore plus ivre qu'à l'habitude, et d'humeur massacrante. Il l'avait injuriée et secouée si fort qu'elle était tombée à terre. Le révérend venait de lui parler, avait-il craché à sa femme, oh oui, le saint homme, cet abruti de vieillard, lui avait fait la leçon, mais il n'y avait aucun problème. Parce que lui et le pasteur partageaient le même point de vue, et oui, Lockwood comprenait très bien le vieux George. Alors elle avait intérêt à ne jamais l'oublier, pauvre conne qu'elle était.

Le rictus sur son visage l'avait rendue malade, et tout en lui décochant un coup de pied dans le ventre alors qu'elle gisait sur le sol, pour bien lui faire comprendre, il avait claironné que leur fils allait avoir ce qu'il méritait très bientôt et que personne ne ferait rien contre cela.

Tant bien que mal, Ellen s'était traînée à l'étage et était entrée dans la chambre de Simon pour le prendre dans ses bras tandis qu'au rez-de-chaussée George passait sa rage sur le mobilier. De temps à autre ils l'entendaient rire et lancer des propos incompréhensibles, mais il n'était pas monté. Et il n'avait pas touché le garçon ce jour-là, ni les suivants.

Mais plus tard, alors que Simon prenait son bain et qu'elle était assise auprès de lui sur un tabouret, à lui raconter des histoires, George apparaissait à la porte. Il n'était pas toujours ivre, mais il couvait toujours l'enfant d'un regard singulier. Simon se recroquevillait dans l'eau, genoux remontés sous le menton, tandis qu'elle repoussait son mari jusque dans leur chambre. Plus d'une fois en ces occasions, pour le calmer et le tenir loin de la salle de bains, elle avait accepté de lui faire des choses bestiales auxquelles aucune femme ne devrait jamais s'abaisser. Mais si cela évitait que son mari ne contemple leur fils avec ces yeux pleins d'un désir obscène, quelle importance ?

Malheureusement, et bien que George n'ait jamais reposé la main sur Simon, la menace qu'il représentait s'était insensiblement accrue. Parfois il marmonnait des propos étranges, incohérents, ou bien il faisait des allusions obscures et menaçantes qui déclenchaient chez lui un rire glaçant. Cette ambiance avait affecté Ellen à un point tel que même lorsqu'elle quittait le cottage pour accompagner Simon à l'école, faire des courses ou se rendre à l'église, elle sentait comme un voile sinistre qui planait sur tout le village. Il lui semblait qu'un événement lugubre se préparait.

Et puis George était mort dans le brasier de la meule.

Un soulagement immense avait submergé Ellen. Au lieu de la peine, c'est un sentiment de délivrance qu'avaient savouré la mère et le fils. Et de la joie, une joie intense.

Quand ils avaient ramené Simon au cottage après qu'il eut vu son père brûler vif dans la meule, son fils n'avait pas versé une larme. Il ne paraissait même pas en état de choc. Il s'était jeté dans les bras de sa mère et quand les hommes qui l'avaient accompagné étaient repartis il avait levé vers Ellen un visage radieux.

Comme ils avaient été heureux, parce que la menace et le sentiment de culpabilité leur avaient été enlevés. Combien ils avaient apprécié chaque instant, leurs liens renforcés, et que de bons moments ils avaient passés ensemble, à profiter de cette liberté toute neuve. Presque une année de joie parfaite.

Jusqu'au retour de George.

Elle ne s'en était pas rendu compte alors, mais maintenant elle comprenait. Elle avait compris tout de la mort de son fils un peu plus tôt dans la soirée, alors qu'elle était assise face à lui. Simon n'avait pas parlé, il n'avait même pas paru conscient de la présence de sa mère, et Ellen n'avait eu aucune image mentale. Non, la vérité lui était simplement apparue, d'un coup, sans aucun signe avant-coureur.

Cet après-midi tragique, Ellen avait laissé Simon seul dans son bain, joyeux, mais son petit cœur s'était arrêté – littéralement arrêté – quand il avait vu le fantôme de son père sur le seuil de la salle de bains, qui l'observait avec cette expression obscène que le gamin connaissait si bien. L'enfant s'était enfoncé dans l'eau, inconscient, et automatiquement ses poumons avaient cherché à s'emplir d'air. Simon s'était noyé en quelques secondes. Assassiné par l'apparition de son propre père.

Assise là, face à lui, Ellen se demandait pourquoi, si elle ne pouvait pas le serrer dans ses bras, le réconforter, Simon était là. Pourquoi cette pauvre petite âme n'était-elle pas auprès du Seigneur ? Pourquoi attendait-il dans ce fauteuil ?

Ce n'est qu'en entendant le bruit à l'étage qu'Ellen commença à entrevoir la raison du retour régulier de Simon. Un clapotis, comme si quelqu'un passait la main dans un bain pour en vérifier la température, tout comme elle le faisait pour son fils.

Simon continuait de la fixer du regard, ou du moins de fixer l'endroit où elle se trouvait.

Quelqu'un appela, d'une voix bougonne, imprécise.

Le garçonnet se leva.

Combattant la panique, Ellen prononça doucement son prénom, mais il l'ignora et se dirigea vers l'escalier.

— *Simon !* s'écria-t-elle quand il commença à gravir les marches.

Elle se précipita derrière lui, l'implora en voyant son petit corps pâle tourner le coude de l'escalier. Elle vacilla, tous ses sens chavirés, vidée de toute force, ses jambes tremblantes incapables de la porter plus longtemps. Simon avait disparu et elle crut percevoir un bruit différent venu de la salle de bains. C'était le rire de gorge bas et répugnant qu'émettait George quand il la forçait à ces actes ignominieux.

Elle balbutia un avertissement, mais il n'avait aucune force, aucune autorité. Elle se mit à se hisser sur les marches, sur les mains et les genoux. Elle cria de nouveau et cette fois entendit distinctement le clapotis de l'eau.

Des ombres erraient dans la brume autour des reliques d'un autre âge qui avaient naguère servi d'instruments de torture à Sleath. Si quelqu'un s'était risqué sur le pré communal, il aurait pu entendre un murmure, et à mesure que l'obscurité tombait les ombres se faisaient plus denses, les murmures plus nets.

Le sang continuait de sourdre du pilori, et graduellement il jaillissait de chaque fente du bois pour s'écouler sur le sol. Bientôt, la terre fut trempée et une flaque se forma, déborda et coula jusqu'à la route…

… sur laquelle d'autres ombres, les fantômes de Sleath eux-mêmes, se mouvaient dans le brouillard…

Sur la table, la vaisselle se mit à cliqueter et une des tasses dansa dans sa soucoupe comme si elle cherchait à s'en échapper.

Rosemary Ginty plaqua une main sur sa bouche pour étouffer un cri et son mari, Tom, jeta un coup d'œil par-dessus son épaule vers sa femme. Ses grosses mains tenaient toujours les rideaux qu'il venait de fermer sur la nuit brumeuse à l'extérieur, mais il les abaissa en voyant le service à thé trembler sur la table.

La tasse finit par s'échapper de la soucoupe et continua à tressauter sur la table. Pétrifiés, l'homme et la femme la regardèrent se rapprocher du bord du plateau et tomber sur le sol. L'épais tapis lui évita de se briser. Elle rebondit, tressaillit encore une seconde puis s'immobilisa enfin.

— *Tom !* gémit Rosemary comme si elle l'accusait de quelque faute.

Le propriétaire de la Black Boar Inn avança d'un pas prudent vers la table et la vaisselle tressautante, une main tendue devant lui comme pour apaiser un animal de compagnie trop agité. Afin de faire un peu de place, le meuble était poussé contre un mur, avec deux chaises de chaque côté. En dehors du petit déjeuner, les Ginty mangeaient rarement dans leurs appartements privés, préférant profiter du petit restaurant de l'auberge qui se trouvait juste en dessous, et ce petit salon était occupé par des meubles dépareillés et une collection envahissante de bibelots bon marché. Le poste de télévision qu'ils allumaient rarement occupait un coin de la pièce, surmonté d'une lampe et d'une photographie encadrée, face à la table basse et au fauteuil confortable occupé présentement par Rosemary. Un buffet, un canapé, une vitrine emplie du bric-à-brac amassé par Rosemary et un antique poste de radio occupaient l'espace restant.

D'un geste lent Tom approcha sa main à la verticale de la tasse et de la soucoupe les plus proches. Vivement il plaqua sa paume sur l'ensemble. Celui-ci parut se rendre à sa pression, et quand il releva la main la tasse resta parfaitement immobile pendant quelques secondes avant de reprendre ses tremblements, accompagnée de tout le reste de la vaisselle. Le couvercle de la théière claquait en rythme, et le sucre en poudre ondulait dans le sucrier. Même le lait dans le petit pot tourbillonnait.

Le phénomène cessa subitement, et le silence qui suivit était presque aussi saisissant que le tintamarre précédent.

Ginty se tourna vers sa femme, bouche ouverte pour parler, quand l'un des bibelots préférés de Rosemary, une copie de figurine du dix-huitième siècle, jaillit de la vitrine, dont il brisa un panneau de verre, et vola en ligne droite dans la pièce.

Cette fois, Rosemary ne put retenir un hurlement d'effroi, d'autant que l'objet ne passa qu'à quelques centimètres de sa tête. La figurine s'écrasa contre le mur près de la fenêtre et ses débris retombèrent sur le sol. Le cri aigu de sa femme fit tressaillir Tom. Eberlué, il regarda fixement la vitrine brisée.

Rosemary emplit ses poumons d'air et s'en prit à son mari :

— C'est ta faute ! s'écria-t-elle, transformant la stupéfaction de son pauvre mari en désarroi. Toi et ces... les autres, dehors !

— Mais de quoi tu parles ? fit-il, déconcerté.

— Tu le sais ! Tu le sais fichtrement bien !

Le visage rubicond de Ginty pâlit, ce qui fit ressortir la couperose sur ses joues et les ailes de son nez. Oh, Seigneur, se pouvait-il qu'elle ait raison ? Ce qu'ils avaient fait à la salle paroissiale... Mais non, c'était ridicule. Il avait participé, oui, mais il n'y avait pas *cru* un instant. Ce n'était qu'une sorte de tradition propre au village, qu'on cachait, certes, mais inoffensive. De toute façon, il avait été saoul depuis le début, et le lendemain il ne se souvenait pas de ce qui s'était passé, seulement d'images fugitives de ces cérémonies stupides, des chants idiots, de ces vieilles robes qu'ils avaient endossées. Il n'y avait rien de dangereux dans tout cela. Et d'ailleurs... comment Rosemary était-elle au courant ? Et que savait-elle, au juste ?

Il se protégea le visage des deux mains quand un autre bibelot fusa de la vitrine. Rosemary se baissa pour se protéger derrière le bras rembourré du fauteuil, mains plaquées sur le crâne. La statuette représentant deux amants enlacés sur une causeuse heurta les rideaux et brisa la vitre.

— *Comment as-tu pu faire ça ?* hurla-t-elle en relevant la tête.

Pourquoi l'accusait-elle ? Elle ne pouvait rien *savoir*.

— Ne sois pas idiote ! gronda-t-il en réponse.

Rosemary se laissa glisser sur le sol par crainte d'autres objets volants. Pourquoi nier ainsi ? Ils avaient passé les dernières heures enfermés dans leurs propres appartements de l'auberge parce qu'il se produisait quelque chose de très mauvais dans le village et qu'ils le savaient tous les deux. Mais lui en savait beaucoup plus qu'elle sur ce qui se passait, et il ne voulait même pas l'admettre ! Dès que cet horrible brouillard avait englouti Sleath, Rosemary avait senti qu'un événement se préparait. C'était comme un signe avant-coureur – non, comment disait-on dans ces cas-là ? Un présage ! Oui, un présage ! – d'un malheur. Et le plus étrange était que ce malheur était en chemin depuis déjà bien longtemps et qu'elle n'était pas la seule dans le village à en avoir conscience.

Aucun employé n'était venu travailler aujourd'hui, et aucun consommateur n'avait franchi le seuil de l'auberge. Pendant l'après-midi, elle avait essayé de téléphoner un peu partout dans Sleath et une panique horrible l'avait saisie quand elle s'était rendu compte que toutes les lignes étaient mortes. Sa terreur était trop grande pour qu'elle ose se risquer à l'extérieur et aille frapper aux portes des voisins. Tom était tout aussi inquiet qu'elle – peut-être même plus, parce que lui faisait partie de tout cela ! – et il l'avait pressée de gagner avec lui leurs appartements dont il avait verrouillé la porte. Un peu plus tôt, ils avaient entendu des mouvements dans le couloir, mais il ne l'avait pas laissée ouvrir la porte pour voir ce que c'était, et en toute franchise elle n'était pas curieuse au point d'insister. Avec un frisson elle se rappela la nuit précédente, avec ces phénomènes inexplicables dans leur chambre.

— Salopard, dit-elle à son mari.

Quelque chose chatouilla ses jambes épaisses à travers ses bas et elle baissa les yeux pour découvrir que le tapis qui couvrait presque tout le parquet s'était mis à onduler. On eût dit qu'une brise intermittente soufflait dessous.

Rosemary se remit sur ses pieds. Elle se déplaça vers une autre section du tapis, qui s'agita également. Elle changea encore de position, avec le même résultat. L'ondulation semblait la suivre, où qu'elle se trouvât.

Tom Ginty demeurait tétanisé sur place. Son cerveau refusait ce qui se produisait autour de lui, mais ses yeux ne lui mentaient pas. Les rideaux claquèrent à la manière d'une voile giflée par une bourrasque. Sur la cheminée, la pendule se mit à sonner l'heure alors qu'aucune des aiguilles n'était proche d'un numéro. Sans raison, un tableau représentant une scène de chasse à courre se décrocha du mur. Le reste du liquide refroidi jaillit par giclées du bec de la théière tandis qu'une autre tasse, cette fois avec sa soucoupe, chutait de la table. Le canapé tendu d'un tissu à motif fleuri commença à vaciller d'avant en arrière et ses coussins roulèrent sur le tapis. La lampe et la photographie encadrée furent soudain balayées de sur le poste de télévision.

Rosemary avait de nouveau perdu l'équilibre et se retrouvait une fois de plus sur ses genoux et ses mains. Cette position se révéla une chance pour elle, car d'un coup le verre restant de la vitrine et de la fenêtre fut propulsé par une force invisible dans la pièce. Bibelots et fragments de verre jaillirent à l'horizontale des deux sources et se croisèrent au centre de la chambre, à l'endroit précis où se tenait le propriétaire de l'auberge.

Le verre infligea les plus graves blessures, bien que la porcelaine eût elle aussi un effet dévastateur. Le cri de surprise de Ginty se transforma en gargouillis quand un gros morceau d'une vitre se ficha dans sa gorge. La blessure n'était pas assez profonde pour le tuer instantanément, et par réflexe ses mains s'étaient levées pour protéger ses yeux, mais quand Rosemary redressa la tête elle vit qu'à partir de la taille son mari était criblé d'éclats de verre. Au plafond le lustre oscillait comme un pendule et la lumière tremblotante éveillait des reflets carmin sur la chair et les vêtements de l'aubergiste. Rosemary sentait monter en elle une hystérie incontrôlable, mais son mari demeurait parfaitement immobile, comme traumatisé, ses mains percées toujours ouvertes devant ses yeux, tandis que le bruit s'échappant de sa gorge se transformait en un râle horrible.

La douleur supplanta très vite le choc et le poussa à se mouvoir avec une raideur de robot. Il abaissa les mains et posa un regard incrédule sur sa femme. Le cri de Rosemary avait déjà commencé, mais il s'accentua brusquement car cette vision sanguinolente de son mari la terrorisait plus que le mouvement des objets. Récemment, elle avait été sujette à des intuitions, ou plutôt à des prémonitions diffuses mais répétées, et elle savait n'être pas la seule dans le village. Oh, bien sûr, personne n'en soufflait mot, ils gardaient cela pour eux, craignant d'être les seuls à avoir ces pensées, et qu'il s'agisse d'une forme progressive de démence ; mais elle l'avait vu sur les visages, dans leurs yeux troublés, dans leur attitude empruntée, et la peur avait crû chaque jour. Des choses mystérieuses et malfaisantes se développaient dans Sleath, à la manière d'une maladie inconnue, et à présent le cancer s'était révélé à tous. Et une des manifestations de ce cancer se tenait devant elle, couverte de sang et criblée d'un millier d'éclats de verre.

Tom Ginty fit un pas hésitant vers sa femme et Rosemary poussa un nouveau cri en reculant précipitamment. Il n'avait jamais existé d'amour véritable entre eux, seulement un besoin commun à l'origine, qui très vite s'était doublé d'une tolérance mutuelle, laquelle s'était muée en une détestation tout aussi mutuelle, de sorte qu'elle n'éprouvait aucune culpabilité à fuir ce monstre sanglant qu'était devenu son mari.

La pendule ouvragée, une mauvaise copie de Bamberg, glissa de la cheminée et explosa sur l'avant de l'âtre. Le miroir accroché au-dessus s'étoila subitement. Le canapé, dont les oscillations s'étaient accentuées, finit par se retourner sur le dos.

Toujours hurlante, Rosemary tressaillait à chaque phénomène. Elle avait tiré le fauteuil entre elle et son mari, et tenta une soudaine fuite vers la porte en contournant le canapé renversé. Le verre et la porcelaine crissaient sous ses pieds et sous ceux de Tom qui avançait toujours vers elle.

Rosemary essayait frénétiquement de tourner la clé dans la serrure. Enfin elle put ouvrir la porte, se jeta dans le couloir... et faillit bien s'évanouir en apercevant les formes menues qui se déplaçaient sur le sol dans la faible clarté provenant du petit salon. Les rats s'égaillèrent en longeant les murs.

Consciente de l'être mutilé sur ses talons, Rosemary s'obligea à les suivre. Elle avait perdu une chaussure dans sa fuite et avançait en clopinant, une main touchant de temps à autre le mur pour conserver son équilibre. Devant elle, les ombres dansaient follement et se fondaient dans une obscurité de plus en plus profonde. Bientôt elle progressait dans un noir d'encre. Tom devait s'être arrêté sur le seuil du petit salon, masquant ainsi le peu de lumière tombant dans le couloir. Elle crut l'entendre qui l'appelait, mais sa voix était étrange, comme ouatée, et Rosemary refusa de s'arrêter. Elle n'éprouvait aucune compassion envers son mari, seulement de la peur. Une idée lui traversa l'esprit, demander l'aide du client solitaire de l'auberge, idée qu'elle repoussa aussitôt car elle ne savait rien de ce David Ash. Elle n'était même pas sûre qu'il n'ait pas une part dans ces hantises. Une lueur devant elle la poussa à redoubler d'efforts. Elle claudiqua vers elle.

Quelqu'un avait allumé l'éclairage de l'escalier et du rez-de-chaussée, mais Rosemary ne commença pas à descendre immédiatement, malgré les pas qu'elle entendait à nouveau dans son dos. Elle et Tom avaient toujours été conscients de la présence de rats dans la cave ; en quelques occasions, un ou deux de ces rongeurs s'étaient même aventurés dans la cuisine et les salles, dont il avait fallu les chasser. Mais jamais cette vermine n'avait eu le front d'aller plus loin, et certainement pas en un tel nombre. Or, à présent, les rats recouvraient les marches.

Agrippant la rampe, Rosemary se força à faire le premier pas en poussant des onomatopées menaçantes. Les rongeurs s'enfuirent, sauf un, au coude de l'escalier, qui découvrit les dents et cracha vers elle. Elle frappa du pied et le rat battit en retraite. Elle entendit le crissement de ses griffes sur le bois des marches.

— Ro... Rose...

Ce n'était qu'un gémissement gargouillant, et elle tourna vivement la tête. Tom se trouvait sur le palier, où son corps martyrisé oscillait doucement. Il se pencha en avant et Rosemary descendit plusieurs marches avec une telle hâte qu'elle perdit l'équilibre au tournant de l'escalier. Son corps rond dévala le reste des marches tant bien que mal, lui arrachant quelques cris de douleur et de peur, et s'arrêta presque en bas. Avant même qu'elle soit revenue de son émotion, elle perçut le son des pas au-dessus d'elle. Quelque chose pinça sa main et elle eut un mouvement de recul en voyant le rat qu'elle avait failli écraser qui filait dans la salle de bar.

Rosemary se remit debout lourdement. Elle avait

perdu sa deuxième chaussure et c'est pieds nus qu'elle avançait maintenant à l'aveuglette, bras battant l'air devant elle, en criant de terreur. Elle se dirigea vers la porte d'entrée entrouverte. Un brouillard jaunâtre s'immisçait dans l'auberge en volutes paresseuses.

Tom l'appela une fois de plus. Un coup d'œil en arrière apprit à sa femme qu'il venait toujours vers elle de ce pas traînant de zombie, le corps raide, le visage, les bras et le torse couverts de sang. *Pourquoi ne la laissait-il pas en paix ? Que voulait lui faire cette horreur ?*

Elle ouvrit la porte à la volée et se rua à l'extérieur, dans la brume qui noyait la Grand-Rue. Elle poussa un nouveau hurlement en voyant deux globes lumineux trouer les nuées et se précipiter sur elle.

Lenny Grover partit d'un rire grinçant.

— On voit rien dans cette merde, fit-il remarquer à Dennis Crick assis à côté de lui dans le pick-up.

— Ben alors ralentis, mec, rétorqua Crick avec un rictus en collant presque son nez contre le pare-brise. Foutue mélasse, ce truc.

Sa voix était un peu pâteuse, ce qui n'avait rien de très étonnant après le nombre de bières ingurgitées peu auparavant dans un relais routier.

— Gaz chimique, je te dis, décréta Grover. Regarde la couleur, et puis cette odeur... Tu as senti ?

— Ouais, et ça ne m'a pas plu, tu peux me croire, fit Crick avec une grimace dégoûtée.

— Y a eu une fuite quelque part, c'est sûr.

— Tu racontes vraiment n'importe quoi, Len. C'est du brouillard, rien de plus. Eh, ça devient un peu moins dense...

— Pas du luxe, fit Grover avec le même petit rire.

Son compagnon n'avait pas voulu conduire dans la brume épaisse qu'ils avaient rencontrée soudain sur le chemin du retour vers Sleath, car il était impossible de voir à plus de deux mètres. Mais Grover avait insisté pour qu'ils continuent parce qu'ils avaient une magnifique tondeuse à gazon à l'arrière du pick-up ainsi qu'un taille-haie électrique flambant neuf et quelques plantes en pots, le tout ramassé lors d'une de leurs « virées ». Au moins une fois par quinzaine, ils consacraient une journée à sillonner les chemins campagnards à la recherche de tout matériel de jardinage laissé dehors, ou de n'importe quoi de revendable. Le propriétaire de la tondeuse disparaissait dans le jardin à l'arrière de la maison au moment où ils arrivaient. En deux minutes, Grover et Crick avaient installé l'engin sur leur véhicule et filé. Ils étaient déjà passés deux fois pour repérer leur butin et avaient saisi leur chance. Ils avaient ri encore plus, dix minutes plus tard, quand ils avaient aperçu le taille-haie posé sur un troène, son possesseur étant sans doute rentré dans sa maison pour soulager sa vessie ou boire une bière. Crick avait sauté hors du pick-up, tiré d'un geste sec sur le cordon électrique pour débrancher l'outil de la prise située dans le garage, et soulevé le tout pour le mettre à côté de la tondeuse. Grover avait eu du mal à conduire tant il riait. Quelques plantes en pots subtilisées sur des bords de fenêtres avaient complété leur butin. Un après-midi de rapines sans accroc, et beaucoup moins risqué que les escapades nocturnes dans les bois, où ils craignaient toujours de recevoir une décharge de plombs tirée par un garde-chasse.

Une fois entrés dans le brouillard, ils avaient considérablement ralenti. Tous deux avaient sorti la tête par les portières pour scruter la route devant eux. Grover avait essayé les pleins phares, les codes et les anti-brouillard, tandis que Crick se plaignait sans arrêt et demandait à ce qu'ils rebroussent chemin.

Grover but une gorgée à la canette tiède qu'il tenait entre ses cuisses et Crick se baissa pour prendre une des bières qui roulaient librement sur le plancher. Il tira la languette et dirigea le jet de mousse sur son comparse.

— Arrête, connard ! rugit Grover, le pantalon taché de bière.

Le pick-up vira sur la droite et frôla une haie sur plusieurs mètres. Grover prit son temps pour remettre le véhicule dans ce qu'il estimait être le milieu de la route. Il en profita pour asperger Crick avec sa propre bière. Les deux hommes s'esclaffèrent.

— Gaffe ! lança soudain Crick en saisissant le poignet de Grover.

Celui-ci avait replacé la canette entre ses cuisses et se servait de sa casquette de base-ball pour s'essuyer le visage. Il écrasa la pédale de frein. Le pick-up ne roulait pas très vite et malgré son mauvais état général il s'arrêta sans problème.

— Qu'est-ce qu'il y a ? fit Grover en plissant les yeux pour percer le mur jaunâtre qui masquait la route devant eux. Qu'est-ce qu'il y a ?

Crick regardait à droite et à gauche.

— J'ai cru voir quelqu'un qui traversait.

— Je ne vois personne, moi.

— On doit être entrés dans le village, alors vas-y mollo.

— Ouais, ouais, grommela Grover en désignant l'arrière du véhicule avec le pouce. On va planquer le matos et après on ira s'en jeter quelques-unes à la Black Boar Inn.

— Sais pas. Les flics posent peut-être encore des questions dans le coin à propos de Mickey. Je n'ai pas trop envie de leur refaire la causette.

— Nan, ils ont sûrement plié pour la journée.

— Peut-être bien. Je disais juste qu'on a intérêt à rester discrets jusqu'à ce que ça se tasse, c'est tout.

— Mauvaise idée, mon pote. Faut se comporter comme si de rien n'était, au contraire.

Crick n'était visiblement pas convaincu.

— En tout cas, faut planquer le matos.

Grover redémarra et le pick-up reprit sa progression

dans le brouillard en accélérant à mesure que le conducteur reprenait confiance.

— C'est un peu mieux maintenant, fit-il avec satisfaction.

— Ouais, mais ce n'est toujours pas terrible. Vas-y mou...

Délibérément, Grover accrut encore un peu la vitesse.

— Lenny...

Grover s'esclaffa sans ralentir.

Ils atteignirent la fourche au bout de la Grand-Rue où se rejoignaient les deux routes, celle qu'ils avaient empruntée et celle menant à St Giles. Crick passa la tête par la portière. Il cligna plusieurs fois des yeux et les essuya même d'un revers de main, incertain qu'il était de ce qu'il apercevait.

— Lenny, est-ce que...

Grover s'était mis à fredonner. Pas d'autre véhicule alentour – personne n'aurait été assez dingue pour rouler dans cette purée de pois – et il éprouvait une excitation croissante à accélérer en conduisant presque à l'aveugle. Il rota et sourit en sentant le renvoi de bière sur sa langue.

— Lenny, fit Crick de nouveau.

Il aurait juré avoir vu des gens dans le brouillard. Et il lui semblait entendre des sons bizarres, comme des voix, mais il ne pouvait en être sûr à cause de Grover qui chantonnait et du ronronnement du moteur. Qu'est-ce que c'était, là, juste devant eux ? On aurait dit de l'huile répandue sur la chaussée. Il craignait que le véhicule ne dérape et allait mettre en garde Grover mais déjà ils avaient dépassé cette zone sans encombre. Il sortit une fois de plus la tête au-dehors et plissa le nez en sentant la puanteur dans l'air. Dégueulasse... Minute ! Il y avait bien des gens dans la Grand-Rue, mais il ne parvenait pas à les distinguer. Ce n'étaient que des silhouettes mouvantes...

Il regarda droit devant eux mais le double pinceau des

phares se reflétait sur le mur de brouillard et réduisait fortement la visibilité. Il n'y avait aucune autre lumière, ni dans les boutiques ni dans les maisons. C'était vraiment bizarre...

— *Lennnyyy !*

Crick ne fit qu'entrevoir la silhouette qui jaillissait d'une porte, juste devant eux. Grover l'avait vue, lui aussi. Avec un juron il freina en catastrophe tout en braquant sur la gauche, et réussit à éviter la femme blonde.

Le pick-up monta sur le trottoir et percuta la seconde silhouette qui émergeait de la même porte, l'envoyant voler dans la brume. Le cri de la victime ne fut pas plus fort que le leur. Avec une force terrible, le véhicule heurta le côté du chambranle de la porte et le mur. Propulsés par la brutalité du choc, les deux hommes, qui s'étaient toujours refusés à mettre leur ceinture de sécurité, passèrent à travers le pare-brise.

A cause de l'angle de la collision, le corps de Crick atterrit à l'intérieur de l'auberge, et celui de Grover s'écrasa contre le mur et le bois de la porte. A vrai dire, cela ne fit pas grande différence, car l'impact les tua l'un comme l'autre ; Crick vécut simplement quelques secondes de plus.

Ils étaient revenus. Au rez-de-chaussée. Ils murmuraient. Gémissaient. Faisaient tout pour le rendre fou. Eh bien, il ne le supporterait pas plus longtemps. C'en était assez. Il était plus que las de leurs voix et des hantises.

Le médecin se versa le reste du whisky puis laissa tomber la bouteille vide sur le sol. Il leva le verre et regarda à travers le liquide ambré. *Tomber dans l'oubli, c'est ta spécialité, non ? Et c'est très bien ainsi, parce que l'oubli est aussi une protection.* Ils ne pouvaient pas vous atteindre quand vous étiez dans cet état. Il serra le verre entre ses doigts et l'alcool tremblota.

Lockwood pouvait aller au diable, Beardsmore avec lui, et tous les autres, ces simples d'esprit – « les initiés », aurait dit Beardsmore – qui se complaisaient dans des rites et la dépravation qui les accompagnait sans comprendre le sens de leurs actes. Eh bien, ils pouvaient tous aller rôtir en enfer !

Le Dr Stapley avala le whisky d'un trait. Il ne tirait plus aucun plaisir de son goût et ne s'en servait plus que pour anesthésier son esprit. Puis, avec une certaine détermination, il reposa le verre sur la table près du fauteuil, rajusta sa cravate, redressa les épaules et se leva aussi droit qu'il lui était possible après la quantité d'alcool et de médicaments ingurgitée durant les dernières heures.

Sa main se posa sur le dossier du fauteuil pour assurer son équilibre. La dignité est le droit de tout homme, se dit-il.

*Et l'avilissement le risque de chacun*, ajouta la petite voix qui ne cessait plus de se faire entendre dans ses pensées.

Affectant une expression de fermeté, il marcha vers la porte.

*Rien qu'une apparence*, railla aussitôt la voix intérieure. *Le vrai docteur est faible, et paniqué. Tu ne veux pas réellement descendre, n'est-ce pas, mon ami ? Que risques-tu de trouver ? Penses-y…*

Il s'arrêta devant la porte et ferma les yeux. Le docteur est bien réel, se répéta-t-il, mais les sons qui venaient d'en bas ne l'étaient pas. Ce n'étaient que les murmures de sa conscience, et la conscience n'était rien de plus qu'une conséquence de l'intellect, qui lui-même n'avait aucune existence physique. C'était un fait : rien dans l'esprit n'était réel.

*Mais quand tu vas te rapprocher, ces voix ne vont-elles pas se faire plus fortes ? Et quand tu ouvriras la porte, en bas… ?*

L'esprit peut se leurrer lui-même, telle fut sa réponse, parfaitement rationnelle.

Il n'y a aucune raison d'avoir peur.

Aucune.

*Pourtant tes mains tremblent, tes paumes sont moites ; et ton rythme cardiaque, n'est-il pas un peu rapide ?*

La fatigue. La tension. Et…

*Et ?*

Il ouvrit brusquement la porte.

Il descendit l'escalier d'un pas décidé, presque agressif. Oui, il était bon de sentir la colère monter en soi, elle submergeait tant d'autres émotions, en particulier la peur. Il ne deviendrait pas un vieillard caquetant comme ce lâche de révérend Lockwood qui se terrait dans sa chambre en serrant ses draps autour de lui à la manière d'une vieille fille imaginant la présence d'un violeur dans sa maison. La plongée d'Edmund dans la folie n'avait rien eu de surprenant : le processus avait commencé bien des années plus tôt. Des siècles auparavant, peut-être.

*Avec le premier Lockwood à Sleath ?*

Oui. Et ses descendants. Edmund venait d'une longue lignée de psychotiques.

*Comme ce cher docteur vient d'une longue lignée de complices ?*

Oui, oui, c'était dans le sang, si tu veux. Si tu *insistes*. Peut-être suffisait-il de naître à Sleath pour être esclave de cette malédiction.

*Alors, tu n'as rien à te reprocher.*

Une fois encore, Stapley hésita. Il s'immobilisa dans la pénombre qui baignait la cage d'escalier, toute volonté envolée. Si seulement il avait été aussi facile de nier toute culpabilité, d'accuser son père et le père de celui-ci. Malheureusement, adopter cette attitude reviendrait à nier tout libre arbitre.

*Ah oui, le libre arbitre. Etait-ce suffisant pour s'opposer aux impulsions nées de ta propre folie ?*

Mais *je* ne suis pas fou.

*Pourtant, tu entends des voix dans des pièces vides…*

Pas vides.

*Vides.*

Ecoute-les, écoute ces voix.

La voix intérieure, celle qui n'existait que dans son esprit, garda le silence un moment avant de reprendre :

*Qu'as-tu l'intention de faire ?*

Je vais les chasser.

*Si elles sont ici...*

Je peux les entendre.

*Si la pièce est vide, reconnaîtras-tu ta propre folie ?*

Mais elle n'est pas vide. Je vais te montrer...

Le médecin fit un pas en avant et ouvrit la porte.

Il n'y avait aucun triomphe dans la découverte, aucun plaisir à avoir eu raison depuis le début. Il tituba en arrière et heurta le bas de l'escalier qu'il venait de descendre.

La porte maintenant béante, le bruit dans la pièce avait enflé jusqu'à devenir une cacophonie infernale de gémissements et de pleurs, d'implorations et de suppliques, de colère et de reproches. Il leva les mains pour masquer la vision des horreurs rassemblées dans la petite salle d'attente, mais leurs images étaient déjà entrées dans son esprit et elles ne pouvaient en être effacées. Il les voyait toujours...

... la femme hurlante qui lui jetait son fœtus sanguinolent, le cordon ombilical encore noué autour de sa petite gorge, l'accouchement ayant tué la mère et l'enfant...

... les vieillards massés en un groupe compact, si nombreux, hâves et décharnés même sous leur forme spirituelle, qui le vilipendaient pour leur trépas misérable, pour sa négligence, son dédain...

... le garçonnet au visage inondé de larmes incorporelles, amer parce qu'un diagnostic erroné l'avait mené à la mort...

... la victime du sida à qui Stapley n'avait administré qu'un traitement superficiel, et avec quel mépris, et qui fixait maintenant sur le médecin ses yeux exorbités...

... la jeune femme qui lui montrait sa poitrine mutilée par un cancer qui aurait pu être résorbé si le praticien n'avait pas négligé les premiers signes de la maladie...

... le monstre dans le coin, naguère un nouveau-né que le médecin avait jugé trop difforme pour vivre, et qui à présent avait atteint un développement complet et hideux dans ce monde de fantasmes...

... et il y en avait d'autres, des visages spectraux dont il gardait à peine le souvenir, des infortunés qui avaient été victimes de son incompétence et, indirectement, de ses abus d'alcool et de drogue...

... d'autres encore que très certainement il ne connaissait pas du tout, à peine visibles dans la foule, des ombres surgies d'un passé bien plus reculé...

... et d'autres, toujours, un peu plus distincts, dont il pouvait identifier certains parce qu'ils avaient été utilisés lors des rituels...

... parmi eux, le petit Timmy Norris, âgé d'à peine sept ans, qui se tenait sur le seuil de la pièce, la plus claire silhouette de toutes, au point qu'il semblait presque réel, presque physiquement présent...

Le Dr Stapley baissa lentement les mains en entendant la chanson qu'entonnait le gamin assassiné. Malgré la clameur, les mots doucement modulés restaient aisément perceptibles. Timmy chantait une comptine que Stapley reconnut aussitôt car il l'avait souvent entendue dans ses rêves, dans ses cauchemars...

Le médecin commençait à comprendre.

— *Noooonnn !* hurla-t-il.

Il s'écarta de l'escalier sans quitter l'enfant des yeux, reculant en direction de la porte d'entrée, sans cesser de secouer la tête pour nier la révélation qui s'imposait à lui.

Les cris, les gémissements, les hululements emplissaient toujours la salle d'attente, et la voix claire de Timmy demeurait très distincte.

Il fallut au Dr Stapley d'interminables secondes pour tirer les divers verrous, mais il finit par ouvrir le battant. La brume jaunâtre avança dans le vestibule, comme attirée par le vacarme, et il détourna à demi la tête devant la puanteur qu'elle charriait ; elle lui remémorait ces visites qu'il avait dû faire dans des maisons où des cadavres étaient restés des jours durant avant d'être découverts, une expérience déplaisante mais moins rare qu'on ne pouvait le penser en ces jours d'égoïsme forcené. Ce brouillard avait l'odeur de la putréfaction. Il se mit une main devant le nez et la bouche avant de foncer dehors.

Sa voiture était garée sur l'espace pavé devant son cabinet et tout en courant vers elle le médecin fouilla ses poches. Il poussa un geignement désemparé quand ses doigts ne rencontrèrent pas le trousseau. Il ne pouvait retourner dans la maison, il se refusait à le faire. Il percevait encore la clameur qui filtrait par la porte ouverte, moins forte maintenant, mais le chant du garçonnet conservait une clarté irréelle.

*... dansé le vendredi*
*quand le ciel s'est assombri...*

Il sanglota presque de soulagement en voyant à travers la vitre de la portière que les clés se trouvaient sur le tableau de bord. Il ne fut pas surpris, seulement reconnaissant, qu'elles fussent là, car c'était un des indices typiques du comportement erratique qu'il avait développé ces derniers mois, à cause de la tension subie si longtemps et qui avait produit un état de fatigue du corps comme de l'esprit. Il s'écroula derrière le volant et découvrit que ses doigts moites et tremblants n'arrivaient pas à tourner la clé de contact. Il dut refermer sa main gauche sur la droite pour assurer son mouvement et lancer le moteur, qui ronronna aussitôt. Il alluma les phares.

C'est seulement en regardant à travers le pare-brise qu'il prit conscience des difficultés qu'il y aurait à conduire dans un tel brouillard. Il se déroulait partout en nuées épaisses, mais il pouvait discerner des formes qui évoluaient ici et là comme des... silhouettes... spectrales...

*... Il est difficile de danser...*

Malgré les vitres relevées, la comptine lui parvenait clairement.

Le médecin engagea une vitesse et appuya sur la pédale de l'accélérateur. Les pneus crissèrent et le véhicule bondit en avant. La brume était parsemée de zones moins denses qui rendaient la progression plus aisée – ou du moins qui lui permettaient de rester sur la route. Ses dents jaunies mordaient sa lèvre inférieure. Lockwood devait l'aider. Après tout, il était responsable. C'était lui qui avait tout déclenché. Mais le révérend n'était plus qu'une chiffe molle. Beardsmore, alors ? Oui, il était plus fort. Et lui et Lockwood étaient de la même...

*... avec le diable sur son dos...*

Stapley accéléra encore. Pourtant, la voix de l'enfant était toujours aussi nette, alors qu'il avait laissé derrière lui son cabinet. On aurait presque dit que...

Il jeta un regard affolé par-dessus son épaule, s'attendant presque à découvrir Timmy Norris assis sur la banquette arrière. Mais il n'y avait personne, bien sûr.

Il se retourna vers l'avant et aperçut deux lumières qui passèrent dans le brouillard, non loin, avant de disparaître. Et trop tard il vit la femme qui croisait sa trajectoire.

La voiture la heurta malgré le brusque coup de volant qu'il donna. Le corps s'écrasa contre le pare-brise, qui s'étoila sous le choc. Il entendit le cri de la femme tandis que le véhicule partait dans une longue glissade incontrôlée, puis le corps chuta du capot et retourna au néant. Un autre impact le propulsa en avant quand son automobile en percuta une autre garée au bord du pré communal. Sa voiture effectua un tête-à-queue qui le désorienta complètement, et il fut soudain submergé par l'impression irréelle de flotter dans l'air. Le véhicule continuait de tournoyer. Il fut pris d'un étourdissement qui, de façon étrange, n'était pas désagréable du tout...

Le mouvement se ralentit et la voiture s'arrêta en douceur, sans nouveau choc. Le moteur cala. Tout devint immobile et calme. Même la comptine avait cessé.

Le médecin s'appuya sur le volant, commotionné. Peu à peu, il reprit son souffle. Ses lunettes étaient perchées au bout de son nez. Il les remit en place.

C'est alors qu'il perçut le bruit. C'était incroyable, mais il évoquait le craquement de la glace.

La voiture frémit, s'inclina lentement puis commença à glisser en avant.

Il eut un sanglot sonore quand le véhicule pencha un peu plus et qu'il entendit le clapotis contre la carrosserie. L'eau obscure se mit à monter le long des portières et soudain ses pieds et ses chevilles pataugèrent.

Les eaux de la mare emplissaient l'habitacle à mesure que l'automobile s'enfonçait. Elles s'infiltraient par les fêlures du pare-brise, et très vite ces filets devinrent de petits torrents. Les phares s'éteignirent, mais malgré sa terreur le médecin remarqua des formes plus sombres dans les ténèbres liquides, qui flottaient vers lui.

Quelque chose tapota la vitre du côté passager et il sursauta en se retournant. Il crut distinguer une petite main pressée contre le verre. Sauf qu'il ne semblait plus y avoir de chair autour des doigts.

Un petit choc retentit contre la vitre sur sa gauche, et il regarda dans cette direction.

Dans un premier temps il lui fut difficile de voir clairement car il faisait sombre partout, autant à l'intérieur qu'à l'extérieur de la voiture, mais il finit par discerner le visage collé au verre. De façon inexplicable, car l'obscurité ne s'était nullement dissipée, il apercevait de plus en plus nettement les autres visages qui se massaient autour de lui, comme si ces visions fantomatiques étaient illuminées de l'intérieur ; d'autres mains se plaquaient sur les vitres.

Tout d'abord il crut que ces visages lui souriaient, mais très vite il comprit que les eaux nauséabondes de la mare avaient dévoré les chairs de leurs lèvres.

Un liquide glacé comprimait sa poitrine et il lui devenait difficile de respirer. Il ne pouvait plus bouger. Il ne *voulait* plus bouger. Où aller ? Au-dehors, avec ces spectres ?

Les faces parurent acquiescer à sa question mentale. D'autres formes arrivaient, d'autres visages sans lèvres, d'autres regards sans yeux.

L'eau clapotait sous son menton.

Bien que les chairs aient été mangées par leur sépulcre liquide, il se rendit compte que ces visages appartenaient à des enfants car ils étaient pour la plupart menus, de même que les mains décharnées qui tapotaient les vitres. Et ils étaient seuls ici, lui disaient-ils. Trop longtemps ils étaient restés ainsi. Ils avaient besoin que quelqu'un prenne soin d'eux. Quelqu'un de plus âgé, quelqu'un d'expérience. Quelqu'un comme lui.

L'eau emplit sa bouche, envahit ses narines. Ses lunettes furent emportées par le flot.

Les dernières paroles de la comptine résonnèrent alors dans son esprit, chantonnées par une unique voix d'enfant qui parut faire sourire plus encore ceux qui se massaient autour de la voiture.

*... je suis la Danse*
*et je continue de danser...*

Les eaux se refermèrent sur son crâne.

Maddy Buckler cousait en attendant. Un peu plus tôt, elle avait placé une petite lampe devant la fenêtre. Le geste pouvait paraître ridicule, mais elle avait le sentiment que la lumière ferait office de balise.

Gaffer était là, assis contre le fauteuil, aussi près d'elle qu'il le pouvait. Depuis qu'il était revenu seul et avait hurlé devant la porte d'entrée, deux nuits auparavant, le chien ne l'avait pas quittée. Maddy avait su tout de suite que quelque chose était arrivé à son Jack. Elle avait immédiatement téléphoné à la police, mais ils avaient refusé de se déplacer sur la propriété pour le rechercher. Patientez jusqu'à demain matin, lui avaient-ils conseillé, quand il sera plus facile de localiser votre mari, en admettant qu'il ait eu un problème. D'ailleurs, il allait certainement arriver, à n'importe quel moment, et il passerait un savon au chien pour l'avoir abandonné. Elle n'avait pas réussi à les convaincre que quelque chose n'allait pas et qu'ils devraient entamer les recherches sur-le-champ ; et quand elle avait essayé de faire comprendre à Gaffer qu'il devait l'emmener auprès de Jack, le chien avait refusé de sortir du cottage et était allé jusqu'à se réfugier sous la table de la cuisine.

Plus tard, le lendemain matin, la police avait découvert le corps de Jack, et leurs excuses, leurs condoléances et toute leur sympathie n'avaient pas aidé Maddy. Non plus que leurs affirmations qu'ils retrouveraient bientôt celui qui lui avait décoché une flèche en acier en plein cœur.

La nuit précédente, Maddy avait attendu que Jack revienne. Cette nuit, elle faisait de même.

Il reviendrait. Elle savait qu'il reviendrait. Il retrouverait son chemin dans cette saleté de brouillard, et la lumière à la fenêtre le guiderait.

Oh, ils pouvaient bien l'avoir déclaré mort, ils pouvaient bien avoir emporté son corps, cela ne signifiait pas que son Jack ne reviendrait pas vers elle.

Parce qu'ils finissaient tous par revenir.

Personne ne l'avait donc encore compris ?

Ils étaient tous en train de revenir.

Aussi avait-elle décidé de rester assise là et de coudre jusqu'au retour de Jack. Maddy se mit à fredonner une mélodie.

Elle se tut quand le chien redressa subitement la tête. L'airedale poussa un gémissement bas.

— Tout va bien, mon garçon. Allons, tu sais qui c'est.

Le chien regardait fixement la porte du salon, et la plainte dans sa gorge se fit plus urgente.

— Calme-toi, bon chien.

Maddy posa une main sur son long crâne plat et Gaffer parut s'apaiser. Toutefois, il restait en alerte, tendu, tête légèrement penchée de côté.

Bientôt, Maddy entendit elle aussi le bruit des pas.

Ils remontaient l'allée menant au cottage.

Ils se rapprochaient.

# 37

Plus d'une fois, Grace marcha si vite qu'elle le devança, l'obligeant à presser le pas pour la rattraper. La densité du brouillard était maintenant inégale, une simple brume opaque un moment dans laquelle on distinguait la large allée devant et les arbres qui la bordaient, un voile impénétrable quelques secondes plus tard, à tel point que David craignait de perdre de vue la jeune femme et que seule la torche électrique qu'elle tenait lui permettait de la repérer. L'odeur, cette odeur écœurante de putréfaction, demeurait omniprésente, mais il s'y était habitué et n'avait plus de nausée à chaque inspiration.

Il commençait à ressentir la fatigue et saisit le bras de Grace.

— Nous ne pourrions pas ralentir un peu ? suggéra-t-il.

Elle lui accorda à peine un regard et reporta son attention sur l'allée.

— Nous risquons d'arriver trop tard si nous ne nous hâtons pas.

— Trop tard pour quoi ? Pourquoi diable allons-nous à ces ruines, dis-moi ?

— Tu as vu ce qui est arrivé au tableau dans le bureau de Père, non ?

Ils avaient tous deux été ébahis par le phénomène, d'autant plus incompréhensible que la représentation de Lockwood Hall avait paru dévorée par des flammes invisibles, alors que le cadre et le mur n'avaient pas été marqués de la moindre trace de brûlure.

— Nous pourrions... commença-t-il.

— Père est là, coupa-t-elle. Je sais qu'il est là.

Il se mura dans le silence et scruta la brume. Un épais nuage roula dans le ciel, obscurcissant tout. Ils continuèrent d'avancer. Grace braquait le faisceau lumineux vers le sol, à deux mètres devant eux. Ils traversèrent le plus épais du brouillard et eurent l'impression d'émerger dans une zone moins dense. Ash crut entrapercevoir la silhouette calcinée de Lockwood Hall au loin, mais l'instant suivant tout disparaissait de nouveau. Grace avait eu la même vision et elle se mit à courir, ne lui laissant comme solution que de s'élancer derrière elle.

Toutefois, la jeune femme ne put maintenir ce rythme très longtemps car, comme Ash, elle commençait à être fatiguée par le trajet déjà accompli. Le brouillard et la rudesse du chemin se combinaient pour rendre leur progression difficile, et à certains moments ils marchaient presque en aveugles, quand la lumière de la torche électrique ne se reflétait pas sur les nuées devant eux. Les ruines de Lockwood Hall leur apparurent une fois de plus à la faveur d'un allégement du brouillard, et pendant un instant ils les virent dans leur intégralité. Sous la clarté lunaire, elles semblaient plus sinistres que jamais.

Ash éprouva une soudaine envie de tourner les talons, mais il savait que Grace continuerait sans lui, et il ne pouvait l'abandonner. La façon dont ils avaient fait l'amour cet après-midi le lui avait prouvé : ce qui les unissait n'était pas une simple passion physique mais quelque chose de beaucoup plus profond, une compréhension instinctive de la nature de l'autre, une reconnaissance mutuelle de leur vulnérabilité et de leurs fardeaux personnels.

Comme si elle lisait dans ses pensées, Grace lui prit brusquement la main sans le regarder. Elle gardait les yeux fixés sur les ruines.

Ils arrivèrent sur le vaste espace dégagé où naguère les attelages s'arrêtaient pour déposer les invités aux soirées et aux bals, où les cavaliers se préparaient à se lancer dans une chasse à courre, leur meute excitée gambadant autour des jambes de leurs montures. Grace braqua le faisceau lumineux sur la façade ravagée.

La partie supérieure se fondait dans le brouillard, et les pans de murs paraissaient se dissoudre dans le néant. Ash ressentit pleinement la désolation du lieu, mais aussi autre chose. Il y avait ici un chancre invisible, une sombre virulence qui lui avait échappé lors de sa première visite. Peut-être que seule la nuit pouvait faire ressortir la purulence qui baignait l'endroit, ou bien elle se manifestait selon des cycles particuliers, car il sentait que la malédiction qui s'était abattue sur Sleath représentait une sorte de point d'orgue, peut-être même un accomplissement. Il frémit à cette pensée, sans trop savoir comment elle lui était venue.

— Père est à l'intérieur.

Il jeta un regard aigu à Grace.

— Comment peux-tu en être sûre ?

— Comme toi, répondit-elle en pointant la torche sur l'entrée de Lockwood Hall.

Elle avança sur l'esplanade aux dalles bordées d'herbes folles et quand il la rejoignit elle avait atteint le bas des marches. Il lui prit la torche électrique et ils gravirent les premiers degrés.

— Ecoute…

Elle s'était arrêtée derrière lui et il se retourna vers elle, un pied sur la marche supérieure. La musique était très faible, et il fallait tendre l'oreille pour être sûr que ce n'était pas une illusion. Le son évoquait une harpe lointaine.

Grace vint à son côté et lui agrippa le bras.

— Quand j'étais petite, je l'entendais, dit-elle à voix basse. Quand mon père m'emmenait ici.

— Se rendait-il compte... ?

— Je... je ne m'en souviens pas, mais... oui, je suis certaine de lui avoir demandé pourquoi il ne l'entendait pas, lui aussi... (Elle pressa ses tempes de la pointe des doigts et fronça les sourcils.) Je dansais sur cette mélodie dans ma tête et il me disait de faire attention parce que les planchers n'étaient pas solides.

— Pourquoi t'amenait-il ici ?

Elle était dans l'incapacité de lui répondre et il n'aurait pu jurer que ce fût à cause d'une défaillance de sa mémoire ou parce qu'elle rechignait à sonder plus avant son esprit. Il penchait plutôt pour la seconde hypothèse.

— Allons le retrouver, dit-il simplement.

Ils gravirent le reste de l'escalier ensemble et ils atteignaient l'entrée quand la musique cessa. On eût dit que leur présence avait été remarquée. Ash balaya l'intérieur désolé avec la torche électrique.

Rien de différent par rapport à sa première visite : le double escalier monumental à demi effondré, pitoyable rappel d'une splendeur passée, les poutres saillant des murs, les monticules de gravats, tout était exactement semblable à l'image qu'il gardait des lieux lorsqu'il les avait découverts. Pourtant, il détectait une incertitude qui planait sur la bâtisse, ou plutôt une précarité qui n'était pas là auparavant. Il sentait que la structure s'était encore fragilisée et, comme pour railler sa tension, un nuage de poussière et de minuscules débris tomba des hauteurs enténébrées des ruines.

Ils reculèrent tous deux et Ash dirigea le pinceau lumineux sur la source de cette chute. Le brouillard avait envahi les ruines de sorte que la lumière ne révélait pas grand-chose au-delà du niveau du premier étage. Ils attendirent que le phénomène ait cessé et, quand le dernier écho se fut éteint, Ash déclara :

— C'est trop dangereux, Grace. Nous ne pouvons pas entrer là-dedans. (Il avait parlé à mi-voix, comme s'il craignait d'être entendu.) Et puis nous n'avons aucune preuve que ton père se trouve bien ici.

La jeune femme ne prit même pas la peine de répondre. Elle entra dans la bâtisse et Ash dut bien la suivre.

— Eclaire par là, dit-elle.

Il fit ce qu'elle demandait. Le hall d'entrée s'étendait entre les pinces du double escalier, juste en face d'eux. Il pointa la torche dans cette direction, mais les volutes de brouillard absorbèrent le rayon lumineux.

— Je sais où il est, David, dit soudain Grace. Je me souviens.

Elle partit en avant et cette fois il n'hésita pas à l'accompagner. Il éclairait le sol devant eux par crainte que le plancher ne s'ouvre sous leurs pieds. Des feuilles mortes jonchaient le sol, emportées à l'intérieur par les bourrasques de vent. Ash avait maintenant pris la tête. Ils s'enfoncèrent dans les entrailles de la bâtisse et passèrent bientôt sous le double escalier. Au-delà, le hall paraissait encore plus dangereux.

Des parties du plafond s'étaient effondrées, créant des trous béants au-dessus d'eux. Il en était de même pour le plancher. Leur progression était si périlleuse qu'à un certain moment Ash fut obligé de frôler le mur. Il plaça une main sur le plâtre décoloré et se retourna vers Grace.

— Fais comme moi, dit-il.

Elle obéit et ôta aussitôt sa paume de la cloison.

— On dirait qu'il vibre...

— Pourtant, sa surface ne bouge absolument pas, constata-t-il en touchant presque le mur du bout de la torche. Regarde, la poussière ici est parfaitement immobile, rien ne la dérange...

Ils entendirent de nouveau la musique, une mélodie

lointaine à laquelle se joignirent d'autres sons, des voix, des rires, des bruits de pas. Leurs regards se croisèrent dans la lumière de la torche électrique réfléchie par le mur. Ils restaient là, figés, et c'est seulement quand le silence revint qu'ils pensèrent à respirer.

— J'ai toujours cru que j'imaginais tout ça, murmura Grace. Ces sons étaient bien réels quand j'étais petite fille, David, ils n'étaient pas issus de ma seule imagination.

Non loin d'eux quelque chose craqua soudain, et elle se précipita dans ses bras. Il braqua la torche par-dessus l'épaule de la jeune femme en direction du bruit, mais il n'y avait rien d'autre à voir que des volutes de brouillard.

— Tout va s'écrouler, dit-il en la gardant contre lui.

Comme pour confirmer son opinion, il y eut un autre craquement de poutres et de maçonnerie. Cette fois, il était plus lointain, quelque part dans un des étages, sans doute.

— Nous allons le trouver rapidement, je le sais, fit Grace en s'écartant de David et en le regardant d'un air suppliant.

— Essaie de l'appeler, suggéra-t-il. Peut-être viendra-t-il vers nous.

Grace se détourna et prononça le nom de son père, doucement au départ, comme si elle avait peur de déranger la bâtisse branlante, puis de plus en plus fort. Pour toute réponse, il n'y eut que le fracas d'un pan de mur qui s'écroulait quelque part au-dessus de leurs têtes. Pendant un court instant de panique, Ash crut que tout le plafond allait céder. Des nuages de poussière descendirent des hauteurs, mais ce fut tout.

— Nous ne pouvons pas rester ici, décréta-t-il en saisissant fermement son poignet avec l'intention de l'entraîner d'autorité au-dehors.

Ils toussèrent convulsivement pour tenter de dégager leurs gorges.

— Il y a une porte un peu plus loin, réussit enfin à dire Grace. Je crois qu'elle mène aux caves.

— Et tu penses que ton père pourrait se trouver en bas ? Pour quel motif, pour l'amour du Ciel ?

Il ne lut que la confusion dans ses prunelles.

— Très bien, soupira-t-il, résigné. Nous allons y jeter un coup d'œil, mais si nous ne le trouvons pas dans les cinq minutes, nous filons d'ici. D'accord ?

Elle paraissait toujours hésitante.

— D'accord ? répéta-t-il.

La poussière avait terni la chevelure de la jeune femme, son front et ses joues étaient maculés de saleté. Après un moment d'hésitation, elle approuva d'un hochement de tête et regarda derrière lui, vers les profondeurs du hall d'entrée.

Ils s'aventurèrent dans cette direction, sans qu'il lui lâche le poignet. Ils marchaient en zigzag car ils devaient éviter les portions de parquet visiblement instables, quand le plancher n'avait pas purement et simplement disparu. Les deux murs étaient noircis en grande partie, et ici et là des portes avaient été complètement dévorées par les flammes. Chaque fois qu'ils passaient devant le seuil d'une pièce, Ash l'éclairait de sa torche, pour ne découvrir que gravats et débris divers. L'incendie survenu deux siècles plus tôt avait dû être terrible, car aucune des pièces n'avait été épargnée, et l'odeur des poutres calcinées et des briques pulvérisées par la fournaise semblait encore flotter dans l'air. Même la puanteur portée par le brouillard était supplantée par elle. Chaque fois que David Ash effleurait le mur ou touchait le chambranle d'une porte, il ressentait la même vibration, et son malaise croissait à chaque pas. Il commençait à se demander si cette tension n'existait pas en lui plutôt que dans la bâtisse, mais il se souvint que Grace l'avait elle aussi ressentie. Une autre pensée le frappa : peut-être ces vibrations provenaient-elles du sol, de la terre elle-même, et que ces secousses sismiques se transmettaient aux ruines. Le phénomène n'était pas aussi rare qu'on pouvait le croire, et il offrait une explication rationnelle qui avait au moins le mérite de brider ses craintes. Malheureusement, cette théorie ne rendait pas l'endroit moins dangereux.

— C'est là, dit Grace en s'arrêtant et en regardant fixement une ouverture obscure dans le mur en face d'eux.

Le pinceau lumineux de la torche révéla une large porte entrouverte, marquée par la noirceur des flammes. Ils enjambèrent des débris pour l'atteindre, et Ash remarqua une autre porte, toute proche de la première. Il dirigea la lumière dans cette direction et ne découvrit qu'un gouffre sombre. Déjà Grace s'efforçait de repousser la première porte. Il pesa contre le battant pour l'aider et nota alors qu'elle était métallique.

Au-delà, dans l'ouverture, un escalier en pierre redescendait vers ce qui semblait être les entrailles de Lockwood Hall.

## 38

Avant même d'avoir terminé la descente, ils avaient aperçu le rougeoiement qui émanait d'un trou dans l'un des murs de la cave, et leurs derniers pas s'étaient faits hésitants. Ash avait également remarqué un trou béant dans le plafond ; à l'évidence, il correspondait au gouffre dans la pièce adjacente à l'escalier, au rez-de-chaussée. L'atmosphère ici sentait le renfermé, et tout était recouvert d'une couche épaisse de poussière.

Ils atteignirent le sous-sol et Ash balaya l'endroit avec la torche électrique. Pour autant qu'il put en juger, l'incendie n'avait pas fait de dégâts ici, bien que l'odeur de bois brûlé fût très forte et que des décombres se soient accumulés sous le trou dans le plafond. Les murs étaient occupés par des étagères et des casiers à bouteilles vides, mais, de façon surprenante, il n'y avait pas la plus petite toile d'araignée. Ash se demanda si les insectes aussi avaient déserté ces lieux maudits. Son attention revint au halo qui émanait du grand trou. Quelque chose gisait dans l'entrée, une forme que de l'escalier il avait prise pour un monticule de gravats. A présent, il se rendait compte qu'il s'agissait d'un corps en position fœtale, mains jointes sous le menton. Et qui reposait dans une mare de liquide brun-rouge.

Il fit signe à Grace de le suivre et s'approcha pour examiner le cadavre. Le visage du mort était couvert de sang, ce qui rendait difficile toute évaluation de son âge, et une pointe métallique triangulaire saillait de l'arête brisée de son nez. Il avait des cheveux sales et bouclés, portait des jeans crasseux et un vieux cuir ; sa bouche était fermée, scellée par le sang coagulé, et ses deux mains étaient crispées sur l'empennage de la flèche sous sa mâchoire. Ses yeux délavés étaient exorbités.

— Prenez garde, David.

Ash et Grace sursautèrent, car le silence précédant ces mots avait été intense. Bien que David ait immédiatement identifié la voix, il lui fallut plusieurs secondes avant de reprendre contenance.

— Phelan ? fit-il en scrutant l'espace au-delà de l'entrée.

La salle voisine, de grandes dimensions, était éclairée uniquement par des centaines de bougies de toutes les tailles et épaisseurs possibles. Au fond, les ombres ondulaient dans la lumière vacillante, et Ash put tout juste distinguer des arcades donnant sur des alcôves dans le mur, emplies de ténèbres. Des tapisseries aux couleurs passées et de curieux instruments anciens décoraient les murs, une longue table en pierre occupant le centre de l'espace. De lourdes chaises en bois massif étaient alignées devant les cavités, et nombre de gros cierges étaient fichés sur de hauts supports en métal noir tourné. L'odeur de cire supplantait toutes les autres, mais il ne se dégageait nulle chaleur de ces myriades de petites flammes brûlant dans l'air glacé.

Le révérend Edmund Lockwood était affaissé dans un des sièges, le corps légèrement penché en avant, menton sur la poitrine, ses mains déformées par l'arthrite crispées sur les accoudoirs. Seamus Phelan se tenait debout derrière lui. Ses mains étaient posées sur le sommet du haut dossier. La canne gisait sur le sol auprès de lui.

— Comment... voulut commencer Ash.

Il fut aussitôt interrompu par l'Irlandais :

— Quand j'ai quitté St Giles, je me suis immédiatement rendu au presbytère et j'ai persuadé le révérend Lockwood de venir avec moi ici.

— Mais pourquoi ? dit Grace qui pénétrait dans la salle et se dirigeait vers les deux hommes. Mon père est malade, il ne devrait pas...

— Restez en arrière ! lança Phelan en levant une main en signe d'avertissement. David, je vous en prie, emmenez-la hors d'ici, sur-le-champ.

Il était trop tard : Grace avait déjà rejoint son père. Elle s'agenouilla devant lui et voulut regarder son visage baissé. Au son de sa voix le pasteur parut sortir de son hébétude et dodelina du chef à la manière d'une personne droguée. Sa fille lui parla mais il ne répondit pas.

Phelan reprit la parole d'un ton plus doux :

— Je crains qu'il ne soit mal en point.

Il contourna la chaise, passa un bras autour des épaules du vieillard et le redressa contre le dossier de bois.

Lentement, le révérend Lockwood releva les yeux, et en reconnaissant sa fille il voulut parler. Seul un murmure incompréhensible franchit ses lèvres.

Grace fusilla l'Irlandais du regard.

— Que lui avez-vous fait ?

Phelan répondit en s'adressant à David plutôt qu'à la jeune femme :

— David, je vous en prie, faites ce que je dis. Emmenez Miss Lockwood hors d'ici. Vous ne comprenez pas...

Mais Ash ne l'écoutait qu'à moitié. Il avait suivi Grace dans la salle et remarqué les ombres qui peuplaient les alcôves. Il venait de braquer le pinceau lumineux vers la plus proche et ce qu'il révéla le choqua tellement qu'il lâcha la torche. Celle-ci tomba sur le sol de pierre avec un claquement sec et s'éteignit.

La niche était retombée dans l'obscurité, mais l'image qu'avait perçue Ash était à jamais gravée dans son esprit. Malgré son apparence contrefaite, la chose était humaine, ou l'avait jadis été, il en était sûr. La peau desséchée ressemblant à du cuir brun était tendue sur le crâne, auquel des mèches de cheveux blancs adhéraient encore par endroits. Les yeux noirs, racornis, paraissaient fixer l'éternité du fond des orbites, et une partie du nez manquait, laissant percer l'arête ivoire de l'os. Les oreilles n'étaient plus que des lambeaux de chair racornis. Un morceau d'étoffe décoloré, épargné par le temps, pendait sur une épaule frêle, masquant une bonne partie du corps squelettique, jusqu'aux pieds qui se résumaient à un assemblage d'osselets jaunâtres tachés ici et là d'une substance brunâtre. Les dents jaunies adressaient un rictus railleur à Ash.

— Seigneur, balbutia-t-il, la gorge sèche. Qu'est-ce que c'était que ça ?

C'est d'une voix teintée de lassitude que Phelan lui répondit :

— Les Lockwood. Celui que vous venez de voir et les autres, qui occupent d'autres alcôves, ont été embaumés et mis ici par les générations successives de la famille. Comme ces ruines elles-mêmes, ces corps ne sont plus que des coquilles vides, sans vie, sans âme, témoins d'un passé bien sombre. Ah, David, si seulement vous n'étiez pas venu ici...

— Dites-moi pourquoi vous avez amené mon père ici, exigea Grace d'une voix où la colère le partageait à la crainte de ce qu'elle allait entendre.

Phelan la dévisagea un moment.

— Pour l'expiation, dit-il enfin en affrontant le regard embrasé de la jeune femme. Et peut-être pour son salut et celui d'autres personnes. A présent, je crains qu'il ne soit trop tard, pour l'un comme pour l'autre...

Ils entendirent un mouvement à l'autre bout de la longue salle. Ash scruta les ténèbres, mais Phelan ne tourna même pas la tête dans la direction du bruit. Grace se releva et elle aussi chercha à percer l'obscurité du regard.

Une forme émergeait sans hâte d'une des alcôves et avançait vers la lumière des bougies.

Ash retint son souffle. Phelan avait affirmé que ces cadavres n'avaient plus aucune vie en eux. Ce n'étaient que des momies préservées par l'embaumement, qui ne pouvaient pas se mouvoir…

Un bref reflet métallique précéda la silhouette avant qu'elle pénètre dans le halo doré de la lumière.

Il était vêtu de noir, de grande taille, et sa chevelure brune grisonnant aux tempes et coiffée en arrière découvrait un front haut. Il tenait dans ses mains un fusil à double canon superposé, du genre qu'affectionnent les chasseurs adeptes du tir de précision.

L'homme n'était pas inconnu de David, bien qu'il ne se souvînt pas de l'avoir déjà rencontré, et il y avait quelque chose de déconcertant dans son regard ; dans la lumière vacillante, ses yeux semblaient dépourvus de pupille. Ce n'est que lorsque l'homme se fut approché que Ash vit qu'ils étaient d'un gris ou d'un bleu très pâle, et que les pupilles étaient étrangement contractées malgré l'éclairage défaillant.

L'homme avait atteint la table de pierre qu'il contournait lentement, son arme dirigée sur Ash.

Son nez était aquilin, proéminent, et seule l'absence d'une ligne ferme à la mâchoire inférieure contredisait la dureté générale du visage, car son menton disparaissait dans un repli graisseux surmontant un cou large. La pâleur de ses yeux était rehaussée par d'épais sourcils charbonneux.

Il s'arrêta à quelques pas de Phelan et seulement alors Ash se rappela en quelle occasion il l'avait croisé : lors de son arrivée à Sleath, trois jours plus tôt, cet homme était attablé en compagnie du médecin local dans la salle de la

Black Boar Inn, et tous deux l'avaient surveillé sans vergogne. Et d'un coup il se remémora son identité.

— Vous êtes Carl Beardsmore, dit-il.

L'homme eut un sourire carnassier.

— Très physionomiste, lâcha-t-il.

— Avez-vous déjà entendu le terme « psychopompe », David ?

Phelan avait posé la question avec un calme étonnant, comme s'ils n'étaient pas menacés par une arme à feu.

— Je ne suis pas certain...

Irrité par la nonchalance qu'affichait l'Irlandais, Beardsmore agita le canon de son fusil.

— On n'a pas le temps pour ça, grogna-t-il.

— Vous ne croyez pas qu'il a droit à quelques explications ? rétorqua Phelan. Quel mal cela peut-il faire ? Et puis, la jeune femme est très concernée par ces détails, vous devez bien le reconnaître.

Grace, qui s'était agenouillée de nouveau devant son père inerte, les regardait à tour de rôle.

Phelan conservait son flegme de façade, cependant il était le seul au courant du danger qu'ils couraient tous. Il avait essayé d'avertir Ash, mais maintenant il était trop tard, tous se trouvaient à la merci de Beardsmore. Et il existait d'autres raisons d'inquiétude, à commencer par l'état des ruines ; il sentait la perturbation latente dans l'atmosphère. Dans le village, les signes avant-coureurs étaient désormais tellement forts que même les habitants dépourvus du « don » les avaient remarqués, car les hantises n'étaient plus réservées aux seuls « perceptifs ». Quelque chose de terrible était en cours à Sleath, et un prix horrible serait payé avant la fin de la nuit.

Décidé à gagner du temps par tous les moyens, il ignora l'objection de Beardsmore et dit :

— Le psychopompe est le passeur des âmes dans l'autre monde, une sorte de guide, de portier, si vous voulez. (Il eut un geste nonchalant pour désigner les alcôves.) Des générations de Lockwood, ces monstruosités préservées pour un temps qui ne viendra jamais, ont cru qu'ils étaient eux-mêmes des psychopompes...

— Oh, mais ils étaient bien plus que cela, coupa Beardsmore qui souriait de nouveau, quoique aucune joie n'habitât ses yeux pâles. C'étaient des visionnaires, des hommes qui ont accompli l'incroyable...

Il s'était approché de l'autre côté de la chaise où était assis le révérend, et il s'arrêta prudemment à deux mètres de leur groupe. Phelan remarqua le pas glissant que fit Ash pour se rapprocher de Beardsmore.

— Comme vous dites, convint le petit Irlandais. En fait, aujourd'hui à St Giles nous avons appris l'existence de, hem, comment dirai-je ? diverses pratiques ? La formule conviendra pour l'instant. Nous avons donc découvert que pendant des siècles les hommes qui ont gouverné Sleath se sont livrés à diverses pratiques, bien que mon ami ici présent (il désigna Ash) ne soit pas resté jusqu'à la fin de la leçon. Miss Lockwood, j'ai bien peur que vos ancêtres n'aient utilisé la magie noire dans le but d'expérimenter leurs théories fumeuses sur de pauvres hères qu'ils assassinaient de leurs propres mains. Leur objectif était de contrôler ces âmes durant les différents stades de la mort, un objectif poursuivi, sinon atteint, par les générations successives de Lockwood.

— C'était leur génie, fit Beardsmore, son sourire tirant vers le rictus.

— C'était leur folie.

Le double canon du fusil se pointa sur Phelan, et Ash se demanda si l'Irlandais cherchait délibérément à l'énerver. Il fit un petit pas de plus vers l'homme en noir.

— Vous ne seriez pas le premier à vous moquer du génie de ceux qui sont uniques, dit Beardsmore.

— Pas plus que vous n'êtes le premier à vous servir d'un tel cliché.

Ash crut que Beardsmore allait abattre Phelan dans la

seconde. Les grandes mains étaient crispées sur l'arme au point que les articulations des doigts avaient blanchi. Pourtant, Beardsmore partit d'un rire inattendu.

— Encore un pas vers moi et je fais sauter votre putain de tête.

Il n'avait pas même jeté un regard vers lui, mais Ash comprit très bien à qui il s'adressait. Il s'immobilisa.

Phelan se hâta de rompre le silence qui suivit :

— Voyez-vous, Miss Lockwood, vos ancêtres pensaient qu'ils pouvaient contrôler les esprits de ceux qu'ils avaient tués, qu'ils pouvaient communiquer avec eux, et qu'ainsi ils apprendraient tout des mystères de la mort. Grâce à cette connaissance, ils espéraient s'assurer l'immortalité. (Il poussa un soupir et contempla le pasteur dont le menton était retombé sur la poitrine.) Le pire, dans tout cela, c'est que cette quête de pouvoir sur l'autre monde passait par des expérimentations et des rituels pratiqués sur de jeunes innocents, des enfants en majorité, parce que ce sont eux qui possèdent l'énergie vitale la plus forte, la plus vibrante. Je suppose qu'on peut dire que l'idée était que l'énergie de leur esprit était plus aisée à capturer et à manipuler quand ils mouraient.

— C'est de la démence, dit Grace d'une voix tendue par la colère. C'est totalement fou.

— Malheureusement, c'est aussi totalement vrai.

Elle secoua la tête avec véhémence.

— Non, mon père n'aurait jamais...

Un rire tonitruant l'interrompit. Beardsmore paraissait beaucoup apprécier le discours.

— Votre père est partie prenante dans tout ceci, dit-il. Vous ne l'avez pas encore compris ? C'est à lui qu'est revenue la tâche de poursuivre la tradition...

— Vous mentez ! cracha Grace, le regard étincelant. Jamais il ne se serait livré à de telles horreurs, même si elles ont existé par le passé ! C'est un prêtre, au nom du Ciel !

— Pas au nom du Ciel. En son nom propre. Qui

pourrait être plus proche de l'âme des gens ? Beaucoup de Lockwood ont été à la fois pasteur et seigneur, maître et berger. Pourquoi ne lui posez-vous pas la question ?

La suggestion avait été faite avec une telle assurance que Grace en fut ébranlée. Elle regarda son père, puis Phelan. L'Irlandais acquiesça.

— J'ai bien peur qu'il n'en soit ainsi, Miss Lockwood. Ce à quoi votre père a fini par succomber n'est rien de plus que la manifestation physique de la maladie qui ronge son âme. Une perversion mentale dont il a hérité, si vous voulez, et qu'il a combattue toute sa vie durant. Une bataille qu'il a fini par perdre, j'en ai bien peur. (Il s'appuya sur le dossier de la chaise, et son visage ridé s'adoucit à la lueur des bougies.) David m'a parlé de l'état de votre père, aujourd'hui, mais quand je me suis rendu chez vous j'ai trouvé le révérend Lockwood raisonnablement cohérent. Nous avons discuté, et j'ai réussi à le convaincre de m'accompagner à Lockwood Hall. Il était plein de repentir, voyez-vous, et il voulait s'amender, d'une façon ou d'une autre. Oh, la faute n'est pas sienne uniquement, d'autres sont impliqués, des villageois qui, j'imagine, sont en cet instant même en conflit avec leurs propres démons. Mais la responsabilité lui revient en bonne partie. C'est un Lockwood, comprenez-vous ?

Grace secoua les bras de son père comme pour lui faire reprendre conscience.

— Ce n'est pas vrai ! s'écria-t-elle. C'est impossible !

— Il t'a amenée ici quand tu n'étais qu'une enfant... dit Ash en avançant légèrement vers elle.

La jeune femme lui fit face.

— Je le sais, David. C'est moi qui te l'ai dit.

— Non, je veux dire qu'il t'a fait descendre ici, dans cette pièce. C'est pourquoi tu en connais l'existence. Souviens-toi, c'est toi qui m'as guidé jusqu'ici, Grace.

— Pas toi aussi, David ! Je t'en prie, dis-moi que tu ne crois pas à toute cette histoire !

— Je l'ai vu dans ton esprit, Grace. J'ai franchi cette barrière dans ton subconscient, celle que tu as érigée toi-même. Jamais tu n'as réellement voulu connaître la vérité. Elle était trop douloureuse pour que tu souhaites t'en souvenir.

Elle le fixait d'un regard incrédule.

— Mais... que racontes-tu ? murmura-t-elle en secouant la tête.

— Il t'a amenée ici quand tu étais enfant, et ils se sont servis de toi... (Il hésita. Comment lui dire ?) Pendant les cérémonies...

Phelan vint à son secours :

— Vous avez pris part à leurs rituels pervertis. Vous et d'autres enfants. Vous avez été la plus chanceuse ; ils ont pris la vie des autres, pas la vôtre.

Elle continuait de secouer la tête et, dans un geste inconscient, elle leva les mains à son visage pour l'y cacher.

— Votre mère a découvert la vérité juste avant de mourir, poursuivit Phelan. Votre père lui a tout avoué, bien que je sois sûr qu'elle soupçonnait quelque chose depuis longtemps. Comment en aurait-il été autrement ? C'est pourquoi vous avez été envoyée loin de Sleath quand vous étiez encore très jeune, afin de vous soustraire au mal qui règne sur cet endroit. Votre père m'a dit que c'est lui qui a voulu vous éloigner. Il restait peut-être un peu de bonté en lui...

Les larmes coulaient sur les joues maculées de Grace.

— Votre mère avait des soupçons, cependant elle n'a jamais su l'étendue des activités qui se déroulaient dans cette chambre secrète. Mais quand votre père s'est confessé à elle – par culpabilité, par remords, ou peut-être pour demander l'aide de sa femme –, elle a été tellement choquée que son cœur ne l'a pas supporté.

Grace commença à se relever, le visage tourné vers son père de sorte que David ne pouvait voir son expression.

Comprenait-elle enfin ? Qu'y avait-il dans ses yeux, à présent ? Du mépris ? Du dégoût ?

— Tu t'es obligée à oublier, dit-il doucement, car il avait désespérément envie de lui offrir un peu de réconfort mais il ne pouvait oublier la menace du fusil. Pour préserver ton équilibre mental tu as tout refoulé – les rituels, leurs perversités, la malfaisance qui les habitait –, parce que tu pensais en faire partie intégrante. Et parce que tu aimes ton père, ton esprit s'est refusé à accepter sa dépravation.

Elle virevolta vers lui et il n'y avait ni compréhension ni dégoût dans ses prunelles ; seulement de la colère.

Avant qu'elle puisse parler Phelan intervint, car il y avait une vérité plus profonde que la jeune femme avait le droit de connaître ; il n'était d'ailleurs pas impossible que cette révélation atténue un peu la haine que très certainement elle éprouverait pour son père quand elle aurait accepté la vérité.

— A cette époque, dit-il posément, il y avait quelqu'un qui désirait vous voir tuée, mais votre père a réussi à le convaincre de prendre la vie d'un autre enfant en échange de la vôtre.

Déroutée, Grace maîtrisa un peu mieux sa colère.

— Ils m'auraient assassinée ? dit-elle lentement.

— *Moi*, je l'aurais fait, intervint Beardsmore en s'approchant d'un pas. Vous constituiez le maillon faible de la chaîne. Même à ce jeune âge je voyais bien que vous n'étiez pas une vraie Lockwood. Vous n'étiez pas comme votre père, ni comme moi. Oh, vous n'étiez pas le premier maillon faible de notre lignée, il y en a eu d'autres par le passé qui n'ont pas pu accepter la quête des Lockwood, et toujours la famille les a… écartés.

— Ce n'était qu'une enfant, dit Phelan en feignant un grand intérêt. Comment…

— Comment ai-je pu savoir ? coupa Beardsmore, ironique. On sent ce genre de choses, chez nous.

Ash dévisageait le grand homme en noir en réfléchissant à ce qu'il venait de dire.

— Vous ? fit-il quand enfin il comprit. Vous êtes un Lockwood ?

— Regardez-le bien, David, dit Phelan. Vous ne discernez pas la ressemblance ? Dans les yeux, et la courbure du front. N'a-t-il pas plus qu'un simple air de parenté avec Edmund Lockwood en personne ? Dieu seul sait quel accident de naissance l'a fait venir au monde.

— Ce n'était pas un accident, mon ami, déclara Beardsmore (et toute trace d'amusement l'avait déserté). Allons, avec tout ce que vous savez sur l'histoire des Lockwood, seriez-vous étonné d'apprendre que leurs activités sexuelles ne se limitaient pas à la couche de leur femme ? Et vous ne vous êtes pas demandé pourquoi quelqu'un comme moi, riche et intéressé par des sujets que le reste de la société pourrait considérer comme anormaux, a été attiré par un endroit aussi ennuyeux que Sleath ?

— Non, et j'aimerais l'apprendre, en effet, répondit froidement Phelan.

— Je n'en doute pas. Mais je suppose que tout ce bavardage inutile n'a de votre part pour but que de gagner du temps. Peut-être pensez-vous que des remords soudains vont me terrasser, comme ils semblent terrasser mon lointain cousin, le prêtre déchu, et que je vais jeter mon arme à terre pour implorer votre pardon ? Ou bien que mon attention va baisser, ce qui vous donnerait l'opportunité, très risquée, de m'attaquer ? (Il désigna Ash et le canon de l'arme s'abaissa.) Et si je lui brisais une jambe tout de suite, hmm ? Cela nous donnerait une chance de discuter sans risquer d'être interrompus par un acte de bravoure insensé...

— Mais ses gémissements nous dérangeraient, contra Phelan d'un ton léger malgré l'horreur qui imprégnait le visage de David.

— Ah, l'argument n'est pas sans valeur. Si je me débarrassais définitivement de lui, alors ? Non, je ne pense pas. Il y a fort à parier que cela déclencherait un comportement hystérique chez Grace. Eh bien, mettez-vous donc à genoux, Mr Ash. Cela suffira pour l'instant.

— Faites ce qu'il dit, David.

Phelan avait parlé doucement, mais le regard qu'il lança à son ami était intense.

A contrecœur Ash obéit, non sans avancer de quelques centimètres dans le mouvement.

— Eh bien, fit Phelan, vous alliez nous expliquer votre lien avec la famille Lockwood. Lequel a eu le bâtard qui est par la suite devenu votre géniteur ?

Beardsmore parut ravi de le révéler :

— Nul autre que Sebastian. Très connu… non : renommé, plutôt, à son époque.

— Ah oui. Membre du Cercle des Enfers, pas moins.

— Un membre ? Pas du tout. Le révérend pourrait vous le dire, s'il était capable de le faire. Sebastian Lockwood a été le fondateur du Cercle des Enfers, et Sir Francis Dashwood, qui en a toujours endossé le crédit – ou l'accusation –, n'a été qu'un de ses seconds. Et laissez-moi ajouter ceci : à cette époque pas plus que maintenant, personne n'a jamais soupçonné l'étendue réelle de leurs activités. Toutefois, je pense que vous commencez à en avoir une petite idée…

— Oui, effectivement…

Phelan paraissait songeur, mais Ash remarqua que lui aussi s'était insensiblement rapproché de Beardsmore. Pendant que ce dernier surveillait l'Irlandais, Ash appuya ses doigts contre le sol de pierre et releva très doucement un genou pour se mettre dans la position d'un sprinter au départ. Il se tendit, prêt à bondir.

— C'était une sale engeance, cela ne fait aucun doute, continuait l'Irlandais. Comme la famille Lockwood elle-même, je dirais. Oui, une bande de malades mentaux dégénérés, tous autant qu'ils étaient.

— Faites très attention à ce que vous dites, grinça Beardsmore.

Ash s'interrogeait sur le brusque changement de tactique effectué par Phelan. Asticotait-il Beardsmore parce qu'il avait compris que la situation ne pourrait durer et qu'il faudrait très bientôt tenter de maîtriser l'homme au fusil ? Le regard de l'Irlandais voletait de-ci de-là, comme si autre chose que la menace de l'arme l'inquiétait. Une vibration courut dans les doigts de David et il se souvint de celle éprouvée en touchant le mur, au rez-de-chaussée. Etait-ce là ce que craignait Phelan ? Sentait-il que quelque chose allait très bientôt arriver à Lockwood Hall ?

Il était évident que l'Irlandais n'avait nullement l'intention de cesser son harcèlement :

— Et vous ne pensez pas que la folie s'est transmise aux générations successives de Lockwood ? Oui, je pense qu'à présent elle est profondément imprimée dans les gènes de la famille, un mélange d'insanité et de malfaisance innée. Et qui a bien pu être la traînée qui a écarté les cuisses devant Sebastian ? Une domestique du manoir ? Une de ces dames de la bonne société ? Non, plus probablement une catin à trois sous venue de la ville, ou bien, connaissant la bassesse de l'individu, quelque pauvre créature arriérée et édentée du village, une moins que rien, on peut en être sûr. Mais vous devez connaître la réponse, bien sûr ?

— Je pense que vous devriez être très prudent, petit homme, prévint Beardsmore à nouveau en pointant le canon de son arme vers le crâne de Phelan.

La voix de l'Irlandais se fit enjôleuse :

— Vous n'avez pas payé quelqu'un pour retracer la généalogie de votre famille ? Je suis certain qu'avec votre fortune vous avez pu vous offrir les services du plus grand spécialiste. N'est-ce pas ainsi que vous avez découvert votre véritable identité ? Je parierais que la catin en question a laissé des traces écrites pour permettre à ses descendants de retrouver l'identité de leurs ancêtres. Ou croyez-vous qu'elle ait voulu faire chanter Sebastian ? Non, il lui aurait certainement éclaté de rire au visage. Avant de la faire fouetter jusqu'au sang. Il ne se serait pas soucié le moins du monde d'une traînée et de sa progéniture. Que sa mère se soit fait culbuter par un des Lockwood ne donnait aucunement le droit au petit bâtard de se prévaloir du nom de cette famille prestigieuse. Si Sebastian était encore vivant, il vous cracherait sans doute au visage...

— La ferme, siffla Beardsmore.

— Non, il n'autoriserait pas un quelconque bâtard à se joindre au clan. Et c'est ce que vous êtes, après tout. Quelqu'un qui prétend être ce qu'il n'est pas et ne pourra jamais être. A leur propre manière déviante, les Lockwood étaient uniques, comme vous l'avez dit, et peut-être même brillants. Et n'est-ce pas à cela que vous voulez appartenir, à une lignée qui soit au-dessus de l'homme ordinaire ? Je me trompe ?

Beardsmore épaula son arme. Et visa Grace. Phelan comprit aussitôt.

— Non... Non, pas la fille. C'est une Lockwood, elle. Vous ne pouvez tuer une des vôtres.

Avec un rictus, Beardsmore s'approcha de Grace sans cesser de la menacer de son arme.

— Vous venez justement de gaspiller votre salive à me persuader que je n'étais pas de cette famille. D'ailleurs, elle aurait dû mourir il y a des années, quand elle n'était encore qu'une enfant. A l'époque déjà j'avais compris que jamais elle ne serait une vraie Lockwood, je l'ai dit. Le maillon faible de la chaîne, mais qui pouvait se révéler utile. Jamais elle n'aurait pu être comme son père. Comme moi...

La gueule du double canon s'appuya sur le cou de la jeune femme.

Ash bondit, mais Beardsmore avait prévu l'attaque. Les jambes de David se détendaient que déjà l'homme en noir pivotait vers lui.

Le canon du fusil heurta Ash à la tempe et la douleur, terrible, l'aveugla. Il se sentit tomber en avant, tous ses sens engourdis par le coup.

Ses yeux se fermèrent alors qu'il s'écroulait sur le sol, et quand il les rouvrit plus rien dans la pièce ne paraissait stable. Il cligna des paupières pour chasser l'étourdissement.

Le fusil était de nouveau pointé sur le cou de Grace. Ash entendit distinctement le déclic quand Beardsmore releva le premier des chiens jumeaux.

Mais il perçut également un autre bruit.

# 39

Tous l'entendirent.

Sans décoller les canons jumeaux de son arme du cou de Grace, Beardsmore survola la salle d'un regard soupçonneux, tandis que la jeune femme restait immobile, corps tendu, yeux clos et menton légèrement relevé. Phelan gardait les yeux fixés sur elle.

Sur son siège, le révérend Lockwood s'agitait comme un homme qui se débat dans un cauchemar. Sa poitrine se soulevait sporadiquement et ses épaules tressaillaient. Il redressa lentement la tête et une lueur ténue de conscience revint dans ses prunelles pâles. Le nouveau rêve dans lequel il se retrouvait ne lui apportait aucun réconfort.

Au début les sons étaient distants, mais très vite ils se rapprochèrent et le petit groupe reconnut des voix qui reprenaient en chœur un hymne discordant. Avec le chant montèrent d'autres bruits, des pas, des murmures sifflants, un flot de paroles inintelligibles qui rapidement se fit tonitruant ; en contrepoint dissonant avec le chant maintenant assourdissant, de la musique s'élevait d'une autre direction, la même que celle entendue par Ash et Grace quand ils avaient pénétré dans Lockwood Hall, mais jouée cette fois avec plus de vigueur que de justesse. Elle semblait provenir de toutes les pièces, de tous les couloirs du rez-de-chaussée, et sourdait à travers le plafond et les murs autour d'eux.

La comptine restait étrangement distincte du brouhaha, au point qu'ils en percevaient parfaitement la mélodie.

Seamus Phelan s'était écarté des autres et écoutait, tête penchée de côté.

La réaction de Beardsmore était nettement plus nerveuse. Il avait baissé son arme et jetait des regards affolés à droite et à gauche.

— Qu'est-ce que c'est ? dit-il, de la peur dans sa voix.

— Ecoutez les paroles, dit l'Irlandais sur le ton d'un professeur réprimandant un élève dissipé. Je reconnais cette comptine, pas vous ?

— Nous l'avons entendue dans l'école abandonnée, dit Ash.

— Ah oui, fit Phelan avant de réciter les paroles : « Ils ont enterré mon corps et ils m'ont cru parti à jamais, mais je suis la Danse et je continue de danser... » Vous comprenez ce qu'ils veulent nous dire ? Ce n'est en aucune façon une vieille comptine, mais les esprits les plus anciens l'ont apprise des plus récents. Tout à fait fascinant... (Il sourit et regarda les autres alternativement pour voir s'ils partageaient son appréciation.) Cette chanson raconte leur histoire, vous ne trouvez pas ? « Il est difficile de danser avec le diable sur son dos... » Vous comprenez le message ? C'est la raison des hantises.

— Vous êtes fou, grommela Beardsmore en dirigeant le canon de son arme sur l'Irlandais.

— Ah, peut-être bien, peut-être bien, répondit Phelan qui semblait presque amusé par la situation. « Je suis la vie qui jamais ne mourra, jamais », récita-t-il en même temps que le chœur. C'est sacrément approprié, il faut bien le reconnaître...

Soudain sa jovialité disparut et il tourna un visage grave vers Ash qui s'était à demi relevé.

— Il est temps de partir, David. J'ai grand-peur de ce qui va arriver.

La clameur devenait insupportable et Grace se plaqua les mains sur les oreilles. Ses larmes brillaient à la lueur des bougies.

Les murs vibraient et la poussière s'en détachait en tourbillons diaphanes qui emplissaient la salle.

— Mais que veulent-ils ?

Beardsmore continuait de pivoter sur lui-même, l'arme prête, bouche ouverte.

La réponse de Phelan fut très calme, mais il avait rejoint Grace et son père.

— Se venger, je pense.

Les murs tremblèrent violemment, comme si un bélier géant les frappait de l'autre côté. Tout dans la salle frémit. Les tapisseries s'agitèrent. Des bougies chutèrent sur le sol.

Grace tomba au sol et Ash vit le pasteur faire un geste vers elle. Spectateur impuissant, toujours à demi assommé, il ne put rien faire pour empêcher Beardsmore de marcher vers le père et la fille, arme braquée à hauteur de ceinture.

— *Vous pouvez la prendre !* hurla l'homme en noir à la cantonade. *C'est une Lockwood. Tenez, je vous l'offre !*

Le double canon s'éleva vers la tempe de la jeune femme.

— Non ! cria Ash en essayant de se remettre debout.

Edmund Lockwood avait compris l'intention de Beardsmore en voyant la panique et la haine dans les yeux de son lointain cousin. Et il comprenait pourquoi les fantômes de Sleath venaient ici. Il comprenait beaucoup de choses, à présent. Tout cela avait été une telle erreur, de vouloir interférer avec les voies du Seigneur, mais ni les péchés ni les penchants morbides ne pouvaient être dissipés, de chaque génération jusqu'à la sienne ; chaque homme, chaque femme et chaque enfant possédait son libre arbitre, et la corruption de l'âme ne pouvait naître que par un choix individuel. Au contraire de sa mère, Grace ne paierait pas pour un choix qu'il avait fait, lui.

Il leva une main faible contre l'assaillant de sa fille, conscient que la maladie de son âme avait gangrené ses forces physiques. Toutefois, il en réunit assez et se leva de son siège.

Droit comme un I, aussi grand que l'homme devant lui, le pasteur saisit le double canon du fusil et l'écarta du visage de Grace, le levant vers lui d'une saccade.

Le doigt de Beardsmore écrasa convulsivement les deux détentes et la double détonation roula comme un coup de tonnerre dans la salle, effaçant tout autre bruit pendant un instant.

Grace sentit la brûlure du tir qui jaillissait de l'arme, et ses yeux clignèrent sous l'éblouissement soudain. Elle ne vit pas la tête de son père exploser, pas plus qu'elle ne sentit les lambeaux de chair et les morceaux d'os qui cascadaient sur sa chevelure. Elle hurla parce qu'il ne pouvait y avoir qu'un résultat à ce tir.

Les doigts tordus d'Edmund Lockwood restaient crispés sur le canon de l'arme, bien qu'il n'y eût plus de cerveau pour commander le geste, et c'est Beardsmore qui lâcha prise. Horrifié, il vit sa victime inattendue partir en arrière d'une pièce. La lourde crosse du fusil claqua contre les dalles du sol.

Venus de nulle part, des nuages de vapeur envahissaient la salle. Les flammes des bougies tremblotaient, les tapisseries claquaient contre les murs. Le bruit s'accrut encore, emplissant l'espace, avec son chant, ses plaintes et ses murmures, le martèlement des pas. Les murs se mirent à trembler sur un rythme par instants brisé par une trépidation monstrueuse ; le sol lui-même était parcouru de vibrations titanesques, comme en proie à une secousse sismique montant des tréfonds de la terre.

Ash réussit à se relever et se précipita vers Grace. La jeune femme paraissait en proie à un très grand choc.

Phelan les rejoignit et les deux hommes la remirent sur ses pieds.

— Il ne faut pas rester ici une seconde de plus, dit l'Irlandais à l'oreille de David.

— Que se passe-t-il, au nom du Ciel ? répondit Ash sur le même ton en passant un bras sous les aisselles de Grace.

— Ce n'est pas au nom du Ciel. Leur pouvoir vient d'une autre source. Et vous et la jeune femme en faites partie. Vous êtes tous les deux des catalyseurs psychiques, comme d'autres à Sleath. Votre arrivée n'a fait qu'ajouter à leur force.

— Que racontez-vous ? fit Ash, incrédule.

— Pas le temps d'en parler maintenant. Sortons d'ici !

Ils entreprirent de traîner Grace vers la sortie, mais une main se referma sur la nuque de Phelan et le propulsa de côté. Ash grimaça quand il sentit ses cheveux tirés en arrière. Un poing le percuta à la tempe.

Il s'écroula de nouveau, mais cette fois roula sur le dos puis sur lui-même. Un pied écrasa les dalles à l'endroit où il se trouvait un instant plus tôt et alors qu'il se redressait sur un genou il vit Beardsmore qui le dominait de toute sa taille. Sans attendre un nouveau coup il se rua en avant, tête la première, et heurta l'estomac de son assaillant tel un bélier humain. Beardsmore recula en titubant, à petits pas rapides, tandis que David continuait de le pousser de toutes ses forces.

De grands cierges s'abattirent sur le sol avec leurs supports. Ash planta ses talons dans la poussière pour ne pas perdre l'équilibre. La longue table en pierre se trouvait juste derrière Beardsmore, qui la heurta des reins et tomba à la renverse sur l'épais plateau de granit. Ash en profita pour le bombarder d'une volée de coups de poing aussi désespérés qu'implacables. Malgré ce déluge de coups, Beardsmore demeurait étonnamment conscient de la vibration qui courait dans ses épaules et son dos. Terrifié, il repoussa Ash violemment.

Surpris par la puissance de son adversaire, David recula et parvint malgré tout à conserver son équilibre. Il ramassa un grand chandelier et l'éleva au-dessus de sa tête, décidé à s'en servir comme d'une massue. Il s'arrêta net.

Bouche ouverte, yeux écarquillés par une stupéfaction qui en d'autres circonstances aurait pu être comique, Beardsmore regardait fixement derrière Ash, en direction du passage. De minces filets de brume s'enroulaient autour de lui et de la poussière continuait de descendre du plafond, de sorte que ses cheveux et ses épaules s'étaient teintés de gris.

Ash se retourna vers Grace et Phelan. Eux aussi regardaient l'entrée de la salle.

Les simples lambeaux de brouillard s'étaient agglomérés en des nuages jaunâtres, et la brume étrange qui avait envahi le village se répandait maintenant dans les sous-sols de Lockwood Hall. Au sein de cette masse indéfinie, des vapeurs suggéraient des formes singulières, des caricatures de silhouettes humaines, contrefaites, qui jamais ne se précisaient, se délitant, changeant continuellement. Leur arrivée avait été annoncée par la clameur constante de voix, de musique et de bruits de pas. Des visages sans traits apparaissaient pour aussitôt se dissoudre et réintégrer le néant mouvant. Le spectacle était à la fois terrifiant et fascinant.

Peu à peu l'accumulation vaporeuse s'étendit dans la salle, englobant le cadavre prostré. Le nuage prenait possession de la grande salle souterraine, frôlait les murs, encerclait le quatuor pétrifié, sans que jamais ne cesse la cacophonie qui exprimait sa colère. Le brouillard commença à se peupler de spectres diffus aux silhouettes encore hésitantes, aux contours fluctuants, sans substance mais à chaque seconde plus précises, en une assemblée si nombreuse qu'il semblait que tous les défunts de Sleath s'étaient réunis pour l'occasion.

Un voile nébuleux effleura la joue de David et le

contact glacial mit le feu à sa peau. Il vit le mouvement de recul de Grace et songea qu'elle aussi avait fait la même expérience.

Beardsmore agita les bras pour disperser les volutes qui commençaient à l'encercler. Ses larges mains brouillaient des visages en formation, détruisaient des mains transparentes qui se tendaient vers lui. Mais d'autres spectres remplaçaient les premiers, comme s'il avait été choisi, lui tout particulièrement, et leur chant de vengeance montait dans l'air froid de la salle.

Une main, réelle celle-là, se referma sur l'épaule de David.

— Vite, David ! cria Phelan pour couvrir le tumulte. Plus une seconde à perdre !

— Mais Grace... ?

— Elle est encore plus abasourdie que vous, je crois. Et en état de choc...

La jeune femme n'avait pas bougé et contemplait le brouillard et les formes à l'intérieur qui se déversaient dans la salle. Ses mains étaient levées devant son visage et quand Ash approcha il se rendit compte qu'elle remuait les lèvres. Mais il ne put rien saisir de ce qu'elle disait dans cette cacophonie.

Même quand Ash cria son prénom et l'attira à lui, elle conserva une expression lointaine et il ne lut aucune vivacité dans ses yeux. Elle contemplait le flot vaporeux d'un regard vague, tête tournée pour voir par-dessus l'épaule de l'enquêteur. Une force invisible poussa le trio, une puissance aussi immatérielle que le vent, qui faillit les renverser. Les deux hommes soutinrent Grace qui allait tomber.

— Oh, que Dieu lui vienne en aide...

Phelan avait reporté son attention sur Beardsmore. Ce dernier était acculé contre la grande table. Il s'y agrippait d'une main tandis que de l'autre il fouettait l'air devant lui. Un lambeau de peau pendait à son front.

Toute la salle parut parcourue d'un tremblement

titanesque. D'autres cierges tombèrent et des nuages de poussière descendirent du plafond.

Une bougie au sol roula jusqu'au bord d'une des alcôves, et sa faible lumière captura un mouvement à l'intérieur du renfoncement. Tétanisé, Ash vit quelque chose qui avançait. Inconsciemment, ses doigts se crispèrent sur le bras de Grace qui poussa un hoquet de douleur.

Le cadavre momifié avait été propulsé en avant par la secousse, lui donnant l'illusion de la vie par-delà la mort, et il émergeait dans la lumière incertaine. Dans l'alcôve voisine, un autre chuta, et son crâne se détacha du reste du corps.

Phelan avait lui aussi été témoin du phénomène.

— C'est tout le manoir qui est en train de s'écrouler, rien de plus ! Les secousses les font bouger !

Un des cierges toucha le bas d'une tapisserie desséchée et l'enflamma. Le feu se propagea en rugissant et dévora le cadavre de Lockwood. A présent, celui-ci paraissait réellement animé. Sa tête sinistre se redressa et son torse ondula tandis que le brasier en racornissait la peau. Ses bras tressaillirent, s'écartèrent du tronc puis se recroquevillèrent ; sa mâchoire s'ouvrit comme s'il voulait pousser un cri muet. Des flammèches pourpres l'environnaient et il s'écroula sur le sol, où il parut se tortiller un instant en se consumant.

Un hurlement de terreur supplanta le vacarme dans la salle, et Ash sentit les doigts de Phelan serrer son épaule. L'éclat de l'incendie se reflétait dans les yeux de l'Irlandais, dont l'expression s'était durcie. Un courant d'air charriant avec lui un filet de brume effleura sa chevelure argentée. Il se détourna de la carcasse enflammée et son regard se fixa sur la silhouette paniquée au centre du maelström spectral. Grace s'affaissa contre Ash, comme si toute force – ou toute volonté – l'avait abandonnée.

Le brouillard peuplé d'ombres encerclait Beardsmore

en un tourbillon si violent qu'il paraissait se trouver au centre d'une tornade miniature. Il frappait furieusement de ses poings les formes immatérielles de bras et de têtes sans traits. Sous les yeux de David et des autres, ces fantômes acquirent une définition plus nette, les bras se prolongèrent par des mains griffues, les visages devinrent distincts, avec leurs bouches béantes qui hurlaient vers Beardsmore comme il hurlait vers eux. Et les doigts jaillissaient du tourbillon pour le frapper, ils lacéraient ses vêtements, entaillaient la peau de son visage qui elle aussi fut bientôt en lambeaux. Les corps spectraux se dissolvaient, se reformaient totalement pour se redissoudre aussitôt, et pendant toutes ces métamorphoses ils agressaient l'homme bien réel.

Beardsmore poussa un hurlement de douleur quand sa joue fut arrachée de la pommette à la mâchoire inférieure, révélant la roseur sanguinolente en dessous. Le morceau de peau qui pendait à son front avait disparu, et la chair exposée luisait à la lumière des bougies et des flammes. La danse mortelle des ombres se poursuivait. Un de ses poings était gravement écorché, et tel du papier peint la peau de son visage et ses mains étaient déchirées inlassablement par le tourbillon. Sa veste et sa chemise n'étaient plus que des haillons misérables. Les spectres s'attaquèrent alors à son torse. Beardsmore tomba à la renverse sur la table de pierre en poussant des cris de dément, et ses persécuteurs se jetèrent sur lui, en hurlant à l'unisson leur désir de vengeance.

— Dieu du Ciel… fit Phelan en se signant.

Il paraissait subjugué par l'horrible spectacle et c'est Ash qui cette fois le secoua.

— Pourquoi ? lança-t-il. Pourquoi font-ils ça ?

Phelan tourna lentement la tête vers lui, mais ses yeux restaient rivés à l'horrible spectacle. Ash eut l'impression qu'il lui disait : « C'est un Lockwood. »

L'Irlandais cligna des yeux et David n'aurait pu dire si

c'était contre la poussière ou pour rompre le charme maléfique de la vision. Comme s'il fournissait un effort, Phelan se concentra sur Grace.

— Aidez-moi à la sortir d'ici, David.

Bien qu'il n'eût pas élevé la voix, Ash l'entendit très clairement.

Ensemble ils traînèrent Grace vers l'entrée de la salle. Le vent leur soufflait en plein visage, emportant des serpentins de brume qui semblaient murmurer en les frôlant. La comptine n'était plus qu'un chant assourdi, un contrepoint distant au vacarme ambiant, et ils virent des images d'humains difformes qui voguaient sur le courant d'air. D'autres tentures avaient pris feu, enflammées par les cierges, et plusieurs cadavres momifiés brûlaient dans les alcôves qui leur avaient servi de tombeau ouvert. Les divers foyers d'incendie illuminaient la grande salle, révélant d'anciens volumes rongés par le temps, des manuscrits cabalistiques ou de magie noire, alignés sur des étagères fixées dans un renfoncement à l'autre bout de la pièce. On discernait également des collections de bouteilles et de flacons contenant des liquides mystérieux, potions, poisons, élixirs qui avaient le pouvoir de prolonger la vie longtemps après qu'eut sonné l'heure du trépas, mais sans pouvoir contre la déchéance et la douleur. Les flammes léchèrent puis dévorèrent de grandes aubes noires pendues à des cintres, des costumes pour des cérémonies clandestines. D'autres objets qui ressemblaient à des instruments de torture se mirent à brûler.

Le cadavre du pasteur, qui continuait de tressauter comme si la vie rechignait à le quitter, gisait dans la mare de sang crachée par la masse informe qui avait été sa tête, tandis que des silhouettes crépusculaires aux contours vagues l'entouraient, tels des spectateurs attentifs. Sur la grande table, le corps de Beardsmore se convulsait dans les spasmes de l'agonie ; ses membres pelés frappaient la dalle de pierre sous lui, mais ses mouvements et sa voix se faisaient de plus en plus faibles. Bientôt il ne fut plus capable que de gémir et tressaillir. Et pourtant ses bourreaux n'étaient pas satisfaits ; ils continuaient de le lacérer avec leurs griffes fantomatiques. Ils lui arrachèrent les yeux, puis plongèrent leurs serres entre ses côtes pour atteindre le cœur. Sa dernière plainte, presque inaudible, fut pour qu'on abrège son martyre et que ces démons ne le suivent pas dans le gouffre où bientôt il sombrerait à tout jamais.

Un grondement titanesque fit vibrer l'air, qui semblait venir de partout à la fois. Du sol au plafond, toute la structure de la bâtisse trembla. Des fissures lézardèrent les murs avec des craquements sinistres et des débris tombèrent des hauteurs. Il y eut d'autres secousses, suivies de la chute de briques et de morceaux de poutres au rez-de-chaussée.

Ash et Phelan aidèrent Grace à se relever car tous trois avaient perdu l'équilibre et la jeune femme s'était retrouvée à genoux, tandis que Phelan vacillait. Le corps de Grace se tendit soudain et elle se débattit pour se dégager.

— Mon père...

— Il est mort, Grace, tu ne peux plus rien pour lui ! cria Ash en l'agrippant de plus belle.

Elle pivota et tenta encore de lui échapper.

— Non, on ne peut pas le laisser ici !

— Ecoutez David, intervint Phelan qui la tenait solidement par l'autre bras. Nous ne pouvons plus rien pour votre père. Il recherchait une sorte de rédemption, c'est pourquoi il m'a laissé l'amener ici. Il a compris, vous saisissez ? Il connaissait le prix à payer.

Elle secoua la tête avec véhémence.

— Non, il n'avait rien à voir avec tout cela...

Mais les souvenirs n'étaient plus bloqués dans son esprit et l'horrible vérité la submergeait. Elle mollit de nouveau, mais Ash était là pour la soutenir.

— David, je m'en veux tellement...

— Tu n'es responsable de rien, Grace. Tu ignorais tout.

— Je m'en veux tellement... répéta-t-elle.

Un lambeau de peau salie fut arraché de sa joue sans qu'elle réagisse.

— David, il faut l'emmener loin d'ici tout de suite !

Phelan les tira tous les deux vers la sortie.

Quelque chose frappa Ash dans le dos, brique ou poutre, mais il ignora la douleur et poussa Grace devant lui, un bras autour de sa taille, une main lui tenant le coude. Phelan ouvrait la voie. Des banderoles de brume ondulaient vers leurs visages, et leur contact était aussi dangereux que de la glace aiguisée. Derrière eux, l'incendie s'étendait. A l'autre extrémité de la salle, les vieux manuscrits prirent feu d'un coup.

Cette fois, ce fut Phelan qui hésita, car au cœur de la tourmente faite des apparitions toujours vagues qui se massaient à l'entrée de la pièce, parmi ces formes humanoïdes inconsistantes, se tenait une petite silhouette beaucoup plus nette. Le garçonnet était immobile derrière le cadavre recroquevillé sur le seuil de la salle, et il les observait d'un air grave, insoucieux des turbulences autour de lui, ses yeux clairs fixés sur eux seuls.

Grace sursauta et Ash crut l'entendre dire « Timmy ». Elle eut un mouvement de recul et il dut la retenir.

L'image se dissipa presque immédiatement, engloutie par les brumes virevoltantes qui se dispersèrent autour d'eux dans la salle.

Phelan poussa un cri d'encouragement, assura sa prise sur le poignet de la jeune femme et les entraîna. Ils enjambèrent le corps prostré et se dirigèrent vers l'escalier menant à la porte blindée. Les vibrations étaient maintenant constantes et sous eux le sol frémissait, rendant leur progression malaisée. Et toujours, la cacophonie emplissait l'air. Phelan tirait Grace vers les marches, tandis que David la maintenait par-derrière. A cause du brouillard qui se déversait sur eux telle une eau croupie ils voyaient à peine les degrés de pierre, mais Grace ne résistait plus. Elle ne montrait aucun allant non plus, toutefois ils atteignirent rapidement le rez-de-chaussée. Phelan s'arrêta le temps de sortir de sa poche une petite torche électrique noire. Il en fit tourner la tête et un mince pinceau lumineux fendit l'obscurité, qu'il agrandit en répétant la manœuvre. Une pâle clarté envahit le hall d'entrée.

— Il faut être prudents, maintenant, dit-il. Nous devons nous hâter, mais ici le plancher est dangereux. Regardez où vous posez les pieds.

Ash ne répondit pas. Il n'ignorait pas le délabrement du sol. Il passa la porte métallique en poussant Grace devant lui, sans la lâcher. Sous eux le vacarme s'était quelque peu atténué, et il en fut heureux. Une lumière blanche aveuglante fusa à travers les trous dans le toit et par la porte d'entrée ouverte, et deux secondes plus tard le grondement monstrueux du tonnerre roula dans la nuit.

— Suivez-moi, vite ! ordonna Phelan en saisissant de nouveau le poignet de Grace.

Il fit courir le faisceau de la torche sur le sol pour repérer les embûches devant eux. Le brouillard masquait en partie le plancher, et il prit le temps de scruter le chemin avant de les entraîner. Les poutres craquaient et des briques se descellaient des murs tandis qu'ils avançaient dans le hall d'entrée bouleversé, et chaque fois que l'un d'eux touchait un pan de mur de la main il sentait le tremblement qui secouait toute la bâtisse. Ils enjambaient les débris avec circonspection, l'Irlandais testant le sol avant chaque pas, s'arrêtant quand le pinceau lumineux de la torche tardait à pénétrer l'épaisseur variable du brouillard. Grace était guidée fermement, comme une aveugle, car une fois de plus elle avait battu en retraite dans le traumatisme de sa douleur et des souvenirs indicibles. Ils continuaient malgré les pièges et sursautaient à chaque claquement du tonnerre, maintenant très proche, car ils craignaient que la formidable déflagration ne précipite l'écroulement final du manoir. Ash trébucha de côté et s'appuya de la main contre un mur qui céda sous son poids. Il semblait que plus rien n'était solide ici, que tout n'était que pulpe sous de la peau pourrie, et les vibrations qui couraient dans le sol et les murs en hâtaient la désintégration.

Quand le plancher bascula devant Phelan et qu'emporté par son élan l'Irlandais glissa vers le gouffre béant, Ash dépassa Grace d'un bond et saisit le petit homme par un bras. D'une saccade il le tira en arrière, et tous trois s'immobilisèrent, pétrifiés par le vacarme du bois qui cascadait dans le vide. Ils bifurquèrent vers le mur opposé. Un nuage de poussière tomba devant eux. Quand Phelan braqua sa torche vers les hauteurs, ils virent que le plafond commençait lui aussi à s'incurver.

Grace poussa un petit cri. Ash ignorait si c'était à cause du danger qui les menaçait au-dessus de leurs têtes ou parce qu'elle s'était fait mal en heurtant quelque chose dans l'obscurité. Il n'avait pas le temps de chercher à le savoir.

— Nous ferions bien de tenter une petite course, dit-il à l'oreille de l'Irlandais.

— Vous avez raison. Je suis sûr que nous avons franchi le plus dur, de toute façon...

Sans une parole de plus, ils repartirent en tirant Grace, d'un pas pressé d'abord, puis au trot dès que le chemin fut plus sûr. Dans un craquement indescriptible, le toit de Lockwood Hall céda sous son propre poids. Le grondement et la poussière les propulsèrent en avant. Ils sautaient maintenant par-dessus les gravats et les poutres. Un éclair zébra le ciel et illumina l'intérieur de la bâtisse par les trous du toit. Ash leva les yeux et ce qu'il vit le terrifia tant que ses jambes manquèrent se dérober sous lui. Mais sa gorge se serra et il ne put crier pour alerter les autres. De sa base à son sommet, tout un mur se lézardait.

Grace trébucha et tomba juste devant lui. Avec l'énergie décuplée que donne la panique, il la releva et fonça vers l'entrée en la portant à moitié. Elle se tortillait et de petits cris lui échappaient, mais Ash ne la lâchait pas. Phelan était déjà à la porte, deux mètres devant eux. Il leur cria quelque chose et leur tendit la main.

Un nouvel éclair aussitôt suivi du tonnerre révéla le visage horrifié de l'Irlandais qui regardait Grace.

Ils franchirent le seuil de la demeure en même temps, titubèrent et s'écroulèrent sur la terrasse en ahanant.

Ash roula sur le dos et emplit ses poumons de l'air nocturne. Sa respiration était précipitée, une douleur sourde cognait dans son crâne, souvenir du coup reçu plus tôt. Le brouillard coulait sur les marches et se déversait dans le manoir par l'entrée, comme aspiré. Le croissant de lune apparut entre les nuages qui roulaient dans le ciel leur masse lugubre et jeta momentanément une lueur laiteuse et irréelle sur les alentours et la façade d'une demeure naguère impressionnante.

— Dieu merci, haleta-t-il en fermant les yeux. C'est fini.

D'autres secousses ébranlaient les ruines et Ash en sentit les vibrations dans les dalles sous lui. Un nouvel éclair zébra la nuit, et le tonnerre qui suivit était si proche qu'il fit trembler la terre elle-même. Les nuages lourds étaient noirs, et leurs bords argentés roulaient rageusement, toujours mouvants. Ash reprenait peu à peu son souffle, les battements de son cœur s'apaisaient et il se força au calme. Ils s'en étaient sortis, ils étaient indemnes. Les fantômes et les horreurs de Lockwood Hall ne pouvaient plus rien contre eux. Le prix de la vengeance était terrible, mais il avait été payé. Le mal attaché aux Lockwood était arrivé à son terme. Grace était enfin libérée d'un fardeau qu'elle avait toujours ignoré être sien.

Il se redressa sur un coude et regarda la jeune femme. Elle gisait en lui tournant le dos, mais il apercevait les contours de ses épaules dans la pâle clarté lunaire. L'Irlandais était allongé un peu plus loin. Sa torche électrique était éteinte ou cassée. Il restait d'une parfaite immobilité.

Ash rampa vers la jeune femme.

Et il se figea, doigts tendus vers elle, quand elle tressaillit et poussa un cri aigu.

— Grace ? fit-il d'une voix basse, incertaine.

Elle cria de nouveau, et c'était une exclamation de douleur.

Il se mit sur un genou.

Cette fois elle hurla, et ses jambes fouettèrent l'air dans un spasme.

En rampant à demi il la rejoignit et prononça encore son prénom.

Un autre cri déchira la nuit.

— Grace !

Il saisit son épaule et la fit rouler vers lui. Le corps de la jeune femme tremblait sous ses doigts.

A quelques pas d'eux, Phelan s'asseyait lentement. Il se tourna vers eux.

Grace se tordit violemment en émettant un gémissement d'agonie.

— Grace ? Qu'y a-t-il ?

Ash se sentait impuissant. Il restait agenouillé auprès d'elle mais n'osait la toucher, de peur que le moindre contact n'augmente encore cette souffrance incompréhensible.

Elle agita soudain les bras, qui touchèrent les siens, et gigota en aspirant des goulées d'air.

— *David !* hurla-t-elle. *Aide-moi ! David !*

Il la prit par les épaules et voulut l'attirer à lui, mais elle se dégagea et son corps se cassa brusquement en deux. Son front heurta ses genoux.

L'ombre de Phelan projetée par la lune tomba sur eux, et l'Irlandais prêta main-forte à Ash pour maîtriser la jeune femme. Des nuages passèrent devant l'astre nocturne et de nouveau ce fut l'obscurité, mais ils continuaient d'entendre ses gémissements et de la sentir qui se débattait. Ash tentait de l'immobiliser car il redoutait que dans sa frénésie elle ne se blesse elle-même.

— *Que lui arrive-t-il ?* lança-t-il à l'Irlandais.

— Je croyais qu'ici elle serait en sécurité, répondit celui-ci d'une voix marquée par la tristesse et le désespoir. Je pensais que nous l'avions fait partir à temps. Seigneur Jésus, ne permettez pas cela !

Les cris continus de Grace allaient rendre fou Ash. Il fallait qu'il fasse quelque chose, qu'il trouve un moyen de l'aider. Il ne pouvait pas la laisser souffrir de la sorte. Il tenta de la soulever, mais elle se dégagea sauvagement de ses mains tremblantes et retomba sur la pierre. Le corps arqué par la souffrance, elle griffait la nuit de ses doigts.

Un éclair fusa, baignant tout dans une lumière d'un blanc féroce. Ash n'entendit même pas le tonnerre qui suivit, car dans ce bref moment d'illumination il avait vu les blessures de Grace, les lambeaux de sa peau délicate arrachés à son visage, son cou, ses seins, et il ne percevait plus que ses cris, ses plaintes, son nom qu'elle répétait.

Les ténèbres de nouveau, mais la vision restait imprimée dans l'esprit de David. Il pressa ses mains sur le visage de la jeune femme comme s'il voulait empêcher que la peau n'en soit lacérée, et il sentit les volutes de brouillard qui passaient sur ses doigts. Ses efforts étaient inutiles. Des griffes invisibles torturaient toujours le corps de Grace. Dans son affolement, elle frappa Ash des poings en hurlant de douleur et de terreur, se débattit sous lui en essayant de se relever, peut-être pour courir et fuir cette mutilation atroce.

Une prière s'éleva, une incantation qui dès sa fin fut reprise et récitée à nouveau, et il comprit que l'Irlandais implorait l'aide de son Dieu. Mais c'était sans espoir. Alors même que David se couchait sur la jeune femme pour la protéger de son corps, le supplice continuait et il sut – oh, Seigneur, il savait – qu'il ne cesserait pas avant que Grace ne soit pelée vive comme Beardsmore, son corps luisant de sang, à peine humain. Il joignit ses cris à ceux de la suppliciée et, quand la lune réapparut, les larmes brouillaient sa vue.

Il tentait de la garder contre lui, mais le terrible supplice décuplait les forces de Grace. Elle glissa sous lui, et un de ses bras le frappa sur le nez. Etourdi, Ash chuta sur le côté et pendant quelques précieuses secondes resta étendu sur la terrasse. Elle se remit debout, porta les mains à son visage levé vers la lune comme si elle voulait hurler à la manière des loups. Il crut que c'étaient ses vêtements en lambeaux qui flottaient dans la brise avant de se rendre compte qu'elle était presque totalement nue et que c'étaient des morceaux de sa peau qui pendaient ainsi.

Phelan était resté à genoux et priait. Il savait qu'aucun mortel ne pouvait plus rien pour elle.

L'instant suivant elle avait disparu. Elle retournait dans Lockwood Hall.

— *David, non !*

Phelan tenta d'agripper Ash qui s'élançait derrière la jeune femme, mais David le repoussa aisément et s'engouffra dans l'entrée.

L'Irlandais était âgé, il était fatigué, mais toujours vif. Il se releva et suivit Ash.

Un éclair révéla le vaste hall et les deux hommes virent Grace immobile au milieu des débris. Elle semblait pétrifiée. Ses bras levés luisaient dans la lumière, ses seins n'étaient plus que deux globes de chair à vif, ses yeux d'un blanc atroce ressortaient dans l'amas rougeoyant qu'était devenu son visage pelé. Sa chevelure flottait dans l'air tandis que la brume l'enveloppait en tourbillons diaphanes. Un silence surnaturel planait à l'intérieur de ces vieux murs. Il n'y avait plus de chants, de plaintes, de murmures, nulle chute de gravats, et Grace ne criait plus. Mais ses lèvres déchirées remuaient et elle donnait l'impression d'appeler quelque chose qui échappait à leur vision.

Cette fois, le tonnerre éclata plusieurs secondes après l'éclair, et la déflagration ébranla la bâtisse jusqu'à ses fondations. Ash escaladait un monceau de décombres pour atteindre Grace quand une pluie de briques descellées s'abattit sur lui. Frappé au crâne et aux épaules, il recula en chancelant.

Le grondement bas qui suivit le coup de tonnerre était plus menaçant que tout ce qu'ils avaient entendu auparavant, et Phelan leva les yeux à temps pour voir la partie supérieure d'un mur se pencher sur eux.

Avec un cri d'avertissement il agrippa Ash et le tira brusquement en arrière. A demi étourdi, David n'offrit guère de résistance, et tout en le traînant vers la porte Phelan lui cria qu'ils ne pouvaient rien faire pour la jeune femme, qu'elle était condamnée, mais que ses souffrances seraient bientôt terminées.

Le grondement enfla, décuplé par les grincements de la charpente et le crissement des briques, et devint un rugissement monstrueux qui annihila tout autre bruit ou sensation. Les deux hommes atteignirent l'entrée en vacillant tels des ivrognes et faillirent bien tomber ensemble. Mais Phelan réussit à soutenir Ash et lui fit descendre les marches. Le portant à moitié, il le mena jusqu'au chemin, et c'est seulement là qu'il le lâcha.

Mains sur les tempes, agenouillé sur l'allée herbue toujours recouverte par le brouillard, Ash assista à l'effondrement final de Lockwood Hall. D'énormes nuages de poussière s'élevèrent dans la nuit en même temps qu'un vacarme aussi puissant que le tonnerre.

Ash se sentit faiblir, puis glisser dans l'inconscience. Il s'écroula sur l'herbe comme une masse.

Les premières gouttes de pluie mouillèrent sa joue

## 40

De minuscules cratères criblèrent la surface de la rivière quand les énormes nuages sombres s'ouvrirent. Sous l'averse le brouillard se dispersa, ses volutes s'amoindrirent, se dissipèrent pour retourner au néant.

Le moulin s'arrêta dans un dernier grincement. Son chargement de chairs putrides restait coincé sous la surface, où il se dissoudrait et redeviendrait ce qu'il était réellement, rien. Le vieux bois gémit à l'intérieur de la bâtisse et les rouages s'immobilisèrent. Tout redevint calme.

Le brasier avait cessé soudainement.

Ses flammes n'illuminaient plus le visage de Sam Gunstone qui serrait toujours contre lui le corps sans vie de sa femme, et quand il releva la tête il s'aperçut que le champ était sombre et vide. Il se demanda si c'était la pluie qui avait éteint non le feu mais la vision elle-même.

Il baissa la tête et murmura une prière. Il baisa le front de sa femme. A la lueur d'un éclair, il se rendit compte que l'horreur avait également quitté le regard figé de Nell. Son expression était neutre, et il en fut rasséréné.

Elle avait trouvé la paix.

Ruth se tenait immobile sur le seuil de la chambre, le couteau brandi. Sa sœur était recroquevillée à la tête du lit, jambes relevées devant son petit torse, dos contre le mur. Elle serrait dans ses bras Sally Rags, sa poupée, et la terreur agrandissait ses yeux.

Munce – cette chose qui était le Joseph Munce mort depuis si longtemps – se trouvait au pied du lit, face à Sarah. Il bougea légèrement à l'arrivée de Ruth, en ne tournant à demi que le torse et son visage lépreux vers elle, et il souriait – de ce sourire malfaisant et obscène qu'elle connaissait si bien. Ses coudes étaient collés à ses flancs, mains hors de vue, plaquées sur son sexe mutilé.

Munce émit un ricanement bas et ce son trop familier emplit Ruth d'une rage subite. Et aussi de honte, car elle se souvenait d'avoir ri avec lui, par le passé. Elle se précipita sur la créature mais, au moment même où elle l'atteignait avec le couteau, Munce se mit soudain à s'évaporer comme le chat du Cheshire dans *Alice au Pays des Merveilles.* Ses jambes disparurent, puis le torse, les bras, la tête... et ce rictus.

L'acier du couteau tailladait le vide et Ruth, après un moment de stupeur, éclata de rire. Avant de fondre en larmes.

Sarah bondit sur le lit, lâcha Sally Rags et se jeta dans les bras de sa sœur. Le couteau tomba sur le sol.

Elles s'étreignirent un long moment, puis Ruth parla doucement à Sarah pour la calmer. L'apparition n'avait été qu'un cauchemar et, comme tout mauvais rêve, elle était partie. Elle ne reviendrait jamais, affirma-t-elle à sa petite sœur. Et bien que Ruth pleurât tout en disant cela, elle souriait aussi.

Quand elle atteignit la porte, il maintenait son fils sous la surface de l'eau, une main appuyée sur la tête de l'enfant, l'autre sur son épaule. Simon se débattait frénétiquement. Ses pieds frappaient l'air et ses mains s'agrippaient au rebord de la baignoire, mais il combattait pour sauver une vie déjà perdue. Et George riait en assassinant son fils. Il lui était impossible de tuer quelque chose qui était déjà mort, pourtant son âme noire savourait la parodie de meurtre et la douleur qu'elle créait.

Ellen hurla à George d'arrêter, et c'est alors qu'elle vit les petites flammes qui naissaient autour des chevilles de son défunt mari. Le feu se propagea rapidement le long des jambes, envahit le dos. C'est seulement quand il atteignit ses épaules et lui enveloppa la tête que George lâcha sa victime et recula en titubant pour heurter rudement le mur. Il virevolta dans le tourbillon incandescent et ses cris étaient étrangement étouffés, comme s'ils venaient de très loin.

Simon s'était mis debout dans la baignoire. Bras serrés autour du torse, son corps pâle frissonnant, il contemplait son père.

Dans le brasier Ellen pouvait à peine distinguer la silhouette de son mari tandis qu'elle reculait vers la fenêtre. Elle s'élança et des deux mains lui infligea une bourrade violente, sans sentir la chaleur des flammes, seulement un froid intense. George passa à travers les vitres et disparut dans la nuit. Quand elle se pencha pour regarder à l'extérieur, il n'y avait aucun corps sur le sol en bas. Le chemin était mouillé par la pluie et des serpentins inconsistants de brouillard s'y déroulaient ; mais de George, nulle trace.

Et quand elle se retourna, Simon avait disparu lui aussi. Pourtant, elle n'en conçut aucun chagrin. Elle était soudain envahie par une sensation si forte qu'elle la savait vraie : son fils pouvait enfin reposer en paix.

George était retourné dans son enfer.

La brise et la pluie continuaient de disperser la brume jaunâtre. Les dernières volutes flottaient au-dessus du pré communal, s'enroulaient autour du pilori où le sang avait cessé de couler. Il ne fallut pas longtemps avant que l'averse ait lavé le village des dernières traces de brouillard et, avec elles, de la puanteur. Et très vite l'orage nettoya les traces de sang sur l'herbe et la chaussée.

Sous la violence de l'averse, Rosemary Ginty avait repris conscience. La douleur qui incendiait son corps était insoutenable.

Elle tenta de se relever mais en fut incapable ; quelque chose était brisé en elle, qui la faisait horriblement souffrir. Et une de ses jambes était inerte. Elle ne pouvait pas la plier. Quant à son crâne... Seigneur, son crâne lui faisait si mal...

Elle resta allongée là un long moment avant de réussir à rouler sur le ventre. A la lueur d'un éclair elle perçut une forme étrange qui saillait de la façade de l'auberge. Un pick-up ou un camion. Qui avait pu faire une chose aussi stupide ? Et où était Tom ? Pourquoi ne venait-il pas lui porter secours ? Elle aurait quelques petites choses à lui dire quand elle rentrerait...

Rosemary se mit à ramper, animée par sa colère contre son mari et très irritée par la pluie qui massacrait sa mise en plis.

Crick leva la tête une seule fois et le regretta aussitôt. La douleur qui naquit du mouvement était atroce. Il la laissa retomber sur le côté et ses regrets augmentèrent : le visage détruit à quelques pas de lui, au bout d'un corps gras et criblé d'éclats brillants, n'était pas un spectacle très réconfortant.

Au moins, les voix l'avaient laissé tranquille. Il n'y

comprenait rien : l'auberge était déserte, mais pendant un moment il n'avait rien entendu d'autre qu'un concert de voix entremêlées. Qu'elles aillent se faire foutre. Et Lenny aussi, vu que tout était sa faute.

Crick referma les yeux et glissa dans un sommeil dont jamais il ne s'éveillerait.

Sur la mare, la glace brisée se dissolvait rapidement sous la pluie, et pendant quelque temps les eaux sombres tourbillonnèrent doucement. Enfin, la surface reprit son immobilité coutumière que ne troublait que l'averse. De temps à autre, toutefois, un chapelet de bulles crevait le miroir obscur des eaux. Mais le phénomène ne dura pas.

Maddy atteignit la porte d'entrée, mais Gaffer ne l'avait pas accompagnée. Le chien se terrait derrière le fauteuil dans le salon, poussant toujours de petits gémissements.

Les pas au-dehors avaient cessé. Maddy savait qu'il attendait devant le cottage qu'elle lui ouvre.

— Tout va bien, Jack, je suis là.

Elle tendit la main vers le verrou installé à la partie supérieure du battant. Son mari insistait toujours pour qu'elle le ferme en son absence. On ne savait pas qui pouvait arriver à l'improviste, de nos jours, avait-il coutume d'expliquer.

Pendant une seconde ses doigts se figèrent sur le métal froid. Un sanglot discret lui échappa. *Je sais que c'est toi, Jack*, pensa-t-elle. *Je sais que tu es revenu pour moi. C'est bien, n'est-ce pas ? C'est ce qu'il fallait faire ?* Elle entendait le crépitement de la pluie sur les dalles de l'allée.

Maddy tira le verrou et ouvrit la porte.

Un éclair zébra la nuit et l'aveugla momentanément. Quand le roulement lointain du tonnerre éclata et qu'elle eut cligné plusieurs fois des yeux, elle constata que l'allée était déserte.

Cette nuit-là, Maddy resta longtemps sur le seuil du cottage. La pluie trempait ses vêtements et le vent ébouriffait ses cheveux gris. Elle contemplait l'allée. Elle tendait l'oreille dans l'espoir de surprendre un bruit de pas.

Son mari ne revint jamais.

# 41

Malgré l'heure matinale, un soleil féroce tirait des fumerolles de vapeur du sol, et le chemin envahi d'herbes avait perdu de sa dureté, ponctué maintenant par de petites flaques sombres. Les vêtements de David étaient trempés, et sa chemise alourdie collait à son dos.

Il marchait tel un automate, comme s'il était toujours étourdi, sans un regard en arrière vers la bâtisse écroulée qui disparaissait peu à peu au loin. Des chants d'oiseaux s'élevaient dans les bois alentour, et de temps à autre un animal dérangeait les broussailles proches. Pas un seul nuage n'était visible et, même sans regarder en direction du soleil, le bleu intense du ciel agressait la vue.

D'une main il s'essuya la joue, étalant la crasse que délayaient ses larmes. Son esprit luttait pour repousser l'image du cauchemar. Son pied glissa dans la boue, mais il conserva son équilibre et continua sa marche.

Quand il était revenu à lui quelque temps plus tôt, il s'était retrouvé allongé sur le bord du chemin, sous le couvert des arbres. Il se souvenait vaguement d'y avoir été traîné par Phelan pendant la nuit, pour échapper au plus gros de l'orage. L'Irlandais lui avait parlé, avait voulu lui expliquer quelque chose, mais il avait les plus grandes difficultés à se remémorer ses propos. Il y était question d'être arrivé une fois de plus trop tard... mais avec la satisfaction relative d'avoir réussi à sauver quelques vies... et que maintenant c'était fini, terminé... Tout cela n'avait aucun sens pour Ash, mais peut-être comprendrait-il quand la douleur aurait quitté son crâne et qu'il aurait pu mettre un peu d'ordre dans ses pensées. Il se demandait pourquoi Phelan l'avait abandonné.

Sa chemise et son pantalon se raidissaient à mesure qu'ils séchaient. A certains moments son pas était incertain, mais il ne s'arrêtait pas. Une curieuse confusion planait sur ses pensées, et quand les images de Grace finirent par le submerger, il tomba à genoux, planta ses doigts crispés dans la terre meuble et pleura.

La porte d'entrée du presbytère était toujours ouverte et l'espace d'un instant, sous le coup d'un espoir totalement irrationnel, il se demanda si Grace se trouvait à l'intérieur. C'était de la folie, et il ne fit même pas halte sous le porche ; elle était partie, perdue pour lui à jamais, et le temps de la folie était également passé. Il bifurqua sur la petite route qui descendait vers le village.

Le clocher de St Giles dépassait de la ligne des arbres, mais il évita de le regarder. C'est seulement au niveau du porche du cimetière, quand un coassement aigu le fit tressaillir, qu'il jeta un œil en direction de la vieille église. La corneille était perchée sur une pierre tombale, son bec pareil à une dague piquetant l'air devant elle avec des mouvements saccadés de la tête. L'oiseau s'immobilisa soudain et observa l'intrus d'un œil rond et noir.

D'un coup il prit son envol, et les battements puissants de ses ailes l'élevèrent rapidement au-dessus du clocher. Son cri devint lointain, un simple bruit sans épaisseur ni signification.

Ash poursuivait son chemin vers le bas de la colline. Il passa devant l'école silencieuse et, quand il arriva devant le cottage d'Ellen Preddle engoncé entre deux habitations identiques, il remarqua les vitres brisées d'une petite fenêtre, au premier étage. Il ne s'arrêta pas, bien qu'il aperçût une petite silhouette qui le suivait des yeux derrière un rideau en dentelles, à une fenêtre du rez-de-chaussée. Il n'accorda pas une pensée à son équipement resté à l'intérieur du cottage. Le village était très calme, et ses propres pas constituaient le seul son audible. D'autres fenêtres étaient brisées dans d'autres maisons, et le mur de l'une d'entre elles était noirci, sans doute par un incendie. La porte d'entrée béait comme si ses habitants avaient fui.

Il atteignit la Grand-Rue, qui était déserte. De l'asphalte montaient lentement des volutes diaphanes de vapeur. Ici et là il vit d'autres portes ouvertes, des fenêtres aux vitres cassées, et nulle part n'apparut le moindre véhicule en mouvement, le moindre habitant. Sur le pré communal vide, le pilori et le poteau à fouetter semblaient étrangement seuls, des reliques d'un autre âge dénuées de sens.

Derrière les bâtisses les plus proches, une colonne de fumée montait à la verticale dans le ciel, mais seuls les oiseaux donnaient à Sleath un semblant de vie, et même leurs pépiements paraissaient contraints.

Ash poursuivit sa route sans accorder d'attention au pick-up encastré dans l'entrée éventrée de la Black Boar Inn. L'enseigne au-dessus de la porte pendait par une seule attache. Il ne regarda pas non plus le canard en plastique jaune qui dérivait sur la surface de la mare. Il ne s'intéressait qu'à sa voiture, toujours garée au bord du pré communal. Quelque chose clochait…

Il ralentit le pas en découvrant les dommages infligés à son véhicule. Tout un flanc de la Ford était froissé et éraflé, l'aile avant complètement enfoncée, le pneu en dessous tordu et dégonflé. Il nota les traces de gomme qui viraient en travers de la route et continuaient sur la pelouse jusqu'à la mare, mais n'y réfléchit pas, pas plus qu'il ne s'attarda à examiner les dommages subis par sa voiture. Le pneu lui en avait assez appris.

Ash se dirigea vers l'extrémité du village, sans jamais regarder alentour. Il ne se concentrait que sur la route devant lui.

Il franchit le petit pont de brique. Sur sa gauche, le moulin était toujours figé dans l'immobilité, embaumé dans un passé révolu. Il s'attaqua à la pente de la colline qui le mènerait loin de Sleath.

La sueur coulait de sa nuque et il sentait l'humidité se propager le long de son dos. Sa respiration se fit heurtée, ses foulées plus lourdes. Mais il ne s'autorisa aucune halte pour se reposer. D'une main tremblante il s'essuya les yeux. Peu à peu son esprit se blindait contre les événements de la nuit, refoulant les souvenirs. Le traumatisme l'habitait toujours, et peut-être le porterait-il en lui jusqu'à son dernier souffle, mais pour l'instant une seule chose importait : s'éloigner aussi vite que possible de Sleath.

Une automobile le croisa, qui se dirigeait vers le village, et au passage ses deux occupants le dévisagèrent avec une évidente curiosité. Un autre véhicule suivit, quelques minutes plus tard. Puis une voiture de police, sirène éteinte, mais à vive allure. Sur le siège passager, la femme en uniforme se retourna pour observer ce marcheur solitaire, mais l'auto ne ralentit pas. Elle disparut au premier tournant et très vite le grondement du moteur se dissipa. Deux autres véhicules vinrent ensuite, puis une ambulance dont la sirène déchira le calme campagnard. Son hululement résonna de longues secondes en décroissant, avant de se fondre dans le silence. Ash continuait d'avancer, de mettre de la distance entre lui et le village. Son crâne l'élançait, les muscles de ses jambes durcissaient sous l'effort de la montée, mais il ne faiblissait pas. Des arbres s'élevaient maintenant de chaque côté de la route, et l'atmosphère devint plus fraîche.

Les yeux baissés, il ne regardait que l'asphalte devant lui, et quand le bruit d'un autre véhicule se fit entendre il ne releva pas la tête. Il entendit la voiture ralentir, ses pneus couiner sur le revêtement surchauffé, mais il ne réagit pas plus. L'auto s'arrêta et Kate dut le héler pour qu'il s'arrête.

— David ?

Il se retourna lentement et regarda enfin Kate McCarrick.

— Qu'y a-t-il, David ? Que se passe-t-il ?

Il restait immobile, souffle court, incapable de répondre. Après quelques secondes, la jeune femme descendit de la Renault pour aller à sa rencontre.

Elle lui toucha le bras d'un geste indécis, car son mutisme l'inquiétait.

— Tu as une mine abominable, fut tout ce qu'elle put dire d'abord, puis, d'une traite : J'ai essayé de te rejoindre hier soir, mais le brouillard m'en a empêchée. Tu sais que tous les téléphones de la région ont été hors d'usage pendant toute la soirée ? J'ai passé la nuit dans un hôtel à quelques kilomètres d'ici, pour venir à la première heure aujourd'hui. Oh, mon Dieu, David, qu'est-il arrivé ? Tu as l'air tellement...

Elle ne put terminer et secoua la tête, désolée pour lui.

— Emmène-moi loin d'ici, Kate, dit-il d'une voix lente mais tendue par la détermination.

— Mais...

— Emmène-moi loin d'ici.

— D'accord, David. Allons-y.

Sans un mot de plus il s'écarta d'elle, contourna la voiture et grimpa à la place passager. Elle s'installa vivement au volant et démarra.

— Tu veux que je te ramène à Sleath ? s'enquit-elle.

— *Non.*

Elle se rembrunit une seconde devant la violence de son ton, puis le dévisagea. Il était hagard, exténué, elle ne l'avait jamais vu ainsi. Et son regard semblait distant, comme si ses pensées étaient demeurées centrées sur quelque chose qui n'avait aucun rapport avec ici et maintenant. Elle se demanda dans quelles circonstances il avait pu salir à ce point, non seulement ses vêtements, mais aussi son visage et ses mains. Jusqu'à sa chevelure, qui était maculée de plaques de poussière durcie. Et que signifiait ce sang séché sur sa chemise ?

— Contente-toi de conduire, Kate, dit-il en regardant droit devant lui. Fais demi-tour et roule.

Elle effectua la manœuvre sans perdre de temps et repartit en sens inverse. Alors qu'ils s'éloignaient de Sleath, ils croisèrent une ambulance sirène hurlante. Kate résista à l'envie de demander à Ash s'il savait où elle allait, et surtout pour qui.

Il se renversa dans son siège et ferma les yeux pendant que la jeune femme parlait. Elle disait quelque chose à propos de Seamus Phelan, mais les mots ne pénétraient pas l'esprit de David, ils n'avaient aucun sens pour lui. Lockerbie... Aberfan... Ces noms n'éveillaient aucun écho en lui. Les rayons du soleil jouaient sur le pare-brise, et les frondaisons au-dessus de la route jetaient des ombres fugaces sur la voiture. La boule incandescente du soleil semblait suivre le véhicule à travers les feuillages, toujours à la même hauteur.

Loin devant eux un pont voûté apparut et Kate ralentit au cas où une autre automobile arriverait en face. La modification de la vitesse fit ouvrir les yeux à Ash, et il aperçut fugitivement une petite silhouette immobile sur le bas-côté de la route.

Il allait parler à Kate, mais elle était concentrée sur sa conduite et la Renault dépassa le garçonnet en un éclair. Ash se retourna en posant le coude sur le dossier de son siège, et scruta la route derrière eux par la vitre arrière.

L'enfant s'était campé au milieu de la chaussée et contemplait la voiture. Et David.

Il portait une veste à trois boutons, étroite même pour son torse maigrelet, et des pantalons courts qui lui descendaient en dessous des genoux. Ash reconnut le gamin qu'il avait cru renverser quand il était arrivé à Sleath, ce jour où il avait failli perdre le contrôle de son véhicule en franchissant le pont.

L'enfant qui lui était apparu dans sa chambre, à l'auberge.

Le même garçonnet qui s'était tenu parmi les autres fantômes sur le seuil de la salle secrète, au sous-sol de Lockwood Hall.

Celui que Grace avait appelé Timmy.

Qui était mort à sa place toutes ces années plus tôt.

Et alors que David l'observait, l'apparition se mit à se dissiper.

La Renault gravit la première moitié du pont, puis redescendit de l'autre côté, cachant le gamin à sa vue. Mais même s'ils s'arrêtaient et rebroussaient chemin, Ash savait que la route serait déserte.

Il se retourna et regarda devant lui. Une fois de plus, il ferma les yeux.

*Achevé d'imprimer en décembre 1998*
*sur presse Cameron*
*par* ***Bussière Camedan Imprimeries***
*à Saint-Amand-Montrond (Cher)*

N° d'édition : 6703. N° d'impression : 985846/1.
Dépôt légal : décembre 1998.
*Imprimé en France*